EL LIBRO DEL SEPULTURERO

🌐 Planeta Internacional

OLIVER PÖTZSCH

EL LIBRO DEL SEPULTURERO

Traducción de Héctor Piquer Minguijón

 Planeta

Obra editada en colaboración con Editorial Planeta – España

Título original: *Das Buch des Totengräbers: Ein Fall für Leopold von Herzfeldt*

Oliver Pötzsch

© Ullstein Buchverlage GmbH, Berlin. Published in 2021 by Ullstein Paperback Verlag

© 2022, Traducción: Héctor Piquer Minguijón

© 2022, Editorial Planeta S.A. – Barcelona, España

Derechos reservados

© 2022, Editorial Planeta Mexicana, S.A. de C.V.
Bajo el sello editorial PLANETA M.R.
Avenida Presidente Masarik núm. 111,
Piso 2, Polanco V Sección, Miguel Hidalgo
C.P. 11560, Ciudad de México
www.planetadelibros.com.mx

Primera edición impresa en España: septiembre de 2022
ISBN: 978-84-08-26250-3

Primera edición en formato epub en México: septiembre de 2022
ISBN: 978-607-07-9174-1

Primera edición impresa en México: septiembre de 2022
ISBN: 978-607-07-9153-6

Impreso en los talleres de Litográfica Ingramex, S.A. de C.V.
Centeno núm. 162-1, colonia Granjas Esmeralda, Ciudad de México
Impreso en México – *Printed in Mexico*

A mi tatarabuelo Max Kuisl (1861-1924), cuya tumba se encuentra en algún lugar de São Pedro, en Brasil, y que era un joven médico en la época en la que transcurre esta novela. He pensado mucho en él mientras la escribía.

Oh, querido Augustin, esto es el fin...
Augustin, Augustin, reposa en tu tumba.
Oh, querido Augustin, esto es el fin.*

---

* Antigua canción popular vienesa atribuida al juglar de finales del siglo XVII Marx Augustin, quien, borracho pero dado por muerto, fue arrojado a una fosa común de apestados y rescatado con vida al día siguiente.

Del *Almanaque para sepultureros*, de Augustin Rothmayer, escrito en Viena en 1893

Probablemente no haya en la vida humana condición más temida que la de la muerte aparente. Este estado puede tener distintas causas: ahogo o ahorcamiento, soterramiento en minas o avalanchas, pero también envenenamiento, tétanos o fiebre muy alta. Son frecuentes los relatos acerca de personas que, debido a una muerte aparente, han sido enterradas vivas. En ellos se habla de golpes en la tapa del ataúd o gritos de desesperación en el cementerio. Algunos de los enterrados han sido exhumados posteriormente y hallados en posturas extrañas, como si hubieran intentado liberarse con todas sus fuerzas antes de morir.

Para determinar si una persona está realmente muerta es aconsejable estimularle las plantas de los pies a base de punzadas o con un hierro candente, o bien verter agua hirviendo sobre el supuesto cadáver hasta que se formen ampollas en la piel. En caso de duda resulta útil un pinchazo con un estilete cardíaco, como recomiendan y practican también bastantes médicos. De esta manera se puede evitar un sufrimiento inimaginable.

El tiempo de supervivencia en el interior de un ataúd está determinado por la relación existente entre el volumen del féretro y la capacidad pulmonar, y cabe suponer que su duración sea de entre cuarenta minutos y un máximo de una hora. Hasta la fecha no me he encontrado con nada parecido, salvo por una excepción que ha sido, sin duda, uno de los casos más extraños de toda mi carrera...

PRÓLOGO

El hombre del ataúd abrió los ojos y escuchó su propio sepelio.

Al fondo de la fosa llegaban retazos de palabras sordas entremezclados con los lamentos y el llanto de una mujer. El enterrado creyó saber quién estaba llorando y se le partió el alma.

Contra todo pronóstico, dentro del féretro no olía mal. La madera de abeto rojo recién cortada desprendía un agradable aroma de resina y por las estrechas rendijas que dejaba la unión clavada de la tapa con la caja entraba un poco de aire. Un débil resplandor, apenas visible, se colaba en el interior. Una voz profunda sonó entonces en la superficie. El hombre del ataúd no captó el contenido exacto del discurso, pero seguro que fue un buen parlamento, de aquellos que hacían ver a los demás la gran persona que había sido uno. ¿Por qué nunca habían hablado así de él cuando todavía vivía?

Pero ¿en qué estaba pensando? Estaba vivo.

Le dolía mucho la cabeza, como si la tuviera sumergida en un barril de aceite de linaza, pero sin duda estaba vivo. Para comprobarlo, primero movió los dedos de las manos y los pies; después, el pie derecho y el izquierdo, y finalmente los brazos. El ataúd era más espacioso de lo que había pensado al principio, solo que un poco duro, y un clavo mal remachado le oprimía el omoplato derecho. Por lo demás, tenía frío y no le habría venido mal una manta.

En la superficie, la mujer volvió a gemir y un sonido monótono y gutural salió simultáneamente de muchas gargantas. Era una palabra de dos sílabas que murmuraron los asistentes y que el hombre tardó en reconocer.

«Amén.»

La ceremonia concluyó.

De repente se oyó un ruido distinto, mucho más cercano esta vez, un ligero estrépito seguido de un repiqueteo a intervalos regulares.

Chas... Chas... Chas...

El hombre contuvo la respiración. Estaban paleando tierra sobre el ataúd. Las piedritas tamborileaban y rodaban sobre la tapa de madera, y la luz en el interior de la caja iba atenuándose gradualmente a medida que la fosa se llenaba de tierra húmeda y arcillosa.

Chas... Chas... Chas...

Entonces se hizo la oscuridad, una oscuridad, precisamente, sepulcral.

Chas...

Una última paletada, voces que se desvanecían, pasos que se alejaban.

Silencio.

El hombre casi podía palpar el silencio. Era como una masa oleosa, negra y viscosa que le subía por las piernas, le recorría el cuerpo tembloroso, llegaba hasta la cabeza y el cabello y le taponaba los oídos. Estaba literalmente bañado en silencio. Era una sensación agradable, en parte porque sabía que no duraría eternamente.

El hombre esperó. Aguzó el oído y se mantuvo a la escucha hasta que por fin oyó algo. Era un golpeteo constante, como si alguien estuviera llamando a una puerta lejana. Los golpes eran cada vez más rápidos, más sonoros.

«¡Ya están aquí! ¡Por fin han llegado!»

Pasó todavía un rato hasta que se dio cuenta de que el sonido que escuchaba eran los latidos de su propio corazón. Palpitaba a toda prisa, como un reloj cuando le dan cuerda demasiado rápido.

«¿Qué está pasando ahí arriba? ¿Por qué no ocurre nada?»

El hombre gritó y su propio grito le resonó tan fuerte en los oídos que el mundo entero debió de escucharlo. Pero nadie le oía, a lo sumo los pocos escarabajos, cochinillas y lombrices que reptaban y serpenteaban muy cerca de él a la espera de hurgar en sus oídos, ojos y tripas.

El aire empezaba a escasear. ¿Cuánto tiempo podría durar metido en esa caja? ¿Una hora? ¿Media? ¿Menos? Alzó las manos desesperadamente hasta que le quedaron a la altura del pecho y empujó con todas sus fuerzas la tapa del ataúd. La tierra entraba por los bordes y le caía en los ojos. El hombre tosía, gritaba, empujaba, vociferaba, presionaba... Pero era inútil. Clavaba las uñas en la madera como si así pudiera abrirse paso a través del ataúd y la tierra y salir al exterior, de vuelta al mundo de los vivos.

El hombre volvió a gritar.

Gritó porque pensaba que así despertaría. De niño había tenido una pesadilla: un lobo enorme con el hocico ensangrentado tiraba violentamente de él y lo despedazaba sin matarlo. En aquella ocasión había gritado y se había despertado bañado en sudor frío. Su madre acudió a su cama, le cantó una nana y todo volvió a la normalidad. Ahora esperaba, rezaba por que esta vez se tratara también de un sueño.

Pero no lo era.

«Es real —pensó el hombre mientras se sumía lentamente en un estado de locura—. Es la cruda realidad. Estoy solo, nadie me va a ayudar, tampoco ella...»

Ese ataúd era su tumba, una tumba tan real como el olor a moho de la tierra, como su propio jadeo cada vez más débil, como el cosquilleo que le producían las cucarachas, cochinillas y arañas, como la eterna oscuridad que lo hundía hacia un lugar cada vez más profundo.

I

Viena, noche en el Prater, octubre de 1893

El potente haz de la linterna de petróleo se movía a tientas en la noche como un tentáculo fino y alargado. Su sigiloso revoloteo atravesó arbustos y árboles, recorrió un par de puestos de salchichas y carruseles en la lejanía, tocó la elevada cúpula de la Rotonda y la pared trasera de un colorido teatro guiñol y se detuvo finalmente sobre el carruaje de caja negra que se aproximaba desde el Prater a gran velocidad. El cochero refrenó los dos caballos y el carruaje se detuvo con las ruedas rechinando sobre la avenida principal del parque. Con una sonrisa burlona miró hacia atrás por la mirilla y, guiñándole un ojo a su pasajero, le dijo:

—Tan rápido como un vapor inglés. Hasta podría apuntarme al Derby del Prater. Servidor de usted, caballero...
—Expectante, el hombre extendió la mano y Leopold, tal como habían acordado, le pagó el doble de la tarifa, incluso unas monedas más.

—Muchas gracias —respondió Leopold, y, acompañándose de un leve quejido, se incorporó en el asiento forrado de cuero. El trayecto infernal lo había dejado agotado—.

Ha ido usted muy rápido. Puede estar contento de que no nos haya parado ningún guardia.

—Descuide, que con un policía en mi fiacre no nos detendrá ningún cerdo —respondió el cochero. Cuando el conductor abrió la puerta, una humedad fría con olor a hierba, estiércol de caballo y fango, típica de las tormentas otoñales vienesas, dio la bienvenida a Leo. El hedor le hizo pensar en una gran bestia en estado de descomposición.

Hacía horas que llovía, pero no tan fuerte como al principio. La intensa lluvia de octubre golpeaba el techo del carruaje y goteaba de los castaños como si fuera resina. Leo abrió la tapa de su Savonette de plata: el reloj de bolsillo indicaba que eran exactamente las doce y ocho minutos de la noche. Apenas habían tardado doce en llegar hasta allí desde la Jefatura de Policía en el Schottenring haciendo caso omiso de todas las normas de tráfico. Habían tenido suerte de que no se les hubiera cruzado ningún tranvía tirado por caballos o, peor aún, ninguno de esos nuevos automóviles conducidos por ricachones borrachos acompañados de sus amantes que Leo había visto circular por las calles de Viena.

Volteó brevemente la mirada por encima del hombro hacia la avenida que, trazando una franja negra, dividía el gran parque en dos mitades. El Prater era una extensa zona de recreo delimitada por los humedales del Danubio, pequeños grupos de bosques y arbustos; llegaba hasta el edificio del Lusthaus y el hipódromo de Freudenau, donde acudían a divertirse la nobleza y la burguesía. Justo detrás de los árboles, donde terminaba el también llamado Wurstelprater, la ciudad parecía resplandecer. Las numerosas farolas de gas envolvían los teatros de variedades, cafés, casas de espejos y tiro al blanco con una cálida luz amarillenta. Aquí, al noroeste del parque, era donde la gente venía a divertirse siempre de la misma manera. Incluso a esa hora tan avanzada salían de las cantinas risas, gritos y los acordes melancólicos pero a la vez cantantes del *schrammel*, el género musical tradicional vienés. Una guitarra desafinada, acompañada por un acordeón de botones típico de la región de Estiria, tocaba una tonadita kitsch:

> *Ligera como el viento corre la sangre por mis venas,*
> *solo soy un verdadero, un hijo de Viena...*

Sin darse cuenta, Leo se puso a tararear la melodía. Se colgó al hombro la gastada bolsa de la cámara y un estuche con placas secas, tomó con una mano su descuadrado maletín de piel y se bajó del carruaje. Con un último chasquido del látigo, el cochero dio media vuelta y se dirigió hacia el lugar de donde venían la música, las luces y el bullicio, allí donde había vida.

En el bosque aguardaba la muerte.

—¡Eh, escuincle! ¡A pasear a otro lado! —ordenó una voz desde la oscuridad. Una pequeña colina gris se recortaba en el horizonte, negro como una cueva—. ¡Que te esfumes, he dicho! ¡Te lo ordena la policía!

Leo distinguió en la turbiedad de la lluvia a un guardia regordete y entrado en años, con el uniforme empapado, que se acercaba jadeando. Traía una linterna de gas con manguito incandescente cuyo haz centelleante también había iluminado antes el carruaje. El hombre arrastraba ligeramente la pierna derecha y a duras penas podía abrirse camino en la espesura.

—¡Zona acordonada! —lo reprendió—. ¿Lo has entendido, listillo? Si buscas a tus gallinas, ya han volado. Así que ¡media vuelta y desaparece!

—Lo he entendido perfectamente, no estoy sordo —aclaró Leopold, que volteó la solapa de su abrigo Chesterfield para mostrar la afamada insignia de la Policía de Viena, una insignia negra y gris con el águila bicéfala de los Habsburgo en el centro—. Los dos estamos aquí para cumplir con nuestro deber, agente.

—Oh, disculpe, inspector... No sabía que... —dijo el policía cuadrándose inmediatamente—. Perdone, señor inspector, pero los compañeros de la Oficina de Seguridad de Viena ya han llegado.

—También me lo ha parecido —replicó Leopold—. Aquel destello no es precisamente un fuego de campamento —observó refiriéndose a luz parpadeante que apuntaba hacia ellos desde el pequeño bosque más allá de la colina—. ¿Ya han asegurado las huellas?

—¿Asegurar las huellas? —preguntó el guardia con cara de no entender nada. Leopold señaló los zapatos embarrados del agente.

—Bueno, veo que está andando por el lodo con sus botas reglamentarias y, a pesar de la débil luz de su linterna, las huellas que está dejando en el suelo son visibles. Por su profundidad podrían ser las de un varón, digamos, robusto, alguien como usted. También se puede deducir de ellas que cojea un poco. El largo arrastre del pie es claramente reconocible, ¿lo ve? Así que le vuelvo a preguntar: ¿ya han asegurado otras posibles huellas o su misión es simplemente pisotear el suelo como un jabalí en un lodazal?

—Va-vaya... Mil disculpas, inspector —tartamudeó el orondo agente.

—Eso ya lo ha dicho. Entonces, no hay huellas aseguradas. ¿Herida de guerra? —Leo señaló la pierna derecha atrofiada del hombre.

—¿De guerra...? Ah, sí, pero ¿cómo...?

—Por su forma de expresarse, muy castrense. Si calculo bien su edad, podría haber luchado en la batalla de Königgrätz. Y, sí, envíe a un par de hombres al Wurstelprater a interrogar a testigos, si es que no lo ha hecho todavía. Por el alboroto que he visto hace un momento junto al Calafati, parece que el caso ya está en boca de todos.

Sin decir nada más, Leo pasó por delante del desconcertado guardia y se acercó a la colina. Al lado había un pequeño lago cuya superficie brillaba con una textura aceitosa e incolora a la luz de otras linternas de gas, y en la orilla, varios hombres uniformados con el típico casco de hojalata y cazadora verde oscuro y tres agentes de civil. Dos de ellos llevaban abrigo y bombín, de cuyas alas goteaba el agua de la lluvia; el tercero, más joven, iba descubierto. Estaba reclinado con la cabeza gacha junto a un sauce un poco alejado y emitía ruidos de arcadas. Todo el suelo de la zona estaba empapado y revuelto.

«Demasiado tarde para encontrar huellas —pensó Leo—. Un jabalí habría causado menos estropicio.»

Volvió a respirar profundamente y, cargando con el maletín y las dos bolsas de cuero, se dirigió con paso rápido hacia los dos hombres vestidos de civil que, junto con los vigilantes, rodeaban un cuerpo sin vida que yacía en la orilla. Cuando Leo entró en el cono de luz, los hombres alzaron la vista sorprendidos.

—¿Qué carajo se le ha perdido aquí? —gruñó uno de ellos, un tipo calvo y robusto embutido en un abrigo de piel cuyos botones parecían estar a punto de salir disparados. A pesar de la lluvia, masticaba un cigarro apagado—. ¡Vamos, esfúmese! Esto no es la Estación del Norte, si es lo que anda buscando.

—No busco ninguna estación ni soy ningún viajero perdido. Buenas noches, caballeros —saludó Leo levantando su elegante sombrero Homburg gris. A continuación, mostró su insignia y preguntó—: ¿Ya ha llegado el juez de instrucción de la Audiencia Regional?

El calvo entornó los ojos, siguió masticando el puro y examinó por un momento el distintivo.

—¿Quién demonios es usted? No lo he visto nunca en la Jefatura.

—Herzfeldt —se presentó Leo haciendo una leve reverencia—, Leopold von Herzfeldt, su nuevo compañero.

—Herzfeldt... Suena bastante judío. ¿Es usted semita?

Leo no respondió. El segundo hombre con bombín se unió a ellos. A diferencia de su corpulento colega, este era flaco. Lucía un bigote de morsa y la fina cabellera le colgaba en la frente como un alga mojada. El pesado y empapado abrigo de fieltro le tiraba de los hombros y en la oscuridad parecía un espantapájaros hecho jirones.

—Creo que sé quién es, Paul —dijo el segundo hombre—. El comisario Stukart habló de él en la sesión matinal de hace unos días, ¿te acuerdas? El tipo joven de Graz...

—Pues a mí me parece más un alemanote judío. No tiene acento estirio.

Los dos hablaban como si Leo no estuviera. Entonces, el recién llegado carraspeó.

—Me incorporo mañana —intervino formalmente—, pero hoy me he pasado por la Jefatura para, digamos, instalarme. Ha sido entonces cuando me he enterado del caso. Pensé que podría venir a echar una mano, espontáneamente...

—¿Espontáneamente? ¿En domingo? ¿Ha ido a la oficina en domingo sin estar de servicio? —El calvo gordo, que al parecer se llamaba Paul, se rio a carcajadas sin sacarse el cigarro de la boca. Las pobladas patillas difícilmente ocultaban la cicatriz que tenía en la mejilla derecha. Se volteó hacia su compañero flacucho—. ¿Qué te decía, Erich? Tiene que ser alemán. Un austríaco no hace esas cosas, y menos uno de Estiria.

—Y se ha traído hasta el equipaje. —El delgado sonrió con malicia y señaló el abultado maletín y las bolsas.

Leo también esbozó una leve sonrisa.

—Bueno, pues ya que estoy aquí, tal vez los caballeros puedan informarme brevemente de qué se trata —dijo, y señaló el cuerpo sin vida—. O más bien de quién se trata.

Miró por primera vez el cadáver que yacía en la orilla fangosa frente a él. Era una mujer joven y delgada cuya edad Leo situó entre veinte y veinticinco años. Tenía los rizos, de color rubio pálido, llenos de restos de hojas y barro; la blusa de lino que llevaba puesta, bajo la cual se adivinaba un pecho abundante, estaba desgarrada, y la falda manchada de sangre, levantada. En los muslos totalmente separados también había restos de sangre seca, al igual que en la blusa, la cara y por todas partes en realidad, pero en especial en el cuello, que era todo él un tajo. Alguien había degollado a la joven, y lo había hecho con tanto empeño que la cabeza había quedado colgando a un lado y parecía que iba a desprenderse del cuerpo en cualquier momento.

Leo se fijó en un escarabajo negro con reflejos irisados que salía del pelo empapado por la lluvia y recorría el rostro de la mujer muerta. Tenía los ojos abiertos como platos, como si todavía no pudiera dar crédito a su prematura muerte, y los pies le llegaban hasta el agua. Se le había salido un zapato, que se mecía en la orilla como un barco de juguete.

A Leo volvió a venirle a la cabeza la canción que los músicos acababan de tocar en el Prater:

Ligera como el viento corre la sangre por mis venas,
solo soy un verdadero, un hijo de Viena...

Observó un charco en el que se acumulaba agua rojiza, parecía pintura diluida.

—Nos acaban de llamar de la comisaría de la Guardia de Seguridad del distrito segundo —informó el flaco, que se llamaba Erich y por lo visto era el más accesible de los dos inspectores de civil—. La pobre no llevaba papeles encima, pero eso ya se aclarará —dijo encogiéndose de hombros—. El juez de instrucción se retrasará un poquito. Es domingo y, ya se sabe, los buenos ciudadanos se sientan a la mesa a comer asado de carne en adobo y después se acuestan temprano. Y los no tan buenos se van al Prater... —Señaló el cadáver con un movimiento de cabeza.

Del otro lado de la colina llegaban los gritos de diversión de varias mujeres y la risa obscena de un hombre. El Calafati, como era conocida la estatua gigantesca de un personaje chino con carrusel, no estaba muy lejos de allí.

—Por desgracia, cada vez es más frecuente ver a jóvenes damiselas que se van a pasear al Prater —explicó el policía delgado—. El lago junto a la colina de Constantino es un destino popular entre las parejitas. Para mí que ella quería dar un paseo nocturno en barca con su amante, pero él quiso algo más. Entonces ella gritó, el tipo entró en pánico...

—¿Y le rebanó el cuello como a un pollo? —Leo se puso en cuclillas sobre el barro y empezó a examinar visualmente el cadáver; creyó notar todavía el olor metálico de la sangre—. ¿Por qué no han asegurado ninguna huella?

—¡Demonios, cuando llegamos aquí ya estaba todo pisoteado! —gruñó el calvo corpulento del cigarro, que permanecía junto a su compañero flaco como palo de escoba. Uno al lado de otro, a Leo le recordaron dos figuras de tiro al blanco del vecino Wurstelprater—. Primero han pasado por aquí los testigos que encontraron a la chica, después el amiguito de ella, después los vigilantes...

—¿Dónde están los testigos? ¿Los han interrogado por separado?

—Eran dos borrachos que habían subido a la colina a mear. Los acompañaba una ramera que, por lo visto, les sujetaba las colitas. Pero sí, estimado colega —dijo con ironía el gordo calvo—, los hemos interrogado a los tres por separado y los hemos llevado a las dependencias de la Theobaldgasse para examinarlos. Somos agentes de policía con una formación, igual que usted, ¿o acaso lo ha olvidado? Sabemos lo que hacemos. Y si encima se presenta sin avisar... ¡Oiga! Pero ¿qué hace?

Leo había dispuesto en el suelo el maletín de piel y las dos bolsas. Los engrasados cierres del maletín se abrieron con un suave chasquido. En el interior había compartimentos de varios tamaños llenos de ampollas, latas, todo tipo de cajitas y utensilios, además de diez hojas de papel de escribir, pluma y lápiz, una lupa, un podómetro, cinta métrica, tres velas blancas de estearina y un crucifijo de plata.

Con movimientos entrenados, Leo sacó el podómetro, un costoso ingenio fabricado por encargo en Alemania. En silencio y con pasos precisos, recorrió el claro con el aparato de latón deteniéndose una y otra vez para tomar notas. Los dos agentes se quedaron tan asombrados que permanecieron en silencio durante un rato, y los guardias también contemplaron atónitos el espectáculo, como si estuvieran frente a un animal extraño en pleno ritual de apareamiento.

—¿Qué demonios está haciendo? —inquirió por fin el calvo.

—Estoy midiendo el escenario del crimen, buscando pistas y... ¡ah! ¿Le importaría iluminarme? Aquí, por favor. —Leo se volteó hacia uno de los guardias, que ahora sostenía su linterna cerca de un objeto situado junto a la orilla. Allí, atorada en el lodo por la pisada de una bota, había una cinta de seda roja manchada de barro. Leo la recogió ayudándose de unas pinzas, la metió en el interior de un pliego hecho con una de las hojas y siguió examinando la zona en busca de más pistas.

—¿Han visto algún sombrero? —preguntó por fin a los presentes—. ¿Un sombrero de mujer?

—No había ningún sombrero —respondió el flaco Erich—. Lo hemos escudriñado todo, solo la cinta se nos habrá pasado por alto. ¿Por qué lo pregunta?

—Bueno, a veces puede ser más interesante lo que no se encuentra, ¿no creen? —Leo señaló con el dedo la escasa docena de hombres que permanecían en silencio formando un círculo a su alrededor—. Ustedes llevan sombrero, y con razón, porque está lloviendo. ¿Saldría una mujer a la calle con esta tormenta sin la cabeza cubierta? Yo creo que no. Llueve desde hace... —consultó brevemente su reloj de bolsillo—, dos horas, más o menos. Así que debió de salir de casa, sola o acompañada, antes de que empezara a llover. Sin embargo, el *rigor mortis* aún no se ha instalado, y para un paseo largo iba poco abrigada, sin ni siquiera una mantilla, y eso que estamos en octubre. Por consiguiente, la muerte debió de producirse entre las nueve y las diez de la noche. Además, la víctima no viene de muy lejos, creo que del distrito segundo. Lleva ropa humilde, pero bien cuidada. Mmm... —Leo asintió pensativo—, una muchacha pobre, pero pulcra, que se acicala con un lazo rojo y sale de paseo a la colina de Constantino en el Prater. Sospecho que se trata de una criada. Para dar con la identidad del cuerpo deberíamos concentrarnos en el distrito segundo y, allí, en las sirvientas sobre las que conste alguna denuncia de desaparición. ¿Están ustedes de acuerdo, caballeros?

Nadie abrió la boca durante un buen rato, solo se oía el chapoteo de la lluvia y la música en la lejanía. Los guardias se habían quedado boquiabiertos tras escuchar las explicaciones de Leo.

Finalmente, el calvo dio un paso al frente. Tenía una vena roja e hinchada en la frente y movía con nerviosismo la cicatriz de la mejilla.

—¡Todo eso son conjeturas, don sabihondo! —bramó—. Además, ¿cómo se le ocurre presentarse aquí con esas ínfulas? ¿Sabe el jefe superior Stehling que está usted aquí? Soy yo quien dirige la investigación, ¿está claro?

—Tranquilízate, Paul —intervino el flaco Erich agarrando del brazo a su grueso compañero—. Lo que dice suena como mínimo interesante. Deja hacer al alemanote, parece inofensivo.

El gordo Paul emitió un gruñido despectivo. Mientras, el tercer hombre vestido de civil se había unido a ellos. Era muy joven, aún más que Leo, y llamativamente pálido, con el pelo rubio trigueño y un fino bigote que parecía dibujado a lápiz.

Avergonzado, se secó la boca con un pañuelo en el que todavía quedaban restos de vómito. Era probable que la imagen del cadáver cubierto de sangre hubiera sido demasiado para el impresionable agente, pero por lo visto había escuchado con atención las explicaciones de Leo. A pesar de su estado enfermizo, parecía interesado, bastante más que los dos inspectores de civil más veteranos.

—¿Cree que podría echarme una mano? —preguntó Leo con voz tranquilizadora al joven.

—¡Deje a Andreas Jost tranquilo! —exclamó el gordo calvo que, al parecer, era el superior—. Es su primer cadáver. Me basta con que vomite en el claro, porque si lo hace sobre la víctima ya no quedarán huellas que asegurar. Además, tenemos que esperar a que llegue el juez de instrucción. ¡Son las normas!

—Cuando llegue, la lluvia ya habrá borrado todas las pistas —replicó Leo—. ¿Acaso quiere ser el responsable?

—Creo que tiene razón, Paul —dijo su esbelto compañero—. Deberíamos ponernos manos a la obra.

El inspector jefe masticó su cigarro y guardó un silencio testarudo. Mientras tanto, Jost se acercó a Leo y lo saludó con la cabeza.

—Ya... ya me encuentro mejor, discúlpeme. La morcilla de la cena no me ha debido de sentar bien. ¿Qué... qué desea que haga, exactamente?

—Necesito a alguien que levante acta. —Leo entregó lápiz y papel al joven colega—. Anote todo lo que le diga. —Se arrodilló junto al cadáver y comenzó a dictar sus observaciones—: Sexo femenino, de entre veinte y veinticinco años. El *rigor mortis* aún no se ha instalado. La garganta ha sido seccionada con un... —Se inclinó sobre la cabeza de la muerta— objeto afilado.

—O sea, con un cuchillo —intervino el delgado Erich con una sonrisa burlona—. ¿Con qué sino, lince?

—Corte limpio y sin rebabas —prosiguió impasible Leo, y cogió la cinta métrica—. El corte indica una hoja muy afilada, posiblemente una navaja de afeitar. La incisión mide... —Leo parpadeó—, 17,3 centímetros de longitud y es recta, por lo que, en mi opinión, se puede descartar un fragmento de vidrio, de una botella de vino, por ejemplo. Los forenses se encargarán de aclararlo. Con toda probabilidad, la víctima ha sido violada.

—¿Con toda probabilidad? —rio Paul, el calvo—. ¡Enhorabuena, estimado colega, excelente conclusión! Alguien se ha dado el gusto, y a lo grande.

—Apenas hay signos de lucha —prosiguió Leo mientras el joven Jost iba tomando notas con mano temblorosa—. Debe de haber sucedido todo muy rápido, lo que apunta a una familiaridad de la víctima con el autor del crimen. —Leo tomó las manos de la mujer y las observó con atención—. Ningún mechón de pelo arrancado, ningún arañazo, solo... —titubeó y se volteó hacia uno de los guardias—. ¿Le importaría acercarse con la linterna?

A la luz parpadeante del manguito incandescente apreciaron unas manchas negras en la manga derecha de la blusa, como una pasta grasienta pegada. Sacó unas tijeras pequeñas del maletín y cortó el trozo de prenda manchado.

—Un tubo de ensayo del maletín, por favor —pidió dirigiéndose a su nuevo ayudante que, después de rebuscar un poco, le entregó la probeta.

—¿Qué... qué es eso? —preguntó el joven.

—Lo averiguaremos, espero. —Leo olfateó la pasta. Olía como el alquitrán, pero más fuerte—. Definitivamente, deberíamos examinarlo con más detenimiento bajo el microscopio. Tal vez nos dé una pista del asesino o quizá solo sea suciedad. Hay que analizar cualquier rastro. —Introdujo el trozo mugriento en el frasco y lo encorchó—. Por favor, llévelo a la Jefatura. Me imagino que tendrán un microscopio allí, ¿no?

—¿Ha acabado la actuación? —interrumpió el calvo—. Creo que ya he visto suficiente...

—Una cosa más, inspector jefe. —Leo se levantó y se dirigió hacia la bolsa de cuero que había dejado allí—. Supongo que los compañeros no habrán traído ninguna cámara, ¿verdad?

—¿Una cámara fotográfica? ¿Bromea? —dijo el flaco Erich riendo solapadamente—. ¿Dónde cree que está? ¿En la Exposición Mundial de Chicago?

—La cámara para detectives Universal de Goldmann es una maravilla de la tecnología —replicó ignorando las burlas de su compañero mientras hurgaba en el interior de la bolsa—. Una de las cámaras más avanzadas del sector, hasta tiene objetivo gran angular.

Leo sacó un objeto negro y anguloso del tamaño de un molinillo de café. Con un movimiento experto, levantó un pasador y un fuelle de tela se desplegó a la manera de un acordeón.

—Por supuesto, también hay modelos más manejables, como la Krügener —explicó—, pero, a mi parecer, el formato de la Krügener es demasiado pequeño. La Jefatura de Policía de Viena debería plantearse seriamente la compra de algunas cámaras Goldmann. En París y Londres están más avanzados. El problema es, como siempre, la luz. Pero he ideado un arreglo para salir del paso...

Leo les mostró una vela en cuya punta superior había un tubito de hojalata enrollado y unido en un extremo a una manguera de caucho conectada a una pera infladora del tamaño de un puño. El extraño artilugio recordaba un poco a una pequeña bocina de latón. Con sumo cuidado, extrajo una cucharada de polvo blanco de una lata, lo vertió por el tubito y encendió la vela. Luego entregó el curioso dispositivo a Jost.

—Cuando dé la orden, apriete la pera y cierre los ojos si no quiere quedarse ciego. ¿Preparado? Uno, dos y ¡tres!

Jost apretó la pera infladora y la mezcla elaborada por el propio Leo, compuesta de polvo de magnesio, clorato de potasio y antimonio de azufre, salió expulsada hacia la llama de la vela y formó una nube blanca que explotó causando un fuerte estallido. Por un brevísimo instante se hizo de día junto a la orilla del lago. El cadáver y los hombres que lo rodeaban parecieron por un momento como congelados en el tiempo, y el contorno negro de la colina de Constantino se recortó detrás de ellos. En ese preciso instante, Leo pulsó el botón de su cámara.

Sonó un clic.

—Listo —dijo, y cambió la placa seca con un gesto rutinario—. Hasta un niño podría hacer fotografías con esta cámara. Lo llaman fotografía *amateur* y es el último grito en Estados Unidos. Impresionante, ¿verdad?

—¡Demonios! ¿Quiere hacernos saltar por los aires? —gritó Paul, el calvo—. Hasta aquí hemos llegado con sus jueguecitos de moda. ¡Usted, alemanote, desaparezca antes de que ordene a los guardias que se lo lleven! En Nueva York o París puede hacer tantos trucos de magia ridículos como le plazca, pero no aquí, en Viena. ¡Eh! ¿Me está escuchando?

Leo no solo no escuchaba, sino que tenía la mirada clavada en el cadáver. Con el resplandor de la luz acababa de percibir algo que se había escapado a su ojo atento, quizá también porque había evitado mirar más de cerca.

Entre los muslos ensangrentados de la víctima había metida una... cosa.

Alguien había introducido a tanta profundidad esa cosa en la vagina de la muerta que solamente sobresalía una pequeña parte.

—Por el amor de Dios... —murmuró Leo. Se puso los guantes de cuero y tiró con cuidado del objeto alargado, que fue saliendo de la vagina de la víctima como una espada de su vaina.

Cuando Leo acercó al fin aquella cosa a la luz, los hombres retrocedieron instintivamente y jadearon. Algunos guardias se persignaron y uno de ellos lanzó una breve plegaria al cielo nocturno cubierto por la lluvia.

—¡Dios mío..., qué asco! —gimió el inspector flaco—. ¿Qué ser endemoniado puede hacer algo así?

—No ha sido ningún demonio, sino una persona —dijo Leo en voz baja—. No olvidemos que este tipo de cosas solo las hace el ser humano.

El objeto era una estaca afilada, que Leo sostenía con cuidado con las puntas de los dedos. Tenía unos treinta centímetros de longitud y estaba hecha de madera dura. La sangre la había oscurecido, pero todavía podían distinguirse unas letras talladas.

—*Domine, salva me* —leyó Leo en voz alta—. Sálvame, Señor —tradujo. Se volteó entonces hacia el hombre calvo del cigarro que, a diferencia de lo que sucedía antes, ahora parecía más tranquilo—. Quizá deberíamos asegurar algunos indicios más —le dijo—, incluso sin la presencia del juez de instrucción. ¿Qué opina? —Le entregó al compañero la estaca afilada y ensangrentada, en cuya superficie había pegados algunos pelos negros y rizados—. Pero, por supuesto, usted está al mando, inspector jefe.

II

Cuando dos largas horas después Leo volvía a trasladarse en carruaje, lo hacía mojado hasta los huesos. Temblaba, y no solo a causa el frío otoñal. El chapoteo de la lluvia ya había cesado y en la noche solo se oían el golpeteo de los cascos de los caballos y el monótono traqueteo de las ruedas. En el Wurstelprater ya había terminado el bullicio, los guardias habían expulsado a los borrachines rezagados y los músicos habían dejado de tocar. Pero seguro que el asesinato ya estaba en boca de todo el mundo.

«Y verás como lo de la estaca tampoco tardará en saberse —pensó Leo—. Es imposible ocultar algo así durante mucho tiempo.»

Por lo menos, el terrible hallazgo había contribuido a que sus colegas, a pesar del ambiente tenso, terminaran colaborando. En silencio y con profesionalidad, todos habían hecho su trabajo en la escena del crimen. El transporte de cadáveres llegó y trasladó el cuerpo al Instituto Forense, y la zona acordonada de la orilla del lago fue inspeccionada de nuevo con la ayuda de potentes linternas de gas, pero sin alcanzar ningún resultado. Cuando apareció el juez de instrucción, rendido, ojeroso y con casi dos horas de retraso, solamente tuvo que firmar el acta.

A Leo incluso le dejaron hacer algunas fotografías más con su cámara, si bien bajo la mirada crítica del agente calvo. El orondo inspector jefe de patillas pobladas se llamaba Paul Leinkirchner, y su compañero flaco y larguirucho como un palo de escoba. Erich Loibl. Ambos eran agentes de policía para delitos de sangre de la Oficina de Seguridad de Viena, y Leinkirchner era el superior directo de Loibl. El tercer inspector vestido de civil, el joven pálido llamado Andreas Jost, todavía estaba en período de formación. Jost se había mantenido un poco al margen durante la inspección del cadáver, posiblemente porque temía otro desmayo embarazoso, pero después demostró su interés haciendo a Leo varias preguntas. Al parecer, se sentía mucho más a gusto con los modernos métodos de investigación que sus dos colegas veteranos.

El carruaje avanzaba traqueteante por el Ring, con sus numerosos palacios burgueses, la Bolsa de Viena, el Teatro Hofburg y el Volksgarten, donde algunas luces electrificadas titilaban en la fría noche, y giró a la derecha en la Schmerlingplatz para tomar la Lerchenfelder Strasse. Las farolas de gas ardían a intervalos regulares y marcaban el camino al cochero. Aparte de un par de noctámbulos ruidosos que presumiblemente salían de alguno de los establecimientos de mala reputación del barrio de Spittelberg, a esas horas no había ni un alma en la calle. El cielo era negro y no se veía ninguna estrella.

El carruaje giró a la derecha por la Lange Gasse y al final se detuvo frente a un edificio de apartamentos de varias plantas donde Leo acababa de encontrar hospedaje. Aquí, en Josefstadt, el distrito octavo de Viena, vivía la burguesía refinada. Era un buen barrio, pero carecía de la elegancia a la que estaba acostumbrado en Geidorf, su barrio de Graz. A pesar de llevar apenas unos días en la capital, su antigua vida le parecía ya muy lejana.

Después de darle unas monedas al cochero, Leo abrió el cerrojo del portal con tanto sigilo como pudo y subió la escalera. Al parecer hizo algo de ruido, porque su casera lo estaba esperando en el descanso del segundo piso. La mujer, ya entrada en años, llevaba puesta una gastada falda de seda y un gorro de dormir. Ambas prendas, al igual que su dueña, habían visto días mejores. Adelheid Rinsinger era la viuda de un funcionario, venía de buena familia y sufragaba los gastos de la vivienda alquilando una de sus muchas habitaciones.

—¿Tiene alguna idea de la hora que es? Creía que habían entrado ladrones en la casa.

—No se preocupe, que ya ha llegado la policía —respondió Leo tratando de escabullirse de su casera con un chiste malo.

—Señor Von Herzfeldt, entiendo a la perfección que la policía no duerma nunca, pero yo sí que duermo, aunque no muy bien, en realidad. Soy muy sensible al ruido. Si hubiera sabido que a estas horas iba usted a...

—Señora Rinsinger, ¿quiere que le cuente algo que saldrá mañana en todos los periódicos? —preguntó Leo con tono conspirativo. Había juzgado correctamente a la anciana viuda, porque de inmediato afinó el oído.

—¿Un asesinato, quizá? —susurró la mujer.

—En el Prater —asintió Leo con la cabeza—. Por desgracia, no puedo contarle nada más. Secreto policial, seguro que lo entenderá.

—Claro, claro —aceptó la señora Rinsinger tratando de ocultar su decepción. Sin embargo, Leo acababa de aumentar su prestigio a ojos de la casera. Hasta entonces solo había sido para ella un joven y atractivo inspector llegado de Graz, con buenos modales, pero un don nadie al fin y al cabo. Ahora había ascendido de repente al rango de investigador de asesinatos. Al menos, Leo ya sabía cómo ablandar a la señora Rinsinger en el futuro.

—¿Le gustaría comer algo? —preguntó compasiva—. ¿Una rebanada de pan con queso y cebolla encurtida, tal vez?

—Gracias, pero estoy agotado y la investigación me ha dejado mal cuerpo.

—Lo entiendo perfectamente. Buenas noches entonces, señor Von Herzfeldt.

La mujer acompañó a su inquilino hasta la habitación por el largo pasillo cubierto de alfombras polvorientas y con las paredes repletas de descoloridos retratos de estilo Biedermeier. Por las irritadas expresiones de las personas de los cuadros, Leo dedujo que eran antepasados de la señora Rinsinger fallecidos hacía tiempo.

—Si hay algo más que pueda hacer por usted...

—Muy amable. Si no es molestia, un café mañana a las ocho, antes de irme a la oficina. Solo, sin azúcar. Buenas noches y mi más sincero agradecimiento. —Leo cerró la puerta tras de sí y dejó a la curiosa casera plantada en el pasillo. Depositó el maletín y las dos bolsas en el suelo y echó un vistazo a la pequeña estancia.

Una cama estrecha, un armario, una mesa, un espejo de guardarropa y dos sillas... Por lo menos las cortinas que colgaban delante de la ventana olían a recién lavadas, el parqué estaba pulido y la habitación, ventilada. Podría haber sido peor. Todavía no había podido vaciar su voluminoso baúl ropero.

Tras su llegada a la Estación del Sur tres días atrás, el cochero que lo recogió hizo de guía turístico y lo llevó por los grandes establecimientos hoteleros del Ring —el Grand Hotel, el Bristol y el Imperial— suponiendo quizá que el joven caballero, por su elegante vestimenta, el sombrero Homburg y el voluminoso equipaje, querría instalarse en alguno. Cuando finalmente se detuvieron frente a la pensión de la Lange Gasse, el cochero se mostró visiblemente decepcionado. Sin duda, también esperaba una propina más generosa.

Leo se examinó la cara en el espejo. No era de extrañar que despertara un sentimiento de protección maternal en la señora Rinsinger: había desmejorado claramente. En la frente le colgaban húmedos varios mechones de pelo rubio, y en el mentón, que por lo general siempre llevaba meticulosamente afeitado, asomaba una barba incipiente. Al contrario que la mayoría de los varones, Leo no llevaba barba, ni siquiera bigote; quería seguir viéndose lampiño a pesar de haber cumplido ya la treintena. Por ello, su hermana Lili todavía lo llamaba, en broma, Bubi, aun siendo él el mayor de los dos.

Se quitó el abrigo, los pantalones, el chaleco y la camisa, se envolvió en una manta de lana y rebuscó en el cajón un paquete de cigarrillos. Era el último que le quedaba, porque el otro había quedado empapado por completo por la lluvia. Hasta ahora no había encontrado sus apreciados Yenidze en ningún estanco vienés. Quizá debería pedir que se los trajeran de Dresde, si tuviera el dinero para ello... ¿Por qué le había dado una propina tan generosa al cochero, por muy rápido que el tipo le hubiera traído desde el Prater?

«El Prater...»

Leo se estremeció. Los recuerdos del escenario del crimen lo asaltaron. No era ni mucho menos su primer cadáver, pues siendo un joven juez de instrucción en Graz ya había visto algunos muertos en los últimos años: apaleados, tiroteados, estrangulados, apuñalados... La mayoría de las veces habían sido crímenes pasionales o por dinero y los autores fueron arrestados con rapidez. Sin embargo, Leo se dio cuenta de inmediato de que el cadáver en el claro del Prater era distinto. Quienquiera que fuera el lunático, ¿había utilizado la estaca *post mortem* o cuando la muchacha todavía vivía? ¿Y qué significaba aquella extraña inscripción?

«Domine, salva me...»

Solo esperaba que el examen forense arrojara algo más de luz.

Tembloroso, dio una calada profunda a su cigarrillo y observó cómo el humo se elevaba hacia el techo. ¿Se había equivocado con su decisión de acudir al lugar de los hechos? Probablemente, sí. Antes había estado en su nuevo despacho de la Jefatura de Policía en el Schottenring. El portero le abrió la puerta sorprendido y, tras examinar su expediente, incluso le entregó la pistola reglamentaria y la insignia, ¡la famosa insignia de los agentes de la Policía de Viena! Era domingo y la Jefatura estaba casi desierta. Leo colocó sus libros y archivos en las estanterías para hacerse suyo el lugar y matar el tiempo... Entonces escuchó cómo una mujer, puede que una de las secretarias, respondía a una llamada telefónica en una habitación contigua. La mujer tomó nota de la escueta información y transfirió la llamada a la comisaría del distrito segundo. La decisión de

Leo había sido espontánea, pero en retrospectiva había resultado un error. Porque una cosa le había quedado clara esa noche: con su primera aparición en acto de servicio en Viena no había hecho precisamente muchos amigos.

Por otro lado, tampoco era muy bueno en esas situaciones.

Apagó el cigarro en el cenicero que tenía junto a la cama, se levantó y, con la manta de lana todavía colgando de los hombros, se sentó a la mesa. Tenía abierto frente a él un ejemplar del *Manual del juez*, una guía procedimental para investigaciones dirigida a jueces de instrucción, y pasó las páginas hacia atrás hasta llegar a la primera, donde había escrita una dedicatoria:

A mi mejor alumno, Leopold von Herzfeldt. Espero que siga el camino que le he marcado. Con respeto y estima mutua, Hans Gross, Fiscalía de Graz.

No era la primera vez que Leo notaba la presión que conllevaban esas líneas. ¿Podría cumplir algún día esas expectativas o ya las había frustrado? En cualquier caso, no había vuelta atrás. Esa era su nueva casa, el destino le había abierto la jaula de oro y, fuera, en la noche vienesa, revoloteaban los halcones más extraños y aterradores.

Sin ponerse su pijama de seda, se acostó en la cama envuelto en la manta de lana y cayó al momento en un profundo sueño del que solo lo despertó el fuerte café matutino de la señora Rinsinger.

—¿Un puro?

En la Jefatura de Policía de Viena, el jefe superior, Al-

39

bert Stehling, empujó una cajita de caoba con olor a tabaco fresco hacia Leo, que la rechazó con una sonrisa mientras intentaba ignorar a ese cráneo humano que lo miraba casi con aire incriminador. Era lunes, las nueve de la mañana, pero entre las cortinas casi totalmente corridas apenas entraba luz. En su defecto, una lámpara de gas parpadeaba por encima de ellos y su resplandor se abría paso a través de las volutas de humo que impregnaban como una neblina el majestuoso despacho de Stehling.

—Fumo cigarros, gracias. —Leo sacó uno de los últimos Yenidze que le quedaban en la cajetilla y lo encendió con la llama que le ofreció Stehling. A continuación, el jefe superior de policía encendió su puro y lo fumó con placer.

—Nunca entenderé esta nueva moda —dijo Stehling después de dar algunas caladas en silencio. Entonces señaló el cigarro de Leo y le preguntó—: ¿Qué encuentran ustedes los jóvenes en estos pitillos tan delgados? Son insípidos, no tienen aroma y no duran nada...

—Creo que ahí radica precisamente su éxito. Todo lo nuevo va más rápido, y también el fumar.

—¡Demonios, tiene razón! —Stehling soltó una carcajada. Era una mole de hombre, con patillas pobladas, mejillas carnosas colgantes y una gran nariz de papa, como si al Señor le hubieran sobrado algunos trozos de barro al crearlo—. Quizá algún día todo el mundo fume esos junquillos, pero sigo siendo un hombre anclado en los buenos viejos tiempos, como nuestro buen y viejo emperador, que larga vida tenga.

Albert Stehling señaló el retrato de Francisco José que colgaba de una pared detrás de su escritorio, como en todos los edificios oficiales de la doble monarquía imperial y real austrohúngara. Por la cantidad de pelo que cubría la práctica totalidad de sus rostros, el jefe superior de policía y su káiser se parecían notablemente, tal como Leo pudo apreciar.

El despacho de Stehling era una mezcla de oficina, museo y depósito de objetos probatorios. Leo ya había oído hablar de la macabra instalación y ahora podía verla por sí mismo. Junto al cráneo sobre la mesa, reliquia de un asesino ejecutado, había un viejo y oxidado revólver que seguramente había pertenecido a algún otro asesino o anarquista famoso. En las paredes colgaban, cual piezas de museo, herramientas de saqueo, esposas, órdenes de búsqueda y captura envejecidas e incluso un lazo como los que salen en esas nuevas novelas del salvaje Oeste. Todo ello contrastaba diametralmente con su dueño, quien, por su cara de campesino bonachón, parecía más un tabernero que el director de la célebre Oficina de Seguridad de Viena. Sus subalternos lo llamaban a sus espaldas, medio en broma, medio con cariño, Papá Stehling.

—¿Puedo preguntarle por qué siendo usted de Graz habla un alemán central?—indagó Papá Stehling deleitándose con el humo de su cigarro.

—Mi madre es alemana —explicó Leo encogiéndose de hombros—, de Hannover. Pasé allí mis primeros años de escuela, en un internado, y nunca he podido abandonar del todo mi acento alemán central.

—¡Dígamelo a mí, que vengo de Kassel! —sonrió irónico Stehling—. Los alemanotes no siempre lo tenemos fácil en Viena, se lo aseguro. Aquí todo es un poco distinto —sentenció con un cerrado acento del norte de Hesse, ha-

41

ciéndole a Leo un guiño cómplice y expulsando el humo del puro como si fuera una máquina de vapor. De inmediato, su semblante se tornó grave—. Verá, en realidad debería felicitarle por su nuevo puesto como agente de la Policía vienesa y brindar por ello con una copa de coñac, de alemanote a alemanote. Entonces le mostraría las instalaciones y le desearía lo mejor. Sin embargo, lamentablemente tenemos que hablar del desafortunado incidente de anoche.

Avergonzado, Leo dio una calada a su cigarrillo, que de repente no le supo nada bien. Ya había intuido que su aparición nocturna tendría consecuencias, pero cuando Stehling le pidió que se reuniera con él en su despacho nada más llegar, sus sospechas se vieron confirmadas.

—Permítame que me explique... —empezó Leo, pero el jefe superior lo interrumpió con brusquedad.

—No hay nada que explicar. No estaba asignado a ese caso ¡y punto! —La voz de Stehling resonó en el despacho como un trueno—. ¡Y ahora seré yo quien le explique una cosa!

Los ojos del jefe superior, habitualmente brillantes y bonachones, se fueron cerrando hasta convertirse en estrechas rendijas. Fue entonces cuando Leo constató que el alemán central sonaba mucho más duro que el dialecto vienés.

—De hecho, ni siquiera debería haber llevado la insignia encima. ¡Debía incorporarse hoy a su servicio! Además, el inspector jefe Paul Leinkirchner me ha informado de que usted inició la investigación sin la presencia del juez de instrucción, poniendo además en peligro la vida de sus compañeros. Por lo visto hubo una explosión...

—¡Solo era pólvora de destello! —se indignó Leo—. ¿Qué culpa tengo yo si mi compañero no reconoce algo así de inmediato?

—Aquí trabajamos distinto que en Graz, agente Herzfeldt. Ya he oído hablar de los novedosos métodos que el tal... —Stehling hojeó sus notas—. Hans Gross ha descrito en su *Manual del juez*. Puede que el libro sea un éxito en determinados ambientes, pero aquí, en Viena, esos métodos aún no han demostrado su eficacia. De hecho, suenan un poco a teoría hueca. —El jefe superior dio otra calada de su puro y se reclinó en la silla—. Voy a serle sincero, Herzfeldt. El hecho de que el Instituto de Agentes de Policía de Viena lo haya aceptado en el servicio a modo de prueba no ha sido precisamente por petición mía. ¡Pero no me malinterprete! —puntualizó levantando la mano—, tiene usted las mejores recomendaciones, se graduó *cum laude* en Derecho y con toda probabilidad fue un brillante juez de instrucción en Graz, créame, no quiero quitarle ningún mérito. Pero eso fue en Graz y no en Viena. Aquí vamos a otro ritmo.

—¿Cómo debo interpretar sus palabras, jefe superior? —preguntó Leo con cautela.

—Viena es una de las ciudades más grandes del mundo, magnífica y despiadada a la vez, palpitante y mortal. Nuestro índice de asesinatos no tiene nada que envidiar al de Londres o Nueva York, sobre todo ahora, con la llegada masiva de inmigrantes del este. Esta ciudad es una bomba de relojería que puede estallar en cualquier momento. Lo que funciona en la pequeña y tranquila Graz no tiene por qué funcionar aquí. Y usted se ha incorporado única y exclusivamente por recomendación del comisario de policía Stukart. Supongo que sabrá quién es.

—El director adjunto de la Oficina de Seguridad —respondió Leo asintiendo con la cabeza—, su vicedirector.

—Mi vicedirector, sí, y seguramente uno de los hombres con más futuro en la Jefatura, a diferencia de este viejo gordo que tiene usted delante. —Stehling profirió un gemido despectivo que casi sonó como un relincho—. Algunos ya ven a Stukart como el próximo jefe superior de policía, un hombre de los nuevos tiempos, en los que todo va más rápido, como con tanto acierto ha comentado usted. Bueno, puede que todo vaya más rápido, pero no necesariamente mejor, por muchos artefactos como este que tengamos. —Señaló una caja de madera con una concha de hojalata que había sobre una mesilla auxiliar—. El timbre me irrita los nervios.

Stehling hojeó el expediente que tenía sobre la mesa. Se hizo un silencio incómodo.

—Una cosa más, Herzfeldt —dijo al cabo el jefe superior sin levantar la mirada—. Viene usted de muy buena familia y ya ha sido juez de instrucción. Con su carrera y sus contactos habría conseguido enseguida un puesto de magistrado en la Audiencia Regional de Graz y habría hecho una carrera impresionante. En cambio, decide convertirse en un simple inspector de policía y venirse a Viena para hurgar en el fango. ¿Por qué, por el amor de Dios?

—Yo... Simplemente me interesa este trabajo —titubeó Leo—. El fiscal Hans Gross siempre dice que...

—Su magnífico mentor, sí, ya sé. —Stehling resopló—. Él lo formó como juez de instrucción en el tribunal, tal como consta en su expediente. El compañero Stukart también lo conoce y está entusiasmado con sus métodos. Es probable que Stukart esté pensando en seguir sus pasos en

Viena, tal vez incluso crear una licenciatura exclusiva de Criminología, porque así es como lo llaman hoy en día, *criminología*. ¡Ja! ¡Como si la ciencia pudiera sustituir los años de experiencia en la actividad policial! —Volvió a resoplar—. He oído que el tal Gross quiere venir a Viena para dar una serie de conferencias. Y usted sería algo así como una avanzada, ¿me equivoco?

Leo esbozó una sonrisa.

—Bueno, de hecho el fiscal Gross solo pensó que no iría mal que uno de sus colaboradores viniera para, digamos, preparar un poco el terreno.

—Pues anoche lo logró usted con creces. Preparar el terreno, ¡ja! —se mofó Stehling, pero recuperó la seriedad enseguida—. Dejando esto de lado, se encontró allí con un caso terrible. ¡Pobre muchacha! ¿Qué clase de maníaco puede cometer semejante brutalidad... con una estaca? ¡Y encima con esa extraña inscripción! —exclamó estremecido—. He asignado el caso a los compañeros Leinkirchner y Loibl, solo a ellos.

—¿Se sabe algo sobre la identidad de la víctima? —preguntó Leo—. ¿O de dónde salió la estaca? Aseguré una prueba que encontré en la blusa del cadáver que...

—Eso ya no es asunto suyo, estimado colega. —Stehling apagó el puro contra un cenicero que, como Leo acababa de comprobar, estaba tallado en un cráneo humano—. Le agradezco su diligente colaboración, pero, en lo que respecta a este caso, dicha colaboración se da por terminada.

—Pero ¿por qué? —quiso saber Leo.

—Porque, como le dije, los compañeros Leinkirchner y Loibl ya se ocupan del caso. ¿No pretenderá que, después del episodio de ayer, los enganche a los tres con los mismos arreos? Será mejor que empiece tirando de carros más pequeños, Herzfeldt.

—Entiendo —acató Leo en voz baja.

—Pero no esté triste —lo consoló Stehling recuperando su agradable mirada paternal—, no le pido que se siente a revisar expedientes. Eche un vistazo a esto. —Le entregó una carpeta delgada que contenía un puñado de artículos de periódico mal recortados, un certificado de defunción y una carta de despedida borroneada a toda prisa. Por lo visto era de un suicida, pero Leo no lo captó a primera vista—. Se trata del suicidio de un tal Bernhard Strauss —explicó Stehling—. El pobre se ahorcó en su casa y fue enterrado hace unos días en el Cementerio Central de Viena.

—¿Y? —preguntó Leo.

Stehling suspiró.

—Bueno, se produjo un incidente desagradable después del entierro. Alguien intentó exhumar el cuerpo y fue descubierto en el último momento.

—Un robo de cadáver, entiendo. —Leo asintió con la cabeza—. Hasta en la pequeña y tranquila Graz se producen de vez en cuando. —Esperaba que Stehling no percibiera ningún asomo de decepción en su tono de voz.

Los catedráticos de Medicina siempre andaban necesitados de cuerpos frescos para sus disecciones científicas. Por ello, de vez en cuando se contrataba a ladrones de cadáveres para proporcionar material nuevo a los galenos. Algunas décadas atrás, en la escocesa Edimburgo, dos delincuentes de poca monta habían llegado a asesinar a más de una docena de personas con el objetivo de ofrecer carne fresca a la facultad de Medicina. Por este motivo, a Leo no le sorprendió que en Viena, con su gran universidad, también se robaran cadáveres. Eran sobre todo los suicidas los que solían acabar en las mesas de disección de los estudiantes.

—Sí, tiene toda la pinta —contestó Stehling encogiéndose de hombros—. Me gustaría que se encargara del caso. Me imagino que sabrá quiénes son los Strauss.

—Strauss... —balbuceó Leo sorprendido—. ¿No se referirá usted a...?

—Sí, a esos Strauss. Bernhard era medio hermano del mismísimo Rey del Vals, Johann Strauss. Bastardo del viejo Strauss, pero familia al fin y al cabo. Los periódicos no dan abasto. Supongo que lo habrá leído este fin de semana en alguna cafetería, ¿verdad?

Leo carraspeó.

—Yo... Todavía no he tenido ocasión.

—Bueno, pues se lo explico. El tal Bernhard Strauss dejó escrita una sensiblera carta de despedida, esta de aquí. —Stehling tamborileó con su grueso dedo índice un papel arrugado que asomaba de la carpeta—. Y no solo eso. Antes de morir tuvo la consideración de enviarla a los principales periódicos vieneses. En ella, el tipo sostiene descaradamente que fue él, y no Johann Strauss hijo, quien compuso el famoso vals del Danubio, ya sabe, tralala-la-lá, la-lá, la-lá —canturreó Stehling con más pena que gloria por debajo de su bigote, sin que ello impidiera a Leo reconocer de inmediato la melodía. Todo el mundo se la sabía, era algo así como el himno no oficial de la monarquía del Danubio, el orgullo de todos los austríacos—. Y encima van y desentierran el cadáver —prosiguió Stehling—. A saber dónde estaría ahora si el sepulturero no hubiera sorprendido a esos indeseables en el último minuto. Huyeron por patas y sin el cuerpo. Esperemos que los periódicos no se enteren, bastante tenemos con lo del suicidio y lo de *El Danubio azul*. —El jefe superior de policía señaló la carpeta—. Familiarícese con el caso y vaya al Cementerio Central, pero utilice el transporte público, que no estamos para dispendios. Trate de aclarar lo sucedido y así podremos darle carpetazo. ¡Y no quiero más escándalos!, así que nada de pólvora de destello ni más trucos de magia, ¿entendido?

Leo asintió en silencio.

—Bien, pues con esto ya estaríamos.

Stehling iba a tomar una campanilla que había sobre la mesa, una reproducción en miniatura de una campana de las que se hacían sonar en los ajusticiamientos, cuando Leo volvió a carraspear.

—¿Qué pasa ahora? —preguntó impaciente.

—Verá, ya sé que no es lo habitual —introdujo Leo—, pero si pudiera darme un adelanto...

—¿Un adelanto? —Stehling lo miró perplejo—. En efecto, no es lo habitual, sobre todo viniendo usted de una familia tan pudiente como la suya. ¿No puede su padre echarle una mano?

—Mi padre y yo... no estamos pasando por un buen momento.

—Mmm, ya veo —asintió Stehling con la cabeza—. Bueno, si no hay más remedio... Vaya a la contaduría en el primer piso y que le entreguen cincuenta coronas. —Garabateó su firma en un impreso—. ¡Pero a cambio tendrá que ir en tranvía de caballos al Cementerio Central! —Tocó la campanilla y apareció una mujer con un vestido de color gris ceniza, probablemente una de las muchas secretarias de la Jefatura—. La señorita le mostrará las instalaciones. Y, ah, Herzfeldt...—añadió el jefe superior mientras Leo se dirigía hacia la puerta con su acompañante. Papá Stehling sacó otro puro de la cajita de caoba y dijo—: Si me permite darle un buen consejo, intente hablar lo menos posible en alemán central. Se lo digo por propia experiencia. Que tenga un buen primer día de trabajo en Viena.

Al salir del despacho de Stehling, Leo tuvo la sensación de haber sido tratado con demasiada consideración. Casi mecánicamente siguió a la joven, que iba señalando puertas a izquierda y derecha mientras decía alguna cosa que, sin embargo, él no escuchaba en realidad. Todo parecía indicar que Stehling lo había dejado al margen nada más empezar. Una excursión en tranvía de caballos al Cementerio Central para inspeccionar una tumba profanada, esa era su misión. Si así empezaba su brillante carrera en Viena, ¿qué vendría después? ¿Ir tras la pista de perritos falderos extraviados? ¿Resolver un robo de tartas en la pastelería Demel? Para mayor humillación, justo en ese momento apareció frente a él el inspector jefe Paul Leinkirchner con una sonrisa de oreja a oreja. El calvo masticaba una punta de puro, quizá la misma de la noche anterior.

—¡Ah, el nuevo colega! ¿Viene de ver al jefe, verdad? ¿Qué tal ha ido?

Leo guardó silencio y trató de esquivarlo en el estrecho pasillo, pero Leinkirchner no aflojó.

—Veo que nuestra adorable corderilla le está mostrando la Jefatura. Mi querida señorita, ¡no olvide mostrarle al compañero nuestro gran archivo del sótano! Según parece, el señor Von Herzfeldt va a ir en breve a pasar allí una temporada, pero no con usted.

Leinkirchner dio a la joven una palmada en el trasero y pasó de largo. Leo olió el humo del cigarro mezclado con sudor. Fue entonces cuando se dio cuenta de que el inspector jefe arrastraba ligeramente la pierna izquierda.

—¿Dónde ha dejado el maletín, Herzfeldt? —le preguntó mientras se alejaba—. ¿En alguna pensioncilla judía?

Por un momento, Leo estuvo a punto de correr tras Leinkirchner, agarrar al tipo por su sucio cuello y lanzarlo contra la puerta más cercana.

«Estupendo, el fiscal Gross estaría orgulloso de ti. De agente de policía a recluso en prisión preventiva el mismo día.»

Sin embargo, siguió educadamente a su guía, que se volteó hacia él por primera vez. Lucía un moño austero y, bajo el vestido gris, largo y ajustado, llevaba una blusa blanca. A través de unos lentes sujetos al cuello por una cadena examinó a Leo como si lo acabara de ver.

—¿Ya se conocen ustedes? —preguntó fríamente.

—Por casualidad. Nosotros... coincidimos justo anoche.

—Amor a primera vista, por lo que veo. —Su rostro se mantuvo inexpresivo, solo un leve brillo en la mirada delataba la burla. Leo titubeó; la conocía de algún sitio, pero no sabía de dónde. Ella se dio la vuelta y siguió mostrándole las salas.

La Jefatura de Policía era un edificio enorme y de tortuoso trazado, construido para albergar un hotel durante la Exposición Universal de Viena de 1873. Los estrechos e intrincados pasillos repartidos en cinco plantas conducían, entre otros, a los departamentos de la Guardia de Seguridad, el

Instituto de Agentes de Policía y la Oficina de Seguridad, encargada de los llamados «delitos de sangre», así como al Departamento de Policía del Estado, un servicio de mensajería propio con correo neumático y una estación telegráfica. Aunque Leo ya había estado aquí la noche anterior, perdió rápidamente la orientación. Además, estaba demasiado ocupado lamentándose de su destino para sus adentros.

Una puerta del tercer piso estaba entreabierta. A la tenue luz de una lámpara de gas Leo identificó varios archivadores y unas cajas dispuestas sobre el suelo.

—¿Qué es esto? —preguntó—. ¿La bodega?

—¡Oh, no, por Dios! —rio la señorita—. Es la sala de álbumes de delincuentes. ¿Desea echarle una ojeada?

El espectáculo que se presentaba ante los ojos de Leo era desilusionante. Las cajas y los armarios daban una impresión de desorden y las fichas se desparramaban por las estanterías abiertas. Había tarjetas amontonadas en el suelo a la espera de que alguien las clasificara. Un caos absoluto.

—¿Esto es la sala de prontuarios de delincuentes? —preguntó Leo mirando perplejo a su alrededor.

Ella asintió con la cabeza.

—Llevamos retraso con la clasificación. Hay demasiadas fotografías.

—Entiendo —dijo Leo—, en Viena hay muchos más delincuentes que en Graz.

Desde que la fotografía había hecho su aparición en las jefaturas de Policía en los años ochenta, había imágenes de cada criminal y una descripción con los datos personales más importantes. Los llamados prontuarios o álbumes de delincuentes debían ayudar en las tareas de búsqueda y captura, pero los agentes quedaban sumergidos en un mar de fichas que, además, no seguían ninguna norma uniforme. Leo se preguntó si clasificar los álbumes vieneses sería la próxima misión de lucha contra el crimen que le encomendaría Stehling.

«Si es así, ya puedo pedir que me entierren aquí, entre los archivadores.»

—Falta un sistema —explicó la joven encogiéndose de hombros—, como el que ha introducido Bertillon en París. En Viena seguimos esperando.

—¿Conoce a Bertillon?

La mujer miró al suelo avergonzada.

—Me he aficionado un poco a la fotografía. La encuentro enormemente... bueno, muy interesante.

—Yo también. —Leo sonrió satisfecho. No era frecuente que las mujeres se interesaran por la tecnología y menos todavía si se trataba de secretarias.

Diez años atrás, el escribiente auxiliar parisino Alphonse Bertillon había ideado un sistema para identificar delincuentes. En las fichas se registraba un total de once características físicas que excluían con una seguridad casi absoluta la posibilidad de una confusión entre personas. Muchos países ya habían adoptado el sistema y se consideraba una revolución en la lucha contra el crimen.

—¿Y usted dónde trabaja, si me permite la pregunta? —indagó Leo con cortesía.

—Justo en la sala de al lado, se la mostraré encantada. Además, tengo que volver al trabajo.

Dejaron atrás el caos y entraron en una sala más amplia en cuya pared opuesta había una hilera de conmutadores equipados con un montón de cables, casquillos y una manivela cada una. Cinco mujeres vestidas del mismo gris que la guía de Leo y con auriculares rodeándoles la cabeza estaban sentadas delante de los conmutadores hablando simultáneamente. El abejorreo era ensordecedor, sobre todo porque los timbres de llamada eran continuos. Olía a perfume barato y a la transpiración de demasiados cuerpos en un mismo espacio. La mujer de la izquierda, una matrona ya mayor y con el cabello canoso, se dio la vuelta y se quitó los auriculares.

—¡Ya era hora! —refunfuñó mientras conectaba uno de los cables—. Creí que no volvías. Se ha declarado un incendio con heridos en el distrito tercero, y en el quinto se acaba de producir un robo con fractura. ¡Ah, y en la comisaría de la Theobaldgasse necesitan un transporte para detenidos! Por Dios, ¡que no sé hacer milagros!

—Margarethe, te avisé de que tenía que hacer de guía para el señor inspector.

—El inspector nuevo... —La compañera examinó a Leo con una mezcla de burla y complacencia—. Mmm, ya veo, mucho más divertido que conectar cables telefónicos.

Sonó una línea y, como si se tratara de una orden de mando, la veterana volvió a ponerse los auriculares y atendió la llamada.

El rostro de Leo se iluminó.

—¡Ahora recuerdo de dónde la conozco! —exclamó dirigiéndose a su acompañante—. Anoche también estaba aquí, ¿verdad? Oí su voz, atendió la llamada del caso del Prater.

La joven sonrió y dijo:

—Contratan a mujeres a propósito como telefonistas porque las voces agudas se entienden con más facilidad,

¿lo sabía? Le pido disculpas si hablé muy alto, pero es que las paredes de la Jefatura son demasiado finas. De hecho, es un antiguo hotel. —Entonces recuperó la seriedad—. La mujer del Prater, sí, ya me acuerdo. Parecía un asunto delicado. ¿Ya se sabe quién...? —empezó a indagar, pero se contuvo y negó con la cabeza—. ¡Seré estúpida! No tengo permitido preguntar por los resultados de las investigaciones.

—No debe de ser fácil recibir cada día semejante avalancha de llamadas —dijo Leo señalando el conmutador repleto de cables y casquillos. Habían salido de nuevo al pasillo, donde no había tanto ruido.

Ella se encogió de hombros.

—Una se acostumbra, pero cada vez hay más llamadas. Supongo que será porque cada vez hay más gente con teléfono en Viena. Hace apenas unos años solamente había un centenar, y hoy...

—¡Si quieres plática, ve al Café Sperl en la pausa del almuerzo! —los interrumpió la compañera madura desde su asiento—. ¡Aquí se trabaja!

La acompañante de Leo puso los ojos en blanco y suspiró.

—Si me disculpa, señor... —se despidió con una mirada interrogativa.

—Herzfeldt —dijo él—, Leopold von Herzfeldt.

—¡Oh là là! ¡Un von! —rio socarrona la compañera, que, obviamente, había captado toda la conversación a pesar del ruido—. ¡Todo un finolis! Pues ten cuidado, corderilla, no vaya a ser que el joven señor barón te rapte y te lleve al Palacio de Schönbrunn.

La corderilla se sonrojó y bajó la mirada.

—Disculpe, señor Von Herzfeldt...

—Lo entiendo. Mis respetos, señoras. —Leo dejó entrever una reverencia y abandonó el lugar. Durante un buen rato todavía pudo oír los timbrazos y las voces de las telefonistas. Justo al llegar al hueco de la escalera se dio cuenta de que no le había preguntado a su guía vestida de gris ceniza cuál era su verdadero nombre.

«Corderilla», pensó.

Por algún motivo, tuvo la sensación de que bajo la piel de aquel cordero tan formal había algo de lobuno.

III

Del *Almanaque para sepultureros*, de Augustin Rothmayer, escrito en Viena en 1893

El proceso de descomposición en un ataúd puede depender de distintos factores.

Los niños se descomponen más fácilmente que las personas mayores y, de aquellos, los recién nacidos generalmente momifican en pequeños fardeles resecos. La descomposición es más rápida en las mujeres que en los hombres, y en las personas orondas también es más veloz que en las magras. Los hidrópicos se descomponen mejor que los tuberculosos, y hasta los carbonizados por un rayo empodrecen muy rápidamente, al igual que los muertos por venenos narcóticos. Las lesiones mayores, como las quemaduras, pueden acelerar el proceso. Por último, el oficio del fallecido también puede influir; según mi experiencia, los curtidores, por ejemplo, se pudren muy lentamente.

El tranvía de caballos traqueteaba sobre los rieles y Leo tiritaba de frío en el duro asiento de madera. A su lado viajaba una mujer increíblemente gorda que desprendía un fuerte olor a sudor y a ajo y cargaba con varias bolsas y cestos. El vehículo iba hasta los topes. Entre los pasajeros había muchas criadas y obreros que, una vez terminada su jornada laboral, regresaban a los distritos más pobres de Viena: Favoriten, Meidling o Simmering.

Leo se preguntó cuándo fue la última vez que se sentó en un tranvía de caballos. Tuvo que ser hacía mucho tiempo, y había un motivo por el que no había vuelto a coger uno: ¡se iba a paso de tortuga! Tampoco parecía que hubiera paradas fijas, la gente se subía o bajaba a su antojo. A veces el vehículo iba tan despacio que podría haber ido caminando a su lado. Por un momento pensó en invertir una pequeña parte de su adelanto en un coche de punto, pero tenía que economizar. Su intención era poder llevar a la tintorería los pantalones de franela con los que se había abierto camino por el fango la noche anterior. No podía permitirse comprar unos nuevos, y mucho menos hacerse un par a medida.

Miró por la ventana y vio desfilar a su lado las enormes cubiertas del mercado central del ganado y el matadero. El hedor a sangre y podredumbre era tan fuerte que casi disimulaba el olor a sudor y a ajo de su vecina de trayecto. Era la otra cara de Viena. Fuera del suntuoso Ring, la avenida de circunvalación que rodeaba el centro de la ciudad, o detrás del Gürtel, el cinturón urbano, empezaban los barrios pobres que, desde hacía algunos años, no dejaban de crecer a un ritmo endiablado. A la derecha, a lo lejos, se divisaba la colosal silueta de la fábrica de ladrillos Wienerberger, donde miles de obreros se deslomaban en los fosos y tejerías quince horas al día, siete días a la semana. Muchos de ellos eran mano de obra barata procedente de Bohemia y Moravia.

El compartimento se fue vaciando paulatinamente. Poco antes de llegar al distrito de Simmering, la mujer gorda también se bajó y Leo sacó la carpeta que le había entregado Stehling.

En las últimas dos horas había investigado un poco sobre el caso. La familia Strauss, que ya llevaba dos generaciones dominando la escena musical no solo de Viena, sino también de toda Austria, pertenecía a la élite social de la ciudad y, al parecer, gozaba de más libertad que otras. Johann Strauss padre, compositor de numerosas piezas célebres, entre ellas la legendaria *Marcha Radetzky*, había mantenido durante muchos años una relación extramarital con una mujer de la limpieza llamada Emilie Trampusch, con la que incluso acabó viviendo. De esa unión nacieron ocho hijos. El menor era un tal Bernhard, quien, al igual que sus famosos hermanastros, se hizo músico, aunque con muy poco éxito. En su carta de suicidio, incluida en el exiguo expediente del caso junto con el certificado de defunción, Bernhard se quejaba con amargura de cómo los Strauss habían renegado de él. Sostenía también que la canción *El Danubio azul* era una composición suya que él había tocado brevemente para su medio hermano en el parque del Volksgarten y que este la había convertido en su obra más conocida. Desolado, humillado y sumido en la miseria más absoluta, Bernhard anunciaba en su escrito de despedida que debía morir y achacaba por entero la culpa de ello al insensible clan de los Strauss.

Los periódicos estaban entusiasmados.

Leo echó una hojeada a los artículos del *Wiener Abendpost*, el *Wiener Zeitung* y el *Illustriertes Wiener Extrablatt*. Este último era un periodicucho barato que evocaba la historia con horripilantes dibujos del ahorcado y planteaba la pregunta de si el Rey del Vals Johann Strauss no habría plagiado también otras composiciones. Instintivamente, Leo silbó la melodía, conocida en todo el mundo:

Danubio azul, de plata y zafir,
corriendo al azar, tú cantas feliz...

El hombre que iba sentado frente a él, vestido con una chaqueta polvorienta y un sombrero manchado, levantó con fastidio la mirada de su periódico obrero y examinó a Leo.

—¿Es usted del género tonto o qué? —refunfuñó—. Al sanatorio se va en dirección contraria.

Leo guardó silencio y volvió a sumergirse en sus documentos. Esta vez había dejado el maletín con sus herramientas de investigación en la Jefatura, lo mismo que la cámara. No quería arriesgarse a recibir otra reprimenda. Papá Stehling acababa de hacerle sentir igual que un colegial reprendido por un director de escuela. La ira contra el inspector jefe Paul Leinkirchner, ese calvo de miras estrechas, lo invadió de nuevo. Le gustaría dejarlo todo y volver a Graz, pero eso no era una opción.

No, después de lo que había pasado.

El tranvía de caballos se detuvo con un chirrido de ruedas y Leo, que había perdido completamente la noción del tiempo, levantó la mirada sorprendido. Fuera se extendía ante él un páramo, como si estuviera en algún lugar de la esteparia *puszta* húngara. Arbustos bajos, campos yermos, algún que otro caserío... A mano izquierda, un poco alejado, se elevaba un edificio cuadrado con torres robustas que recordaba a un cuartel. A la derecha discurría un muro que parecía no tener fin, interrumpido por algunas casas, quioscos y barracas. El conjunto semejaba una plaza improvisada delante de una estación. En el área polvorienta frente a las barracas había unos cuantos coches negros cuya forma alargada delataba su función. Todos los cocheros llevaban sombrero de copa y frac negro, y los visitantes también iban por completo de oscuro. Estaban reunidos en pequeños grupos con rostros tristes, como si también estuvieran esperando el Juicio Final. Unas vetas negruzcas atravesaban el cielo gris.

—¡Cementerio Central! —gritó el conductor—, ¡última parada!

«Muy apropiado», pensó Leo.

Se apeó y se dirigió hacia las humildes barracas, donde otro coche fúnebre acababa de atravesar traqueteante uno de los tres accesos al cementerio. El intenso ajetreo de carruajes contrastaba de una manera extraña con el silencioso páramo. Era como si una tormenta hubiera arrastrado los sonidos y el silencio pudiera escucharse. En las construcciones de aspecto improvisado Leo no vio cruces ni ornamentos eclesiásticos ni la más mínima decoración; todo era tan aséptico como un hospital. Leo recordó entonces que el Cementerio Central había sido inaugurado con pomposa ceremonia hacía casi veinte años.

«Y todavía parece que sigue en obras...»

Al llegar al portón de entrada mostró su insignia y expuso el motivo de su presencia. El portero lo miró irónicamente mostrando los tres dientes que le quedaban.

—¿Va usted donde los suicidas? Están al final, en la parte oriental. Buen andador tendrá que ser, inspector, aunque también puede tomar uno de los coches de punto del cementerio.

—No puede estar tan lejos —repuso Leo con impaciencia.

El portero se encogió de hombros.

—Compre por lo menos un plano.

—Gracias, no hará falta. Que tenga un buen día. —Leo se descubrió para despedirse y entró en el recinto.

El panorama lo impactó.

Dondequiera que mirara solo veía tumbas, una hilera tras otra. Parecían extenderse hasta el infinito, como en una pesadilla. Apenas había losas, sino sobre todo cruces de latón o madera clavadas, no siempre rectas, en las cimas de los túmulos recién levantados. La sensación de pesadumbre se veía acrecentada por la falta de vegetación. Había árboles plantados, pero todavía faltaban décadas para que dieran sombra. Por lo demás, solamente crecían arbustos. Ni siquiera pudo distinguir una iglesia. Por las calles que atravesaban el cementerio, formando una malla, andaban paseantes, como muertos vivientes, muy encorvados y con sombreros negros. Sobre los campos funerarios flotaban velos de niebla; había empezado a lloviznar.

Era el lugar más desolador que Leo había visto nunca.

El viaje en el tranvía de caballos había durado más de una hora y entretanto ya era más de mediodía. Había lucido el sol durante la mañana, por lo que un vapor cálido y húmedo se le había instalado en la ropa. Leo se quitó el abrigo, se lo colgó del brazo y se puso en marcha.

No tardó en arrepentirse de no haberle comprado el plano al portero o de no haber tomado uno de los coches de alquiler. El hombre había dicho que los suicidas estaban enterrados en algún lugar de la parte oriental, pero ¿dónde exactamente? Encontró algunos letreros, pero solo contenían números crípticos. Poco después pasó por una glorieta con atrios donde al parecer se encontraban los mausoleos de las familias más pudientes y después siguió por unas hileras de tumbas salpicadas de cruces sin adornos. De buena gana hubiera pedido a un guardia que le indicara la ruta, pero no se cruzó con ninguno. La lluvia fría se le colaba por el cuello de la camisa y el barro le cubría los zapatos de piel recién lustrados. Caminaba derecho hacia el este pasando por cientos de tumbas. ¿Cuántos muertos podía haber enterrados ahí?

Al final se hartó de seguir la laberíntica red de calles que siempre lo llevaban en dirección equivocada, de manera que ignoró los caminos y continuó a campo traviesa trepando por arbustos de zarzas que le rasgaban los pantalones. Para no tener que dar otro par por perdido, optó por saltar el siguiente arbusto.

Y cayó en la fosa que había justo detrás.

La caída le dejó sin aliento durante unos segundos. Leo soltó una maldición y se levantó a duras penas sobre el lodo. ¡Por el amor de Dios, no se podía ser más estúpido! Había caído en una tumba recién cavada. Podía haber más de dos metros hasta el borde de la superficie, así que había tenido suerte de no haberse roto nada. La cuestión ahora era cómo iba a salir de allí...

—¡Eh! ¿Puede alguien oírme? —gritó con fuerza—. ¿Hay alguien ahí? ¡Hola!

Como era de esperar, no obtuvo respuesta. La lluvia formaba charcos de barro en el fondo de la fosa.

Había una pala apoyada en una esquina. Leo intentó utilizarla como peldaño, pero resbalaba. Saltó desesperadamente para agarrarse al borde del hoyo, pero la tierra seca se desprendió llevándose consigo algunos pedazos de hierba y Leo cayó otra vez al suelo.

Esta vez, al caer con algo de fuerza sobre los pies, escuchó un crujido en el suelo.

Se miró las piernas y vio que de rodillas para abajo estaba enterrado en unos huesos. Eran de un color parduzco y estaban en parte astillados. Entre ellos había algunos cráneos enseñando los dientes. Leo gritó de espanto y se lanzó hacia delante. No fue una buena idea, porque bajo la fina capa de tierra también había huesos por todas partes. Una astilla se le clavó en la mano izquierda y un par de dedos de la otra mano se le quedaron metidos en las cuencas oculares de un cráneo. Asqueado, Leo lanzó la pequeña calavera, que por su tamaño había sido de un niño, lo más lejos que pudo. Sintió náuseas y al mismo tiempo se dio cuenta del ridículo que debía de estar haciendo al verse avanzando pecho tierra sobre una montaña de huesos viejos en una fosa empapada por la lluvia.

—¡Ea, bravo! A fe mía que nunca encontré un cadáver más tierno.

La voz chirriante sonó tan de sopetón que Leo se sobresaltó instintivamente. Sonaba como si viniera también de una tumba. Al levantar la mirada, Leo solo pudo distinguir en la arreciante lluvia un gran sombrero negro de ala ancha que ocultaba bajo su sombra el rostro que había debajo.

—Mmm... Se ve jovencito, el pobre —gruñó la voz—, y tan reseco... Un alfeñique. Se lo habrá llevado la tuberculosis. O el cólera.

—Muy divertido —jadeó Leo mientras se levantaba con cautela—. ¿Y ahora sería usted tan amable de ayudarme a salir de aquí?

—En verdad que no acostumbro a sacar muertos de las tumbas, solo los meto en ellas.

—¡Maldito sea! —le increpó Leo, que ya había perdido definitivamente la paciencia. Iba embadurnado de lodo, sangraba y estaba metido hasta las rodillas entre despojos de gente que llevaba años muerta—. Soy agente de la Policía de Viena. ¡Ayúdeme de una vez, si no quiere que esto le acarree graves consecuencias! Una fosa como esta debería estar cercada y señalizada. Además, ¿qué hacen aquí todos estos huesos viejos?

—Es una tumba de diez años —dijo desde lo alto el hombre, al que Leo aún no podía reconocer a causa de la lluvia.

—¿Una qué?

—Una tumba de diez años. Cada diez años abro la fosa, amontono los huesos en un rincón y preparo el hoyo para los próximos inquilinos. ¿Qué tal se está ahí abajo? ¿Corre el aire? ¿Demasiada humedad? No todo el mundo está hecho para una fosa común. ¿O tal vez quiera el caballero probar un mausoleo...?

Leo cerró los ojos por un momento. Estaba a punto de soltar otra sarta de improperios cuando oyó pasos. El hombre se alejaba, allí arriba.

—¡Eh, espere! —gritó desesperado—. ¡Todo se puede hablar! ¿Quiere dinero? ¡Oiga!

El silencio que siguió solo lo rompía el canto de un solitario mirlo. Pero entonces los pasos se acercaron de nuevo y una escalera asomó por el borde de la fosa.

—Vamos, salga antes de que se muera de un berrinche. Además, todavía no he arreglado el hoyo, así que no puedo entregarlo, ni siquiera a usted.

Leo subió con cautela los peldaños quebradizos y pudo por fin reconocer al hombre que estaba de pie al borde de la fosa. Vestía un largo gabán negro manchado de tierra de tumba y su rostro demacrado y descarnado era la viva imagen de la muerte. Debajo del sombrero brillaba una mirada despierta que se clavaba burlona sobre Leo. El hombre debía de tener unos cincuenta años, quizá menos, quizá más, era imposible determinar su edad. A pesar de las arrugas que se le habían formado alrededor de la nariz y la boca, había algo extrañamente intemporal en su rostro. Era delgado y raquítico como un espantapájaros y superaba a Leo en altura casi por una cabeza.

—Gracias —masculló el inspector cuando por fin llegó a la superficie. Se sacudió el polvo de los pantalones y examinó su mano izquierda, donde se le había clavado la astilla de hueso. La sangre se mezclaba con el lodo.

—Lávese bien —dijo el hombre ofreciéndole una botella de agua—, para que no se infecte. Aunque hayan pasado tantos años, todavía podría haber tomaínas.

—Tiene razón. —Leo cogió la botella, se limpió la herida y se la vendó con su pañuelo de seda bajo la atenta mirada del hombre.

—¿Así que es usted un cerdo? —preguntó por fin el tipo enjuto.

—Perdone, ¿un qué?

El hombre sonrió.

—Un policía, vamos.

Leo asintió con la cabeza mientras se ponía el abrigo.

—Del Instituto de Agentes de Policía de Viena. Creo que me he perdido. Busco las tumbas de los suicidas.

—Ha venido por lo de Strauss —constató el hombre—. No pensé que enviarían a un inspector tan pronto. —Se rascó la nariz—. Ahora la cosa cambia.

—A qué... ¿a qué se refiere? —preguntó Leo sorprendido—. ¿Cómo que la cosa cambia? ¿Y a santo de qué conoce el caso?

—¿Cómo no lo voy a conocer si fui yo quien lo enterró y también estaba presente cuando esos dos delincuentes de poca monta casi lo vuelven a desenterrar?

—¿Usted es el sepulturero que fue testigo presencial del suceso?

—Testigo presencial del suceso... Habla usted tan afectado como un jodido lacayo del viejo emperador Francisco. —Esbozando una sonrisa burlona, el hombre le tendió la mano sucia y se presentó—: Augustin Rothmayer, sepulturero.

—Leopold von Herzfeldt, agente de policía —respondió Leo tendiéndole a su vez la suya con un gesto mecánico y pensando que no podía ser más extraña tanta formalidad al borde de una tumba abierta—. ¿Podría explicarme qué sucedió exactamente después del entierro? —preguntó.

—Claro, ¿por qué no? Acompáñeme al campo de los suicidas y se lo mostraré. Pero no se separe de mí si no quiere volver a caer, estoy limpiando todo el sector veintitrés.

De repente, el sepulturero dio media vuelta sin hacer ningún ademán y se puso a caminar entre tumbas, muchas de ellas recién cavadas.

—Hoy ya llevo siete sepelios y apenas ha empezado la tarde —refunfuñó sin volver la mirada—. La gente cae como moscas. Por suerte aún no es verano. Con el calor apestan y hay que acelerar.

—¿Cuántos entierros se hacen al día? —preguntó Leo para mantener la conversación mientras caminaban por el camposanto.

—Unos setenta, muerto más, muerto menos.

—¿Setenta muertos cada día?

—Este es el cementerio más grande de Europa, inspector. Está usted transitando sobre los huesos de más de medio millón de muertos. A veces, por la noche, oigo que emiten un bonito cuchicheo, ¡oh, sí!

Leo guardó silencio. ¿Le faltaba un tornillo a ese tipo? De ser así, tampoco sería del todo incomprensible.

—¿Cuánto tiempo lleva trabajando aquí? —preguntó.

—Desde la apertura del cementerio, o sea, hace casi veinte años —contestó el sepulturero mientras seguía caminando. Las botas se le hundían en el barro—. Antes estuve en el cementerio de San Marcos. Rothmayer e Hijos. ¿Ha oído hablar de nosotros?

—Eh... no, lo siento —repuso Leo—. ¿Su familia lleva mucho tiempo en el... negocio?

—Podría decirse que sí. Más de doscientos años. La muerte nunca pasa de moda.

Entretanto habían llegado a una zona de tumbas contigua al muro oriental. El panorama era, si cabe, aún más lúgubre que en el resto del cementerio. No había un solo árbol o arbusto, y la sombra de la pared se proyectaba como un mar de brea viscosa sobre las tumbas, que eran unos simples montículos de tierra señalizados con cruces de madera baratas. El lugar estaba rodeado por una cerca de hierro oxidado provista de unas puntas afiladas cuyo propósito Leo no acababa de entender, y que llegaba hasta las rodillas. Una de las tumbas en el centro había sido excavada y en el fondo de la fosa de unos dos metros de profundidad pudo distinguir tres ataúdes nuevos, apenas cubiertos de tierra.

—¿Aquí fue donde ocurrió? —preguntó Leo.

—Aquí traemos a los suicidas y algún que otro cadáver sin identificar. —Augustin Rothmayer resopló—. ¡No sabe usted la de suicidas que nos llegan! Ahorcados, arrollados por trenes, morfinómanos... Y luego está ese nuevo método con gas, que se supone indoloro, se queda uno dormido y ya, pero...

—No han llenado el foso de tierra —lo interrumpió Leo.

Rothmayer se encogió de hombros.

—Las fosas comunes son la categoría más barata, solo cuestan seis coronas, los niños la mitad. Caben cinco ataúdes, algunos más si son cajas infantiles, como es natural —aclaró señalando el fondo de la fosa, donde la luminosa madera de abeto rojo de los féretros brillaba bajo la tierra húmeda—. Bastan unas pocas paleadas para cubrirlos por completo, como dos o tres centímetros, para que no huelan. Había dos cadáveres más previstos para el día siguiente, así que dejé la tumba abierta.

—¿Cuándo fue el entierro? —preguntó Leo, y sacó una libreta de notas—. Día y hora.

—¡Ea, qué puntilloso! —bromeó Rothmayer, y después trató de recordar—: Fue hace tres días, poco antes de ponerse el sol. Entonces se enterró a Strauss, pero no había mucha gente. ¡Y eso que fue después de su última gran aparición en la prensa!

—¿Quién acudió?

—¿Qué sé yo? No soy pitoniso. Una, dos docenas quizá, pero solo eran curiosos, en mi opinión, mirones y punto. Estaban junto a la tumba como buitres, los sepultureros estamos acostumbrados y los vemos venir a la legua. También había una mujer que lloraba, debía de ser su amante; guapa, joven, pero probablemente prostituta, con todos mis respetos. Esa noche volví a pasar por la tumba, sobre las diez, de camino a casa. Y fue entonces cuando vi a ese par.

—¿Los ladrones de tumbas?

—No, dos ardillas —se burló Rothmayer—. ¡Los ladrones de tumbas, por supuesto! Estaban en la fosa y querían sacar el ataúd. La verdad es que no tenían que excavar mucho. Grité como un condenado y se esfumaron. Sin el ataúd.

—¿Notó algo extraño en ellos?

—Por supuesto que noté algo.

Leo puso los ojos en blanco.

—¡No me haga tirarle de la lengua, Rothmayer!

El sepulturero se hurgó la nariz a conciencia y, cuando hubo terminado, respondió:

—Creo que ya había visto a ese par en el entierro. Estaban entre el resto de los asistentes, pero se notaba que eran de otra calaña. Dos auténticos rufianes, uno con un enorme corte en la cara, ¡para morirse de miedo! —Se estremeció—. El otro tenía la espalda como un toro, podría haber cargado con el ataúd él solito. Llevaba bigotillo y era bizco, un mamacallos, vamos.

—¿Un qué?

—Pues eso, un imbécil, un tonto con cabeza de chorlito.

Leo arrugó la frente. Que los ladrones de cadáveres hubiesen asistido previamente al sepelio le dio que pensar.

Era del todo posible que los dos tipos hubieran querido explorar antes el terreno: una fosa solitaria y alejada de cualquier alma que pudiera molestar; un muro que se extendía justo por allí y no demasiado alto, por lo que sería fácilmente salvable hasta con un cadáver a cuestas que después podrían malvender a la universidad por un puñado de coronas.

—¿Son muy frecuentes los robos de cadáveres? —inquirió Leo—. Hay gente que paga bien por ellos, ¿lo sabía?

—Pero ¿qué se ha creído? ¿Aquí, en el Cementerio Central? —Rothmayer puso cara de indignado—. Tenemos guardias que vigilan y también estamos los sepultureros. No, no, no... —negó a la vez con la cabeza—, aunque no dudo que Strauss hubiera sido un interesante objeto de estudio para la patología.

—¿A qué se refiere?

—Será mejor que lo vea usted mismo, inspector.

Leo se sobresaltó.

—¿Ahí abajo, en el ataúd? ¡Hoy ya no me meto en ninguna fosa más!

—No será necesario. Cuando los dos canallas huyeron, dejaron caer la caja y Strauss se desplomó. Fue entonces cuando pude examinar más de cerca el cadáver. Al principio no estaba seguro, pero luego... —Rothmayer negó con la cabeza.

—¿Qué fue lo que vio? —exclamó Leo—. ¡Por el amor de Dios, hable de una vez!

—Cálmese, inspector. —Augustin Rothmayer volvió a hurgarse la nariz a conciencia—. Poco a poco. Si trabajara cada día en un cementerio, como yo, no sería tan impaciente. Los muertos tienen todo el tiempo del mundo.

Acompáñeme a la morgue y le mostraré lo que quiero decir.

Mientras seguía al sepulturero, Leo estuvo a punto de tropezar con la única cerca de hierro que rodeaba el campo de tumbas y que llegaba hasta las rodillas. Maldiciendo, se sujetó la espinilla y dijo:

—¡Vaya cerca más absurda! ¿A quién se supone que impide la entrada? ¿A los conejos?

—No impide la entrada a nadie, mantiene a los muertos dentro —respondió Rothmayer con aspereza—. Hay gente que piensa que los suicidas regresan como aparecidos.

—¿Usted se lo cree? —preguntó Leo.

Rothmayer se encogió de hombros.

—Digamos que me gusta tener las cosas ordenadas. El más allá y el más acá, mejor cuanto más separados.

Y prosiguió andando por delante de las tumbas en silencio y con paso fatigoso.

El depósito de cadáveres, próximo a la entrada principal, era un edificio alargado y de poca altura. Se trataba, tal como Leo pudo apreciar al examinarlo más de cerca, de una construcción levantada a toda prisa a base de sillares unidos con argamasa y cubiertos con una cal mortecina. La cámara propiamente dicha no tenía un aspecto tan triste y estéril como el vestíbulo, pero también parecía hecha a medias. Delante del edificio volvieron a encontrarse con visitantes, pero parecía que la gente prefería no acercarse demasiado a la morgue, como si se tratara de una criatura monstruosa capaz de devorar cualquier signo de vida. Al menos había dejado de llover.

Augustin Rothmayer había permanecido callado durante todo el largo camino de regreso y, ante las repetidas preguntas de Leo, también se había limitado a contestar con malhumorados monosílabos, como si ya hubiera agotado su cupo diario de palabras.

Seguramente había más sepultureros en el Cementerio Central, pensó Leo, solo así se explicaban las siete decenas de entierros al día. No cabía duda de que el oficio de sepulturero engendraba personalidades extrañas, pero Leo tenía la impresión de que se había topado con el más raro de todo el gremio.

Durante el trayecto, se había dado cuenta de lo bien que Rothmayer conocía aquel camposanto; sin duda habría encontrado a ciegas el camino hasta la salida principal. Se detenía de vez en cuando y enderezaba una cruz en una tumba o arrancaba las flores marchitas de la decoración de otra. A veces murmuraba algo, como si estuviera hablando con los muertos, y en un par de ocasiones hasta se llevó la mano al sombrero de ala ancha como si estuviera saludando. Finalmente se puso a tararear una melodía lenta en tono menor. Leo tardó en darse cuenta de que, en efecto, se trataba del *Réquiem* de Mozart.

«Un sepulturero que tararea Mozart —pensó Leo—. Lo que no me pase a mí...»

Augustin Rothmayer sacó un manojo de llaves, abrió la puerta del depósito de cadáveres y de inmediato una corriente de aire frío arremetió contra Leo. El empalagoso hedor a carne podrida casi superaba al del matadero por el que había pasado de camino a Simmering.

—Dios santo... —jadeó Leo.

—Es una morgue, ¿qué esperaba? *Eau de Cologne?*

—¿No lo huele? —preguntó Leo.

—Pasará con el tiempo. Es mejor que respire por la boca, así también hablará menos.

Entraron en la estrecha cámara de más de seis metros de longitud donde, sobre una elevación de piedra a derecha e izquierda, había dos docenas de ataúdes abiertos. Por las ventanas elevadas y enrejadas entraba una turbia luz de tarde que iluminaba insuficientemente la sala. Rothmayer encendió una linterna y Leo vio las caras pálidas y catalépticas de hombres, mujeres y niños vestidos con sus mejores galas, como para ir a la iglesia en domingo, con los ojos cerrados como si estuvieran durmiendo. Asido a la mano derecha de cada cadáver colgaba un fino cable que recorría la pared hasta el techo, donde se reunía con el resto de los filamentos para desaparecer por un agujerito junto al cual había una caja de lámina atornillada al mismo techo.

—Por el amor de Dios, ¿qué es eso? —preguntó Leo señalando el extraño ingenio.

—¡Ea, el Cementerio Central también avanza con los tiempos! Es nuestro despertador de muertos electrificado. Los cables van a parar al edificio de la Administración y, de allí, a la oficina de los guardias. Si alguien mueve un dedo aquí, al otro extremo se escuchará un timbre capaz de dejar sordo a cualquiera. —Afligido, Rothmayer se encogió de hombros—. Pero nunca lo he oído sonar, no en todos los años que llevo aquí.

Leo asentía con la cabeza mientras observaba el rostro de un hombre mayor de rasgos cerosos que estaba de cuerpo presente a su derecha.

El miedo a ser enterrado vivo había existido desde siempre. Para determinar la muerte, los médicos tomaban el pulso, acercaban un espejo a la nariz para ver si se empañaba, o bien una pluma para comprobar una posible exhalación. También un vaso de agua colocado sobre el pecho podía dar pistas de una respiración aún débil. Sin embargo, en el fondo solo una incipiente putrefacción o la aparición de manchas lívidas en la piel daban una certeza absoluta de la defunción. Por ello, la ley exigía que los cadáveres permanecieran cuarenta y ocho horas en una cámara mortuoria antes de ser enterrados.

Leo había oído hablar de esos curiosos despertadores de muertos, pero nunca había visto ninguno.

—¿El cuerpo de Bernhard Strauss también pasó previamente por aquí? —preguntó mientras sentía un escalofrío. La temperatura no debía de superar los diez grados en el depósito.

—Es probable que lo velaran en casa. Aquí solo vienen los que no tienen esa posibilidad. Esta pobre chusma proviene sobre todo de los barrios obreros, donde la gente vive hacinada en una sola habitación. Abuela, hijos, nietos... ¿Dónde van a instalar la capilla ardiente del abuelo? ¿Sobre la mesa de la cocina? —se lamentó el sepulturero—. ¡Qué espanto! Pero así son los tiempos modernos. Antes todo el mundo velaba en casa y la muerte era un invitado más. Pero a Strauss le habría ido mejor si lo hubieran traído aquí antes de enterrarlo.

—¿Qué quiere decir? —preguntó Leo.

—Venga conmigo, se lo mostraré.

Leo siguió a Rothmayer hasta otra cámara situada en la parte trasera, donde hacía más frío que en la zona principal y el hedor era todavía más intenso. En las paredes había nichos profundos, superpuestos de cuatro en cuatro y con ataúdes en su interior, y una puertita al fondo servía de entrada trasera. La sobriedad le recordó a Leo un eficiente matadero.

—¡Hace años que esperamos un depósito de cadáveres como Dios manda! —se quejó Rothmayer mientras colgaba la linterna de un gancho oxidado—. Esto solo son remiendos. Ya han ampliado el cementerio cuatro veces, pero no tienen para construir una morgue decente con salas de disección. ¡Un escándalo! ¡Pero ayúdeme, por Dios!

El sepulturero tiró de uno de los ataúdes situados a la altura de las rodillas y Leo fue a echarle una mano. Con gran esfuerzo levantaron la pesada y voluminosa caja y la depositaron sobre la mesa.

—El ataúd está hecho trizas —comentó Leo señalando la tapa astillada.

—¿No le acabo de decir que el ataúd de Strauss se cayó? Por eso lo traje aquí. Échele un ojo. —Rothmayer levantó la tapa.

El espectáculo obligó a Leo a retroceder horrorizado.

A diferencia de los cadáveres de la parte delantera del depósito, el muerto no parecía ni mucho menos que descansara en paz. Era bastante alto, vestía un frac deshilachado y unos pantalones demasiado cortos con más de un remiendo. Debía de tener unos cincuenta años y lucía un bigote unido a unas patillas generosas y una ondulada cabellera, muy parecidas a las de su hermanastro famoso. El parentesco con la familia Strauss era difícil de disimular. Tenía los ojos desorbitados, como atrapados en un espanto interminable, y la boca entreabierta, como si estuviera a punto de gritar desesperadamente en cualquier momento. Un cerco violáceo le rodeaba el cuello, el típico hematoma de los estrangulados. El cuerpo ya olía muy fuerte y Leo se tapó la boca y la nariz con la mano.

—¡Qué muerte tan terrible!

—No se preocupe por la cara de terror, el aspecto de un cadáver es fruto de la casualidad. He visto ahorcados que eran la viva imagen de Blancanieves. Es mucho más interesante esto de aquí. —Augustin Rothmayer levantó el brazo derecho del muerto, cuya rigidez ya había remitido—. Mire las uñas.

—Están... están destrozadas. —Leo se inclinó para observar los dedos y vio costras de sangre en las yemas. La otra mano también presentaba las mismas heridas. Tenía astillas de madera clavadas en lo que le quedaba de las uñas—. Dios mío, ¿no insinuará que...? —Leo se quedó mudo cuando Rothmayer levantó de repente la tapa del ataúd, que hasta entonces había estado apoyada bocabajo sobre la mesa.

—¿Lo ve? —dijo el sepulturero.

Y Leo lo vio.

La madera de la cara interior de la tapa estaba llena de arañazos, como si el muerto hubiera clavado las uñas en ella.

Las uñas de un hombre loco de miedo en su propia tumba.

—El ataúd no se quedó así al caer —declaró Rothmayer—. Bernhard Strauss intentó abrirlo desde dentro. ¡Que me parta un rayo si miento! El pobre diablo fue enterrado vivo.

IV

Del *Almanaque para sepultureros*, de Augustin Rothmayer, escrito en Viena en 1893

Los insectos que adoptan cadáveres como entorno vital o sustento influyen sobremanera en la putrefacción. Aparte de la pérdida de sustancia corporal, derivada del uso del muerto como alimento, las pequeñas criaturas perforan las vísceras en todas direcciones, con lo que se abren más puntos de contacto con el exterior.

En cadáveres frescos abunda mayormente la mosca de la carne, mientras que los cuerpos ya descompuestos (en estado seco o pulposo) son los preferidos por el escarabajo carroñero. Cochinillas, polillas y arañas se decantan más por cadáveres esqueletizados o momificados. Una mención especial merece el escarabajo enterrador: la hembra perfora el cadáver para después poblarlo con sus larvas, las cuales van ahondando en el muerto para después...

Augustin Rothmayer se recostó en una silla de madera de manufactura propia y guardó el portaplumas. El capítulo sobre los insectos se presentaba más difícil de lo que había pensado, probablemente porque aún no había concluido del todo su estudio en la materia. Mientras limpiaba las tumbas de diez años había dado con un par de especies de arañas que nunca había visto. Siempre se aprendía algo.

Cansado, el sepulturero se frotó los ojos y miró por la ventana a los túmulos que brillaban con un tono dorado a la luz del atardecer. ¡Qué horror! Llevaba semanas deseando que llegara noviembre para volver a disfrutar de la niebla, el frío y la humedad y tener el Cementerio Central de Viena prácticamente para él solo, excepción hecha del Día de Difuntos, como era natural, cuando acudían los visitantes a bendecir las tumbas de sus familiares y vivir despreocupados. Ese día solía quedarse en su aposento.

Sentado en la butaca del rincón, su gato ronroneaba y lo miraba con los ojos rasgados. La leña crepitaba en el brasero. Eran pequeños listones de madera de ataúd, que ardía particularmente bien.

—¡Jesús mil veces! ¡Qué sinvivir! —se quejó Augustin—. No queremos eso, ¿verdad, Luci? Por lo menos en el cementerio debería reinar la paz.

La pérdida de concentración de Augustin Rothmayer se debía a la visita que le había hecho el inspector unas horas antes, pero también a los incidentes que en la última semana habían perturbado de forma considerable la tranquilidad del sepulturero. Quizá no tendría que haber denunciado el incidente a la administración del cementerio, pero el ataúd se había roto y las normas eran las normas. Y encima le enviaron un detective... ¡que para colmo era alemán! O que hablaba como uno, que para el caso era lo mismo. El tipo, desagradablemente curioso, lo había acribillado a preguntas. Sin embargo, Rothmayer debía admitir que él también quería saber qué le había pasado en realidad a Strauss en su ataúd. ¡Qué diablos, si hasta tuvo que revisar el capítulo sobre la muerte aparente! A ese paso nunca acabaría el almanaque...

—¡Qué angustia! —repitió Augustin, y Lucifer, el gato, levantó la cabeza como si estuviera de acuerdo con su amo—. ¡Santo Dios, qué angustia!

El sepulturero se levantó y se dirigió a la pared donde estaba colgado el violín. Tomó el arco y arrancó unas cuantas notas, el comienzo del cuarteto de cuerda en re menor *La muerte y la doncella*. Siempre le había gustado Schubert. El pobre había muerto de sífilis y fiebre tifoidea y ahora descansaba aquí, en el Cementerio Central de Viena, como tantos otros músicos: Beethoven, el viejo Strauss, Lanner... Faltaba Mozart, de quien solo había un cenotafio. Nadie sabía exactamente dónde yacían sus restos.

Bueno, casi nadie.

Augustin cerró los ojos y dejó que el sonido del violín, ese *leitmotiv* melancólico y triste, le devolviera la paz que tanto echaba de menos. Las notas cálidas llenaban el pequeño aposento que era su casa. Augustin había levantado la cabaña con sus propias manos y también había plantado el rosal que rodeaba la casa como un alambre de espino protector. No quedaba muy lejos de los suicidas del muro oriental, hacia el que rara vez se desviaban los paseantes. Una estancia, un cuarto para dormir y un brasero caliente, no necesitaba nada más aparte de algunos libros, las rosas, la pala de cavar, papel y material de escritura... La gente del cementerio le dejaba hacer. Como único empleado, había recibido la autorización para levantar la cabaña en las instalaciones. Su apellido aún tenía prestigio, al menos entre sus colegas, incluidos los señores Lang y Stockinger, los principales sepultureros del Cementerio Central. Y ahora le venía ese inspector con sus fastidiosas preguntas. ¿Se imaginaría algo, el tipo? Tonto no era...

Las constantes cavilaciones coartaban el entusiasmo de Augustin. Además, no podía quitarse de la cabeza una escena en particular. La noche en que sorprendió a los dos golfos con las manos en la masa e inspeccionó el ataúd roto, pudo examinar de cerca el cadáver. No solo le extrañaron las yemas de los dedos ensangrentadas y los arañazos en la tapa del ataúd, sino que le llamó la atención algo más. Al principio no fue capaz de describirlo, pero mientras repasaba el almanaque hacía un momento, el pasaje sobre los narcotizados y los envenenados le hizo caer en la cuenta de un detalle. ¿Debía informar de ello al arrogante inspector? Por lo que sabía, en las oficinas del cementerio había uno de esos modernos aparatos de teléfono con el que podía llamar a la Jefatura de Policía de Viena. Nunca había telefoneado a nadie, ni siquiera sabía cómo hacerlo. Al parecer, había que hablar por una bocina y sostener otra junto al oído.

Corrían tiempos extraños: la voz se transmitía por un cable, las autoridades se estaban planteando trasladar cadáveres mediante tubos neumáticos, el despertador de muertos también funcionaba ahora con electricidad...

Fuera graznaban los cuervos y Augustin dejó de tocar el violín.

—¿Lo oyes, Luci? —le dijo al gato—, hasta los cuervos están hoy inquietos.

Después de tantos años conocía a todos los animales del cementerio. Había ruiseñores, urracas, lechuzas, búhos, conejos, zorros y hasta un par de tímidos ciervos. Augustin Rothmayer entendía su lenguaje, a veces incluso

82

mejor que el de los humanos, y sabía que los cuervos de ahí fuera estaban descontentos por algo.

—Schubert no se merece esto, Luci. Creo que ya he tocado suficiente por hoy.

Maldiciendo en voz baja, volvió a colgar el violín en el gancho y se asomó a la ventana para ver qué sucedía. Los cuervos revoloteaban sobre una tumba que se encontraba no muy lejos, detrás de unos arbustos. Esa misma mañana, poco antes de que llegara el inspector, habían enterrado allí a una mujer en una fosa para pobres. La muerta todavía era joven, pero no había acudido ningún familiar ni amigo. En esos casos, Augustin rezaba una oración en silencio y permanecía de pie junto a la tumba durante un rato. Alguien debía honrar a los muertos desconocidos, aunque solo fuera el sepulturero.

Los cuervos volvieron a alzar el vuelo dando graznidos y revolotearon de nuevo sobre la tumba. Por lo general, les gustaba posarse en los túmulos recién levantados para picotear en busca de escarabajos y larvas, pero algo parecía perturbar la calma. Ya era casi de noche y las puertas del cementerio hacía tiempo que se habían cerrado. Entonces, ¿quién andaba merodeando por ahí? ¿Otra vez esos despiadados ladrones de tumbas?

—¡Van a saber lo que es bueno, vagos! —Augustin cogió la pala de cavar, su única aunque mortífera arma, provista de una hoja larga y estrecha y un grueso mango. Sin hacer ruido, abrió la puerta y salió al crepúsculo; el aire se había enfriado notablemente. Los cuervos seguían graznando y formaban una nube de plumas negras que subía y bajaba sobre la tumba. Cuando el sepulturero estuvo más cerca, distinguió algo entre los arbustos.

Un bulto gris sobresalía de la sepultura.

Pero el bulto se movía y Augustin vio que era una persona que yacía de bruces encima del túmulo de tierra fresca con los brazos extendidos en forma de cruz.

—¿Qué haces ahí? —gritó Augustin blandiendo con fuerza la pala por el mango—. ¿Serás imbécil? ¡Muévete si no quieres que te arree!

El cuerpo no reaccionaba. Podría tratarse de un borracho o incluso de un muerto. Augustin se aproximó a él y, al final, bajó la pala. Era una niña de no más de once o doce años. Llevaba el vestido manchado de tierra y ofrecía un aspecto totalmente desamparado. Su cara, menuda y delgada, tenía un semblante famélico, como el de un pajarito recién caído del nido, y de la tela deshilachada del vestido asomaban los brazos y piernas delgaduchos. En los rizos de su pelo negro podían verse restos de fango pegados, no abría los ojos y no separaba la oreja del suelo, como si estuviera escuchando con atención. No decía ni pío, ni siquiera cuando Augustin se le acercó. Por último, el sepulturero se arrodilló junto a la niña y le habló.

—Carajo, niña, ¿qué haces ahí? ¿Sabes qué hora es? Si te pescan los vigilantes... —Entonces ató cabos—. Es tu madre, ¿verdad? Está enterrada ahí abajo.

Augustin recordó el sepelio de esa mañana: una joven, probablemente víctima de un accidente... y una mocosa merodeando como un alma inquieta por entre las cruces de las tumbas. La niña no contestaba y seguía con los párpados apretados y la oreja pegada al suelo, como si esperara a que la madre le hablara desde las profundidades.

El sepulturero titubeó. Hacía un frío espantoso, tenía los pies helados, en su cabaña le esperaba Schubert... Pero por un capricho repentino se tumbó al lado de la pequeña y apretó también su oreja contra el suelo. Tenía la cabeza a medio palmo de la cara de la niña.

—Tú no puedes oírla —le dijo al cabo de un rato—, solamente yo puedo, porque soy oidor de muertos oficial. Palabra.

La niña abrió de repente los ojos y lo miró con curiosidad. Aun así, permaneció callada.

—Lo aprendí, ¿sabes? —continuó Augustin—. He trabajado toda mi vida en cementerios y puedo oír a los muertos. La gente dice que estoy loco, pero basta con abrir bien los oídos para escuchar a los muertos musitar y susurrar. Es algo que se aprende, pero casi nadie lo sabe.

La niña seguía muda.

Augustin escuchaba con atención con el pabellón auditivo pegado al suelo. Durante un rato, solamente se oía el graznido de los cuervos que volaban furibundos en círculos sobre la tumba.

—Tu madre dice que está bien —la tranquilizó—. Da las gracias por el bonito vestido de difunta con encajes que le han puesto, te manda un saludo cariñoso y... —Hizo una pausa, como si necesitara concentrarse—. Mmm, dice que ya puedes irte a casa, que está todo bien y que no hay razón para seguir aquí. Así que ¡vamos! A casita, que ya es tarde.

La niña siguió mirándolo con los ojos muy abiertos. Augustin creyó por un momento que se levantaría y se iría, pero permaneció tumbada.

—¡Dios santo! ¿No me has oído? —El sepulturero maldijo para sus adentros. ¡Estaba resultando más difícil de lo que había pensado! Pero, por el amor de Dios, ¿quién le habría mandado poner un pie fuera de la cabaña? ¿Cómo saldría ahora de esta?—. Escucha, no puedo quedarme toda la vida tumbado en el lodo contigo. Me vuelvo a mi cabaña. Si quieres quedarte, allá tú, pero las noches de octubre son condenadamente frías en el cementerio. Aquí sopla un viento helado como si viniera directo de Siberia, así que, si yo fuera tú, me iría a casa ahora mismo. Puedes volver mañana...

La niña permaneció en silencio.

—¡Al diablo! ¡Haz lo que quieras! Por mí como si te congelas... —Augustin se levantó y amenazó con el dedo—: ¡Pero no digas que no te advertí!

Pala en mano regresó a la cabaña. El gato se estiró, le dirigió una mirada molesta a causa de la corriente de aire y volvió a acurrucarse.

—Tienes razón, Luci, esto es una angustia —refunfuñó—, una maldita angustia.

Retomó el violín. Esta vez probó una alegre melodía de Haydn. Haydn siempre lo alegraba y tranquilizaba. Justo terminaba el primer tema del *Cuarteto de cuerda para serenata*, cuando llamaron suavemente a la puerta.

—¡Por los clavos de Cristo! ¿Qué pasa ahora? —renegó Augustin—. ¿Tampoco puedo tocar Haydn?

Se dirigió a la entrada arrastrando los pies y, hecho una furia, abrió la puerta de un jalón.

Allí estaba la niña, con el rostro famélico embarrado de barro y lanzándole una mirada seria.

—Explícame más cosas de mi madre —dijo ella en voz baja.

—Escucha, sanseacabó...

Antes de que Augustin pudiera cerrar la puerta, la niña entró a hurtadillas y se acurrucó en la butaca junto al gato.

El sepulturero cerró los puños y mandó otro juramento mudo al cielo.

Por una vez en su vida que es amable y eso es lo que consigue... ¡Nada más que una buena paleada de problemas!

A la mañana siguiente Leo estaba sentado a la mesa de su oficina en la Jefatura de Policía de Viena y hacía rodar un lápiz de un extremo a otro del escritorio. El golpeteo que producía era el único ruido que se oía en el despacho. A través de sus finas paredes, podía escuchar un rumor de voces procedente de las habitaciones contiguas, algún timbre esporádico en alguna parte y pasos apresurados en el pasillo. Para distraerse le hubiera gustado asomarse a la ventana y echar un vistazo al Ring, donde a esa hora tenía que haber un trajín de coches de punto, tranvías de caballos y peatones, repartidores de periódicos voceando sus gacetas, damas distinguidas de camino a las grandes tiendas de moda de la Kärntnerstrasse, hombres con sombrero de copa o bombín dedicándose a sus asuntos diarios o volviendo de la Bolsa de Viena para celebrar algún éxito con un café moka doble con poca leche y mucho azúcar en alguno de los elegantes cafés próximos al Hofburgtheater. Pero la oficina de Leo no tenía ventanas, solo un pequeño tragaluz que daba al patio trasero. Era el último despacho del pasillo.

«Como al final de un callejón sin salida», pensó.

También Leo hubiese estado más a gusto dedicándose a algún asunto, pero no había nada para él. A primera hora había entregado el informe sobre el fracasado robo del cadáver en el Cementerio Central al jefe superior Stehling, que se mostró agradecido y después se dedicó a tareas más importantes. Gustosamente habría aceptado Leo otra misión; también se hubiera puesto a recabar información sobre las novedades en el caso del asesino del Prater. Hasta el momento, los periódicos solo habían hablado de un homicidio en la colina de Constantino y la Jefatura había guardado silencio sobre la estaca con la inscripción para no crear ninguna alarma.

En su informe, Leo había descrito el caso del Cementerio Central tal y como el estrafalario sepulturero se lo había contado. El inspector planteó la sospecha de que dos desconocidos habían querido robar el cadáver para venderlo con fines anatómicos. Como solamente se trataba de una profanación, es decir, de un delito menor, no se iniciaría ninguna investigación. Por lo tanto, Leo aconsejó cerrar el expediente. También informó en su acta de la sospecha de una muerte aparente y, por iniciativa propia, había mandado trasladar el cuerpo de Bernhard Strauss al Instituto Forense para un examen más detallado.

—¿Y eso por qué? —le había preguntado lacónicamente Stehling—. Creo que el caso está cerrado.

—Bueno, pienso que si de verdad fue una muerte aparente, al menos podría ser de interés para la ciencia —respondió Leo—. Por lo que sé, los médicos todavía andan un poco a tientas al respecto. Estoy intentando contactar con el que firmó el certificado de defunción.

—Como usted vea. Lo importante es que los periódicos no se enteren. ¡Solo nos faltaría la muerte aparente del hermanastro de un compositor famoso en todo el mundo! Al final los periodistas dirán que Bernhard Strauss es un aparecido que sale de la tumba para vengarse de su hermano.

El timbre del aparato telefónico que Stehling tenía sobre su mesa había puesto fin a la breve conversación. Desde entonces, Leo estaba sentado en su despacho matando las horas. Hacía tiempo que se había fumado el último Yenidze que le quedaba y se había pasado a los Eckstein, que, al ser mucho más bastos y ásperos, le producían ardor de estómago y picor en la garganta. Todavía le dolía la mano que se había herido al caer en la fosa. La señora Rinsinger se la había vendado cuidadosamente esa misma mañana mientras lo acribillaba a preguntas que él había respondido con monosílabos. Omitió que había caído como un borracho en una tumba abierta estando de servicio en el Cementerio Central, de ahí las conjeturas de la casera acerca de una posible herida peleando con un asesino o, cuando menos, con un adusto ladrón de ganzúa.

La mirada de Leo se posó en el *Manual del juez* que tenía sobre el escritorio. Se lo había traído de la pensión y ahora lo estaba hojeando por aburrimiento.

Un buen juez de instrucción debe disponer de todas las buenas cualidades que pueda tener un ser humano: celo y diligencia incansables, abnegación y perseverancia, sagacidad y buen olfato para las personas, educación, buenos modales, salud de hierro y conocimientos en todas las materias...

Tenso, Leo cerró el libro. ¿Acaso tenía él alguna de esas cualidades? Hasta el momento estaba siendo un completo fracaso para su mentor.

Llamaron a la puerta y Leo se cuadró. Al ver que solo se trataba del joven compañero que había conocido en el escenario del crimen en el Prater, esbozó una sonrisa. El hombre, de tórax estrecho y todavía con el rostro ligeramente empalidecido, llevaba bajo el brazo un fajo con expedientes y libros.

—El señor Jost, ¿verdad? —saludó Leo—. ¿A qué debo el honor?

Aunque bastante sorprendido, Andreas Jost también sonrió.

—Iba a preguntarle lo mismo. ¿Se queda conmigo en el despacho? Pensaba que le asignarían otras funciones más..., esto..., eh... otras funciones.

—Ah, este es su despacho. —Leo levantó una ceja—. Bueno, entonces supongo que vamos a pasar mucho tiempo juntos, estimado colega. Esta es la mesa que me han asignado.

Ahora se explicaba el porqué de la segunda silla que había al otro lado del amplio escritorio. Lo habían ubicado en la misma habitación que el aprendiz. ¿Había sido también idea del jefe superior Stehling? Leo sospechaba más bien que quien estaba detrás era el calvo Leinkirchner. Una venganza tardía por la arrogante aparición de Leo en el lugar del crimen...

Jost dejó la pila de expedientes sobre la mesa y regó la planta que se marchitaba en una maceta arrinconada.

—¿Cómo es que no lo he visto antes por aquí? —preguntó Leo—. ¿Ha tenido algún día libre?

—¡Oh, Dios, no! No tenemos días libres durante la formación. Yo... estaba enfermo. La visión del cadáver de la joven... —Jost dejó la vasija de agua y miró al suelo consternado—. Supongo que fue demasiado para mí.

—Es comprensible. Cuando vi mi primer cadáver vomité en la camisa del juez de instrucción y caminé medio ciego sobre un charco de sangre. Pensé en dejar el puesto y hacerme secretario judicial.

—Pero decidió continuar —recalcó Jost.

—Hay que olvidarse del lado humano y pensar más en abstracto, entonces la cosa funciona. Un cadáver solo es un trozo de carne muerta, y el alma, o lo que sea, ya hace tiempo que ha abandonado el cuerpo. Un asesinato es como un gran rompecabezas que hay que resolver —explicó Leo reclinándose—. Es la lógica lo que siempre me ha interesado de todo esto, el modo de proceder escrupuloso, como si uno estuviera ante un problema de matemáticas.

—Esos métodos... —dijo Jost titubeando mientras se sentaba a la mesa frente a Leo— que empleó en el escenario del crimen... ¿Dónde los ha aprendido?

—Existe una nueva ciencia que, creo, pronto se impondrá —respondió Leo—. Se llama criminología. Básicamente son unos estudios interdisciplinarios, con elementos de química, física y, por supuesto, derecho y mucho sentido común. Mi superior en Graz está intentando crear una licenciatura en Austria. De momento, todavía sin éxito. —Se encogió de hombros—. Dentro de unas semanas dará una serie de conferencias sobre el tema en Viena. ¿Le interesa?

—Yo... —titubeó Jost— creo que sí. Me gusta lo que acaba de decir, el aspecto puramente objetivo de un caso, la forma de ver el cadáver como un problema abstracto, la observación precisa, la lógica afilada...

Leo suspiró y dijo:

—Explique eso a sus colegas. —Deslizó hacia Jost el *Manual del juez* que todavía tenía sobre la mesa frente a él—. El autor era mi antiguo superior en Graz, el fiscal Hans Gross. Puede echarle un vistazo si le interesa. Lo dejaré aquí para usted.

Mientras Jost empezaba a hojear el libro con curiosidad, Leo observó a su compañero con más detenimiento. Tendría unos diez años menos que él, era un muchacho guapo, aunque demasiado delicado, casi femenino, con largas pestañas. Tenía un bigote fino y una abundante cabellera rubia oscura. En cierta manera podía despertar el interés de las mujeres. Andreas Jost le recordaba a Leo cómo había sido él mismo en su momento, ingenuo y confiado, pero ambicioso y demasiado impetuoso, hasta que conoció al fiscal Gross. Pero Jost había tomado ciertamente un camino diferente del suyo.

—¿Viene del cuerpo de Guardia, verdad? —preguntó Leo.

Jost levantó la mirada sorprendido.

—¿Cómo lo sabe?

—Lógica y capacidad de observación. ¿Lo recuerda? —Leo guiñó un ojo—. Solo hay dos maneras de llegar a agente de policía en la Oficina de Seguridad de Viena: mediante una licenciatura en Derecho o a través de un riguroso proceso de selección después de dos años de servicio en el cuerpo de Guardia. Usted es demasiado joven para ser abogado de formación, así que creo que ha ido subiendo a fuerza de trabajo.

—¿A qué se refiere?

—Verá, no es mi intención ofenderlo, pero su ropa, aunque esté bien cuidada, no es demasiado cara. Las coderas en las mangas indican que actualmente carece de medios económicos para comprar una chaqueta nueva, el dobladillo de los pantalones ya ha sido abierto y alargado una vez, y después está esto... —Leo señaló uno de los libros que Jost tenía sobre la mesa—, el pequeño *Lubitzer*, la obra de referencia para buscar términos jurídicos en latín. Si hubiera estudiado Derecho, no lo necesitaría. Ergo, usted no es ningún hijo mimado de jurista de casa rica, sino que viene del cuerpo de Guardia.

—Tiene... tiene razón en todo —se sorprendió Jost—. ¡Le felicito! —Señaló el libro—. ¿Y todo lo ha sacado de ahí?

—Bueno, ayuda a aguzar la propia mirada, pero es necesario seguir pensando por uno mismo.

Jost sonrió.

—Entonces, usted debe de ser un impertinente hijo de jurista de casa rica, ¿no? Su ropa parece indicarlo.

—Hijo de jurista, no, pero... —Leo se calló cuando la puerta se abrió de golpe. Era el inspector Erich Loibl, el colega flacucho del lugar del crimen en el Prater, que miró a Leo sorprendido, como si ya lo hiciera en Graz.

—Reunión importante con Stukart —se limitó a anunciar Loibl frotándose su bigote de morsa—. Todo el equipo en la sala de reuniones. El asesino de la estaca.

Jost se levantó, pero Leo permaneció sentado.

—Usted también —gruñó Loibl.

—Pensaba que me habían apartado del caso.

—Pues vuelve a estar dentro por deseo de Stukart, y Stukart es el amo y señor de estos dominios, por los menos mientras el jefe superior de policía le permita reinar. —Erich Loibl se rascó la cabeza—. Maldita sea, sus métodos no son tan malos, Herzfeldt. Limítese a no fastidiar al inspector jefe Leinkirchner, no aguanta ni una broma. Y ahora ¡vengan! Necesitamos a todos los hombres.

—¿Para qué? —preguntó Leo.

—¿Cómo que para qué? —Loibl lo miró con un aire sombrío—. Tenemos otro caso. Ese jodido asesino de la estaca ha vuelto a las andadas.

V

La sala de reuniones era una habitación grande con techo bajo de paneles de madera. El ambiente estaba ya tan cargado que a Leo le lloraban los ojos. La escasa luz de gas de la lámpara de techo apenas lograba atravesar el humo del tabaco. Leo se sentó cerca de la puerta junto a Andreas Jost, en los dos únicos asientos que quedaban libres. Había más de una docena de hombres en total, incluidos el inspector Erich Loibl y el inspector jefe Paul Leinkirchner, que no se dignó a dirigirle la mirada a Leo. A un extremo de la mesa estaban sentados el jefe superior Stehling y su adjunto, el comisario de policía Moritz Stukart. El hecho de que tanto el director como el vicedirector estuvieran presentes en la reunión ya era una muestra de la urgencia del asunto.

Moritz Stukart era de complexión pequeña y delgada; al lado del mastodóntico Stehling parecía casi un enano. A Leo le pareció que todo en él era casi demasiado perfecto. Llevaba bigote rizado y anteojos, el escaso pelo que tenía estaba meticulosamente dividido en dos mitades a base de brillantina, y del chaleco, por debajo del cuello alto almidonado, le colgaba la cadena de plata de un reloj de bolsillo.

«Si existiera un concurso para elegir cómo viste el burócrata perfecto —pensó Leo—, Stukart estaría lidiando por las primeras plazas. A su lado, Papá Stehling parece un viejo caballo de tiro...»

Como muchos hombres de corta estatura, el vicedirector de la Sección Segunda tenía algo de ambicioso e infatigable. Con la mirada recorría la sala como si buscara alguna discrepancia que pudiera cortar de raíz. Leo sabía que Stukart había resuelto en el pasado algunos casos espinosos, entre ellos el famoso caso Hugo Schenk, un estafador que había asesinado a no pocas criadas hacía algunos años. La reputación de Stukart como investigador era excelente. ¿Qué más había dicho el jefe superior Stehling? Que Moritz Stukart era el hombre del futuro en la Jefatura de Policía de Viena.

Además, era un defensor de la criminología moderna...

La mirada de Stukart se posó apenas un instante en Leo. El comisario sabía de fijo quién era, pero no hubo ningún saludo, ni siquiera un leve movimiento de cabeza.

Moritz Stukart echó un último vistazo a su reloj, carraspeó con fuerza y la sala enmudeció.

—En primer lugar, agradezco a todos los miembros del cuerpo que hayan encontrado tiempo para acudir tan rápido —dijo dando por comenzada la reunión—. Sé que andan todos muy ocupados, pero lo que estén haciendo deberá esperar. Este caso tiene máxima prioridad.

Los hombres sentados alrededor de la mesa guardaban silencio y fumaban. Todos ellos eran agentes de policía y estaban curados de espanto. Eran la punta de lanza del servicio de investigación, el pilar de la legendaria Oficina de Seguridad de Viena y de los suburbios más allá del Gürtel. Pero era evidente que incluso estos hombres presentían que el caso que les estaban presentando se salía de lo normal.

—Todos habrán oído hablar del terrible asesinato en el Prater el domingo por la noche —prosiguió Stukart, que por lo visto presidía la reunión en lugar de Stehling—. Al parecer, el autor ha vuelto a golpear apenas un día después. Esta mañana se ha encontrado un segundo cuerpo, de nuevo en el Prater, pero esta vez más atrás, en el Heustadlwasser, donde hay menos gente. La víctima también ha sido una joven degollada y con una estaca provista de una inscripción en latín metida en la vagina. —Hizo una pausa y barrió con la mirada a los presentes—. Queridos colegas, me temo que nos enfrentamos a un asesino en serie.

—Un Jack el Destripador vienés —gruñó uno de los hombres, sentado junto a Leo—. ¡Lo que nos faltaba!

Se levantó un murmullo. Los extraños sucesos de Londres se habían producido hacía pocos años y nunca fueron resueltos. También allí, el autor desconocido había degollado a sus víctimas y a la primera le había introducido un objeto romo por la vagina. Otras asesinadas habían sido destripadas y les habían extirpado el útero; algunos de los escenarios del crimen parecían verdaderos mataderos. Stukart levantó la mano y pidió silencio.

—La investigación está en curso, así que nada de sacar conclusiones prematuras. El inspector jefe Leinkirchner acaba de volver del lugar de los hechos y nos informará de los resultados obtenidos hasta el momento.

Stukart le dirigió una mirada de invitación a Paul Leinkirchner, que se levantó y se acomodó el chaleco que le cubría el abultado vientre. Su calva, húmeda de sudor, brillaba a la luz de la lámpara del techo.

—De momento no sabemos mucho —comenzó—. La víctima debe de tener unos veinte años, por su ropa parece de procedencia humilde, pero probablemente no es una prostituta. Nos decantamos más bien por una criada. La identidad todavía es desconocida, no llevaba papeles encima. Sin embargo, encontramos una cadenita de plata deseslabonada con un medallón que debió de pertenecer a la víctima. Bisutería. —Sacó el colgante y lo sostuvo en alto con la punta de los dedos—. En el medallón acorazonado pone «Valentine», suponemos que se trata de su nombre.

—¿Es posible que el asesino le hubiera regalado el collar? —preguntó el jefe superior Stehling, cuyo rostro barbudo casi desapareció detrás de una nube de humo después de dar una calada a su puro.

Leinkirchner asintió tan agradecido como si hubiera estado esperando la pregunta y guardó la cadena dejándola caer en el interior de una bolsa de papel.

—Lo estamos investigando, jefe superior. Sospechamos que se trata de una criada del distrito segundo, como la primera víctima. En este sentido, nuestras sospechas se han confirmado.

«¡Nuestras sospechas! —pensó Leo mordiéndose la lengua—. ¡Si te lo puse delante de las narices, gordo idiota!»

—De la primera víctima sabemos como mínimo el nombre —continuó Leinkirchner—. Su señor había denunciado la desaparición. —Echó una ojeada a su libreta de notas—. Se trata de una tal Paula Landing. Trabajaba en la Springergasse, donde también vivió durante los últimos tres años en un desván bajo el tejado. Dicen de ella que era muy cumplidora.

—La Springergasse no está lejos del Prater —comentó Stehling asintiendo con la cabeza—. Cabe suponer que la segunda víctima también era de la zona. En el distrito segundo hay más criadas pobres que palomas. ¿Y la estaca?

—El autor penetró a la víctima con ella, pero no es posible afirmar si fue antes o después de su muerte —respondió Leinkirchner—. Y también llevaba inscrita esa frase en latín, ese... —Buscó la frase en sus documentos.

—*Domine, salva me* —intervino Leo—. «Sálvame, Señor.» Sería interesante averiguar si la frase se refiere al asesino o a su víctima.

—¿Qué quiere decir? —preguntó Stukart mirando a Leo con interés. Las miradas del resto también se voltearon hacia él. Leo carraspeó.

—Bueno, si la máxima se refiere al asesino, entonces tal vez el tipo quiera castigarse, porque sabe que es culpable. Si se refiere a la víctima, es evidente que el autor piensa que con el empalamiento está salvando a su víctima, la está redimiendo. La única pregunta es: ¿de qué? —Leo miró a los presentes—. ¿Alguien sabe de qué madera está hecha la estaca? ¿De la misma que la primera?

Paul Leinkirchner le lanzó una mirada ceñuda y la cicatriz se le contrajo debajo de la patilla.

—Todavía estamos al principio de nuestra investigación, estimado colega, y a diferencia de otros, no hacemos brujería.

—Eviten las agresiones, caballeros —apaciguó el jefe superior Stehling—. Sobra decir que mantendremos a la prensa al margen. Procederemos como lo hicimos con el primer cadáver. Informamos del asesinato, pero omitimos mencionar la estaca para que el rumor no estalle. —Y se dirigió a todos—: ¿Tienen alguna otra pregunta?

Los presentes siguieron en silencio, fumando. Al cabo, Leo levantó la mano. En la sala se podía notar cómo el aire se volvía literalmente aún más asfixiante. Los otros agentes de policía miraron recelosos al nuevo. Por lo visto, todos sabían ya de su impertinente aparición en el primer escenario del crimen.

—¿Sí? —dijo Stehling—. ¿Qué más se le ofrece, Herzfeldt?

—¿Dónde fue hallado exactamente el segundo cadáver? —preguntó Leo.

—Como ya se ha dicho, junto al Heustadlwasser, uno de los brazos del Danubio —respondió un lacónico Leinkirchner—, en el tramo alto. —Se encogió de hombros—. El *rigor mortis* ya estaba instalado por completo. Suponemos que la mujer fue asesinada la noche del lunes al martes, tendremos más detalles después del examen forense.

—No es de extrañar que no la hayan encontrado hasta esta mañana —dijo Papá Stehling entre calada y calada—. El Heustadlwasser es un lugar jodidamente solitario y está bastante alejado del Wurstelprater. Cabe preguntarse cómo llegó hasta allí, pues hay un buen trecho a pie.

—Nos hemos hecho la misma pregunta, jefe superior —volvió a asentir presto Leinkirchner. Su solícita obediencia ponía cada vez más nervioso a Leo—. De momento estamos interrogando a todos los cocheros que estuvieron trabajando en el Prater. La muerta yacía completamente abierta de piernas en un banco, como una Bella Durmiente bañada en sangre. Con la niebla de la mañana, cualquier peatón con prisa que haya pasado por delante la habrá confundido con una borracha, porque...

—¿Qué distancia había entre el banco y la orilla? —interrumpió Leo—. ¿La han medido?

—La distancia, la distancia... — La arruga del entrecejo de Leinkirchner se infló amenazadora—. ¡No, carajo, no hemos medido la distancia! ¿Para qué? Teníamos cosas más importantes que hacer. Serían dos o tres pasos...

—¿Solo hay dos o tres pasos hasta el agua y el asesino no lanza a su víctima al río? —preguntó Leo—. ¿No es asombroso? Podría haber borrado sus huellas, pero no solo no lo hace, sino que además deja a la muerta tendida en un banco.

—¿Qué intenta decir, Herzfeldt? —insistió el comisario Stukart mientras abría y cerraba la tapa de su reloj de bolsillo provocando unos chasquidos enervantes—. Explíquese.

Leo volvía a ser el centro de todas las miradas.

—Bien, si ha sido realmente el mismo autor de la primera vez, cosa que debemos suponer por tratarse del mismo *modus operandi*, ahora ha cambiado su comportamiento —aclaró Leo—. El primer cadáver estaba medio sumergido en el agua y el asesino debió de huir despavorido. Ahora parece que quiera que todo el mundo vea el crimen. Puede que las noticias de los periódicos lo hayan animado a hacerlo, se siente como un héroe, le encanta ser el centro de atención...

—¿O quizá simplemente alguien lo importunó? —dejó caer el jefe superior Stehling encogiéndose de hombros.

—El hecho de que el cadáver quedara expuesto con tanto descaro sobre el banco como un objeto decorativo no invita a pensarlo. Es lo que acaba de decir el compañero

Leinkirchner, «como una Bella Durmiente» ha sido su romántica descripción... —Leo sonrió en dirección al inspector jefe, que se secaba el sudor de la calva al tiempo que se mostraba cada vez más enojado—. Las fotografías serían útiles para hacernos una idea. ¿No hay fotografías de la escena del crimen?

Leinkirchner iba a responder con dureza, pero Stukart levantó la mano.

—Querido colega, todavía es nuevo aquí y por lo tanto no sabrá que nos encontramos en un período de transición. Ya he solicitado al director general de la Policía Stejkal un aparato fotográfico, pero la burocracia también va despacio en Viena —explicó el comisario sonriendo por lo bajo—. Hasta entonces, mal que bien tendremos que contar con las declaraciones de nuestros inspectores y con los dibujos que ellos hagan. También le diré que no tenemos a ningún Rembrandt entre ellos.

Leo no pudo contenerse y dijo:

—Tengo una cámara Goldmann. Es perfecta para fotografiar en el escenario del crimen.

—Demonios, ¿por qué no lo ha dicho antes? —lo regañó Stukart—. ¡Podríamos haberla utilizado!

El jefe superior Stehling, que resoplaba sentado al lado del comisario, carraspeó y dijo:

—Bueno, sí, de hecho el compañero tomó fotografías del primer lugar del crimen con su cámara.

—¿Y dónde están esas imágenes? —inquirió Stukart.

—He asignado al señor Von Herzfeldt a otro caso —respondió Stehling, y apagó el puro en un cenicero a rebosar que tenía delante—. Creo que su talento estará bien invertido allí.

—Con todo el respeto, jefe superior, pero yo creo que deberíamos contar con el compañero Herzfeldt —dictó Stukart—, con él y con su cámara. Habría que revelar lo antes posible las fotografías del primer escenario del crimen. También propongo que nuestro nuevo colega siga apoyándonos en este caso. Nos vendrá muy bien cualquier ayuda.

Stehling reclinó su inmenso cuerpo en la silla y examinó meticulosamente a su vicedirector. Leo podía sentir la tensión que había entre los dos hombres. Al final, después de un momento que pareció una eternidad, el jefe superior de policía asintió.

—Está bien, Stukart, es su caso y usted elige a sus hombres. No quiero entrometerme, ya tengo suficiente con el papeleo y con pedirle cuentas al juez de instrucción —cedió Papá Stehling esbozando la misma sonrisa de tiburón que Leo ya había visto y que no presagiaba nada bueno. Se volteó hacia el inspector jefe Paul Leinkirchner, que con la cabeza al rojo vivo seguía sentado en su silla con los puños cerrados debajo de la mesa—. Inspector jefe Leinkirchner, informe al compañero Herzfeldt de las últimas novedades del caso. Lo mejor será que esta tarde vayan juntos al Instituto Forense y hablen con el profesor Hofmann. Ya debería haber examinado los cuerpos.

Leinkirchner permaneció en silencio con los labios apretados, gesto que Stehling se tomó como una aprobación. El jefe superior miró a Eric Loibl, el delgaducho compañero de Leinkirchner, y le ordenó:

—Inspector Loibl, distribuya a los hombres para investigar la identidad del segundo cuerpo lo antes posible.

Averigüe de dónde ha salido esa cadena de plata y también la maldita estaca. —Y se dirigió entonces a Stukart—: ¿Está de acuerdo con este reparto, comisario?

—Por supuesto —respondió Stukart encogiéndose de hombros—, usted manda, jefe superior.

—De hecho, así es, hace bien en recordármelo —aclaró maliciosamente Stehling, y se dirigió a Erich Loibl—: ¡Y, ah, Loibl! No estaría de más que se llevara al joven Jost, que por suerte ya está de vuelta entre los vivos, aunque parece que todavía sigue bastante pálido. Dicen por ahí que la cena con embutido de sangre no le sentó muy bien. —La burla mordaz en la voz de Stehling era inconfundible. Algunos compañeros rieron y Jost bajó la mirada avergonzado—. Eso es todo, señores.

Papá Stehling se levantó de la silla dando un resoplido. A su lado, como un zorro junto a un oso, el nervudo y ágil Stukart también se puso de pie y, con un gesto espontáneo, se alisó la raya del pelo lustrada con brillantina. Los dos responsables de la Oficina de Seguridad no podían ser más distintos.

—Mañana a la misma hora los quiero otra vez aquí —añadió Stukart a las palabras del jefe superior, cerrando la tapa de su reloj de bolsillo—. A las dos en punto quiero escuchar los primeros resultados. Y ¿Herzfeldt...?

Leo, que ya estaba saliendo, se volteó.

—¿Sí?

—Acompáñeme a mi despacho un momento, en privado.

—Por supuesto, señor comisario.

Mientras Leo seguía a Stukart hacia su despacho en la sala contigua, podía sentir la mirada de Paul Leinkirchner clavada en su espalda. Sin duda, le esperaba una tarde muy poco agradable.

A diferencia de Papá Stehling, Moritz Stukart no le ofreció ningún cigarro. El comisario se limitó a señalar la silla situada frente al escritorio de madera de cerezo pulida sobre cuyo tablero había expedientes meticulosamente ordenados. Los lápices estaban alineados a la perfección y apuntaban como flechas hacia Leo. El despacho no olía a humo, sino a cera para suelos, y aparte de unos cuantos archivadores y un aparato telefónico, reinaba un vacío casi contemplativo. Después de redactar algunas notas en silencio, Stukart levantó la cabeza y examinó a Leo desde detrás de sus anteojos.

—De modo que usted es el Herzfeldt del que el fiscal Gross cuenta maravillas. Para ser honesto, lo había imaginado algo mayor. ¿Ha ejercido de juez de instrucción en Graz?

Leo asintió con la cabeza.

—Tres años, comisario de policía Stukart.

—Entonces debe de saber que en la escena del crimen se trabaja con los compañeros, y no contra ellos.

Leo exhaló un leve suspiro. Sin duda, Stukart también estaba al corriente del incidente del Prater.

—Bueno, dejaremos ese primer encuentro en un simple malentendido —zanjó Stukart su propio reproche—. Un error lo comete cualquiera, y yo solo me enfado cuando se comete por segunda vez. —De repente recuperó el tono severo—. Tal como acaba de ocurrir en la reunión.

—Pero si yo solamente... —comenzó a excusarse Leo.

—Sí, ha planteado las preguntas correctas y su análisis ha sido brillante, tanto en lo que respecta a la inscripción como al hallazgo del cadáver. Pero su actitud hacia el compañero Leinkirchner ha sido del todo arrogante, Herzfeldt. ¿Está intentando caer mal a todo el mundo?

—Yo... lo lamento —murmuró Leo—. Supongo que es mi manera de...

—¿Ofender a los demás con su inteligencia? ¿No le inculcó su mentor Hans Gross cómo hay que actuar para ser un buen juez de instrucción?

—Sí, lo hizo —asintió Leo mirando confuso hacia el suelo.

—Entonces también sabrá que usted no es nadie sin los demás, ¡nadie! No basta con ser inteligente, Herzfeldt. También hay que saber llegar a la gente. ¡Un asesinato no es una partida de ajedrez! —Stukart miró a Leo con la misma severidad que un maestro a su alumno y dejó escapar un suspiro—. Aparte de esto, tiene usted razón. En cuestiones de criminología, Londres y París nos llevan la delantera de largo. No se imagina con qué clase de muros me he topado aquí. Por no hablar de lo que tardé en conseguir una simple cámara para retratar a detenidos... —El comisario se quitó los lentes y los limpió cuidadosamente—. Bueno, al menos el director general de la Policía me ha prometido su apoyo con los nuevos métodos, está de mi lado. Y también está encantado con el ciclo de conferencias que ofrecerá el fiscal Gross dentro de tres semanas. Pero nada de esto servirá sin la participación de los compañeros. Por eso está usted aquí, Herzfeldt.

Leo se sorprendió.

—¿A qué se refiere, comisario?

—¡Por el amor de Dios, no aparente ser más tonto de lo que ya es! —se burló Stukart—. Acaba de presenciar cómo funcionan las cosas aquí. —Y bajó la voz—. No le quito méritos al jefe superior Stehling, pero es un hombre tradicional y no precisamente un amigo de los nuevos métodos, y antes de jubilarse hará lo que sea para limitar mi actuación. Primero lo sacó a usted del caso y ahora lo ha juntado con sus hombres más leales, Leinkirchner y Loibl. Debemos actuar con más cautela, Herzfeldt. Policía precavido vale por dos, ¿entendido?

—Sí... entendido —murmuró Leo.

—No me deja muy tranquilo —lo reprendió Stukart, y prosiguió conciliador—: Es usted joven, tiene buena planta y domina los nuevos métodos, tal como me ha vuelto a demostrar hace un momento. Podría ser un referente en la Sección Segunda, pero no lo conseguirá si insiste en su individualismo. Lo necesito como camarada, ¿entendido, Herzfeldt? Como un soldado obediente al servicio de la ciencia.

—Dudo que mis compañeros...

—El fiscal Gross dijo que me enviaría a su mejor hombre —interrumpió Stukart—. ¡Demuéstreme que es usted ese hombre, que es usted mi hombre! Hice todo lo posible para traerlo a la Oficina de Seguridad de Viena. ¡Uno de Graz! ¡Pero va y habla usted alemán central y actúa como un alemanote arrogante! —Stukart negó con la cabeza, se reclinó en su silla y se cruzó de brazos—. ¿De verdad tiene una cámara para detectives Universal de Goldmann? —preguntó finalmente con curiosidad—. ¿Con objetivo gran angular?

—Esa misma, comisario.

—Es una pieza rematadamente cara —reconoció Stukart asintiendo con la cabeza—. Es fascinante lo que puede hacerse hoy en día. Tarde o temprano la policía se desplazará en esos nuevos coches con motor petardeante, hablaremos por teléfono desde la calle y las cámaras cabrán en el bolsillo del chaleco... —Soltó una breve carcajada y recuperó la seriedad—. ¿Ha averiguado algo más hasta el momento, Herzfeldt?

—Bueno, como ya sabe, me han asignado a otro caso...

—¡Olvide el otro caso! Stehling solo quería librarse de usted. Los asesinatos de mujeres tienen prioridad máxima. A ver, ¿qué más sabe? Por su cara veo que hay algo más.

Leo carraspeó.

—Extraje una muestra de la blusa de la primera víctima, una sustancia negra y grasienta que me gustaría llevar a analizar.

—Mmm... —Stukart frunció el entrecejo—. De momento no podemos hacerlo en la Jefatura, pero lleve la muestra al profesor Hofmann en el Instituto de Medicina Forense, que seguro que lo ayudará. Hoy tiene que ir allí de todas maneras con el compañero Leinkirchner. ¡Y hágame el favor de controlarse! Puede que el inspector jefe Leinkirchner no sea lo que se dice un personaje muy sociable, pero es un policía condenadamente bueno.

Leo apretó los labios.

—No lo dudo.

—Entonces, todo resuelto. No necesito recordarle que el inspector jefe Leinkirchner es su superior inmediato en todas las investigaciones, pero no olvide que yo soy el superior del inspector jefe Leinkirchner —aclaró Stukart guiñando con rapidez un ojo—. Así que me informará cada día en privado, ¿entendido? —El comisario tomó uno de los mazos de expedientes meticulosamente apilados y empezó a leer de una carpeta—. No me decepcione, Herzfeldt —dijo sin levantar la mirada—. El asesino de la estaca es lo que necesita ahora para demostrar su valía en Viena. Con él, los dos podremos demostrar que la criminología moderna no es ningún concepto teórico. Tengo muchas esperanzas puestas en usted.

«Otro con grandes esperanzas puestas en mí», pensó Leo, que se levantó y dijo:

—Entonces me pondré a trabajar.

—Es lo que espero de usted. Pídale el expediente a Leinkirchner. Y, por el amor de Dios, ¡trabaje más su acento, Herzfeldt! Por mucho que aquí solo vivan extranjeros, a los vieneses no les gusta la gente de fuera.

Leo salió a toda prisa del despacho de Stukart, atravesó la sala de reuniones y salió al pasillo. El corazón le latía a toda velocidad. Stukart tenía razón: ¿por qué tenía que ser siempre tan arrogante? No solo el inspector jefe Leinkirchner y Papá Stehling ya no podían tragarlo, sino probablemente tampoco ningún compañero. Al mismo tiempo, el ansia febril de caza que ya conocía de casos anteriores hacía estragos en Leo. Este parecía ser un gran caso, de los importantes, ¡y él volvía a entrar en juego! Tenía que concentrarse en el caso, necesitaba resultados lo antes posible. Quizá la muestra con la sustancia...

—Señor Von Herzfeldt... ¡Señor Von Herzfeldt!

Leo se detuvo y se volteó. Por lo visto, alguien llevaba un rato llamándolo. Era la joven telefonista que le había mostrado las instalaciones, la mujer a la que Leinkirchner llamaba «corderilla». Leo había pensado unas cuantas veces en ella hacía poco y le fastidiaba no habérsela cruzado más. Le habría preguntado su verdadero nombre, tal vez la habría invitado a tomar un café. Pero ahora iba a resultar imposible. ¡Qué rabia!

—Lo siento mucho, tengo un poco de prisa —se disculpó Leo—. Un caso nuevo...

Por un momento creyó ver un destello de decepción en los ojos de la telefonista.

—Solo quería entregarle un mensaje —dijo ella, y le dio una nota—. Alguien le ha llamado por teléfono, pero no estaba usted en su despacho.

—¿Me han llamado a mí? —se sorprendió levantando una ceja—. ¿No será el fiscal Gross de Graz?

—No..., era una llamada del Cementerio Central. Han vuelto a llamar ahora mismo. —La mujer parecía sentirse un poco culpable—. El hombre llamó hoy temprano, pero no tomé la llamada en serio, disculpe. Era un señor... un poco raro.

—Me temo que ya sé quién es. —Leo suspiró al leer la nota—. Lo que pensaba. Augustin Rothmayer, uno de los sepultureros del cementerio.

—Exacto, ese es su nombre. Murmuraba algo así como que el muerto aún tenía algo que decir.

—¡Oh, Dios, no hay duda de que es él! Es un tipo un poco... extraño. Habla con los muertos. Un bicho raro.

Ella asintió con la cabeza y añadió:

—Al principio pensé que era un loco. A veces recibimos llamadas así. Después ha vuelto a llamar, me ha dicho que era muy urgente y quería que usted se pasara a verlo.

—Me temo que no voy a tener tiempo para él. Además, el caso está cerrado.

—Pero el hombre hablaba muy en serio.

—Puede ser, pero me resulta imposible. —Leo guardó la nota—. Muchas gracias de todos modos. —Estaba a punto de irse cuando se giró hacia ella de nuevo—. ¡Qué descortesía de mi parte! Casi me olvido otra vez de preguntarle su nombre.

—Wolf —dijo ella—. Julia Wolf.

«*Wolf*, lobo en inglés, de ahí lo de corderilla. Un lobo con piel de cordero», pensó Leo, que hizo una leve reverencia y dijo:

—Encantado de conocerla, señorita Wolf. ¿Tal vez en otro momento...?

—Me temo que los dos estamos muy ocupados —respondió ella—. Y ahora, discúlpeme, tengo más llamadas que atender.

Dio media vuelta y, enfundada en su vestido gris y con el pelo recogido en un peinado, se alejó por el largo pasillo. Leo se quedó observándola y por un instante olvidó que tenía la desagradable obligación de ir a ver al inspector jefe Leinkirchner.

VI

Del *Almanaque para sepultureros*, de Augustin Rothmayer,
escrito en Viena en 1893

La putrefacción de un cadáver pasa por cuatro fases.

La primera comienza uno o dos días después de la muerte.
El rigor mortis remite y las partes del cuerpo que estaban rí-
gidas se vuelven blandas y pastosas. El olor es agrio y pronto
se torna mohoso o ruginoso, mientras las manchas lívidas
cambian de color a un azul rojizo y verdoso. En la segunda
fase, al cabo de una semana aproximadamente, todo el bajo
vientre adquiere una tonalidad verde o azulada, al igual que
las uñas de las manos y los pies, que también se vuelven azu-
les. La tercera etapa, después de una o dos semanas más, se
caracteriza por el desinflado de los tejidos blandos. Una papi-
lla maloliente, verde azulada y negruzca, sale de todos los ori-
ficios corporales, y los genitales se ablandan y se vuelven ca-
fés. El cadáver se hincha y expulsa gases fétidos. Los dedos se
retuercen formando ganchos, con la excepción de los pulga-
res, que quedan extendidos. Debido a la desecación de la piel,
las uñas parecen más largas, como si aún estuvieran crecien-
do, lo mismo ocurre con el pelo y los dientes.

En la cuarta fase tiene lugar la putrefacción definitiva.

El corto trayecto a pie hasta el Instituto de Medicina Forense transcurrió en silencio.

En la pausa de la comida, Leo había ido a pedirle a Paul Leinkirchner la carpeta con los informes de los dos asesinatos de la estaca para poder estudiarlos. Estando en el despacho del inspector jefe se le pasó por la cabeza pedirle disculpas, pero ¿por qué debía disculparse? ¿Por hacer las preguntas adecuadas en la reunión con Stukart? Al final optó por mostrarse un poco más afable en el futuro. Pero Leinkirchner no se lo ponía precisamente fácil. En el despacho se había limitado a entregarle con brusquedad la carpeta y ahora caminaba un metro por delante de él. Leo constató de nuevo que Leinkirchner cojeaba de la pierna izquierda, aunque anduviera muy rápido. Lo alcanzó y sacó el tema:

—Mire, no es culpa mía que el comisario de policía nos haya puesto a jalar del mismo carro, pero así son las cosas, de manera que vamos a llevarlo lo mejor posible.

El inspector jefe no abrió la boca y siguió su camino arrastrando algo la pierna atrofiada. Jadeaba y tenía la frente empapada en sudor.

—Si lo he ofendido en la reunión, le pido disculpas —insistió Leo—. Usted está a cargo de la investigación, por supuesto.

—¡Qué amable de su parte! —dijo Leinkirchner con una sonrisa sarcástica—. No tiene que recordarme cuál es mi rango en la jerarquía, inspector.

Leo agarró a Leinkirchner por el brazo.

—¿Se puede saber qué tiene contra mí? Yo a usted no le he hecho nada y ya me he disculpado por mi comportamiento de antes, así que más no puede pedirme.

114

Paul Leinkirchner se detuvo y le lanzó una mirada áspera.

—Quizá es que no me acaba de gustar su nariz, Von Herzfeldt. Me parece demasiado grande, como suele ocurrir con su gente.

—¿Mi gente? ¿Se trata de eso? ¿No me soporta porque... porque mi nombre le suena a judío? —Leo no podía creerlo y se detuvo en medio de la acera del Ring. Transeúntes ajetreados pasaban a izquierda y derecha, la campanilla de un tranvía de caballos tintineaba a pocos metros—. Maldita sea, y aunque fuera judío, ¿qué tiene que ver eso con mi investigación?

—¿Es judío?

Leo consideró por un momento si debía mantener la boca cerrada, como había hecho tantas veces.

—Pues sí, tengo raíces judías —respondió, sin embargo, desafiante—. Y ¿sabe una cosa? Me siento orgulloso de ellas. Mi bisabuelo judío llegó hace muchos años a Graz desde Galitzia. Los Herzfeldt se convirtieron al cristianismo porque los judíos no podían abrir negocios en Graz. Mi familia se abrió camino trabajando. ¿Qué hay de malo en eso?

Leinkirchner asintió con la cabeza.

—Eso siempre se les ha dado bien a los judíos, abrirse camino trabajando, mayormente a costa de los demás. Un pueblo laborioso, sin duda, y también inteligente, pero sin patria, siempre extranjero. Mire, lo supe desde el principio: su apellido lo delata, ni siquiera el *von* puede disimularlo. ¿Cuánto le ha pagado al barón de turno por su título nobiliario, eh?

—Será... —Leo notaba que lo invadía la ira. Estaba a punto de abofetear a su compañero en medio del Ring.

«¡Contente! —se dijo—. Esta vez piensa por lo menos en las consecuencias...»

—Vamos a dejarlo ahí —zanjó finalmente después de respirar hondo un par de veces, y ambos siguieron caminando—. Mejor dígame qué ha sido de la muestra.

—¿Qué muestra?

—La muestra con la sustancia negra que tomé de la blusa de la primera víctima. Se la entregué a uno de los guardias en el lugar del crimen. Creía que usted...

—No tengo ninguna muestra —lo interrumpió con brusquedad Leinkirchner—. No sé de qué me habla. Eso es problema suyo.

Leo caminaba en silencio junto a Leinkirchner. La cosa ya se ponía difícil. Su compañero no solo era un antisemita recalcitrante y colérico, sino que además lo estaba saboteando. Seguro que Leinkirchner sabía lo de la muestra, había estado incluso presente cuando Leo la tomó. Entonces ¿la habría hecho desaparecer para perjudicarlo? Eso supondría un verdadero escándalo. Por desgracia, Leo no podía demostrar nada. ¿Por qué habría cometido la estupidez de entregar el tubo de ensayo con la muestra a uno de los guardias?

Entretanto llegaron al Hospital General de la Währinger Strasse, donde se encontraba el Instituto de Medicina Forense. El edificio de varias plantas, unido a un anexo con una sala de actos, albergaba la sala de disección, un laboratorio y un museo de medicina forense creado por el actual director del centro, el profesor Eduard Hofmann, donde se exponía instrumental utilizado en delitos y fragmentos de cadáveres. Leo se preguntó si habrían llevado también allí los restos del suicida Bernhard Strauss.

Tras atravesar un estrecho portal, Leo fue recibido por el inconfundible hedor a putrefacción de los cadáveres mezclado con el típico olor áspero de los productos químicos. La piedra fría de las paredes resplandecía en el interior del edificio y varias puertas iniciaban de un luminoso vestíbulo. De la sala de actos salían unos risueños estudiantes, algunos de ellos con las batas manchadas de salpicaduras de sangre, como si fueran carniceros.

—Esperemos que todavía no hayan mandado a nuestras dos bellas damiselas a la disección pública —refunfuñó Leinkirchner, que conocía de sobra el camino. Era la primera frase que pronunciaba desde la discusión que habían mantenido en el Ring—. De lo contrario, habremos hecho la visita en balde.

El inspector jefe siguió caminando más adelantado hasta que llegaron a otra puerta. Tocó. Junto a ella había un banco.

En el banco estaba sentado Augustin Rothmayer.

Leo lo miró fijamente, fue como si hubiera visto un fantasma. El sepulturero vestía su capa negra de trabajo y el sombrero calzado casi hasta el rostro, como si quisiera esconderse. Llevaba las botas sucias y embarradas, tal vez acababa de salir de una de sus fosas comunes. De hecho, Leo creyó que el olor mohoso a cadáver que reinaba en el vestíbulo procedía de la capa de Rothmayer. Estaba tan perplejo que tardó en dirigirse al sepulturero.

—¿Usted por aquí? —preguntó por fin—. Por el amor de Dios, ¿qué está haciendo en el Instituto Forense?

Rothmayer se sintió visiblemente incómodo cuando Leo se dirigió a él.

—No me ha devuelto la llamada —repuso con tono ofendido.

—¿Y por eso ha venido? —Leo frunció el entrecejo—. ¿Para ver si me encontraba aquí?

—Por supuesto que no. Estoy aquí porque... porque...

En ese momento se abrió la puerta y asomó la cabeza un señor mayor con barba enfundado en una bata blanca bajo la cual se dejaban entrever un chaleco y una corbata bien anudada.

—Oh, los señores de la policía —dijo—. No los esperaba hasta un poco más tarde. Pero pasen, pasen. —Se volteó hacia el hombre del banco—. Lo siento, señor Rothmayer. ¿Le importaría aguardar?

—Está bien, profesor. Tengo tiempo.

—Gracias, muy amable.

La mirada desconcertada de Leo pasaba una y otra vez del distinguido señor mayor, que como resultaba obvio era el profesor Hofmann, a Augustin Rothmayer. El sepulturero no solo estaba tranquilamente sentado en un banco del Instituto de Medicina Forense, ¡sino que encima tenía un trato de confianza con su director! El profesor Eduard Ritter von Hofmann era toda una celebridad, y no solo en los círculos académicos. ¿Qué unía a estos dos personajes tan dispares?

Paul Leinkirchner, que parecía no haberse percatado del breve incidente, accedió después del profesor a la estancia que había al otro lado de la puerta y Leo los siguió, no sin dejar de dirigir a Rothmayer una última mirada inquisitiva, pero el rostro del hombre permaneció por completo inexpresivo.

El espacio en cuestión resultó ser una sala alargada. Por las ventanas elevadas impregnadas de talco penetraba la luz como a través de un cristal esmerilado. Sobre el suelo de piedra recién fregado alguien había esparcido serrín. En el tramo central había tres mesas de disección, todas ellas ocupadas. Cada uno de los cadáveres estaba cubierto por una sábana blanca, pero a juzgar por la esbeltez de los pies de dos de ellos Leo dedujo que como mínimo había dos cuerpos de mujer.

—En realidad, las autopsias forenses las realizamos en el salón de actos contiguo —explicó el profesor Hofmann encogiéndose de hombros—, pero el juez de instrucción me ha pedido que con este caso se levantara el menor revuelo posible, lo cual es bastante comprensible teniendo en cuenta esta..., bueno, esta forma tan especial de penetración, diría yo.

En un gesto de condolencia, los dos inspectores se descubrieron. El intenso hedor provocó en Leo el reflejo de una pequeña arcada. Leinkirchner se percató y sacó uno de sus gruesos puros.

—El mejor remedio para el mal olor —dijo con fruición y se dispuso a encender el cigarro, pero el profesor Eduard Hofmann, que estaba a su lado, carraspeó y levantó, en signo de ligero reproche, unas tupidas cejas que parecían orugas.

—Sé que muchos de mis colegas hacen lo mismo que usted, inspector, pero le ruego que no fume aquí. Lo que usted solo considera un hedor es en realidad la suma de varios olores intensos todos ellos importantes, pues pueden indicar el grado de descomposición, el lugar de hallazgo del cadáver, incluso el procedimiento homicida... Por ejemplo, puedo detectar la presencia de arsénico u otros venenos solo con olerlos cuando disecciono el estómago. Además, no soporto el humo del tabaco.

Leinkirchner guardó con sigiloso su puro. El profesor Hofmann era considerado una eminencia en su campo. Algunos años atrás había participado en el dictamen pericial del suicidio del príncipe heredero Rodolfo, un escándalo político conocido como la tragedia de Mayerling. En el legendario incendio del Ringtheater de Viena, Hofmann identificó cuatrocientos cadáveres solo por sus dientes y también ayudó a la policía a resolver varios asesinatos, uno de ellos gracias a algunos cabellos arrancados que se encontraron en la mano de la víctima. Por sus servicios recibió el título de caballero y fue distinguido con numerosas órdenes. Cuando el profesor Hofmann pedía que nadie fumara, ni el inspector jefe más necio podía contradecirlo.

Hofmann señaló los cadáveres de las mujeres que yacían sobre las dos mesas de la izquierda.

—Como he dicho, debo admitir que es un caso extraño, aunque no demasiado interesante para la ciencia.

—¿A qué se refiere? —preguntó Leo.

—Bueno, en este caso la muerte no ha jugado al escondite, si entiende lo que quiero decir. Sus cartas están a la vista.

El profesor se acercó al cadáver situado más a la izquierda y retiró la sábana. Debajo yacía la joven que Leo ya conocía del Prater, la criada Paula Landing, de la Springergasse. Le habían abierto el torso y el abdomen y se los habían vuelto a coser, al igual que el cráneo, lo que hizo pensar automáticamente a Leo en una nuez pelada. Las manchas verdosas en la zona abdominal indicaban que la mujer llevaba dos días muerta. Ahora, con la cabeza apoyada en una pequeña cuña de madera, el tajo en el cuello parecía una gran

120

boca esbozando una sonrisa burlona. Todo asomo de belleza pretérita solo podía adivinarse.

—El autor utilizó probablemente una navaja de afeitar —explicó Hofmann, confirmando así la precoz sospecha de Leo—. El corte limpio y las finas salpicaduras así lo indican. ¿Lo ve? Aquí. —Señaló el lugar donde el corte terminaba en una línea estrecha—. El tipo procedió de un modo extremadamente rápido y brutal. El cuello está seccionado casi hasta la columna vertebral. Por el informe, calculo que la muerte se produjo la noche de anteayer, alrededor de las nueve o las diez.

—¿Se trata de un hombre fuerte, entonces? —planteó Leinkirchner.

—No necesariamente —puntualizó Hofmann atusándose la barba—. Si la navaja está muy afilada, incluso un hombre débil puede hacerlo.

—¿También una mujer? —preguntó Leo.

El profesor lo miró sorprendido, pero después asintió con la cabeza.

—Sí, quizá también una mujer, todo depende del factor sorpresa. Por cierto, en el estómago había una papilla compuesta de pedazos de pan, mostaza y trozos de salchicha, apostaría que de ternera al pimentón.

—Mmm..., delicioso... —aprobó Leinkirchner—. En el Wurstelprater venden esas salchichas, las he probado. La joven debió de pasar antes por allí con su asesino. ¿Qué hay de la otra muerta?

El profesor Hofmann volteó hacia el segundo cadáver femenino y también le quitó la sábana que lo cubría. Leo vio el bonito rostro de una mujer de veintitantos años. A diferencia del primer cadáver, este habría pasado por una chica dormida si no fuera por la larga sutura que atravesaba su pared abdominal. En el cuello presentaba el mismo corte alargado que la otra víctima. La joven también tenía el pelo rubio rizado, era más bien delgada y tenía grandes pechos.

«Su tipo de víctima», pensó Leo.

—En cuanto a la estaca, es de suponer que les fue introducida *post mortem*, pues la hemorragia es leve. —Hofmann sacó un cuenco de debajo de la mesa de disección. En él había dos estacas idénticas, de unos treinta centímetros de longitud, ambas con la misma inscripción—. Están afiladas con cuidado, con un hacha o un cuchillo grande —añadió el profesor—. No fue ningún arrebato, todo estaba muy bien preparado.

—¿Sabe qué tipo de madera se utilizó? —preguntó Leo.

Hofmann se encogió de hombros.

—Es espino blanco, lo hay en toda Viena, también en los parques y en el Prater. Se utiliza mucho para levantar cercados naturales debido a sus numerosas espinas. La inscripción está tallada de forma poco profesional.

—Es latín —gruñó Leinkirchner—. ¿Qué información nos proporciona eso? ¿Que nuestro asesino es más bien alguien instruido?

—*Domine, salva me* es un dicho frecuente entre católicos —descartó Leo—. No tiene por qué haberlo escrito un catedrático, basta con haber ido un poco a misa.

—Hombre de fe católica, entonces. —Leinkirchner miró de reojo a Leo—. Me sorprende que lo sepa, estimado compañero.

Leo pasó por alto el comentario del inspector jefe y preguntó:

—¿Los cuerpos presentan rastros de lucha, profesor? ¿Arañazos, mechones de pelo arrancados, tal vez? ¿Algún detalle que llame la atención?

Leo le habría mostrado gustoso a Hofmann el retazo de tela extraviado con la misteriosa sustancia negra. Tal vez un examen a fondo de la misma podría haber aclarado su origen.

—Nada parecido. —Hofmann negó con la cabeza—. La muerte les debió de llegar por sorpresa, como un ladrón en la noche.

—Porque ambas víctimas se sentían seguras después de un plácido paseo nocturno por el Prater... —asintió Leo pensativo—. ¿Qué había comido la segunda víctima?

—Algún bollo dulce y pringoso, probablemente roscos de manteca —respondió Hofmann.

—Que también se venden en los puestos del Wurstelprater —concluyó Leo—. La cuestión es cómo llegó desde allí hasta la orilla del Heustadlwasser. Según mis cálculos, hay más de tres kilómetros. ¿Quizá en coche de punto?

—Los interrogatorios a los cocheros no han revelado nada hasta ahora —gruñó Leinkirchner—. Es muy extraño. Lo investigaremos más a fondo. Mandaré a Loibl a hablar de nuevo con los propietarios de los puestos. Quizá la joven llegó desde el Lusthaus, en la otra punta del Prater. Por allí también venden esos dulces.

—¿Y si no llegó por la avenida? —reflexionó Leo.

—¿Cruzando la arboleda? Es bastante improbable —dijo pensativo el inspector jefe mientras se restregaba un pañuelo por la calva—. En ese caso habríamos encontrado pistas, ramas rotas, ese tipo de cosas. Además, la ropa de la

víctima no estaba sucia ni tenía hojas o espinas engancha-
das. Tampoco llevaba muérdago pegado a la falda, y eso
que vi bastante junto al Heustadlwasser. No, seguro que la
joven llegó por la avenida.

Leo miró de refilón a Leinkirchner. Resultaba extraño
que el mismo compañero que lo acababa de insultar por
sus raíces judías estuviera ahora colaborando profesionalmente con él. No cabía duda de que el inspector jefe sabía
lo que hacía, aunque en lo personal fuera un hombre antisemita y repulsivo.

—¿Qué hay de la ropa de las dos víctimas? —quiso saber Leo—. ¿La han llevado al depósito de objetos probatorios?

—La habrán quemado —respondió Leinkirchner encogiéndose de hombros—. Tenemos el depósito de pruebas
hasta los topes. Si guardásemos allí todos los harapos ensangrentados que encontramos, podríamos abrir una fábrica de telas. El jefe superior Stehling mandó hace poco
hacer limpieza...

—Y colgó las mejores piezas en su despacho, por lo que
he visto —dijo Leo, rematando la frase de Leinkirchner y
dando así también por acabada su esperanza de encontrar
más pistas sobre la sustancia sospechosa.

—¡Ah!, y por si les interesa —intervino Hofmann
mientras se quitaba los lentes y los limpiaba—, las dos damas ya habían sido desfloradas. Por suerte, lo he podido
determinar a pesar de la perforación con la estaca. Como
probablemente sepan, he publicado varios artículos sobre
la prueba objetiva de la virginidad —suspiró—. Es una
verdadera lástima que no podamos diseccionar los dos
cuerpos en público. Mis alumnos lo disfrutarían.

—Oh, no lo dudo —murmuró Leo mirando a la joven mujer muerta que todavía era un ejemplar de belleza, pero que no tardaría mucho en adoptar un aspecto tan verdoso como el del cadáver de Paula Landing. La descomposición se abalanzaría sobre su cuerpo como un buitre hambriento sobre la carroña hasta que solo le quedaran los huesos. Leo se estremeció al pensar en la fosa común del Cementerio Central en la que había caído—. Dondequiera que se produjera el primer encuentro con el asesino, era obvio que las mujeres conocían al hombre. Él les invita una salchicha o una rosca de manteca, les deja intimar, llega quizá incluso a besarlas y, entonces, saca la navaja de afeitar...

—Mmm..., un tipo que se gana la confianza de sus víctimas —conjeturó Leinkirchner—, coquetea con ellas, les hace regalos...

—La cadenita de plata —añadió Leo—. Es posible que la cinta roja que hallamos junto a la primera víctima también se la hubiera regalado él. Era de seda de gran calidad, difícilmente una sirvienta puede permitirse una así. —Frotó los dedos como si contara billetes—. En resumen, estamos buscando a un hombre probablemente atractivo, bien vestido, tal vez un estafador matrimonial, un buscón. Hace regalos, aunque no demasiado caros, invita a las jóvenes a un paseo nocturno...

—Hemos interrogado al señor de la casa de Paula Landing y no le suena que tuviera ningún admirador —dijo Leinkirchner—. Quizá Loibl y Jost ya hayan descubierto la identidad del segundo cadáver. Si la cadenita no nos engaña, tenemos su nombre de pila. —Impaciente, miró a Hofmann y le preguntó—: ¿Hay alguna otra cosa que quiera comunicarnos, profesor?

Hofmann negó con la cabeza.

—No sobre este cadáver.

—Bueno, entonces... —Leinkirchner se puso el bombín y dio media vuelta para irse.

—He dicho que no sobre este cadáver. Sin embargo, ustedes me acaban de enviar un tercer cuerpo.

El inspector jefe se detuvo con brusquedad.

—¿Disculpe?

—Sí, Bernhard Strauss, el suicida. Llegó por orden de la Oficina de Seguridad.

Leo carraspeó.

—Fui yo. Pero, de hecho, el caso está cerrado.

—No lo creo —lo contradijo Hofmann—, todo lo contrario. Ahora es cuando empieza a ponerse interesante.

Leinkirchner levantó las manos en señal de disculpa y dijo:

—A mí no me metan. Seguro que mi compañero aquí presente lo escuchará encantado. Será mejor que regrese a la comisaría, hay mucho que hacer. Puede usted venir más tarde, Herzfeldt.

Se levantó ligeramente el sombrero para despedirse y abandonó la sala de autopsias mientras Leo observaba enojado cómo salía su compañero. Estaba claro que Leinkirchner quería dejarlo fuera del caso, ¡pero no lo conseguiría!

—Bueno, si podemos terminarlo rápido... —dijo Leo dirigiéndose a Eduard Hofmann—. ¿Qué desea mostrarme? Lo de la muerte aparente es terrible, lo sé, pero...

—No me refería a eso —lo interrumpió Hofmann—. Es un poco, bueno..., más complicado.

Con estas palabras, el profesor se dirigió a la tercera mesa de disección y tiró de la última sábana.

El cadáver de Bernhard Strauss no había embellecido precisamente después del último encuentro, sobre todo porque esta vez yacía desnudo frente a Leo. Las venas presentaban un tono verde violáceo bajo la piel y daban un aspecto marmóreo a todo el cuerpo, que además estaba hinchado como una masa de levadura al sol. En la piel se habían formado numerosas ampollas llenas de líquido. Las yemas de los dedos ensangrentadas ya no eran tan visibles, pero la marca de estrangulamiento de color púrpura que le rodeaba el cuello podía verse aún, aunque Leo advirtió que se había desvanecido un poco. El hedor que emanaba del muerto era aún más intenso que el de los dos cadáveres femeninos. Le dio una arcada y se apartó instintivamente.

—Sé que el cadáver ya no está en las mejores condiciones —manifestó Hofmann—, pero no es nada comparado con un cuerpo sumergido durante semanas en el Danubio y devorado por los cangrejos, créame, sé de lo que hablo. Fue al comienzo de mi carrera y pasó mucho tiempo hasta que volví a comer pescado. —Sacudió los hombros estremecido—. Sí, fue una buena lección.

El profesor señaló entonces al hombre muerto.

—Al principio pensé en un típico intento de suicidio por ahorcamiento —prosiguió Hofmann—, lo cual también encajaría con la muerte aparente de la que usted habla en su informe. De hecho, el estrangulamiento puede provocar un desmayo muy profundo. La presión sobre las arterias carótidas y el nervio vago puede desembocar en una pérdida repentina de la conciencia. Le remito a este respecto a mi trabajo «Sobre los resultados diagnósticos en los cuellos de los ahorcados» o a mi artículo «El sangrado de oído en los ahorcados». ¡Ambos de sumo interés! —puntualizó el profesor Hofmann levantando el dedo como si estuviera en un aula universitaria; se veía que disfrutaba dando lecciones magistrales—. En casos así, el ahorcado puede seguir vivo si es descolgado a tiempo o no se balancea demasiado. Se encuentra en una profunda inconsciencia, pero todavía respira.

—¿Pero el médico no lo tendría que haber detectado en la necropsia? —preguntó Leo.

—Por supuesto, si la necropsia se realiza según lo establecido, pero no siempre es el caso. Falta tiempo, hay descuidos, imprudencias... —Hofmann puso los ojos en blanco—. He escuchado casos de médicos a quienes se les pasó por alto un orificio de bala en la nuca. Como se suele decir, si ardiera una vela sobre cada tumba de una víctima de asesinato, nuestros cementerios estarían alumbrados por las noches.

—¿Adónde quiere llegar, profesor? —inquirió Leo.

—No se da cuenta, ¿verdad? —Los ojos de Hofmann se iluminaron como los de un niño—. No se lo imagina, ¿eh? ¡Es realmente fascinante!

—Si fuera usted tan amable de hacerme partícipe de sus conocimientos, profesor...

—Observe el verdugón —le instó Hofmann señalando la marca violácea alrededor del cuello del cadáver—. ¡Un ejemplar en verdad espléndido! De hecho, nunca he visto un verdugón tan bonito, y eso que he practicado autopsias a muchos suicidas, créame. Es simplemente perfecto, y justo ahí radica el problema. ¿Me permite? —Cogió un pequeño trapo, lo empapó de alcohol y lo pasó por la piel inerte del cuello del muerto.

El verdugón desapareció.

—¿Cómo... cómo es posible? —preguntó Leo desconcertado.

—Es posible porque resulta que este verdugón no es ninguna marca de estrangulamiento, sino simplemente pintura —explicó Hofmann mientras seguía pasando el paño por el cuello—. Sospecho que se trata de extracto de saúco. Tiñe igual y cuesta de quitar, mi esposa podría confirmárselo, muy a su pesar. —Tomó el trapo con las puntas de los dedos y lo desechó en un cubo que había debajo de la mesa de disección—. Por cierto, la elección del color no fue la correcta, pues, pasados unos días, la marca debería haber adoptado un tono verde parduzco. ¡Pero, vaya!

—¿La marca está pintada? —Leo no salía de su asombro—. Pero ¿por qué...?

—El esclarecimiento de los motivos lo dejo en manos de la policía. Una cosa más..., debería usted centrarse en las tareas propias de su cargo, inspector, entre las cuales también está la toma de declaración a los testigos. Si le soy sincero, no le habría dado mayor importancia al asunto si no me hubieran aportado una pista adicional. El señor Rothmayer ha venido a verme esta misma mañana...

—¿Se refiere al sepulturero del Cementerio Central? —preguntó Leo, cada vez más confundido—. ¿El hombre que está sentado frente a su puerta?

—¡Ah!, ¿se conocen? Un hombre capaz, ¿no cree? ¡Y muy leído! El señor Rothmayer me ha dicho que ha llamado a la Jefatura de Policía de Viena para prestar declaración, pero por lo visto nadie lo ha tomado en serio.

—Un error, con toda seguridad —murmuró Leo—. Ya sabe, la falta de tiempo...

—... los descuidos y las imprudencias, sí —se burló Hofmann—. Son una constante en todas las administraciones, los médicos no somos los únicos. Pero, gracias a Dios, hoy ha venido a verme el señor Rothmayer, pues nos conocemos desde hace mucho tiempo, y me ha advertido sobre una circunstancia especial, lo que me ha llevado a investigar el asunto.

—Y esta... circunstancia —dijo Leo—, ¿puede contarme de qué se trata?

—¿Sabe una cosa? Como usted ya conoce al señor Rothmayer, no lo hagamos esperar más tiempo. Será mejor que él mismo se lo diga con sus propias palabras.

El profesor Hofmann se dirigió a la puerta y echó un vistazo a la antesala, donde el sepulturero seguía sentado en el banco como una estatua polvorienta.

—Disculpe la molestia, señor Rothmayer. ¿Sería tan amable de informarle al inspector de lo que encontró en el cuerpo de Bernhard Strauss?

Augustin Rothmayer entró en la sala de disección como si fuera la muerte en persona. Ataviado con sus botas sucias, su abrigo largo y el sombrero de ala ancha, el sepulturero parecía por completo fuera de lugar en medio del ambiente frío y aséptico de la sala de disección, pero a la vez encajaba a la perfección.

«Solo le falta la guadaña», pensó Leo.

—A su servicio, señores —saludó un malhumorado Augustin.

—El señor Rothmayer me ha prestado su valiosa ayuda en muchas ocasiones —explicó el profesor Hofmann—.

Nos conocimos por, eh... terceros, y aprecio mucho su experiencia. Es un verdadero experto en patología y medicina forense, y sobre todo es un hombre de práctica. Puede clasificar cualquier hueso humano, si bien utiliza una terminología distinta de la que usamos los eruditos. Y también sabe mucho sobre las etapas de la descomposición. El señor Rothmayer está escribiendo una obra sobre las artes mortuorias y espero tener la oportunidad de citarlo en la próxima edición de mi manual de medicina forense.

—Es usted muy amable, profesor. —Rothmayer hizo una ligera reverencia—. Sería un honor para mí.

—¿Ha avanzado en sus estudios sobre la utilidad de los insectos en el proceso de descomposición? —preguntó Hofmann.

—Acabo de descubrir en una fosa varias especies nuevas de araña. Es probable que tenga que revisar un par de párrafos.

—Debería leer sin falta *Fauna de las fosas*, de Pierre Megnin, un veterinario militar francés, creo que podría interesarle. Si no recuerdo mal, en mi biblioteca tengo una edición en alemán que puedo poner a su disposición. Me encantaría mantener una charla más extensa sobre el tema con una copa de vino, pero creo que no deberíamos hacer esperar más al inspector, ¿verdad?

—Se lo agradecería enormemente, profesor —dijo Leo, que todavía no era capaz de asimilar tan extraño encuentro.

Hofmann señaló el cuerpo.

—Señor Rothmayer, por favor, explique qué le llamó la atención.

—Bueno, fue así —comenzó parsimonioso Augustin mientras amasaba el sombrero con las manos—. Estaba mirando el cuerpo sin vida de Strauss, cuando casi se cae del ataúd. Ocurrió hace unos días, cuando vinieron esos ladrones de tumbas, los dos vagos. En un primer momento no presté mucha atención, pero después... —Balanceó la cabeza—. Tenía las pupilas muy cerradas, algo que no era nada natural. He visto los ojos de muchos muertos antes de que se los cerraran, y esas pupilas eran muy pequeñas, como si...

—Como si al señor Strauss le hubieran administrado un veneno antes de su muerte —terminó la frase el profesor—, morfina, para ser exactos. Gracias, señor Rothmayer, por su profunda valoración. —Se dirigió a Leo—: Incluso los ignorantes saben que la morfina provoca la contracción de las pupilas. También he escrito un artículo sobre el tema, si se me permite añadir con toda la humildad. Francamente, no entiendo cómo el médico que realizó la necropsia no se dio cuenta. ¿En el certificado de defunción consta algo al respecto?

—Eh..., que yo sepa... no..., no consta nada, y además, el caso ya estaba cerrado —titubeó Leo, que se preguntaba desesperado dónde había metido el certificado de defunción, probablemente en algún rincón de su despacho. En realidad había querido ponerse en contacto con el médico, pero entonces se había producido el segundo asesinato de la estaca, convocaron la reunión con Stehling y Stukart... La mente de Leo iba a toda velocidad y trataba de poner en orden todo lo que acababa de escuchar. La marca de estrangulamiento pintada, el veneno, la muerte aparente...

El profesor Hofmann se anticipó con sus reflexiones.

—Si me lo pregunta, inspector, diría que Bernhard

Strauss no se suicidó. Fue asesinado, con morfina. El ahorcamiento solo ha sido una farsa. —Se encogió de hombros—. Sin embargo, la dosis de veneno no fue suficiente, el pobre se despertó en su propio ataúd y murió, digamos, por segunda vez. —El profesor volvió a pasar el trapo sobre el cadáver—. Me temo que va a tener que reabrir el caso.

VII

Varias horas después, cuando Leo cerró tras de sí la puerta de su despacho, se sintió como si un tranvía de caballos le hubiera pasado por encima. No había tenido ni un momento de descanso, y eso que la mañana había empezado aburrida de solemnidad. Cuando a primera hora de la tarde se presentó en el despacho de Paul Leinkirchner para informarle del resto de su visita al Instituto Forense, este se limitó a endosarle de mala gana varias cajas de archivos.

—Una pequeña muestra de los prontuarios de delincuentes de la tercera planta —dijo el inspector jefe sin sacarse el puro de la boca—. ¿Sabe cómo funciona?

—Ya he tenido el placer —respondió escuetamente Leo, que era muy consciente de que lo único que quería Leinkirchner era volver a apartarlo del caso. Pero ¿qué iba a hacer? ¿Llamar a la puerta de Stukart y chivarse? Para ello tendría que irle con algo más sólido.

De hecho, se había pasado el resto de la tarde buscando posibles sospechosos en el mar de fotografías y fichas desordenadas. Y andaba lejos de terminar...

—Busque a estafadores sentimentales, tipos bien plantados y delincuentes sexuales que se ajusten a nuestro per-

135

fil —le había ordenado Leinkirchner—, y cuando termine con estas cajas, arriba le esperan algunas más.

El joven Jost había ayudado a Leo a examinar las fichas. Fue una tarea silenciosa y agotadora que no condujo a ningún resultado real, pero al menos sirvió para filtrar a un montón de sospechosos y pasar las fotografías a los servicios de búsqueda y captura. Que esos tipos anduvieran todavía por Viena, hubiesen cambiado de aspecto o constaran en los registros con otro nombre, ya era harina de otro costal.

Además, la monótona tarea asignada le había brindado a Leo la oportunidad de pensar en lo que el profesor Hofmann le había desvelado a mediodía: Bernhard Strauss había sido a todas luces envenenado. ¡Y la persona que lo había descubierto era precisamente ese bicho raro del Cementerio Central! Pero ¿qué motivo había detrás del envenenamiento? Además, si el suicidio había sido simulado, la carta de despedida también debía de ser falsa. Quizá tendría que volver examinar el escrito más de cerca. Además, tendría que hacer una visita al médico que había emitido el certificado de defunción. ¿Podría estar coludido con los perpetradores? Todo eran preguntas y más preguntas...

Pero antes Leo tendría que encontrar el maldito certificado de defunción, y su escritorio era un caos de fichas y fotografías con rostros de criminales que no dejaban de mirarlo. Sin embargo, ¿debía seguir con el caso Strauss? El comisario Stukart le había dejado rotundamente claro lo que esperaba de él: ¡no perder de vista los dos asesinatos de la estaca y presentar sus propios resultados! De lo contrario, Leinkirchner lo tendría hojeando prontuarios hasta el fin de sus días.

El joven colega Jost se había ido una hora antes de terminar la jornada, pues al parecer su madre estaba enferma y necesitaba ayuda urgente. Leo trasladó las fichas de una esquina a otra sin saber exactamente cómo continuar. Cuando oyó a su estómago protestar con energía, recordó que no había comido desde la mañana. Maldiciendo, guardó las fotografías y las fichas en una caja, se puso el abrigo y abandonó el ambiente asfixiante y lleno de humo de la oficina. Iría a buscar algún pequeño local donde poder tragar su frustración con la ayuda de una o dos copas de vino. Mañana sería otro día. ¡El inspector jefe Leinkirchner podía irse al carajo! No era culpa suya que la Jefatura de Policía de Viena no dispusiera de un sistema como el método Bertillon. Lo que estaba haciendo era trabajo de aprendices, no para un agente de policía licenciado en Derecho y con una carrera previa como juez de instrucción.

Se despidió del portero inclinando levemente la cabeza y salió a la concurrida avenida del Ring, donde todo el mundo iba de camino a sus hogares. Caía la tarde, las primeras farolas de gas se encendían, varias damas vestidas de gala acompañaban a sus maridos vestidos de frac delante del Burgtheater y otras parejas acomodadas buscaban sitio en alguno de los lujosos restaurantes que había cerca del Volksgarten.

«Creo que de momento me conformaré con un escalope rebozado, sin dama ni frac.»

Estaba a punto de doblar por uno de los callejones menos concurridos cuando vio a otra persona saliendo de la Jefatura. Llevaba un abrigo largo y funcional que, sin embargo, no disimulaba el vestido de color gris ceniza que llevaba debajo.

—¡Señorita Wolf! —gritó Leo y saludó espontánea-mente. De alguna manera le hizo bien ver a una persona conocida y bonita y no a un siniestro y retrógrado crimi-nal en un álbum de delincuentes. La joven telefonista dudó por un momento, pero después se acercó a él con una sonrisa.

—¿No es un poco tarde para salir ahora del trabajo, se-ñor inspector?

—De hecho todavía no he comido —miró su reloj y rio—, y son ya las seis de la tarde. ¿Por casualidad no co-nocerá algún local agradable en la zona? Nada del otro mundo, algo sencillo. Todavía no estoy muy familiarizado con Viena.

—Mmm..., déjeme pensar. —Arrugó ligeramente la na-riz—. No muy lejos está el Melker Stiftskeller, suelo ir a mediodía. Está en la Schottengasse, justo antes de llegar a la Teinfaltstrasse. Hacen una nalgada curada deliciosa.

—¿Nalgada curada?

Ella rio.

—Disculpe, olvidé que era usted alemán.

—*Mea culpa*, no sé lo que es una nalgada curada ni dónde está la Teinfaltstrasse, todavía me queda mucho que aprender de Viena —dijo Leo encogiéndose de hom-bros. Entonces, se le iluminó el rostro—. Le propongo un trato. Usted me acompaña hasta allí y yo la invito a esa... nalgada. ¡Sería un placer para mí que aceptara! De todos modos, le debo una después de la visita guiada de ayer.

Ella sonrió.

—¿Y si ya tengo una cita?

—¡Pues cancélela! Diga simplemente que el inspector Von Herzfeldt le ha pedido dictarle una carta. —Leo esbozó una sonrisa burlona—. Ya sabe, ese joven y arrogante alemanote que no pregunta el apellido a las jóvenes damiselas.

—¿Se refiere a ese joven y arrogante alemanote que sale a comer con mujeres desconocidas sin nadie que haga de chaperona?

Leo asintió seriamente con la cabeza.

—El mismo.

—Bueno, ¿por qué no? —rio ella—. Pero que no se entere mi compañera Margarethe. Ya le ha echado el ojo y es más lista que un lince viejo.

—No cazo linces viejos. Con su permiso, señorita. —Leo le tendió el brazo, ella lo aceptó y juntos deambularon por el Ring como dos elegantes asistentes a la Ópera. Al momento, Leo dejó de sentirse un miserable.

Media hora después estaban sentados a una de las últimas mesas libres que quedaban en el Melker Stiftskeller. La posada que la señorita Wolf había recomendado era una típica bodega antigua de techos abovedados, luz tenue y ambiente animado, pero no demasiado ruidoso. Disponía de pequeños reservados donde se podía hablar con tranquilidad.

La nalgada curada resultó ser un codillo de cerdo previamente encurtido en sal, luego asado y al final servido con acompañamiento de col y papas al vapor. Las raciones hubieran saciado a dos repartidores de cerveza y los platos no eran demasiado caros, hecho que Leo constató con alivio. Aunque seguía disponiendo del grueso de su anticipo, todavía tenía que pagar el alquiler por adelantado a la señora Rinsinger. Además, había llevado el traje a la tintorería y también necesitaba unos pantalones nuevos después de haberse caído en la fosa común abierta.

Su joven acompañante comía con buen apetito.

«Como una loba», pensó Leo con una leve sonrisa de satisfacción.

En realidad, el apodo de Corderilla que le había puesto el inspector jefe Leinkirchner perdía todo su sentido a medida que avanzaba la conversación con ella. Fuera del trabajo ya no ocultaba tras unos austeros lentes esos ojos que brillaban con inteligencia y seguridad. Con el peinado deshecho, los rizos de la melena rojiza le caían sobre los hombros y debajo del vestido gris se insinuaba una figura atractiva. Fuera de la Jefatura, la tímida telefonista se transformaba en una conversadora estimulante, ingeniosa y encantadora. La señorita Wolf era, sin duda, una loba vestida con piel de cordero.

«Y además, un loba de gran belleza», se dijo Leo.

—¿Ya se ha hecho un poco a la vida de Viena? —preguntó ella después de limpiarse un resto de salsa de los labios y dar un largo trago de su copa de vino. Hablaba en un sutil dialecto austríaco, pero Leo aún no podía ubicarlo.

—Me temo que para eso se necesita algo más de un par de días —replicó Leo encogiéndose de hombros—. Viena es una ciudad cosmopolita. Graz, en cambio, es casi un pueblo.

—¿Y por eso se fue de allí?

—Digamos que ese fue uno de los motivos —respondió vagamente.

—Mmm... —Ella ladeó la cabeza y lo examinó con la mirada—. ¿Sabe que las chicas del conmutador ya cuchichean sobre usted?

—¿Ah, sí? ¿Y qué cuchichean? —Leo hizo una seña al camarero y pidió dos vasos más de vino blanco de la Baja Austria.

—Dicen que usted es en realidad juez de instrucción, licenciado en Derecho con las mejores calificaciones y, además, de familia rica. La secretaria de Stehling debe de haberse enterado de algo por ahí.

—O Margarethe, el viejo lince —se burló Leo—. Y usted se preguntará por qué estamos sentados aquí, comiendo codillo de cerdo con col, y no en la Ópera deleitándonos con caviar y champán...

—Más bien me pregunto por qué alguien como usted ha decidido volver a empezar desde tan abajo. Además, lo importante no es la comida, sino la compañía, ¿no cree, señor Von Herzfeldt?

—Totalmente de acuerdo, señorita Wolf.

Ambos alzaron las copas llenas que el encorvado camarero acababa de traer. Ciertamente, Leo se sentía más cómodo en aquella lúgubre bodega que en los numerosos bailes y cenas de gala a los que había asistido en su vida anterior. Justo en ese momento, la señorita Wolf dio un mordisco a un crujiente pedazo de corteza de cerdo y acompañó la carne ingerida con un generoso trago de vino. Leo debió de pensar de repente en Hanni y en lo mal que se sentía después de dos bocados de *bœuf aux oignons*. Pensativo, volvió a dejar la copa de vino sobre la mesa y suspiró hondo.

—Es cierto que vengo de una familia muy rica. Mi padre es el director de un banco privado en Graz y mi hermano probablemente se hará cargo del negocio.

—Me imagino que eso lo convierte a usted en la oveja negra de la familia... —interrumpió ella con una sonrisa.

—Motivo de más para temerle al lobo feroz —repuso Leo haciéndole un rápido guiño antes de recuperar la seriedad—. En cierto sentido, sí. Mi padre terminó conmigo bastante... enojado. Y no solo él. Por lo visto hay mucha gente en Graz que no me tiene mucho cariño, de manera que preferí cambiar de ciudad. Y de trabajo —añadió tras dar otro sorbo de vino. Leo constató sorprendido que la delicada señorita Wolf se había comido casi toda la nalgada curada, col y papas incluidas, y que su segundo vaso estaba casi vacío—. Incluso un juez de instrucción con *summa cum laude* puede aprender algo aquí, en Viena, sobre todo como agente de policía en la Oficina de Seguridad bajo las órdenes del comisario Stukart —dijo con una sonrisa sarcástica—. No solo en mujeres hermosas es Viena comparable con París, sino también en cuanto a delincuencia. Estoy seguro de que me lo podrá confirmar.

—En lo que a mujeres hermosas se refiere, eso lo deciden los hombres vieneses —respondió ella lacónicamente y limpiándose la boca con una servilleta—. Con respecto a la delincuencia, seguro que tiene usted razón. —Soltó un eructo casi imperceptible y se reclinó saciada—. ¡Es espantoso lo que se escucha cada día en el conmutador! Asesinatos, violaciones, y después están los ataques de los anarquistas... Cualquiera diría que con el fin de siglo llega también el fin del mundo.

—Los hay que piensan que el futuro acaba de empezar. Usted, querida señorita, está sentada cada día donde late el pulso de la nueva era: el teléfono. Y parece que también le interesa la fotografía. —Se incorporó—. Y si encima condujera un automóvil, tendría que preguntarle si no es usted en realidad un hombre disfrazado.

—¿Acaso está usted dudando de mi género, señor inspector? —inquirió ella entre carcajadas—. ¡Recuerde que fue una mujer quien tuvo la valentía de hacer el primer trayecto largo con uno de esos ingenios! Bertha Benz condujo más de ochenta kilómetros sin que su marido se enterara. Hizo un puente con un liguero y limpió el conducto de combustible con un alfiler. Y cada vez más mujeres se desplazan en velocípedos. ¡La tecnología no tiene por qué seguir siendo territorio masculino!

—Interesante reflexión. Aunque me cuesta imaginarla vestida con una bata de obrero manchada de aceite —bromeó ufano al comprobar que su acompañante era una caja de sorpresas. No recordaba la última vez que había tenido una conversación tan estimulante con una mujer. Desde luego, no con Hanni. Leo negó con la cabeza—. Encendido, conducto de combustible... Cualquiera diría que antes de ejercer de telefonista trabajó en un taller. No es usted de Viena, ¿verdad?

—En Viena casi nadie es de Viena —sentenció ella—. La gente normal también cambia de ciudad y de trabajo, no solo los jueces de instrucción bien plantados.

Se hizo un silencio durante el cual ambos dieron un sorbo a sus copas. Al final, ella habló con cara de curiosidad:

—Sé que no debo preguntar, pero ¿sabe algo más sobre las dos pobres mujeres que han sido encontradas muertas? Las telefonistas también andan cuchicheando al respecto. Hay quien incluso ha hablado de un segundo Jack el Destripador...

Leo esperaba que el mandato de silencio impuesto por Stehling en la Jefatura se hubiera respetado. Un asesino de la estaca vienés rondando por las páginas de los periódicos era lo último que necesitaban, sobre todo porque Leo temía que ese tipo de artículos fueran un estímulo para el perpetrador. Quizá también podrían salirle imitadores, como seguramente había ocurrido con el caso del destripador londinense. Leo se esforzó por dar una respuesta:

—Bueno, por lo menos ahora sabemos quiénes son las dos víctimas. —En efecto, ese día había escuchado de pasada que también se había aclarado la identidad de la segunda muerta. El dije los había puesto sobre la pista correcta. Se trataba de una tal Valentine Mayr, sirvienta en el distrito segundo, como la primera víctima. Tras informar los diarios vespertinos del segundo asesinato, los señores de la desaparecida pusieron la correspondiente denuncia en la policía—. Por desgracia —prosiguió Leo—, ahora mismo no dispongo de mucha información sobre los casos. Estoy, eh..., ocupado con otras cosas.

—Y esas... cosas, ¿tienen algo que ver con el extraño sepulturero del Cementerio Central? —bromeó ella—. ¿Quiere que se lo pase la próxima vez que llame?

Leo puso los ojos en blanco.

—¡No, se lo ruego! El tipo es en verdad muy extraño, pero tampoco hay que tomarse a mal su oficio. Además...

Su mirada se posó en el cuello de su bella acompañante, donde, bajo el pañuelo, acababa de ver una cadena de la que pendía un pequeño dije: un medallón de plata con forma de corazón y un nombre inscrito que no podía descifrar.

—¿Puedo preguntarle de dónde ha sacado eso? —inquirió Leo instintivamente señalando la cadena.

—¿Esto? —preguntó ella llevándose la mano al pecho, como si quisiera ocultar el nombre inscrito en el medallón—. Oh, nada especial. Lo compré en una pequeña tienda de Leopoldstadt. No es caro, creo que el joyero los hace por docenas. ¿Por qué lo pregunta?

Leo carraspeó.

—La segunda víctima llevaba el mismo medallón, lo he visto esta mañana en la reunión. Era muy parecido al suyo, con un nombre grabado en él, Valentine...

—¿Valentine? —repitió la señorita Wolf visiblemente sorprendida—. Valentine ¿qué más?

—Eh... Mayr. Pero en realidad no debería decírselo. Lo sabemos desde hace apenas...

—¿La segunda víctima se llama Valentine Mayr? —Su rostro palideció y la joven se derrumbó—. Dios mío, por todos los santos...

—¿Conoce a alguien con ese nombre? Tampoco significa nada. Mayr es un apellido muy común, igual que el nombre, Valentine, aunque quizá debería ir al cuerpo de Guardia para...

Ella se levantó de repente. Leo vio que le temblaba todo el cuerpo.

—Discúlpeme, señor Von Herzfeldt, pero es tarde y tengo una cita.

—Pero, señorita Wolf, por lo menos permítame...

—Muy amable, le agradezco la invitación. —Se puso el abrigo sin dejarse ayudar y se dirigió a la salida. Boquiabierto, Leo se quedó sentado frente a su vaso de vino medio lleno.

Cuando ella abrió la puerta del local y salió apresuradamente, él notó cómo entraba una fría brisa otoñal.

VIII

Del *Almanaque para sepultureros*, de Augustin Rothmayer,
escrito en Viena en 1893

*El aire y la temperatura influyen de manera determinante en
la descomposición. En las masas de hielo de Siberia se han
conservado intactos durante miles de años mamíferos de proporciones gigantescas. La carne de los mamuts descongelados
en los albores del presente siglo estaba tan sabrosa que fue
ávidamente consumida por osos, lobos, linces e incluso humanos. En cuanto a las altas temperaturas, el ejemplo más
elocuente de su efecto momificador lo encontramos en los de-
siertos de África y Asia. En ocasiones, caravanas enteras han
quedado enterradas bajo la arena por la acción del viento y,
años después, los viajeros se han encontrado en su camino
con los infelices momificados.*

*Pero la sequía a temperaturas moderadas también pro-
voca la momificación si se dan las condiciones de ventilación
adecuadas. Así, los suicidas que se ahorcan en áticos solitarios y expuestos a corrientes de aire suelen mantenerse en
excelente estado de conservación pese al transcurso de los
años.*

Hundido en el barro hasta las rodillas, Augustin paleaba la húmeda y pesada tierra de la fosa. Lo hacía con escrupuloso cuidado para no destrozar ninguno de los huesos o cráneos que asomaban continuamente entre los terrones. Tal vez a los muertos no les importara que hubiera alguien allí dando paleadas, pero a él no le daba igual. Como solía hacer, al final recogía los huesos y levantaba con ellos una bonita pirámide en un rincón. La fosa estaba entonces lista para los siguientes huéspedes.

Era la tercera mañana que se pasaba cavando en las tumbas de diez años del sector veintitrés. El trabajo era monótono y sudoroso, pero justo eso era lo que le gustaba; además, nunca bajaba nadie a importunarlo. Algunos huesos todavía tenían pegados restos de ropa y en ocasiones encontraba algún anillo o broche, que colocaba con cuidado en la cima de la pirámide. Todavía no había llegado el día en el que Augustin se enriqueciera con las joyas de los difuntos. Además, de todos modos solamente eran brillantes y oro de los tontos. En las fosas comunes se enterraba a los pobres de solemnidad que no podían permitirse una tumba familiar o individual, y mucho menos una cripta. Hoy debía terminar con el sector veintitrés: diez fosas comunes, o cincuenta cadáveres nuevos. Hacía falta espacio. En el cementerio no cabía ni un alfiler, como en la propia ciudad de Viena. Y, como en Viena, los ricos y los pobres también estaban claramente separados en el cementerio.

«Pero todos los huesos son iguales», pensó Augustin.

Tras una hora de sudoroso trabajo, el sepulturero dejó la pala clavada en el suelo y regresó a la superficie por la escalera para tomarse un breve descanso. Al ver a la niña subida en el montículo de tierra recién levantado, dejó escapar un profundo suspiro.

—¡Todavía estás aquí! Ya te dije que no tengo tiempo para ti. Si no quieres irte a tu casa, al menos no me pongas de nervios. ¡Vete a jugar a otra parte!

La niña permaneció callada. Había recogido unas cuantas piedras que ahora estaba dejando rodar montículo abajo y cuyo repiqueteo provocaba un murmullo en el silencio.

—¡Eh! ¿No me oyes? —la regañó Augustin—. Tienes suerte de que no haya avisado a la dirección. ¡Una mocosa como tú no tiene nada que hacer en un cementerio! ¡Sal de mi vista de una vez!

La niña se encogió de hombros y continuó en silencio.

—Carajo, tu madre está... —«Muerta», quiso decir Augustin, pero se mordió la lengua— en un lugar mejor —resolvió al final—. Está recostada, calentita, tomando café con la abuela y el bisabuelo en una nube. Y no quiere que pases frío.

La niña seguía sin decir esta boca es mía. Si la memoria no le fallaba al sepulturero, la pequeña apenas había pronunciado unas pocas frases desde que se plantó delante de su puerta hacía dos días, con la voz ronca y entrecortada, como si ya no supiera hablar.

—Me vuelvo a la fosa —gruñó—, y cuando suba dentro de media hora te habrás ido de una vez por todas, ¿entendido? ¡No te lo volveré a repetir!

Augustin bajó la escalera refunfuñando, cogió la pala y removió la tierra como si fuera un ente peligroso y hostil. ¿A santo de qué se había dejado llevar por semejante tontería? Ya era el segundo día que la niña zangoloteaba a su alrededor como un gato callejero. Parecía no tener ningún pariente cercano al que acudir, ni siquiera una tía o un tío. Por sus escasas palabras, Augustin había deducido que la pequeña era del distrito décimo, de una típica vivienda de clase obrera con diez personas hacinadas en una habitación. Todos sus hermanos y hermanas estaban muertos, nunca había tenido un padre, y la madre había perdido la vida en un accidente con un coche de dos caballos, algo que ocurría todos los días. El sepulturero había perdido la cuenta de los cuerpos arrollados que había enterrado ya. ¡Y ahora, encima, estaban esos automóviles!

Después de que la mocosa pasara la primera noche durmiendo en el suelo de la cabaña delante de la chimenea, acurrucada junto al ronroneante Luci, Augustin había tenido la esperanza de que la pequeña terminaría entrando en razón y se iría. Pero se había quedado. La primera mañana se sentó sigilosamente a su lado a la mesa a la hora del desayuno hasta que él finalmente se apiadó de ella y le ofreció un plato de su sopa de pan endulzada con miel y una taza de café humeante. Ese día terminó la vida apacible del sepulturero. La pequeña apenas hablaba, pero él notaba sus miradas, su respiración, su presencia. ¡Santo cielo, si hasta el violín sonaba distinto cuando ella estaba en la estancia! Sin embargo, parecía disfrutar de la música, con los ojos cerrados, balanceando su cuerpecillo de un lado a otro, a veces tarareando. Tenía una voz aguda y ligeramente rasposa, como la de un pajarito que aún busca a tientas las notas adecuadas. Augustin había decidido que, a más tardar en la mañana del segundo día, la pondría de patitas en la calle.

Pero para entonces ella le había dicho su nombre. Se llamaba Anna.

Desde ese momento, las cosas no hicieron más que empeorar.

El nombre desató algo en Augustin, puso en marcha un mecanismo de relojería antiguo y oxidado. Le vinieron a la mente recuerdos que creía haber enterrado tan bien como el ataúd más hondo de una fosa común de dos metros de profundidad.

Ahora volvían los muertos.

—¡Demonios!

Augustin había clavado la pala en el suelo con tanta fuerza que se dio cuenta demasiado tarde de que había partido un cráneo. Dio un puntapié a la calavera agrietada para que rodara hasta la esquina, pero de inmediato se sintió culpable. ¿Qué culpa tenía el propietario de ese cráneo de que el destino no le dejara a él, al sepulturero del Cementerio Central, ni un minuto de descanso? ¡Y, para mayor inri, estaba ese inspector sabelotodo! De hecho, se había alegrado de que el alemanote no se hubiera puesto en contacto con él después de su llamada, pero entonces va y se encuentra con el tipo justo cuando había ido a ver a Hofmann. Augustin solo podía esperar que el profesor mantuviera la boca cerrada, de lo contrario, perdería su trabajo de sepulturero más rápido de lo que tarda un cirio en apagarse sobre una lápida. Los señores Lang y Stockinger, de la dirección del cementerio, no se andaban con tonterías. Además, ¿qué le importaba el tal Strauss a él si la estirpe solo había producido compositores pésimos? Encontraba su música demasiado melosa, siempre con el tres por cuatro, el besamanos y el tantarán. Schubert, Mozart o Beethoven, en cambio, ¡sí que tenían sentimiento!

Una araña salió de debajo de un fémur y Augustin la examinó con curiosidad.

—Vaya, mira qué tenemos aquí... —murmuró. Se puso de rodillas sobre la tierra fangosa y, casi arrobado, dejó que la araña se paseara por su mano—. ¿De qué especie eres? A ti no te tengo registrada.

Era un arácnido pequeño, con un abdomen verdoso e iridiscente que ahora levantaba para demostrar agresividad. ¡Muy interesante! Si esa noche quería ponerse de nuevo a escribir, sin falta tendría que...

Sonó un grito agudo, era la voz de la niña. Augustin se estremeció. La araña saltó de su mano y huyó a toda prisa.

—¡Maldita sea! —exclamó.

El sepulturero subió la escalera sin dejar de proferir insultos. ¡Ahora sí que se había acabado! Le llamaría la atención a la diablilla y la echaría del cementerio con sus propias manos. ¡Tanta compasión solo podía traerle disgustos!

—¡Por los clavos de Cristo, estamos en un cementerio, no en el Wurstelprater! —increpó—. ¿Cuántas veces tengo que decirte...?

Enmudeció al ver a la niña. Anna parecía la encarnación de la muerte, o por lo menos estaba tan pálida como el mismísimo caballero de la guadaña. La pequeña seguía de pie sobre el túmulo de tierra fresca recién levantado y con los dedos temblorosos señalaba un campo de tumbas vecino.

—¡Allí! Allí..., allí... —La niña tenía la voz entrecortada y lloraba.

—¡Santo crucifijo! ¿A qué viene tanto teatro? —gruñó Augustin—. Si te dan miedo los fantasmas, el Cementerio Central no es lugar para ti.

—La cabeza..., la cabeza... —jadeó Anna.

—¿Qué cabeza hueca has visto? —preguntó Augustin al llegar al campo de las tumbas.

Y entonces lo vio.

—¡Santo Lázaro de Betania! —exclamó—. ¿Quién ha hecho semejante marranada? ¡Y encima en mi cementerio!

Un tipo ceñudo observaba fijamente a Leo. Tenía una mirada fulminante, una cicatriz mal curada en la mejilla derecha, una barba descuidada y el pelo desgreñado. No era alguien con el que uno quisiera encontrarse de frente en un callejón oscuro y solitario, pero solo la fotografía ya causaba la peor de las impresiones. Leo leyó las pocas líneas que constaban en la ficha:

Karl schröder, nacido el 12-3-1862, último domicilio en Margareten, Wimmergasse 47, tres años de reclusión por proxenetismo y coacción.

Leo suspiró y colocó el retrato en la creciente pila de sospechosos descartados. Karl Schröder no se ajustaba precisamente al perfil de hombre por el que una chica de servicio se dejaría invitar a un agradable paseo dominical.

El joven Andreas Jost estaba sentado en el escritorio frente a él y clasificaba las fichas de los prontuarios de delincuentes. Ya era casi mediodía y en el suelo todavía quedaban tres cajas polvorientas que un empleado había arrastrado desde la tercera planta cumpliendo las órdenes del estimado colega Leinkirchner.

—¡Estas fotografías son un desastre! —se quejó Leo—. Amarillentas, mal expuestas, desenfocadas... Y las fichas las ha escrito obviamente un imbécil. Esta, por ejemplo, escuche... —Leyó en voz alta—: Peter Rosenegger, nacido el 8 de abril de 1782. ¡1782! ¡Ja! ¡Un fantasma de la época de la Revolución francesa! ¡Tremendo juego de números!

—¿Cómo dice, inspector? —preguntó Andreas Jost irritado. Por lo visto estaba absorto por completo en su trabajo.

—Olvídelo —respondió Leo con un gesto despreocupado de la mano—. ¿Su madre se encuentra mejor?

—¿Mi madre? —Jost permaneció inexpresivo por un momento, pero luego sonrió—. ¡Ah, sí, mejor! Gracias por preguntar. Solo un poco de fiebre. Está en cama, pero ya puede tomar sopa. Ayer fui a hacerle las compras, no tiene a nadie más. Mi padre falleció hace algunos años.

—Mis condolencias —dijo Leo, cuya mente ya estaba en otras cosas.

Sus temores se habían visto confirmados: Paul Leinkirchner lo había apartado de la investigación y tendría que hablar con Stukart al respecto, quien de todas maneras estaba esperando su informe diario. Pero quizá era demasiado pronto para ir a quejarse, de lo contrario parecería que no tenía la situación bajo control. Si fuera a ver a Stukart con nuevos resultados en la mano, la cosa sería distinta... Leo pensaba en el encuentro con Julia Wolf de la tarde anterior, en su principio tan prometedor y en su final tan abrupto. ¿Era posible que la joven telefonista hubiera conocido a la segunda víctima? Como mínimo habría que ir a ver al joyero que le había vendido el colgante, pero quizá el inspector Loibl ya lo había hecho en sus comprobaciones rutinarias. ¡Y, mientras tanto, él hojeando álbumes de delincuentes de antes de la batalla de Königgrätz!

«Nuevos resultados...»

Apartó la pila de fichas y se levantó.

—Se las podrá arreglar usted solo, ¿verdad? —le preguntó a Jost—. Quisiera comprobar algo más.

Jost asintió con la cabeza mientras continuaba absorto en las desagradables muecas de las fotografías que tenía delante. Con paso apresurado, Leo atravesó el sinuoso pasillo, pasó de largo frente a los despachos de los compañeros, subió la escalera y entró en la central telefónica después de llamar brevemente a la puerta. No vio a Julia Wolf, pero sí que estaban las otras mujeres, en su mayoría jóvenes, que se sonrojaron y rieron con disimulo al verlo. Margarethe, la compañera mayor y amiga de Julia, lo saludó guiñándole un ojo.

—Vaya, ¡el señor Von Herzfeldt! No parece que tenga mucho que hacer en la Oficina de Seguridad si nos visita tan a menudo. ¿No estaba persiguiendo al asesino del Prater?

—¿La señorita Wolf no ha venido hoy? —respondió Leo haciendo caso omiso de las burlas.

—¡*Oh là là*, la cosa se pone interesante! —siguió burlándose Margarethe—. Pero siento decepcionarlo, inspector. La señorita Wolf ha llamado para avisar que está enferma. —Levantó una ceja y preguntó—: ¿Mal de amores, quizá?

—Que tengan un buen día, señoritas —se despidió Leo sin decir nada más y cerrando de golpe. ¡Estupendo! Aparte de la madre de Jost, también había enfermado una testigo potencialmente importante. ¿O quizá Julia Wolf se había escondido? ¿Debía Leo informar de la desaparición a su compañero Leinkirchner? Decidió esperar un poco más. Si la señorita Wolf volvía al trabajo esa misma mañana, aún podría interrogarla y quizá lo reincorporarían en el caso. Pero también notaba que su frustración no solo tenía que ver con el hecho de no poder interrogar a una testigo. En realidad quería ver de nuevo a Julia. Ella le había proporcionado lo más parecido a un momento feliz que había tenido en la cruel metrópolis vienesa.

¿Qué debía hacer? No tenía ganas de bailar al son que le tocara Leinkirchner y seguir ordenando fichas, de manera que, espontáneamente, decidió aprovechar el resto del día para trabajar al menos en su segundo caso. El comisario Stukart le había dicho con claridad que no había tal segundo caso, pero las cosas habían cambiado. Bernhard Strauss podría haber sido asesinado, o al menos eso se desprendía de la autopsia realizada en el Instituto Forense, de manera que iría de visita a la casa de Strauss. Era lo mínimo que podía hacer.

Después de tomar su sombrero y su abrigo del despacho y despedirse de Jost sin hacer ningún comentario, Leo salió al Ring y paró con la mano un coche de punto. De las pocas notas que tenía el expediente, había deducido que la vivienda de Strauss se encontraba en el distrito quinto, en el barrio de Margareten, donde también vivían rufianes y exconvictos como el tal Karl Schröder del prontuario de delincuentes. Margareten era el típico barrio obrero salpicado de pequeños talleres, oscuros patios traseros y callejones sin salida. Las casas por las que pasaba el carruaje a menudo parecían descuidadas, carentes de enlucido y con la pintura de las persianas arruinada. Leo notó también que muchas calles carecían de iluminación de gas, pero al menos pasaba el tranvía de caballos, del que esta vez prescindió con gusto aunque el viaje le fuera a salir mucho más caro.

El carruaje se detuvo finalmente delante de un edificio de viviendas de varias plantas de cuyas ventanas colgaba ropa lavada. Unos chicos vestidos con pantalones sucios jugaban a pelota en la calle. Después de hacer algunas averiguaciones, Leo consiguió saber dónde vivía la casera. La raquítica anciana, que salió de su cocina con un mandil atado, lanzó una mirada recelosa a la insignia en la solapa de Leo. Un hedor a basura y col invadía el hueco de la escalera.

—¿Conque inspector, eh? —preguntó la mujer examinándolo de pies a cabeza como si fuera un triste agente comercial—. ¿Qué falta hace un inspector si el tipo se colgó como un pingajo? ¡Fue un suicidio! Así que ya tienen también al asesino.

—Deje las conclusiones para la policía, señora. —Leo le pidió la llave y subió al primer piso, abrió la puerta y entró en el apartamento del fallecido. Sorprendido, miró a su alrededor y exclamó—: ¡Pero si está completamente vacío!

—Por supuesto que está vacío —confirmó la anciana, que lo había seguido para fisgonear—. Quiero volver a alquilarlo lo antes posible. De todas maneras, aquí solo había cachivaches. Se lo di todo al trapero y quemé los papeles y las partituras. Solo guardé el violín —aclaró, y alargando la barbilla con agresividad dijo—: Por el alquiler pendiente. El señor Strauss no me había pagado el mes. Y la ventana también está rota. ¿Quién me la va a pagar? Usted seguro que no.

«Y ahora, un muerto que paga el alquiler —pensó Leo—. ¡Me encanta Viena!»

Echó un vistazo a las dos pequeñas habitaciones que habían servido de vivienda a Bernhard Strauss. Los lavamanos estaban en el corredor, como era habitual en las casas de alquiler, al igual que el sanitario. Una única ventana, cuyo cristal estaba roto, servía de tenue entrada de luz. Todavía olía a humo de cigarro, pero ese olor era lo único que quedaba del antiguo inquilino. La casera señaló la cruz reventada de la ventana.

—Se colgó de ahí, el pobre, igual que un embutido. El jaleo que armó fue de alivio. Subí en cuanto pude, pero ya estaba muerto. —Se encogió de hombros—. La cuerda estaba desgarrada y él estaba tendido en el suelo, con toda la cara azul y la lengua asomándole como un trapo. Al momento se vio que nada se podía hacer. Así lo dijo también el doctor, que, gracias a Dios, llegó en un instante.

—¿Qué clase de hombre era el señor Strauss? —preguntó Leo.

—Siempre tocaba el violín, noches incluidas. Los vecinos se quejaban a menudo. Y también lo visitaban mujeres, ¡en contra de las normas de la casa!

—¿Qué clase de mujeres eran?

—¡Ja! ¡Mujeres ligeras! Pelandruscas, por si quiere saberlo.

—¿Perdone?

—¡Putas, señor! Aunque... —Dudó—. De hecho, las últimas semanas solamente venía una.

—¿Quién era? —preguntó Leo con impaciencia.

—¿Se cree que soy la adivina del Prater? ¿Ve alguna bola de cristal? —La vieja se cruzó de brazos y retrocedió un paso—. A esa pelandrusca la vi solo un par de veces. Pretendía tener clase, pero era tan puta como las demás, que lo noté yo. Vestía ropa barata y llevaba peluca, ¡estoy segura!

—¿Peluca?

—Sí, negra de pelo largo, para parecer más fina, la *madam*. Y olía a perfume del malo, ¡como una bailarina de los suburbios! Los dos se lo pasaban en grande. Y después va el tipo y hace eso. Un melancólico, como todos los artistas.

—¿Y no venía nadie más a casa del señor Strauss? —indagó Leo—. ¿No recibió nunca visitas?

—No, en todo caso, nadie de esa distinguida familia de la que siempre presumía. Nunca se han dejado ver por aquí —criticó en tono de burla. Pero entonces arrugó la frente—: Solo hubo dos tipos que preguntaron por él unas cuantas veces, dos tipejos sospechosos. Uno de ellos parecía un luchador del Prater. Pero el señor Strauss nunca estaba cuando venían. Era como si los evitara. Algún problema debían de tener con él.

—Así que uno de ellos parecía un luchador, mmm... —Leo reflexionó—. ¿Y el otro no tendría por casualidad una cicatriz en la mejilla?

La mujer asintió acuciosa:

—¡Sí, exacto, daba miedo! ¿Conoce a esos tipos? Por cierto, ahora que me fijo en usted... —La vieja le lanzó una mirada socarrona—. ¿No querrá por casualidad mudarse aquí? Es un apartamento precioso y nada caro, solo diez coronas a la semana. Casi regalado.

—Se lo agradezco, pero ya tengo alojamiento. Mis respetos, señora. —Leo se despidió levantando ligeramente su Homburg gris, salió de nuevo al descanso y bajó los escalones torcidos y desgastados. Entonces se volteó una vez más y dijo—: Este mes, después de todo, el alquiler se lo está pagando un muerto. Es el tipo de inquilino que causa menos problemas. Si yo fuera usted, me quedaría con eso.

La mujer lo miró con mala cara durante un momento y volvió a entrar en la cocina.

En la calle, mientras veía a los chicos jugar a pelota, Leo pasó un rato absorto en sus pensamientos. No había duda: ¡los dos tipos que habían ido varias veces a casa de Bernhard Strauss a hacerle una visita en vano eran los mismos que más tarde pretendieron desenterrar su cadáver! Por lo visto, ya se conocían de antes. ¿Cómo diablos encajaba eso? Y después estaba la bella desconocida de la peluca. ¿Podría ser la envenenadora? Y si así fuera, ¿por qué?

Leo sacó del bolsillo de su abrigo el delgado sobre que, junto con su informe preliminar y algunos artículos de prensa, contenía la nota de suicidio de Bernhard Strauss. El maldito certificado de defunción aún no había aparecido; debía de haberlo extraviado. Leo desplegó la carta y leyó por enésima vez:

... es demasiado grande la deshonra que mi familia me ha causado... así que no veo otra opción... me despido voluntariamente de esta vida...

Estaba claro que las líneas habían sido escritas con extrema rapidez. Las letras estaban borrosas pero, sin embargo, todo se había anotado con precisión. Parecía la caligrafía de un hombre, pero no era seguro. Si la carta era falsa, de lo cual había que partir en caso de asesinato, Leo tendría que demostrarlo. Para ello necesitaba una muestra de escritura, pero por desgracia la propietaria del piso se había deshecho de todo o lo había quemado. Bernhard Strauss no había dejado ningún legado.

«¿Realmente nada...?»

Se le ocurrió un lugar donde podría preguntar.

Pero estaba bastante seguro de que no obtendría ninguna respuesta.

IX

Apenas media hora después, Leo estaba delante de un edificio palaciego en la Igelgasse, en el distrito cuarto, preguntándose por enésima vez si desplazarse hasta allí no
había sido una idea rematadamente estúpida.

El antiguo suburbio de Wieden lindaba con el barrio de
Margareten y, a pesar de ello, eran como el día y la noche.
Había allí un gran número de casas señoriales, entre ellas
el Palacio del Archiduque Rainiero o el fabuloso Palacio
Schönburg. El palacio de la familia Strauss, llamado por
sus propietarios *Ingelheim,* u «hogar del erizo», para res-
tarle importancia, era una mansión de dos plantas con fachada renacentista y ocho ejes de ventanas, no muy alejada
de la Wiedener Strasse y rodeada por otras casas de corte
burgués. En algún punto del primer piso sonaba una suave
música de piano que se interrumpía y reanudaba brevemente, como si alguien estuviera anotando algo entre
medias.

«El maestro está componiendo —pensó Leo, que se
descubrió y respiró hondo—. Si llamo ahora, podría privar
al mundo de una genialidad.»

Una ráfaga de viento frío hizo volar por encima de la
banqueta las hojas mustias de un tilo cercano.

Leo estaba a punto de hacerse atrás. Johann Strauss, hijo de Johann Strauss el Viejo, era incluso más famoso que su padre y se había convertido en un mito viviente dentro y fuera de Viena. Sus valses se interpretaban en bailes y fiestas alrededor del mundo; las pegadizas canciones de sus operetas, desde *El barón gitano* hasta *El murciélago*, las tarareaba incluso la gente de la calle; el maestro realizaba aclamadas giras por Rusia y América... ¿Y ahora venía un inspectorcito a molestarlo mientras componía? ¿Qué habría dicho Hans Gross al respecto?

«Un detective muestra respeto, pero nunca se doblega ante nadie, ni siquiera ante una leyenda...»

Decidido, Leo tiró del pomo chapado en oro que hacía de timbre y sonó un suave gong. Como probablemente no vendría nadie a abrirle la puerta, mejor sería que...

—¿Qué desea?

Como por arte de magia, el gran portón de entrada se había abierto en silencio. En el umbral había un sirviente uniformado y con un peinado que chorreaba pomada para el cabello.

—Eh... Inspector Leopold von Herzfeldt, Oficina de Seguridad de Viena —se presentó Leo, y mostró su insignia—. ¿Está el señor de la casa?

El sirviente levantó con habilidad la ceja derecha y repasó al visitante de pies a cabeza.

—¿Y qué se le ofrece al señor inspector?

—Han surgido algunas cuestiones relativas a la muerte del señor Bernhard Strauss, el hermanastro de Johann Strauss. Se trata de una nimiedad, pero estaría muy agradecido si el maestro pudiera recibirme unos minutos.

—Espere aquí.

El criado cerró la puerta y dejó a Leo aguardando fuera. A través de una de las ventanas volvió a sonar una escala de piano interpretada con dulzura que pasó de pronto a un crescendo estridente. Poco después se oyeron unos pasos, el criado volvió a aparecer e invitó a Leo a entrar.

—Sígame, señor inspector. El maestro lo recibirá en la sala de juegos.

Cruzaron un largo pasillo con ventanales altos que daban a un gran jardín con una fuente. El suelo estaba cubierto con unas alfombras suaves que ahogaban cualquier ruido. Una puerta doble conducía a una sala de techo alto en cuyo centro había una enorme mesa de billar. Escasos muebles, aunque extraordinariamente refinados, así como un papel pintado verde con ornamentos florales completaban la estampa de un salón señorial.

Detrás de la mesa de billar esperaba el maestro.

Johann Strauss rayaba en la setentena, pero la cabellera, encendidamente oscura, seguía brotándole radiante, al igual que el imponente bigote, que hacía que el maestro pareciera una morsa fácilmente irritable. Su atuendo era informal, con camisa y chaleco sobre los que llevaba una bata larga de lana fina. Con la mano derecha sostenía un taco de billar como si fuera una batuta.

—Gracias, Anton, puede retirarse —dijo Strauss, tras lo cual el sirviente se retiró con una reverencia. El Rey del Vals miró a Leo con una mezcla de diversión y burla—. ¡Vaya, vaya, Edi! Parece que a la Policía de Viena le ha dado ahora por vestir bien.

Johann Strauss no estaba solo. A su lado había otro caballero con bigote que parecía una copia algo más joven del maestro. En una esquina, entronada en una silla acolchada, había una dama de unos cuarenta años vestida con falda rígida, blusa ajustada y guantes de seda que sostenía una diminuta taza de porcelana y miraba a Leo con severidad. De nuevo, la música de piano volvió a sonar desde otra habitación.

—Mi sobrino —aclaró Strauss tras interpretar la mirada irritada de Leo—. Está trabajando en una opereta que ya ha reescrito y desechado tres veces. ¿Le gusta la composición?

—Eh..., sí, muy bonita —respondió Leo.

—Ya, no sé, demasiado patetismo, ¿no cree? —Johann Strauss se expresaba con un suave sonsonete vienés—. ¡Pero así es como compone la *jeunesse dorée*!

Por el tono de voz, Leo no pudo evitar pensar de inmediato en valses animados y operetas azucaradas. Por un momento, tuvo la impresión de estar actuando en uno de ellos.

—Dice Anton que es usted inspector de la Oficina de Seguridad —prosiguió melodiosamente Strauss—. Vaya, vaya. ¿Pasaba por aquí y decidió importunar nuestro pequeño *tête-à-tête* familiar?

—No era mi intención...

—No es nada. —Strauss hizo un gesto de despreocupación con la mano y señaló sonriente las bolas de billar sobre el tapete de la mesa—. De todos modos iba perdiendo.

—Quizá el inspector tendría por fin la bondad de explicarnos el motivo de su visita —dijo el hombre con bigote junto a Strauss. Obviamente se trataba de Eduard Strauss, el hermano menor del Rey del Vals. Josef, el tercero, que al igual que los otros dos era un conocido compositor y director de orquesta, había fallecido hacía algunos años.

—Es por un pariente cercano suyo —informó Leo, que, como un sirviente, seguía de pie junto a la puerta—. Bernhard Strauss, su medio hermano. Como seguramente sabrá, el pobre fue encontrado ahorcado y...

—Bernhard Strauss será medio hermano, pero desde luego no es ningún pariente cercano digno de compasión —manifestó la mujer de la silla—. Sé que en vida nunca dejó de afirmar su parentesco, pero Bernhard solo fue un bastardo que intentó aprovecharse económicamente.

—¡Adele, por favor! —suspiró Johann Strauss—. No se habla mal de los muertos.

—¡Pero si es la verdad, Schani! Era un mísero chantajista de poca monta que iba de redacción en redacción vendiendo mentiras a las gacetas. Sostener que *El Danubio azul* era suyo... ¡Cuánta desfachatez!

Leo examinó con más detenimiento a la distinguida dama. Había oído que Adele Strauss, la tercera esposa de Johann Strauss, era una excelente mujer de negocios. Johann, para poder volver a casarse después de su divorcio, había aceptado también para Adele la ciudadanía del Ducado de Sajonia-Coburgo y Gotha, para disgusto de las autoridades austríacas. Ella y los dos hermanos eran el núcleo del imperio Strauss.

—Creo, Adele, que las gacetas volverán a calmarse tarde o temprano —dijo Eduard Strauss—. De todos modos, la acusación es jurídicamente insostenible, ¡pura invención! Pero debemos hacer todo lo posible para no echar más leña al fuego. —Lanzó a Leo una mirada agresiva—. Y entonces, ¿cuál es el objeto de la investigación? Bernhard está muerto, se ahorcó, descanse en paz. Podemos pasar página.

—No del todo, por desgracia —respondió Leo, y dio un paso adelante. Todavía no le habían ofrecido asiento—. Tras la autopsia de su familiar...

—¡No es ningún familiar! —protestó entre dientes Adele Strauss—. A lo sumo solo en sentido biológico.

—¡Adele, por favor! —se quejó su marido—. Deja terminar al inspector.

—Gracias. Después de la autopsia del susodicho albergamos algunas dudas sobre su suicidio —continuó Leo y, tras una breve pausa, afirmó—: Cabe la posibilidad de que Bernhard Strauss haya sido asesinado.

En el silencio que se produjo solo se oía el aporreo de las escalas de piano procedente de la habitación del primer piso. Por fin, Eduard sacudió la cabeza y dijo incrédulo:

—Bernhard ha sido... ¿asesinado? Supongo que será una broma de mal gusto.

—Lamento contrariarlo —respondió el inspector mientras examinaba detenidamente con la mirada a los tres presentes—. Hay indicios que sugieren que el suicidio aparente fue una manera de encubrir un asesinato. Como es natural, la pregunta que me surge es quién podría estar interesado en la muerte de Bernhard Strauss.

—¿Y eso lo ha llevado hasta nosotros? —Adele Strauss dejó la taza de café en un anaquel frente a ella provocando un tintineo—. ¡Cómo se permite tamaño descaro! ¿Está insinuando que tenemos algo que ver con la muerte de ese... individuo?

—En absoluto, *madame* —replicó Leo con frialdad—. Solo me dedico a hacer mi trabajo, y ello incluye interrogar a todos los conocidos y familiares de la víctima de asesinato sobre los posibles motivos.

—Creo que el inspector no insinúa nada, Adele —intervino Johann Strauss con voz cansada—. Ya lo has oído, solo cumple con su deber. —Se volteó hacia Leo—. Supongo que estará al corriente de los dos matrimonios de mi padre.

Leo asintió. Había leído lo suficiente en los periódicos para saberlo.

—Su padre abandonó a su madre cuando usted y sus hermanos todavía eran muy jóvenes y se fue a vivir con una tal Emilie Trampusch a la Kumpfgasse...

—¡Una modista barata! —renegó Adele—. ¡Pequeña mujerzuela!

—Con la que tuvo ocho hijos. —Leo concluyó impasible su frase—. Uno de ellos era Bernhard Strauss.

—Nuestro padre cedió entonces todos sus bienes a Emilie Trampusch —explicó Johann Strauss con voz amarga—, de manera que a mí, como hijo mayor, me tocó mantener a flote a la familia con los conciertos. Por culpa del testamento tuvimos que ir a juicio, para alegría de los abogados, que fueron los que más ganaron con este largo proceso. —Con la mano empujó una de las bolas de billar y provocó una carambola—. Al final, Emilie heredó mil florines y tuvimos que repartirnos lo poco que quedó.

Eduard confirmó asintiendo con la cabeza.

—Emilie despilfarró con rapidez su parte y probablemente transmitió su derroche a sus hijos. El querido hermanastro Bernhard intentó una y otra vez sacarnos dinero, y como nunca accedimos, salió con el cuento del vals del Danubio. Dijo que nos arrinconaría y que pondría a los periódicos contra nosotros... —Se encogió de hombros—. Y ahora vemos lo que ha conseguido.

—¿Tenía guardado algún as en la manga contra ustedes? —preguntó Leo a los presentes—. Me refiero a algo que pudiera haber utilizado ante un tribunal.

—Aseguraba tener una partitura que demostraba que había compuesto la famosa melodía antes que Schani —dijo Adele—. *El Danubio azul* tiene ya casi treinta años, de manera que Bernhard no habría cumplido ni los veinte por entonces. ¡Siempre se consideró un joven genio por descubrir! —Soltó una carcajada sarcástica—. Nunca llegamos a ver esa partitura, porque simplemente no existe.

—¿Entonces es seguro que Bernhard fue asesinado? —preguntó Johann Strauss, que entretanto había cambiado el taco por una pipa que chupaba pensativo—. Y si así fuera... Quizá Bernhard tenía deudas de juego que no pagaba y alguien optó por un cruel ajuste de cuentas; no me costaría imaginarlo. Pero ¿a quién se le ocurre simular un suicidio para encubrir un asesinato? ¿No habría bastado con un robo con resultado mortal o un accidente provocado?

—Eso es justo lo que me pregunto yo también —respondió Leo confundido—. Por ello agradecería cualquier pista.

—Ya, entonces no podemos serle de ayuda, inspector. —Adele Strauss se levantó de la silla emitiendo un crujido con su falda rígida—. Llamaré a Anton para que lo acompañe a la salida.

—Solo una cosa más —dijo Leo—. Bernhard dejó una carta de despedida y me gustaría comprobar su autenticidad. Para ello necesitaría una muestra caligráfica del fallecido. ¿Tienen algún escrito que...?

—Quemamos todas las cartas de Bernhard —intervino Adele precipitadamente, «quizá demasiado precipitadamente», pensó Leo. La mujer intercambió una mirada con su marido y su cuñado—. Tendrá que buscar en otra parte, lo siento mucho.

—Gracias de todos modos. —Leo se despidió con una leve reverencia—. Y, de nuevo, perdonen las molestias.

—No hay de qué —respondió Johann Strauss humeando nubes negras de su pipa. Ahora sí que parecía una morsa de verdad—. La próxima vez anuncie su visita, inspector. Así Anton podrá ofrecerle un café moka doble con nata...

—No habrá una próxima vez —interrumpió Adele—, ni ningún moka doble con nata. —Tiró de un cordón oculto tras una de las pesadas cortinas y se escuchó un suave campanilleo—. Encantada de haberlo conocido, inspector. —Sonrió con los labios apretados.

De vuelta en la calle, Leo volvió a escuchar la música de piano procedente de una de las ventanas. El maestro tenía razón: sonaba un poco melodramática. Sin embargo, se ajustaba perfectamente a la situación.

Julia Wolf se detuvo indecisa frente a la pequeña tienda de la Lilienbrunngasse, en el distrito segundo, y vio su rostro reflejado en el cristal del escaparate. Saltaba a la vista que había dormido mal. Tenía las mejillas pálidas y el maquillaje no podía disimular las ojeras. El vestido verde oscuro de cuello alto que se había puesto le hacía sentir como en el interior de una armadura y un sudor frío le recorría la espalda. Por la mañana, desde un hotel con teléfono por el que había pasado al salir de su habitación, había llamado al trabajo para avisar de que estaba enferma. No era del todo mentira, porque la inquietud que sentía estaba haciendo mella en su salud.

La conversación de la noche anterior con el joven inspector la había trastocado. Al principio todo había ido muy bien. Leopold von Herzfeldt era un alemanote impertinente, de acuerdo, pero tenía algo que, ya desde su primer encuentro en los pasillos de la Jefatura, la atraía. Esa arrogancia escondía algo... infantil, inocente. Y también tenía sentido del humor, algo que Julia apreciaba en los hombres.

Y era apuesto.

De eso también se habían dado cuenta de inmediato sus compañeras, que llevaban días provocándola a costa del señor Von Herzfeldt. ¡Un *von* de verdad! Por ello no podía desvelarles que en realidad provenía de una familia rica. ¡Un hijo de banquero! Se volverían locas.

Sin embargo, todo esto ya no importaba desde que el inspector le hablara de la segunda asesinada.

Valentine Mayr...

Podía tratarse también de una coincidencia, pues era un nombre bastante común en Viena. Julia llevaba desde primera hora de la mañana intentando hablar con Valentine, pero ninguno de sus viejos conocidos comunes sabía cómo localizarla. La dirección de la casa en la que su antigua amiga trabajaba como criada también le era desconocida. Sus conversaciones nunca habían sido sobre si limpiaba o lavaba para tal o cual dama o caballero distinguido, sino sobre cuestiones mucho más agradables. En cualquier caso, había pasado mucho tiempo desde su último encuentro y sus vidas se habían separado. Solo ahora, tras la impactante noticia, Julia se había dado cuenta de lo mucho que echaba de menos a Valentine, su sonrisa, su coquetería, sus sueños de una vida mejor...

Después de pasar la mitad del día preguntando por los cafés de Viena, finalmente hizo de tripas corazón y se dirigió al barrio de Leopoldstadt. Había evitado el lugar, probablemente porque temía que allí vería confirmadas sus sospechas. Vacilante, miró el cartel que colgaba torcido frente a la puerta de la tienda:

GIDON BLUMFELD, ¡JOYAS Y BISUTERÍA
AL ALCANCE DE CUALQUIER DAMA!

Era un pequeño comercio con escaparates polvorientos y cubiertos de telarañas, nada que ver con los nobles establecimientos del Graben, uno de los paseos comerciales más importantes del distrito primero, donde compraban las damas de alta alcurnia. Aquí se vendían joyas a precios moderados, collares y pendientes de plata y anillos con piedras de cristal de colores, el género que se podían permitir las sirvientas o las telefonistas.

En una ocasión, por puro capricho, las dos amigas habían entrado en la tienda y Valentine le había regalado a Julia la cadena con el dije. Cuando Julia le preguntó de dónde había sacado el dinero, Valentine se limitó a esbozar una sonrisa.

—No siempre hay que mover el trasero limpiando suelos para señores —fue todo lo que le dijo—. Hay muchas otras maneras de ganar dinero. Y hablo de mucho más dinero, Julia.

Así había empezado todo.

Julia respiró hondo y accionó el picaporte.

Un timbre sonó con suavidad al entrar. Desde el otro lado del mostrador, un hombre mayor vestido con camisa y mandil de artesano levantó la vista del periódico. En las vitrinas brillaba todo tipo de baratijas. El hombre esbozó su mejor sonrisa de vendedor.

—Mis respetos, señorita —la recibió. Hablaba con un ligero acento yidis, como tantos vendedores de joyas del distrito segundo—. ¿En qué puedo ayudarla?

—Yo... estuve aquí una vez —empezó Julia titubeando—, con una amiga, pero fue hace mucho tiempo, más de un año seguramente. Supongo que no se acordará de mí.

El hombre no se inmutó.

—Mi amiga me compró un dije —continuó Julia, ahora más segura de sí misma— y usted grabó mi nombre en él.
—Se palpó el cuello y mostró la cadena con el dije.

—Ah, uno de esos. —Visiblemente decepcionado, el vendedor sacó de un cajón varias cadenas de plata de las que colgaban placas en blanco—. Tienen mucha salida. ¿Desea comprar otro? Son solo dos coronas, ¡un bonito regalo!

—No, solo quería saber si en algún momento hizo otro igual para mi amiga. Puede que haya pasado hace poco por aquí. Tiene el pelo rubio y rizado y le gusta llevar sombreros para el sol con flores; es de figura esbelta, pero con escote generoso. Se... se llama Valentine, Valentine Mayr...

—Mmm... —El hombre frunció el entrecejo—. Vienen a verme muchas mujeres jóvenes y hermosas. Y también sus admiradores. Tal vez un amigo de ella compró el collar. ¿Valentine, dice?

Julia asintió.

De repente, la cara del hombre se iluminó.

—¡Espere! En realidad sí que hice un colgante con ese nombre. Fue no hace mucho, como dos o tres semanas. Pero fue todo un poco extraño.

—¿Qué le extrañó?

—El encargo me llegó por carta y el dinero iba en el sobre. Y vino a buscarlo un jovencito. —El hombre rio—. Pensé: «Qué admirador tan joven». Pero quizá fuera solamente su hijo.

—O un recadero —murmuró Julia.

—¿Qué quiere decir, señorita?

—Nada, solo me preguntaba si... —Julia se calló cuando volvió a sonar la campanilla de la puerta. Al girarse para ver quién entraba, se quedó paralizada.

Eran el inspector Erich Loibl y el joven Andreas Jost.

Como casi siempre, el largo y flacucho Loibl llevaba bombín y un abrigo demasiado corto para su estatura. Julia se había cruzado en varias ocasiones con el inspector por los pasillos de la Jefatura y también le había entregado algún que otro telegrama, pero nunca había hablado con él. Y al joven Jost lo conocía de asistir a las reuniones de sección, donde ella se mantenía en segundo plano como taquígrafa. Hoy no llevaba el vestido gris ceniza de telefonista, pero aun así era posible que Loibl y Jost la reconocieran. Julia se volteó con rapidez a un lado.

—Muchas gracias por la información —dijo entre dientes—. Que tenga un buen día.

El vendedor pareció desconcertado por un momento, pero entonces se dirigió a uno de los recién llegados, que le mostró su insignia de la Policía.

—Oficina de Seguridad de Viena —dijo Loibl con voz ronca—. Quisiera hacerle unas preguntas...

Julia agachó la cabeza y se dirigió rápidamente hacia la puerta de salida pasando por delante de Loibl y Jost. En realidad esperaba que Loibl le ordenara detenerse, pero no pasó nada.

Ya hacía rato que había dejado atrás la Lilienbrunngasse y se dirigía a toda prisa al canal del Danubio, pero el corazón le seguía latiendo a toda velocidad y se sentía como una delincuente.

Al llegar al canal se sentó en un banco y se quedó mirando las aguas turbias. Una rama seca pasó de largo, las hojas se arremolinaban en la corriente y el tiempo parecía haberse detenido. Julia se sentía vacía y fría, como si en su interior se hubiera apagado para siempre la única vela que le daba calor.

Se llevó las manos a la cara y se dio cuenta de que estaba llorando.

X

Del *Almanaque para sepultureros*, de Augustin Rothmayer,
escrito en Viena en 1893

La superstición es un mal arcaico, también en los cemente-
rios. A menudo se habla de muertos vivientes cuando los
cadáveres siguen manteniendo un aspecto fresco durante se-
manas, incluso meses después de ser enterrados, cuando
cuerpos delgados se muestran de repente gordos e hinchados.
Solamente se trata de tejido descompuesto cuya fluidez hace
que el abdomen se tense. Los gases empujan el fluido por to-
dos los orificios del cuerpo y provocan en ocasiones la apari-
ción de una espuma burbujeante en las comisuras de la boca,
dando la sensación de que el muerto ha bebido sangre. Los
labios se mueven, y por el sonido que emiten, parece que los
cadáveres estén masticando y mascullando. Cuando un visi-
tante del cementerio pasa por delante de un ataúd con un
cadáver en estas condiciones se horroriza, como es lógico.
Pero simplemente se trata del curso de las cosas terrenales.

—No sé qué tengo que hacer con usted, Herzfeldt.

El comisario de policía Moritz Stukart se reclinó en su
silla con los brazos cruzados y miró a Leo como un loque-

ro miraría a su paciente. Al igual que a primera hora de esa misma mañana, el director adjunto de la Oficina de Seguridad había vuelto a convocar a Leo en su despacho.

—El fiscal Gross dijo que enviaba a su mejor hombre —prosiguió Stukart desaprobando con la cabeza— y lo que me llega es un joven impertinente que no solo es un presuntuoso que se pelea con sus compañeros, sino que además no acata las órdenes. ¿Se puede saber qué diablos le pasa?

—Déjeme explicarle... —murmuró Leo.

—¿Tiene la menor idea del revuelo que ha armado? —lo interrumpió con brusquedad Stukart, que lanzó uno de los lápices meticulosamente dispuestos sobre su mesa en dirección a Leo—. El director general Franz Stejkal es un apasionado de la opereta, *El murciélago* es su obra favorita, ¡y tiene un palco justo al lado de la familia Strauss! La señora Strauss llamó anoche al estimado Franz y le narró con pelos y señales el comportamiento improcedente que demostró usted ayer en su casa.

—Yo... pienso que mi...

—¡Deje de pensar por un momento y atienda, Herzfeldt! Habíamos acordado que daría carpetazo al caso Strauss y se centraría únicamente en los crímenes de la estaca. Mis instrucciones fueron muy claras al respecto, ¿o le estoy hablando en chino? Además, no puede usted llamar a la puerta de Igelheim y sondear a sus residentes como si estuviera en un antro cualquiera. —Stukart frunció el entrecejo—. ¿Es eso cierto? ¿Cree que el hermanastro fue asesinado?

—Por lo menos hay algunos indicios que...

—¿Algunos indicios? ¿Y eso le basta para sospechar del mismísimo Rey del Vals? —El comisario rio secamente—.

¡La familia Strauss es la segunda más importante de Viena, justo después del emperador! ¿Quién se cree que es, Herzfeldt? ¿Bismarck? ¿Guillermo Segundo? —La voz del comisario aumentaba de volumen a medida que lanzaba su ataque, pero después se calmó—. ¿No comprende lo que está en juego aquí? —preguntó apretando los labios—. No se trata solo de su carrera, sino también de la mía, sí, ¡y del futuro de la criminología moderna en Viena! El viejo Stehling está esperando a que metamos la pata, y si consigue poner al director general de la Policía de su parte, despídase de los discursos de su mentor, de Bertillon, de las cámaras fotográficas y de los nuevos métodos de investigación. Volveremos a los servicios del año de Matusalén. ¿Lo entiende ahora?

Leo asintió con la cabeza.

—Sí, yo... creo que lo ha dejado muy claro.

—Pues me alegro —concluyó Stukart resoplando y reclinándose en su silla—. He conseguido apaciguar al director general una vez más. Stehling no tiene que saber nada. Tómelo como una advertencia final: con los Strauss no se juega.

—¿Qué quiere decir? —preguntó Leo.

El comisario vaciló antes de bajar perceptiblemente el volumen de su voz:

—Esta familia lleva décadas dedicándose a construir un verdadero imperio del vals en Viena. Las otras orquestas sufren intimidaciones, incluso amenazas, cuando hay en juego contratos importantes. Las investigaciones siempre quedan en nada, de ahí que el director general de la Policía siempre tenga a su disposición un buen palco en la Ópera. Es posible que la ira que usted ha despertado tenga un trasfondo justificado, aunque seguramente no tenga nada que ver con la participación de los Strauss en ningún asesinato. Pero yo no le he dicho nada de todo esto, ¿entendido? —Y pasó a un tono más amable—: ¿Cómo va el trabajo con el señor Leinkirchner?

—Últimamente no me ha asignado mucha cosa —respondió Leo encogiéndose de hombros—. Por ello me he puesto también a investigar en el segundo caso. —Y pasó a explicarle cómo Leinkirchner le había mandado escudriñar en los prontuarios de delincuentes, a lo que Stukart reaccionó haciendo un aspaviento de rechazo con las manos.

—Que lo haga el joven Jost, usted es demasiado valioso para esas tareas. ¡Lo necesito en primera línea, Herzfeldt, a usted y a su cámara fotográfica! Daré instrucciones a Leinkirchner y a Loibl al respecto. Y no meta más las narices en Bernhard Strauss. Ya no es importante, ¿entendido?

—Entendido —aceptó Leo mansamente.

—¿Alguna otra novedad?

Leo titubeó. ¿Debía contarle a Stukart el encuentro con la señorita Wolf y su extraña reacción al mencionarle el nombre de Valentine Mayr? Podría tratarse en verdad de una pista, pero decidió no comentar nada. Antes de hacerlo quería hablar en persona con Julia, ya que no era su intención comprometerla. La conocía desde hacía poco, pero ya se había encariñado demasiado con ella.

—Por desgracia, no —respondió por último Leo—, solo algunas pesquisas que de momento no han dado ningún fruto.

—¿Y esa muestra de la que me habló? La sustancia negra que encontró en la blusa de la fallecida en la colina de

Constantino. ¿El profesor Hofmann lo ha ayudado con ella?

—Yo... todavía estoy en ello —contestó con evasivas.

—Bueno, de todos modos va a tener que hacerle una segunda visita al profesor Hofmann, preferiblemente ahora mismo. —Stukart cogió otro de los lápices de la mesa y empezó a afilarlo con una pequeña navaja—. El director general de la Policía no es el único que ha preguntado hoy por usted; ¿sabe que me está costando mucho tiempo y sufrimiento? La cuestión es que el profesor también acaba de llamar. Estaba fuera de sí y necesitaba hablar de nuevo con usted. Quizá tenga algo que ver con la muestra. Sería todo un rayo de esperanza, porque de momento no estamos avanzando mucho en la investigación.

Una viruta de madera aterrizó sobre el chaleco impoluto de Leo.

—Vaya a verlo y averigüe qué le causa tanta prisa —ordenó finalmente Stukart—. Desaparezca de mi vista, Herzfeldt. ¡Y no se le ocurra volver si no trae novedades sobre los asesinatos de la estaca!

Como un fantasma, Leo recorrió a tientas los pasillos de la Jefatura de Policía. Se cruzó con el joven Jost, al que saludó de forma mecánica. Después pasó junto al portero, salió al concurrido Ring y se entremezcló con los ajetreados transeúntes. Solo entonces se dio cuenta de que había olvidado su abrigo y su sombrero Homburg en el despacho de Stukart.

«Porque la cabeza ya hace tiempo que la has olvidado, ¡idiota!»

Ya cuando, el día anterior, Leo había abandonado el domicilio de los Strauss en la Igelgasse, tuvo claro que había cometido un error. Tendría que haber sabido que la influencia de la célebre familia llegaba hasta las más altas esferas. No podía evitar pensar en la mirada de Adele Strauss hacia su marido después de que les pidiera una muestra caligráfica del hermanastro muerto. Había algo en esa mirada, un indicio de malicia. Estaba seguro de que le ocultaba algo. Sin embargo, ¿qué le acababa de decir Stukart?

«Con los Strauss no se juega.»

De todos modos, no podía seguir con el caso si no quería arriesgarse a ser expulsado de la Oficina de Seguridad. ¿Por qué quería el profesor Hofmann volver a hablar con él? No podía tener nada que ver con la muestra, pues esta seguía desaparecida. Por suerte, el lunático del Cementerio Central no había vuelto a llamar.

Tiritando de frío, Leo siguió caminando por el Ring y se desvió a la derecha en dirección a la iglesia Votiva, detrás de la cual se extendían las amplias instalaciones del Hospital General. Al cabo de pocos minutos llegó al Instituto Forense. En esta ocasión supo llegar él solo a la sala de disección. Llamó con suavidad a la puerta, que se abrió al momento, y tras ella apareció el profesor, visiblemente perturbado. Llevaba la corbata suelta, el pelo revuelto y tenía la camisa salpicada de manchas de café, o tal vez fuera sangre seca.

—¡Es un escándalo! —gritó el profesor—. En toda mi carrera nunca me había pasado nada parecido. ¡Exijo una explicación inmediata!

—Disculpe —balbuceó Leo—, pero creo que no entiendo...

Hofmann bajó la voz y miró a su alrededor con cautela.

—¿Viene usted solo?

—Eh... sí. ¿Tenía que venir con mis compañeros?

—¡Cielo santo, no! El caso requiere la máxima discreción. Mejor que no corra la voz... No me gustaría pensar en las consecuencias. —El profesor arrastró a Leo a la sala de disección, cerró la puerta a toda prisa y le hizo una señal para que lo siguiera.

Una puertecilla en el interior de la sala conducía a un pasillo con nichos empotrados en ambas paredes. Se parecían a los que Leo había visto en el depósito de cadáveres del Cementerio Central, solo que estos tenían unas compuertas de hierro incorporadas, similares a las de un horno. Cada una de ellas llevaba inscrita una cifra romana. Hofmann se dirigió con determinación hacia la número V y la abrió. En el interior, cubierto por una sábana, se adivinaba un volumen amorfo. Leo observó que el cuerpo yacía sobre una especie de tabla con rodillos. El profesor tiró de ella y el cadáver salió acompañado de un chirrido.

—Lo que ahora verá será nuestro secreto, ¿entendido? —dijo Hofmann. Leo asintió y el profesor apartó la sábana.

En la tabla yacía el cuerpo de Bernhard Strauss. Desprendía un olor muy fuerte y mucho más hediondo que la última vez.

Pero, sobre todo, le faltaba la cabeza.

—¡No me lo explico! —se quejó Hofmann—. Nunca había ocurrido nada parecido en el Instituto. ¡Debe de tratarse de una broma pesada! ¿A quién se le puede ocurrir robar una cabeza? Y encima tratándose de una que, digámoslo así, no estaba en las mejores condiciones. Un cráneo del museo anatómico forense, de acuerdo, pero ¿una cabeza en descomposición? Mire, mire... —Señaló la zona del cuello donde la carne descompuesta de color verde ne- gruzco estaba desgarrada. La vértebra cervical visible esta- ba destrozada y una sola arteria sobresalía de la abertura como una manguera cortada—. Al principio pensé que había sido cosa de mis alumnos, pero se ve con claridad que es un desastre. ¡Alguien ha estado hurgando ahí con un cuchillo de carnicero!

El profesor parecía estar más consternado por el mise- rable trabajo que por el hurto en sí.

—¿Ha encontrado indicios de robo por algún sitio? —preguntó Leo.

—¡Oh, sí! —afirmó el profesor—. La entrada al Institu- to por el lado oeste ha sido forzada. ¡Y también la puerta trasera del depósito de cadáveres! Acompáñeme, se lo mostraré.

Leo siguió al profesor y examinó los daños. El autor (o autores) habían irrumpido en el Instituto con el mismo estilo que habían empleado para cercenar la cabeza: brutal y vulgar. El motivo por el que Hofmann lo había llamado a él y no a la Guardia de Seguridad del distrito noveno es- taba claro: el profesor quería armar el menor revuelo posi- ble porque, al fin y al cabo, lo que estaba en juego era su reputación.

—¡Y todo por una cabeza! —se quejó Hofmann cuando estuvieron de vuelta en su despacho—. ¿Puede explicár- melo?

La oficina de Hofmann le recordó a Leo el despacho del jefe superior Stehling. El profesor también había recurrido a algunos recuerdos personales para hacer el espacio más acogedor, solo que en su caso no se trataba de objetos de devoción criminal, sino exclusivamente de huesos y partes de cuerpo humano conservadas en alcohol. En un rincón colgaba un esqueleto cuyo cráneo sonriente parecía contemplar divertido a los visitantes vivos. Hofmann apartó algunos documentos, mandíbulas y dientes que tenía sobre su escritorio y, visiblemente agotado, se sentó.

—¿Y el resto de los cadáveres del Instituto? —preguntó Leo.

—Nada —respondió el profesor con un gesto de incredulidad—. No los han tocado. En cambio... —Dudó.

—¿Qué? —insistió Leo.

Hofmann parecía sentirse muy incómodo con la situación. Se deslizaba de un lado a otro del asiento de la silla y se secaba el sudor de la frente con un pañuelo.

—Por lo visto se produjo un caso similar en el Cementerio Central. Me enteré anoche allí mismo, pero eso no significa necesariamente nada...

—¿En el Cementerio Central? —preguntó Leo sorprendido—. No sabía que el Instituto Forense también trabajara allí. Ni tampoco sabía que lo hacía de noche.

—Eh..., nosotros tampoco... —El profesor carraspeó con timidez—. Fui... por mi cuenta.

Leo miró a Hofmann intrigado, se aproximó a la mesa y se inclinó hacia él.

—¿Hay alguna cosa que deba saber, profesor? Y no me diga que tiene algo que ver con ese sepulturero excéntrico que estuvo aquí la última vez.

Hofmann se aflojó la corbata y guardó silencio. Después de suspirar hondo, respondió:

—¡Qué diablos! Supongo que en un momento u otro se sabrá. Pero, por favor, no diga nada a la administración del cementerio. Es un asunto entre el señor Rothmayer y yo.

«Al final ha tenido que salir el lunático», pensó Leo.

El inspector asintió y el profesor continuó:

—De vez en cuando presto al señor Rothmayer libros científicos que necesita para redactar su almanaque. Tenemos una especie de acuerdo entre caballeros.

—¿Un acuerdo entre caballeros con un sepulturero? —preguntó Leo incrédulo.

—¡Señor inspector, se lo ruego! —La voz de Eduard Hofmann se volvió repentinamente aguda—. ¡Augustin Rothmayer no es un sepulturero cualquiera! Proviene de una dinastía muy conocida y reconocida. Su familia ha enterrado a no pocas celebridades, entre ellas a nuestro veneradísimo Wolfgang Amadeus Mozart —dijo moviendo el dedo como si fuera una batuta—. El señor Rothmayer puede retroceder en su línea genealógica hasta el legendario Marx Augustin, aquel músico famoso en toda la ciudad que cayó hace doscientos años en una fosa de apestados y resucitó de entre los muertos. ¡Ya debería conocerlo!

—No se referirá al Augustin de la canción infantil, ¿verdad? —Leo no pudo contener una sonrisa de satisfacción y entonó los dos primeros versos de la conocida estrofa—: *Oh, querido Augustin, Augustin, Augustin... esto es el fin.*

—Su pobrísimo talento musical no hace justicia a la canción, que en absoluto es una tonada infantil —replicó Hofmann con cara de desaprobación—. Pero sí, hablamos del mismo Augustin. Si fuera usted vienés, sabría lo importantes que son para la ciudad tanto la canción como el trágico personaje. Ambos representan nuestra capacidad de tomárnoslo todo con humor, incluso la muerte.

—La muerte debe de ser vienesa —comentó Leo resignado—. A lo que íbamos. Decía usted que tenía un acuerdo con Rothmayer. ¿Cuál?

—Bueno, yo le presto algún libro de vez en cuando y él me avisa de la llegada de algún bonito cadáver que nadie haya reclamado. Siempre busco especímenes extraños para nuestro pequeño museo de medicina forense y para estudiarlos. —Hofmann estaba visiblemente entusiasmado—. Enanismo, obesidad, hígados adiposos, hidrocefalia anormal, algún que otro feto... Una vez tuvimos unos gemelos siameses que...

Leo gimió.

—Ahórreme los detalles, profesor.

—Por supuesto, nada de esto sucede dentro de la ley, porque carecemos de permiso, pero en el fondo no hace ningún daño. Los muertos, muertos están, y nadie se entera... —Hofmann lanzó una mirada suplicante—. ¡No lo denuncie, por favor! Sería una catástrofe para mí, pero sobre todo para el señor Rothmayer.

—Entonces dice que estuvo anoche con él —prosiguió Leo sin entrar en el ruego de Hofmann— y que le habló de un cadáver sin cabeza en el Cementerio Central.

El profesor asintió.

—El pobre estaba destrozado. Alguien había abierto una tumba antigua y profanado el cadáver que había dentro. La cabeza fue cuidadosamente separada del cuerpo. Entre estudiantes, sobre todo de Medicina, son habituales ciertas pruebas de valor depravadas. Pero que pase también aquí, en el Instituto, eso sí que es extraño... —El profesor se quedó pensativo.

—¿Entonces se trata simplemente de una broma de universitarios? —insistió Leo.

Hofmann permaneció en silencio. Al final se levantó y se acercó a un armario con estantes donde, entre huesos de codo y cráneos, había varios libros. Cogió uno y empezó a hojearlo.

—Mmm..., no deja de ser extraño —dijo en voz baja, casi para sí mismo—. Tendría que haberme dado cuenta del paralelismo mucho antes. —Se volteó hacia Leo—. ¿Qué sabe usted de los aparecidos?

—¿De los qué?

—Bueno, de las personas que regresan al mundo de los vivos después de morir, los muertos vivientes. El miedo a ellos es ancestral. Se trata de tonterías, por supuesto —aclaró Hofmann frunciendo el entrecejo—, pero lo interesante es la forma en que, en la antigüedad, y todavía hoy en varias partes del mundo, se intentaba evitar el regreso de los aparecidos. Hace poco leí sobre un caso en América, en Rhode Island, que ocurrió no hace mucho. Contaban que una joven se había aparecido después de morir y había arrastrado a media familia a la tumba. La desenterraron y la quemaron. Tengo una teoría interesante al respecto que...

—¿Adónde quiere llegar, profesor?

La interrupción de su sermón académico pareció irritar por un momento a Eduard Hofmann, pero este continuó:

—Hay varias formas de acabar con un aparecido. Una de uso frecuente consiste en cortar la cabeza del cadáver. Pero también hay un segundo método que seguro que conocerá. —Leo sabía la respuesta antes de que el profesor acabara su discurso—. El empalamiento —dijo Hofmann en voz baja—, con una estaca de espino blanco, a ser posible.

El profesor Hofmann cerró el libro de golpe y durante un rato se hizo el silencio en el despacho. El esqueleto de la esquina, impulsado por una ligera ráfaga de viento, se balanceaba con delicadeza.

—¿Usted... usted cree que existe alguna relación entre los dos cuerpos decapitados y las mujeres empaladas? —preguntó por último Leo, desconcertado.

—Para creer está la Iglesia, la ciencia solo certifica, y es tarea de la policía extraer las conclusiones oportunas —contestó Hofmann encogiéndose de hombros—. Pero pienso que la teoría debería ser al menos investigada. Hay algunos libros interesantes sobre el tema, sobre todo uno. —Se volteó de nuevo hacia la estantería y fue pasando el dedo sobre los lomos de los libros—. Mmm..., debería estar... —Finalmente se detuvo y rio suavemente—. ¡Ah, tonto de mí! Se lo presté la semana pasada al señor Rothmayer a cambio de la hermosa hidrocefalia. Se trata de un trabajo muy antiguo escrito por un clérigo protestante, pero que sigue siendo extraordinariamente esclarecedor. Le sugiero que haga otro viaje al Cementerio Central, inspector. El señor Rothmayer conoce el tema mucho mejor que yo.

—¿Y cómo se titula ese libro? —preguntó Leo.

El profesor sonrió.

—Oh, tiene un título muy pegadizo. Se llama *Tratado sobre el masticar y mascullar de los muertos en sus tumbas*. Como le he dicho, un tema que un sepulturero domina al dedillo.

XI

Leo fue esta vez en coche de punto.

Le dio dos coronas al cochero para que fuera especialmente rápido. De camino a Simmering las ruedas levantaban polvo a su paso a toda velocidad junto al parsimonioso tranvía de caballos. Desplomado en el asiento, Leo reflexionaba sobre lo que el profesor había insinuado. ¿Podía haber alguna relación entre los casos? La idea parecía tan descabellada como inquietantemente lógica. En los últimos días, no había dejado de preguntarse el porqué de aquellas extrañas estacas, y el profesor le acababa de dar una posible respuesta.

«Aparecidos...»

Leo había oído hablar de los vampiros. Circulaban innumerables historias espeluznantes sobre ellos y eran personajes recurrentes en las novelas baratas. Sin embargo, nunca había pensado que aquellos relatos pudieran tener un trasfondo real. ¿Habría allí una posible razón oculta, alguna pista que condujera al autor de los crímenes? En cualquier caso, valía la pena seguir tirando de ese hilo aunque para ello tuviera que desplazarse de nuevo hasta el Cementerio Central y visitar a ese lunático. Al mismo tiempo, Leo tenía claro que sus superiores no debían enterarse bajo ninguna circunstancia. O, al menos, no de momento.

«Comisario, tengo una pista. El asesino es un cazador de vampiros que se dedica a decapitar cadáveres o empalarlos... Por cierto, he vuelto a ir al Cementerio Central.»

Si no quería hacer el ridículo, tenía que llevar a cabo la investigación en secreto y volver rápido a la Jefatura de Policía antes de levantar las sospechas del inspector jefe Leinkirchner o de quien fuera. Y para ello bien podía invertir dos coronas del poco dinero que le quedaba.

El cochero refrenó los caballos y el carruaje se detuvo con brusquedad. El hombre se volteó y miró cauteloso a su pasajero.

—¿Va a un entierro o solo a ventilarse un tantito al cementerio?

—¿Por qué lo pregunta? —inquirió Leo, arrancado de sus pensamientos.

—Parece... ¿cómo le diría...? Ausente. No sería el primero que viene aquí pensando en el suicidio. ¡No cometa usted ninguna locura! ¡Para todo hay solución!

—Gracias por su interés. Si alguna vez tengo la intención de matarme, se lo haré saber y entonces podrá venir a sacar mi ataúd de aquí.

Leo bajó del carruaje y cerró la puerta. Profiriendo un reniego, el cochero dio media vuelta y volvió a la ciudad. A la explanada del cementerio acababan de llegar dos carruajes fúnebres engalanados cuyos cocheros se saludaron levantándose brevemente sus sombreros. Un grupo de familiares hacía tiempo frente a las puertas del camposanto como si esperara un tren a ninguna parte.

Esta vez Leo no se demoró en una larga búsqueda y se encaminó directo a la izquierda, donde estaban las oficinas. Después de algunas averiguaciones se plantó en el despacho del administrador, un hombre bajito y rechoncho, con chaleco perfectamente abotonado y anteojos, que escudriñó con atención la insignia de la Policía de Viena.

—Vaya, vaya. Viene a ver al señor Rothmayer, ¿me equivoco? —preguntó el administrador—. Espero que no haya hecho nada malo. ¿Hay algo por lo que deba preocuparme?

—No, no, simple rutina. Todavía estamos investigando el intento de robo del cadáver y el señor Rothmayer fue quien sorprendió a los ladrones.

El administrador asintió aliviado.

—Por un momento pensé que él también estaba...

—¿Sabe dónde podría encontrarlo? —lo interrumpió Leo.

—Mmm..., probablemente en los invernaderos. En Todos los Santos siempre necesitamos guarnición para las tumbas. Follaje, rosas, claveles y sobre todo crisantemos, son muy populares entre las viudas.

—Mire, tengo un poco de prisa. ¿Podría llevarme algún coche hasta allí?

—Por desgracia, no. Ahora mismo están todos fuera. —El hombrecito se encogió de hombros y, acto seguido, tuvo una idea—: Pero podría prestarle mi velocípedo.

—¿Un velocípedo? —exclamó tras un breve titubeo—. Muy amable de su parte, ¡gracias!

Después de recibir las indicaciones de la ubicación del vehículo, Leo bajó con rapidez la escalera y cruzó un pasillo que finalmente lo llevó, a través de un pasaje, al lado interior del muro del cementerio. Allí estaba el velocípedo.

Era un biciclo.

—¡Por todos los demonios! —renegó Leo.

El modelo debía de tener veinte años de antigüedad, como mínimo. Ya nadie fabricaba biciclos porque eran demasiado peligrosos y algún que otro usuario había caído de su gran rueda delantera y se había desnucado. Por ello, desde hacía algunos años, todo el mundo se había pasado a lo que se conocía como «bicicleta de seguridad», cuyas dos ruedas tenían más o menos el mismo tamaño. Leo no se había subido en su vida en ninguno los dos tipos de velocípedo, le parecía una forma estúpida de desplazarse que simplemente se había puesto de moda. ¿Por qué arriesgar el cuello sobre dos ruedas cuando era más seguro, y además más rápido, ir sobre cuatro?

«¡Porque este maldito biciclo es lo único que hay en todo el cementerio!»

Haciendo de tripas corazón, Leo se acercó al artefacto. Su pequeña rueda trasera llevaba incorporado un soporte para subirse. ¿Cómo demonios se las arreglaba el pequeño administrador para montar en el asiento desde allí? Tan difícil no debía de ser. Leo se encarreró, apoyó el pie izquierdo en el soporte y alcanzó el asiento desde allí. La altura era considerable, pero una vez sentado arriba, en realidad era bastante fácil. Solo había que pedalear sin parar para no desplomarse.

Con las ruedas chirriando, Leo giró hacia una de las calles del cementerio con una mano en el manubrio y la otra sosteniendo un plano de ubicación que el administrador le había facilitado. De este modo pasaba por delante de las tumbas y esquivaba a algunos visitantes, que lo miraban con una mezcla de asombro y desprecio. Una anciana vestida de negro se cruzó en su camino y se llevó un buen susto. A Leo le hubiera gustado descubrirse cortésmente para disculparse, pero por desgracia no le quedaba ninguna mano libre.

El sudor le cubría la frente a pesar de las temperaturas otoñales y el biciclo se tambaleaba como una vieja canoa en un mar bravo. Tuvo que frenar en seco al ver una bifurcación en el último momento y no le fue fácil mantener el equilibrio. Por fin apareció ante él el gran invernadero de cristal que le había descrito el administrador. Era una construcción baja y alargada formada por decenas de lunas de cristal unidas por puntales de cobre. Las lunas resplandecían a la luz del sol de mediodía y Leo podía ver algo de verde a través de ellas, pero el reflejo era demasiado intenso. En busca de una entrada recorrió el lado alargado del invernadero y pudo apreciar mejor el interior: macetas con flores y hiedra estaban dispuestas en repisas, entre las cuales se extendían cultivos rastrillados en los que crecían otras plantas. A medio camino había una mesa de trabajo en la que dos personas de muy distinta estatura trenzaban coronas verdes con ramas de abeto. Una de ellas era una niña de unos doce años.

La otra era Augustin Rothmayer.

Leo dio unos golpecillos en el cristal y el sepulturero alzó la vista perplejo. Una amplia sonrisa se dibujó en su rostro. Augustin dejó la corona a un lado y desapareció entre los cultivos. Reapareció tras unos minutos deambulando junto a Leo con las manos metidas en los bolsillos del pantalón.

—Vaya, vaya, el señor inspector. Sea usted bienvenido —saludó Rothmayer, señalando el biciclo—. Mejor que no caiga en ningún foso con esa cosa, como la última vez. De lo contrario tendré que empezar a cavar su tumba.

—Muy gracioso —gruñó Leo desde el asiento.

Rothmayer sonrió de oreja a oreja y su rostro adoptó el aspecto de una calavera.

—A los sepultureros se nos conoce por nuestro humor negro, que por cierto también es un rasgo del sentido del humor vienés, del que usted, como alemán, carece.

—Lo tendré en cuenta. Y ahora le rogaría que me ayudara a bajar de este invento mortífero.

El sepulturero le tendió la mano, manchada de tierra. Leo la tomó agradecido y, tembloroso, se bajó del biciclo.

—¿A qué debo el honor de su visita, señor inspector? —preguntó Rothmayer cuando por fin estuvieron a la misma altura.

—El profesor Hofmann le manda saludos. —Leo se quitó el Homburg y se limpió el sudor de la frente—. Por lo visto tiene usted un cadáver decapitado, al igual que yo, y ninguno de los dos tenemos ni la más remota idea de qué hacer con ellos. —Volvió a ponerse el sombrero y se alisó el ala—. Me parece que deberíamos tener una pequeña charla, ¿no cree, señor Rothmayer?

Leo y el sepulturero deambularon junto a unas hileras de tumbas sin que el inspector pudiera saber cuál era su destino. Se levantó una neblina y parecía como si las cruces se extendieran hasta la tundra siberiana, ocasionalmente interrumpidas por arbustos y setos. De forma escueta, Leo le contó a Rothmayer, que escuchó en silencio, el espantoso incidente y las conjeturas del profesor Hofmann.

—¿Así que el profesor le ha hablado de la mujer decapitada que he encontrado? —preguntó por fin el sepulturero mientras seguían caminando.

—¿Es una mujer, entonces? —Leo frunció el entrecejo—. ¿Hay alguna relación entre ella y Bernhard Strauss?

—¿Cómo quiere que lo sepa? La muerta se halla en un lugar por completo distinto, así que en la tumba no pudo haber nada entre ambos, si se refiere a eso.

—¡Déjese de chistes, Rothmayer! El asunto es demasiado serio. Mejor explíqueme lo que sabe de la mujer.

Rothmayer se encogió de hombros.

—En la cruz consta el nombre de Gerlinde Buchner, nacida en 1872, es decir, que murió joven. Si no recuerdo mal, el entierro fue hace medio año. No asistió mucha gente.

—¿Es eso todo lo que sabe?

—¿Tiene idea de a cuánta gente he enterrado desde entonces? ¡Cientos, tal vez miles! —Rothmayer señaló las largas hileras de tumbas junto a las cuales ambos seguían paseando. En algunas se elevaba un montículo de tierra fresca donde los cuervos se posaban y picoteaban—. Pero sí, he hecho mi trabajo y he ido al registro para consultar el certificado de defunción. La pobre Gerlinde debió de morir de tuberculosis, así que no fue un suicidio y tampoco un asesinato, si es lo que quería saber, señor inspector. Solo la vieja enfermedad vienesa de la que tantos sufren y mueren. —Titubeó—. La cabeza se conserva bastante bien. Debe de ser por la arcilla del sector doce. ¡No dejo de repetir a la administración del cementerio que allí tenemos un problema de descomposición! —Rothmayer se detuvo, miró a Leo con recelo y le preguntó—: ¿Le ha comentado algo al administrador sobre...?

—¿Sus tratos con el profesor Hofmann? —terminó Leo la pregunta—. No, no le he dicho nada, eso queda entre usted y yo. Pero a cambio necesito que me hable de un libro. Se titula *Tratado sobre el masticar y mascullar de los muertos en sus tumbas*. Según el profesor, en él podría haber alguna explicación sobre estos incidentes tan espantosos.

—El libro del farmacéutico Michael Ranft, mmm... —Rothmayer dejó vagar la mirada por las tumbas—. Un texto viejo. ¿Sabe usted por qué fue escrito en su momento? —Leo negó con la cabeza y Rothmayer continuó—: Hace más de ciento cincuenta años hubo en Serbia una serie de extraños incidentes. Todo empezó con un tal Peter Plogojowitz, quien tras su fallecimiento se le apareció a su viuda como muerto viviente. En cosa de poco tiempo fallecieron en el pequeño pueblo nueve personas, y todas ellas juraron, antes de morir, que Plogojowitz las había estrangulado y les había chupado la sangre. Cuando abrieron el ataúd del supuesto muerto viviente, el cuerpo de Plogojowitz estaba completamente incorrupto y de su boca manaba sangre fresca. Los aldeanos le cortaron la cabeza y la quemaron, y las inexplicables defunciones cesaron de repente.

—¡Puras patrañas del medievo! —protestó Leo.

—Lo que usted diga, señor inspector. Por lo visto, los sabihondos, como los muertos vivientes, siempre aparecen —comentó Rothmayer riendo entre dientes—. En cualquier caso, Plogojowitz no fue el único y hubo más casos de vampirismo en los años siguientes. Una comisión formada por oficiales y médicos militares investigó los incidentes en su momento. Más tarde, la propia archiduquesa María Teresa envió una delegación a Serbia bajo la dirección de su médico personal, Gerhard van Swieten. Y en el llamado «decreto de los vampiros» de 1755 se declaró de una vez por todas que el vampirismo tenía causas puramente naturales.

El sepulturero levantó su huesudo dedo como si fuera a pronunciar una conferencia científica entre los montículos.

—El *Tratado sobre el masticar y mascullar de los muertos en sus tumbas* es el primer ensayo científico sobre la cuestión, pero ni de lejos es tan exhaustivo como el *Almanaque para sepultureros* que estoy escribiendo.

—Y esas causas naturales de las que acaba de hablar, ¿serían...? —preguntó Leo.

Rothmayer le guiñó un ojo.

—Lea mi almanaque, señor inspector. Todo está ahí.

—No dispongo de tanto tiempo.

—Como quiera. —Rothmayer se arrodilló y tomó un puñado de tierra—. Un entierro no es un final, sino un nuevo comienzo. El cuerpo se descompone, unas veces más rápido, otras más despacio. Si el suelo es demasiado limoso o arcilloso, un cadáver puede mantenerse tan fresco como despertado por un beso del propio Dios Nuestro Señor, incluso después de muchas décadas. Créame, en mi carrera profesional he dado paladas por muchos suelos así y he visto cadáveres hermosos, de mejillas rosadas, radiantes y fuertes. Uno era de tiempos de Napoleón; hasta la mano le habría dado de lo fresco que estaba. Y eso no es todo... —El sepulturero dejó caer la tierra lentamente al suelo y volvió a ponerse de pie—. La putrefacción interior hace que la sangre salga por la boca, los gases hinchan el cuerpo de tal manera que parece corpulento, como alimentado a base de albóndigas de papa, y el pelo y las uñas de repente parecen más largos. Incluso el miembro se hincha, como si los muertos lo estuvieran haciendo sin parar en la fosa común. La muerte es una cosa muy extraña.

Leo se estremeció de asco.

—¿El cuerpo de la mujer decapitada seguía presentando un aspecto fresco?

—La arcilla lo había mantenido en buen estado, solo que sin cabeza. Volví a llenar la fosa para no levantar ningún revuelo. Aparte de nosotros dos y el profesor, nadie más lo sabe. —Rothmayer se hurgó la nariz a conciencia—. La pobre murió de tuberculosis...

—Ya me lo ha dicho —lo interrumpió Leo.

El sepulturero pateó el suelo enfurecido.

—¡Dios santo! ¿Por qué son tan impacientes los alemanes? ¡Déjeme terminar! A veces se confunde a los tuberculosos con vampiros por su aspecto pálido. Y se cuenta que salen de sus tumbas para atiborrarse de sangre. Quizá las muertes hayan tenido algo que ver con esos disparates sobre vampiros. Pero ¿se puede saber por qué me preocupo? —resopló—. Es su caso, no el mío. Yo me limito a enterrar muertos. Quien se los haya cepillado no es de mi incumbencia.

—Mmm... —Leo frunció el entrecejo y reflexionó.

Entretanto habían llegado a una zona apartada del cementerio donde, aparte de ellos, no había ni un alma. Mientras Leo deslizaba la mirada por los montículos frescos, de repente reparó en la presencia de una figura no muy lejana. Era la niña del invernadero, que estaba observando a los dos adultos sentada en uno de los montículos de tierra.

—Dios mío —dijo Leo soltando una carcajada—. ¡Por un momento pensé que había un fantasma rondando por ahí! Pero solo es su aprendiz.

Rothmayer puso cara larga.

—¿Qué aprendiz?

—Bueno, la jovencita del invernadero, la que estaba trenzando coronas con usted.

—No es ninguna aprendiz —gruñó Rothmayer—, es una vaga. No sé cómo deshacerme de esa mocosa. ¡Lleva días así! —Cogió una piedra y la lanzó en dirección a la niña—. ¡Vamos, fuera!

La niña bajó despacio del montículo y se fue, pero se detuvo un poco más lejos e hizo ademán de querer jugar con ellos. Leo sonrió.

—Se ha pegado a usted como una lapa. Y dejarle trenzar coronas quizá no sea lo mejor para deshacerse de ella. Si quiere mi opinión, se lo veía a usted muy contento con ella en el invernadero, casi parecían padre e hija.

—¡No le he pedido ninguna opinión! —le espetó Rothmayer—. Si no tiene más preguntas, me gustaría volver a mi trabajo. Y a solas —añadió furioso—. Todavía me quedan un montón de coronas que trenzar para Todos los Santos.

Leo levantó las manos en señal conciliadora.

—De acuerdo, pero no se ofenda. Solo busco algo que pueda ayudarme. Tenemos cuatro cadáveres. —Contó con los dedos—. Primero, dos mujeres violadas, asesinadas y empaladas *post mortem* con estacas de espino blanco, como por lo visto suelen hacer los cazadores de vampiros. Segundo, dos cuerpos decapitados, uno murió de tuberculosis y el otro es probable que haya sido víctima de asesinato. A ambos les cortaron la cabeza con posterioridad. Decapitación, empalamiento... —Leo asintió con la cabeza—. Ambos son remedios para acabar con los muertos vivientes. Demasiadas coincidencias, ¿no cree?

—¡Ja! —rio con malicia Rothmayer mostrando algunos dientes sorprendentemente blancos—. ¡Un cazador de vampiros chiflado anda suelto por Viena! Procure que no se enteren los periódicos, de lo contrario, también correrá sangre por sus páginas y a usted no podrán salvarlo ni sus admiradoras.

—Sería una catástrofe, y no solo por las admiradoras, créame. Por ello le pido que mantenga esta conversación en el más absoluto secreto. —Leo titubeó—. ¿Hay otros medios para acabar con los vampiros en la tumba, aparte de la decapitación y el empalamiento? Tal vez encontremos alguna pista que nos lleve a un posible autor.

—Bueno, se puede cubrir con piedras a los aparecidos, fijarlos con clavos o emparedarlos. También pueden atarse con rosarios o se les meten monedas en la boca. Y hay quien los entierra bocabajo, así, cuando despiertan, empiezan a cavar con las manos y se hunden cada vez más en la tierra.

Leo negó con la cabeza, horrorizado.

—Se lo está inventando, ¡admítalo!

—¡Oh, no! Hay muchos más consejos en los libros antiguos. Por ejemplo, a los vampiros los entierran con chícharos o frijoles secos. Entonces empiezan a contarlos, se equivocan constantemente y no se mueven de allí.

—¡Eso es absurdo! —Leo rio, pero al mismo tiempo sintió un leve escalofrío. Pensaba en la cerca de hierro a la altura de la rodilla que había visto en el campo de los suicidas y cuya finalidad era mantener a los muertos en sus tumbas.

«Empalamientos, decapitaciones... ¿Qué será lo siguiente? ¿Cuerpos clavados y emparedados?»

Habían llegado a una cabaña sencilla pero bien arreglada que se encontraba cerca del muro del cementerio. Frente a ella florecía un pequeño jardín de rosas, mejor cuidado que la mayoría de las tumbas. Delante de las ventanas colgaban maceteros con crisantemos y begonias, las típicas flores de cementerio. La fachada le recordó a Leo la entrada de una funeraria.

—¿Vive aquí? —preguntó sorprendido—. ¿En el cementerio? Qué acogedor...

—Aquí disfruto de la calma, al menos cuando no viene ningún inspector curioso a molestarme. Que tenga un buen día. —Rothmayer se dirigió a la puerta, pero al cabo de unos pasos se volteó y preguntó—: ¿Ha hecho algún progreso con Bernhard Strauss? ¿Alguna pista nueva sobre el asesino?

—Por desgracia, no. ¿Por qué lo pregunta?

—Bueno, él es el punto de partida. Cuando mi gato Luci me trae una bola de lana apelmazada, siempre busco el cabo suelto. En el comienzo del hilo está la solución de cualquier misterio. Mis respetos, señor inspector.

El sepulturero cerró de un portazo. Cuando Leo dio media vuelta para salir, se dio cuenta de que no tenía la menor idea de cómo llegar hasta la entrada principal.

Augustin esperó a que los pasos del inspector dejaran de escucharse y se acercó a la pequeña estantería de libros situada al fondo de la cabaña. El volumen de lomo descolorido que buscaba estaba entre el *Libro de texto de medicina forense* de Hofmann y el *Manual de medicina policial* de Schürmayer. El sepulturero lo sacó y miró el título:

Tratado sobre el masticar y mascullar de los muertos en sus tumbas, por Michael Ranft.

201

Un libro sumamente esclarecedor. Tanto más cuanto se trataba de una copia reciente acompañada de comentarios adicionales de otros autores. También Augustin había empezado a escribir pequeñas anotaciones a lápiz en los márgenes. Seguro que el profesor Hofmann no se lo tendría en cuenta, pues el Instituto Forense recibiría a cambio algún que otro enano o mujer barbuda.

Augustin hojeaba pensativo las páginas. Lo que le había dicho el alemanote era muy interesante, también para su propio trabajo. En cualquier caso, el sepulturero tenía previsto redactar un capítulo sobre aparecidos. ¿Seguían existiendo los cazadores de vampiros o, cuando menos, gente que creyera serlo?

En las últimas páginas, Augustin encontró algunos dibujos que reproducían distintos tipos de muertos vivientes en actitud acechante. Junto a los clásicos aparecidos estaban también los que se subían a los hombros de sus víctimas, los que devoraban los envoltorios de los cadáveres para absorber la fuerza vital de los parientes aún vivos, y, por supuesto, los infames vampiros. Todos ellos compartían una característica: sobrevivían a su muerte oficial y acosaban a los vivos.

«Igual que Bernhard Strauss —pensó Augustin—, que sigue dando guerra incluso decapitado.»

Avanzó unas páginas hasta llegar a los motivos por los que alguien se convertía en un aparecido. Bastaba con haber nacido con dientes o en la noche de Reyes, o bien ser el séptimo hijo o hija de una prole. En ocasiones también podía ser causa de transformación en vampiro la participación de crímenes impunes, como el perjurio o la piromanía. Sin embargo, había un motivo que siempre se citaba por encima de los demás:

Son principalmente los que ponen fin a su propia vida quienes no hallan la paz en la tumba. Están condenados a andar siempre entre los vivos.

Augustin se rascó la nariz absorto en sus pensamientos. El inspector le había dicho que a Bernhard Strauss lo habían asesinado. Sin embargo, había sido encontrado ahorcado, se había despertado en su propia tumba y después le habían cortado la cabeza.

Si existía el aparecido de manual, ese era Bernhard Strauss.

¿Se podía decir lo mismo de los otros muertos? ¿Quién podía afirmar que la pobre Gerlinde Buchner, víctima de tuberculosis, no hubiera seguido viva en el ataúd? El cuerpo ya estaba demasiado descompuesto como para extraer conclusiones. ¿Habría también arañazos en la tapa de su ataúd?

Augustin miró a Luci, que estaba acurrucado en la butaca, como de costumbre. Todas esas cuestiones no preocupaban demasiado a los gatos.

—Bestia feliz —gruñó Augustin—. ¡Qué desasosiego!

Volvió a dejar el libro en la estantería y se sentó a la mesa para avanzar un poco más con su almanaque, pero no halló el sosiego ansiado. Tachaba, reescribía, volvía a tachar... Cuando, al atardecer, llamaron a la ventana, no vaciló. Se levantó, abrió la puerta y la dejó ajustada.

—Por mí puedes entrar —gruñó Augustin, y volvió a su trabajo—, pero límpiate los zapatos, que seguro que están llenos de tierra. Hay pan y leche en la mesa, deja un poco para Luci, ¿me oyes?

Sí, Augustin Rothmayer buscaba un poco de paz, ¡qué diablos! Pero después de la lectura de un libro así, ni siquiera un experimentado sepulturero curado de espanto, como era él, podía dejar que una niña abandonada durmiera sola en el cementerio.

Leo llegó justo a tiempo para la sesión informativa de la tarde.

Se reunieron como de costumbre en el vestíbulo del comisario Stukart, pero esta vez sin el jefe superior Stehling. Presidía la reunión el propio Stukart, que preguntó con versada soltura por los resultados individuales de la investigación. No parecía que Leo se hubiera perdido muchas novedades en las últimas horas, pues la búsqueda del criminal aún estaba empezando. Paul Leinkirchner y sus hombres habían rastreado los círculos de amistades de las dos mujeres asesinadas, así como posibles testigos presenciales. Especialmente de la segunda no sabían casi nada, y lo mismo se podía decir de la estaca utilizada y la probable arma homicida, una navaja de afeitar.

—La primera víctima, la tal Paula Landing, tenía un prometido hasta hace unos meses —informó Leinkirchner—, circunstancia que su señor desconocía. Una vecina ha llamado hoy y se lo ha explicado al compañero Jost. El tipo se llama... —leyó de una nota— Fritz Mandlbaum. La vecina no sabe mucho de él, ni dónde vive ni a qué se dedica.

—¿Mandlbaum? —dejó caer Stukart—. ¿Un judío?

—Presumiblemente —respondió Leinkirchner encogiéndose hombros con resignación—. En el distrito segundo abundan los judíos, sobre todo en el barrio de las Carmelitas. Por lo visto la señorita Landing y su prometido discutieron y el compromiso se rompió. El tipo ha desaparecido.

—Cuando huele problemas, el judío se esfuma dejando un hedor de ajo —se burló uno de los presentes, provocando las risas del resto. A diferencia de hacía unos días, esta vez Leinkirchner se contuvo. Moritz Stukart lanzó una mirada severa a los agentes y callaron.

—Siga esa pista, ¿de acuerdo? —ordenó el comisario a Leinkirchner—. Puede que no signifique nada, pero quizá sí. No sería el primer compromiso matrimonial que se rompe porque él o ella tiene raíces judías. ¡Y ni una palabra a la prensa, o tendremos caza de judíos en la ciudad!

El joven Jost carraspeó e intervino:

—Podríamos recorrer las sinagogas y preguntar si alguien conoce a Mandlbaum.

—Si se enamoró de una gentil, difícilmente será judío practicante —intervino Leo, que no había abierto la boca hasta ahora. No quería volver a llamar la atención de sus colegas con sus comentarios de sabelotodo—. Puede que solo sea judío de apellido.

—Judío una vez, judío siempre —murmuró Leinkirchner entre dientes y con la voz tan baja que solo Leo, que estaba sentado a su lado, pudo enterarse.

—¿Ha dicho algo, inspector jefe? —preguntó Stukart.

—Nada de importancia, comisario —respondió Leinkirchner negando con la cabeza.

—Tanto mejor. —Stukart miró a los presentes—. ¿Algo más de lo que informar?

Erich Loibl levantó la mano.

—El compañero Jost y yo hemos recorrido una a una las joyerías del distrito segundo. Creo que hemos encontrado la tienda donde Valentine Mayr compró el dije.

—¿Y? —Moritz Stukart se inclinó hacia delante demostrando interés—. ¿Se sabe quién adquirió la joya? ¿La propia Mayr u otra persona?

—Fue pagada por adelantado y recogida por un recadero. Sucede en ocasiones y no tiene por qué significar nada. Pero pasó otra cosa bastante extraña —dijo Loibl balanceando la cabeza—. Justo antes de nosotros, una joven acababa de preguntar por Valentine Mayr y por el comprador del dije.

—¿Qué aspecto tenía esa joven? —preguntó Leo de repente.

Loibl lo miró y se encogió de hombros.

—Según el vendedor, era una bonita joven de pelo largo y rojizo, con vestido verde. Tenía un aspecto pálido y parecía muy preocupada.

Leo se quedó de piedra.

«Pelo largo y bermejo... Pálida y muy preocupada...»

El mismo semblante que había adoptado Julia Wolf después de que él le contara lo del dije y su propietaria muerta cuando comieron juntos.

—Mmm..., eso sí que es raro —comentó Stukart jugando pensativo con uno de sus lápices—. No hemos dicho nada del colgante a la prensa para no asustar al asesino. ¿Cómo podía saberlo esa joven? —Su mirada recorrió a los hombres sentados alrededor de la mesa y Leo bajó instintivamente la cabeza—. ¡Otro misterio! —suspiró al final Stukart. Como un director de orquesta, golpeó con el lápiz el tablero de la mesa y se levantó—. ¡Caballeros, vuelvan a sus puestos! Hasta que no se resuelva este caso, me temo que vamos a tener que hacer horas extraordinarias.

Leo pasó por delante de Leinkirchner, que le lanzó una mirada burlona.

—¿No le apetecerá encargarse del tal Mandlbaum? —preguntó el inspector jefe—. De hecho, es su especialidad.

—Lo haré encantado, Leinkirchner —respondió Leo—. Entonces usted podría encargarse de los matones e ignorantes del prontuario de delincuentes. También es su especialidad.

Leinkirchner se sonrojó. Leo lo dejó plantado y empezó una apresurada marcha por los pasillos. ¡Debía encontrar a Julia de inmediato! Si de verdad había sido ella la que había preguntado en la joyería por la víctima del asesinato, ambos corrían el peligro de que los pusieran de patitas en la calle. ¿Por qué se lo habría contado? Había revelado secretos internos como un novato.

Arriba, con las telefonistas, Leo averiguó que Julia seguía de baja por enfermedad. Su amiga Margarethe tampoco disponía de mucha más información, pero eso no le impidió hacerle a Leo algún que otro comentario insinuante.

Después de pasarse las dos horas siguientes intentando localizar a todos los Mandlbaum de Viena en el registro de direcciones, Leo cogió el abrigo y el sombrero y se fue sin despedirse. Necesitaba aire fresco para pensar. Espontáneamente decidió ir a pasear un rato por el Volksgarten, que no estaba muy lejos de la Jefatura de Policía. Todavía no había oscurecido, pero soplaba un frío viento otoñal que lo obligó a envolverse con su bufanda. Contempló las farolas eléctricas, que ya habían llegado a la ciudad y anunciaban una nueva era. A la fría luz de las lámparas modernas, entre parejitas de enamorados y paseantes ociosos, y con la vista del Palacio Imperial de Hofburg al fondo, todas las cosas de las que se había enterado ese día por el profesor Hofmann y en el Cementerio Central le parecían muy lejanas. ¡Vampiros y aparecidos! Esas creencias medievales no sonaban demasiado bien a las puertas del siglo xx.

Leo se preguntó qué habría pasado si en la reunión hubiera planteado sus sospechas. Probablemente, Leinkirchner lo habría mandado gustoso al manicomio. Pero ¿y si fueran ciertas? ¿Y si todos los muertos condujeran a un mismo asesino, un cazador de vampiros? ¿Y si la famosa familia Strauss también tuviera algo que ver? De ser así, el caso adquiriría unas proporciones insospechadas.

Cuando por fin se hizo de noche y las bombillas eléctricas brillaron en la penumbra como enormes luciérnagas, Leo se dirigió a la pensión. La señora Rinsinger le tenía preparada la cena en la cocina, estofado frío con rábano picante acompañado de ensalada de papas con rodajas de pepino. Sin embargo, Leo no tenía apetito.

—Tiene que comer algo, señor inspector —le aconsejó la casera preocupada—. Parece desnutrido. Quizá esté trabajando demasiado. —Lo miró con curiosidad—. ¿Tiene alguna pista sobre el asesino de las pobres criadas del Prater? Los periódicos no dicen mucho.

Leo apartó el cuchillo.

—¿Cómo sabe que estoy trabajando precisamente en ese caso?

—Señor inspector —repuso la señora Rinsinger guiñando un ojo—, no soy estúpida. Estuvo presente en las investigaciones del primer asesinato, o por lo menos llegó usted del Prater ese día, tal como me explicó. Y si ambos crímenes están relacionados, seguro que debe de estar trabajando en el caso, ¿no?

Leo sonrió.

—Es usted una detective desaprovechada, señora Rinsinger.

—Solo es la experiencia de haber estado casada muchos años —aclaró la casera haciendo un gesto de despreocupación—. Le he planchado el saco. Tal vez con ella no parezca usted tan desaliñado. Llévese por lo menos el guiso a la habitación.

Una vez en su dormitorio, al colgar el saco planchado, Leo notó que algo crujía en el bolsillo interior e introdujo la mano en él.

Era el certificado de defunción de Bernhard Strauss.

—¡Maldita sea! Te habías escondido aquí —murmuró Leo. Había buscado en todas partes menos en su saco. Alisó el papel y vio que, aparte de la fecha de fallecimiento y la causa de la muerte, también constaba el nombre del médico responsable y la dirección de su consulta.

Dr. Ferdinand Landwirth, médico titulado Habichergasse, 57, Ottakring / Neulerchenfeld, Distrito 16.º

Leo reflexionó un momento, se puso el saco y el abrigo y salió precipitadamente de la habitación.

—¡Por el amor de Dios! ¿Adónde va a estas horas? —preguntó sorprendida la casera.

—Un buen policía nunca descansa, señora Rinsinger —dijo Leo sin detenerse—. Me comeré el estofado más tarde.

Bajó la escalera a toda prisa, sumido en sus pensamientos. ¿Qué le había dicho el chiflado del sepulturero al despedirse?

«En el comienzo del hilo está la solución de cualquier misterio.»

Leo salió en busca del comienzo del hilo.

Del *Almanaque para sepultureros*, de Augustin Rothmayer, escrito en Viena en 1893

Las víctimas de asesinatos y suicidios no son un espectáculo agradable, ni siquiera en sus ataúdes. Los ahorcados, salvo por la lengua azul y los ojos saltones, son los que más cerca estarían de parecerse a una persona dormida. Las víctimas de heridas de bala, en cambio, suelen estar muy desfiguradas. En el caso de un disparo en la cabeza, puede ocurrir que la presión del proyectil haga volar partes del cráneo y la masa encefálica se esparza. Las empresas funerarias cobran sumas astronómicas por la restauración de un rostro en tales condiciones. En el caso de un cadáver que haya pasado más de dos semanas sumergido en el Danubio, es aconsejable ahorrar a sus familiares la visión del mismo.

La bruma otoñal y el humo de las chimeneas parecían algodones de azúcar viscosos entre los árboles secos y deshojados cuando Leo se bajó de la carroza de un caballo. El distrito decimosexto se encontraba al oeste de Josefstadt, más allá del Gürtel. A pie habría supuesto media hora de camino, y Leo prefirió invertir otra corona de su menguante patrimonio en llegar hasta allí. Necesitaba certezas, y las necesitaba lo antes posible. Además, no era precisamente un barrio seguro para transeúntes nocturnos.

Ottakring y Neulerchenfeld habían sido incorporados al municipio de Viena hacía apenas dos años y eran considerados la cantina más grande de Austria. En ningún otro lugar había tantos bares, mesones, salas de baile, cervecerías al aire libre y burdeles como allí. A pesar de lo tarde que era, las calles vibraban con el sonido de la música *schrammel*, las risas, los gritos de los borrachos y las sonoras carcajadas de prostitutas y damas de compañía. Las pocas farolas de gas solamente parpadeaban o simplemente estaban apagadas. Al amparo de la oscuridad, las parejas se abrazaban lujuriosamente, se cerraban negocios de dudosa moralidad o se orinaba con descaro en los patios traseros. El ruido, los violines desafinados y las luces parpadeantes hicieron a Leo pensar en la Sodoma del Antiguo Testamento.

Después de pagar al cochero, recorrió la amplia Neulerchenfelder Hauptstrasse, donde estaban situadas muchas de las cantinas. Se encontraban repartidas entre los nuevos edificios de apartamentos de alquiler y las viejas mansiones señoriales cuya época de esplendor ya había quedado muy atrás. El enyesado se desprendía de los muros y en las esquinas se instalaban prostitutas mal disfrazadas de floristas o vendedoras ambulantes. Leo se aterró al ver que muchas de las jóvenes apenas eran niñas vestidas con falda corta y maquilladas con colores chillones, como muñecas.

Después de hacer algunas preguntas encontró por último la Habichergasse. También aquí la iluminación era escasa y había basura amontonada en la acera. Leo fue comprobando los números de los portales hasta que finalmente se detuvo frente al 57. Un cartel de lámina rayado anunciaba la consulta del médico en el primer piso. El edificio era con toda probabilidad de la época Biedermeier y en su día debió de albergar a gente rica, pero de eso hacía ya mucho tiempo. El yeso de las columnas estaba pelado y un par de ventanas de la planta baja estaban agrietadas.

Leo dudó. ¿Debía llamar al timbre a esas horas? Durante todo el camino había estado pensando en cómo proceder. En realidad, el comisario Stukart le había prohibido seguir con la investigación del caso Strauss. Pero si alguien de la Jefatura le preguntaba, se limitaría a responder que el profesor Hofmann le había pedido en persona ese favor. Al fin y al cabo, quien le había dado la idea de acudir allí había sido el propio Hofmann. Si Bernhard Strauss había sido envenenado con morfina y la marca del estrangulamiento había resultado ser pintura, el médico que había realizado la autopsia debería haber notado algo, siempre que no hubiera estado borracho hasta perderse.

Otra cosa había llamado la atención a Leo: la casera de Strauss le había dicho que el médico se presentó al momento para la necropsia.

«¿Quizá porque alguien lo había avisado antes?»

Leo se acordó de los dos matones de los que la casera le había hablado, probablemente los mismos que habían asistido al entierro de Strauss, y de la joven de la peluca que había visitado al músico con frecuencia. ¿Estarían también ellos metidos en una especie de chanchullo?

Estaba a punto de llamar al timbre cuando se abrió la puerta y salió un señor mayor que miró a Leo con desconfianza.

—¿Ha venido por la perturbación del orden?

El inspector frunció el entrecejo.

—¿Perturbación del orden?

—¡Por el ruido del primer piso! Vivo en el ático, pero también lo oí desde allí. Un estruendo y un traqueteo, y luego un portazo tan fuerte que casi me deja sordo. ¡Tremendo descaro! Estoy acostumbrado a ver de todo en la calle, ¡pero en la casa...! —Negó con la cabeza, enojado—. Esta era una buena casa, hace tiempo. La señora Leitner, del segundo, dijo que llamaría al cuerpo de Guardia.

—Ah, sí, en efecto, perturbación del orden. Por eso he venido.

—¿Sin uniforme?

Leo adoptó una expresión solemne.

—Nuevas normas. El cuerpo de Guardia tiene que reducir gastos.

Pasó por delante del desconcertado vecino y subió por la amplia y desgastada escalera, que olía a col y ceniza fría. En el primero derecha estaba la consulta del doctor Landwirth. Leo no consiguió encontrar el timbre en la oscuridad del descanso, de manera que empujó ligeramente la puerta.

Estaba entreabierta.

Cuando estaba a punto de llamar al doctor, Leo rozó con los dedos unas astillas en el marco de la puerta. Todo apuntaba a que alguien había forzado la cerradura con un cincel o un cuchillo. Los daños no eran grandes, pero Leo había visto demasiadas puertas reventadas como para no darse cuenta. Ahora maldijo su suerte por no haber traído el revólver Gasser que todavía seguía en la habitación, junto con el maletín de investigación y la cámara. Al menos llevaba el puño americano, que, con el arma de fuego corta, formaba parte del inventario de todo agente de policía.

Tan silenciosamente como pudo, abrió la puerta y se adentró en la vivienda. De la entrada partía un pasillo oscuro de techo alto con varias puertas. A diferencia del descanso, el olor aquí era desagradablemente penetrante, como a medicamento. El suelo estaba cubierto por una alfombra despintada y a la derecha había varias sillas alineadas a modo de sala de espera improvisada. En la pared colgaban dibujos anatómicos de colores apagados. Al parecer, el médico también utilizaba la consulta como vivienda. Por lo miserable del mobiliario, Leo dedujo que el doctor Landwirth no era lo que se dice uno de los mejores médicos del ya de por sí pobre distrito decimosexto.

Un débil resplandor llegaba de una habitación situada a la izquierda cuya puerta estaba entreabierta. Leo la abrió con cuidado y entró en un espacio que debía de ser la sala de curaciones. Había una camilla de ruedas con un par de sábanas sucias encima y un biombo manchado en una esquina. Sobre un buró con cajones etiquetados en latín yacían esparcidos varios bisturíes, cuencos de lámina y frascos de medicamentos, algunos de los cuales estaban volcados. De ahí llegaba probablemente el olor corrosivo que invadía toda la casa.

Pero lo que en realidad atrajo el interés de Leo fue otra cosa.

Delante de un enorme escritorio repleto de libros, documentos y un cráneo, en una silla, sentado de espaldas a él, había un hombre con barba vestido con camisa y chaleco. Tenía la cabeza inclinada hacia atrás y el brazo derecho señalaba el suelo con un revólver. La parpadeante luz de la lámpara de gas del techo le iluminaba directamente el rostro destrozado. El ojo izquierdo del hombre estaba abierto de par en par, mientras que el derecho no existía, como tampoco había mejilla derecha ni parte del cráneo. Trozos grises de cerebro flotaban en un charco de sangre que se había formado en el suelo.

Leo se quedó petrificado.

De inmediato escuchó pasos detrás de él.

Se volteó con rapidez y vio una silueta de hombros anchos que salía a toda velocidad de la habitación vecina y se dirigía a la entrada por el pasillo.

—¡Alto! —gritó Leo y se llevó instintivamente, pero sin éxito, la mano al bolsillo interior de su saco.

«Mierda, la Gasser...»

Salió disparado hacia la sala de curaciones, se hizo con el revólver del muerto y volvió al pasillo. Mientras tanto, el desconocido ya había llegado al descanso de la escalera; Leo podía oír sus pasos. Se abalanzó hacia él bajando la escalera con rapidez. Al descender apreció una silueta negra y alta, de hombros anchos, como de luchador. Cuando llegó a la planta baja, el hombre ya estaba en la calle. Leo corrió tras él por el oscuro callejón donde la luz de una farola de gas centelleante iluminaba al hombre que huía. Por un momento pudo reconocerlo: un tipo alto y voluminoso, con abrigo negro ondeante y gorra redonda con visera.

—¡Alto! —volvió a gritar Leo, que levantó el revólver y apuntó. Lo tenía a tiro—. ¡Alto, o disparo!

De golpe, le sobrevino un temblor y sintió una opresión en el pecho, como si le faltara el aire.

«Veinte pasos de distancia..., apunten..., fuego...»

Tenía la frente empapada de sudor y Leo notó cómo le flaqueaban las piernas.

«Fuego... El humo como una nube negra en el aire... La mancha roja en tu pecho...»

Bajó la mano. El revólver se le escurrió y cayó sobre los adoquines provocando un repiqueteo. Tuvo que apoyarse en una pared para no desplomarse.

«La mancha roja en tu pecho... La mancha roja que crece y florece como una rosa... La mirada asustada de los padrinos...»

Justo después, el hombre del abrigo negro desapareció tras una esquina.

Pasó un buen rato antes de que Leo pudiera volver a respirar con calma. Se había dejado arrastrar por los recuerdos. Se dio cuenta de que no solo había olvidado el revólver en la pensión, sino que, en realidad, no había querido llevarlo encima. En el fondo había sido un peso que cargaba desde el momento en que el portero le había entregado la pistola a su llegada a la Jefatura de Policía. Leo no había tocado un arma desde la vez en que...

«Veinte pasos de distancia..., apunten..., fuego...»

Todavía podía ver el destello que había precedido una fracción de segundo al estallido de la pistola. Volvió a sentir náuseas. ¿Qué habría dicho su mentor en una situación como esta? Hans Gross decía que un buen juez de instrucción debía esperar siempre lo peor. Desde su temprana juventud, Leo había sido un excelente tirador, también después, en el cuartel de Galitzia, donde había conocido a Ferdinand. Ambos se habían retado muchas veces en competiciones de puntería disparando contra botellas de vino vacías. Leo siempre había dado en el blanco, a diferencia de Ferdinand.

Y aquella última vez también acertó.

«La mancha roja en tu pecho...»

Se levantó a duras penas. El fugitivo hacía tiempo que se había esfumado. ¿Volvería junto al muerto en la consulta? Leo vaciló cuando vio que dos policías con casco y carabina se acercaban al edificio a toda prisa. Era la Guardia de Seguridad, que por fin acudía. El inspector sopesó la posibilidad de ofrecer su ayuda a los agentes, pero entonces también tendría que explicar qué hacía con un muerto en mitad de la noche. Sin duda levantaría sospechas, por no hablar de la bronca que se llevaría en la Jefatura. Bajó la mirada.

«El arma homicida...»

El revólver seguía en el suelo frente a él. Después de pensar un momento, Leo lo tomó con las puntas de los dedos, se lo metió en el bolsillo del abrigo y se alejó despacio en dirección a la Thaliastrasse. Nadie se lo impidió.

Todavía no podía volver a casa, necesitaba barullo, distracción, un par de copas de vino, cualquier cosa que lo ayudara a olvidar lo vivido hacía un momento.

«Quizá algo más fuerte —pensó—. Si no es hoy, entonces ¿cuándo? ¡A la mierda con los buenos propósitos!»

También necesitaba pensar, y nada se prestaba mejor para ello que la noche y una posada ruidosa, delante de una copa de algo especial.

En la Neulerchenfelder Hauptstrasse y algunas de sus callejones todavía quedaban muchos bares abiertos frente a los cuales merodeaban borrachos, mendigos y prostitutas. Leo se decidió por un establecimiento del que salía una música suave y bastante atípica. Era un sonido extraño, melancólico, que nada tenía que ver con los valses o la música *schrammel* vienesa. El fornido vigilante de la entrada le echó un vistazo desconfiado y después le hizo un gesto para que entrara.

Leo bajó una estrecha y empinada escalera y entró en un sótano abovedado alargado. Era una antigua bodega y estaba iluminada por un sinnúmero de candelabros que bañaban el espacio, ciertamente austero, con una cálida luz. Varias parejas y los noctámbulos habituales, con sus vasos y copas de vino, estaban sentados junto a unas mesas redondas. Al fondo había un escenario toscamente improvisado con unos cuantos tablones y barriles, y un piano algo desafinado a un lado. El pianista, un viejo con una levita manchada y remendada, seguía tocando la misma melodía pesarosa que Leo había escuchado en la calle.

Se sentó a una de las mesas del fondo y llamó al camarero con un gesto.

—¿Tienen absenta? —le preguntó.

—¿El Hada Verde le va bien? —El camarero sonrió—. Por supuesto. Ahora le traigo un servicio.

Volvió al cabo de un rato con un vaso de líquido verde, una jarra de agua, un platillo con terrones de azúcar y la preceptiva cucharilla de absenta. Leo colocó uno de los terrones en la pala del cubierto perforado y fue vertiendo el agua encima, gota a gota. Esta iba a parar al vaso y daba a la absenta un aspecto lechoso.

En Graz había decidido dejarla. Notaba que el ajenjo y el alcohol fuerte no serían buenos a la larga. La noche en la que ocurrió lo de Ferdinand también había bebido absenta, demasiada. Ahora, mientras la tomaba a sorbos rápidos, se sintió enseguida más suelto, como si estuviera nadando en un lago esmeralda. Terminó el vaso y pidió otro. Después se reclinó para disfrutar de aquella extraña música de ritmo arrastrado. ¿Qué diablos era eso? ¿Un vals en clave menor? No, el ritmo era muy distinto.

Tras un brioso *crescendo* se abrió de repente el telón y apareció una pareja en escena. En la penumbra Leo pudo reconocer a un joven apuesto de rasgos mediterráneos y a una mujer con un vestido de color azul ceñido a la cintura y con muchos botones. Llevaba mangas largas, pero Leo nunca había visto tanta desnudez en una mujer vestida. La pareja bailaba la música del pianista tan estrechamente abrazada que casi rayaba la obscenidad. Era como si el hombre dirigiera a la mujer sobre la pista de baile solo con la presión de sus dedos, y los pasos de ambos se mecían al unísono como una barca sobre las olas de un océano de sonido. Leo nunca había visto un baile así ni había escuchado una música parecida.

—¿Qué es? —preguntó al camarero, que acababa de servirle el segundo vaso.

—El estilo se llama habanera —informó con discreción el camarero—. ¡Es el *dernier cri* en París! Pero la *mademoiselle* ha cambiado un poco el baile.

—Un poco atrevido, en mi opinión —comentó Leo, que no podía apartar los ojos de la pareja.

—¿Verdad que sí? Como coger, pero más bonito. —El camarero esbozó una sonrisa picante, pero al momento recuperó la seriedad—: ¿No será usted...?

—¿De la brigada antivicio? —Leo negó con la cabeza—. No, solo he venido a pasar un buen rato.

—Está usted en el lugar adecuado. —El camarero guiñó un ojo con complicidad e hizo una reverencia—. Si le apetece, tengo algo más exótico que las hadas verdes.

Leo siguió observando en el escenario a la pareja, cuyos movimientos no tenían nada que ver con lo que se bailaba en las recatadas veladas de valses. Sobre todo ella lo había cautivado por la gracia de sus movimientos, tan felinos, y esa música...

Leo se quedó de piedra.

Conocía a la mujer.

Tenía la melena larga y oscura, pero podía tratarse perfectamente de una peluca. También iba muy maquillada y la luz tenue había hecho el resto. Pero a Leo no le cabía la menor duda.

La mujer que estaba sobre el escenario era Julia Wolf.

«La bella señorita Wolf, la loba con piel de cordero —pensó Leo, que ahora miraba boquiabierto el escenario—. ¿O será el efecto de la absenta? ¿Qué diablos le ponen?»

Era impresionante la capacidad de transformación de la formal telefonista. Leo se acordó del peinado y el vestido gris ceniza con los que Julia se había presentado la primera vez que la vio en el trabajo: una joven bonita pero poco llamativa, como tantas otras. Sin embargo, entonces sus ojos ya la habían delatado, al igual que la estimulante conversación posterior en la bodega. Era como si Julia estuviera cambiando de piel constantemente. Leo vio que el joven bailarín rodeaba con su mano el apretado trasero de Julia y le invadieron unos celos silenciosos.

El pianista tocó un último acorde y el baile llegó a su fin. La gente aplaudió, la bailarina respondió con una reverencia y desapareció detrás del telón de terciopelo rojo. Julia permaneció erguida sobre la tarima, hizo una señal al pianista y sonó una pieza nueva, otra melancólica melodía. Esta vez era una canción que Julia interpretó con voz de soprano algo ronca y, por ello, aún más seductora. Se puso de cara al público para que su generoso escote quedara a la vista de todos.

—*L'amour est un oiseau rebelle, que nul ne peut apprivoiser...*

«El amor es un pájaro salvaje que nadie puede domesticar —tradujo Leo para sí—. Qué cierto es.»

En algún lugar alguien soltó una carcajada obscena y dos borrachos en una mesa más atrás se enfrascaron en una ruidosa conversación.

—¡Levanta la pata, vamos! —gritó uno de los dos tipos—. ¿No te lo enseñaron en París? ¡Muéstranos más!

Julia no se dejó impresionar. Siguió interpretando sonriente la canción moviendo lascivamente las caderas y con la barbilla estirada hacia delante de forma retadora. Después del último acorde saludó con una reverencia y volvió a desaparecer tras el telón. La gente aplaudía cansada y gritaba. Algunos pidieron una repetición, pero la cortina no se levantó. Leo llamó con un gesto al camarero.

—¿Desea otra Hada Verde el caballero?

—Dos copas de champán, si tiene, por favor —respondió Leo—. Y muéstrele mis respetos a la cantante. Me gustaría que me hiciera un poco de compañía. —Deslizó sobre la mesa un billete de los grandes, uno de los últimos que le quedaban—. Quédese con el cambio.

—Muy amable. —El camarero sonrió y desapareció. Poco después volvió con dos pequeñas copas aflautadas con vino espumoso del tiempo. Leo no se inmutó. La noche le iba a salir cara, pero valía la pena.

Al cabo de un rato apareció Julia. Todavía llevaba el vestido azul ajustado y la peluca morena, pero se había desmaquillado un poco. Sonreía profesionalmente mientras se acercaba, pero luego su expresión se congeló. Ella se detuvo a mitad de camino y Leo pensó por un momento que echaría a correr. Sin embargo, se aproximó con la cabeza alta.

—Señor Von Herzfeldt, qué sorpresa verlo por aquí.

—Lo mismo digo, señorita Wolf. —Leo le ofreció la silla libre que tenía al lado—. ¿Por qué no se sienta?

—¿Tengo elección? —preguntó estirando los labios.

Leo suspiró.

—Señorita Wolf, no soy de antivicio y esto no es ningún interrogatorio. Aunque no parezca tan enferma como me han dicho en el trabajo, mi presencia en este local es pura coincidencia, créame. Estaría encantado de que me acompañara con una copa de champán. Lo que me ha costado bien lo merece.

Ella sonrió y dijo:

—En cualquier caso, mejor que la nalgada curada con col y papas de la primera vez. —Se sentó frente a él y levantó la copa—. ¡Por la música!

—¡Por la música! —Y brindaron con un suave tintineo.

—Por cierto, muy interesante lo que acaba de bailar y cantar —comentó Leo para romper el silencio que se había instalado unos segundos—. Nunca deja de sorprenderme.

—¿Le gusta la música? —preguntó Julia inclinando la cabeza—. La canción es de la ópera *Carmen* y el baile apenas se conoce todavía en Europa. Se llama tango. —Señaló al anciano del piano, que ahora interpretaba algunos temas más ligeros—. El maestro Alfredo Gonzales es originario de Argentina, él me lo enseñó. El tango se considera un baile depravado.

Leo rio.

—¡Con razón! Y ese joven que la acompañaba... —dijo titubeando.

—¿Que si es mi novio? —preguntó con una sonrisa complaciente—. ¡No, por Dios! Pierre tiene casi diez años menos que yo, y además prefiere a los hombres. Pero es un excelente bailarín. —Dejó la copa en la mesa—. No nos andemos con rodeos, señor inspector. Sé que si lo que hago aquí se descubre, me costará el puesto en la Jefatura. Y para que quede claro desde el principio: no, no soy prostituta. Solo bailo y canto. Es lo que realmente sé y quiero hacer. —Se encogió de hombros—. Pero, por desgracia, no puedo ganarme la vida con ello, aquí solo me pagan un puñado de coronas por tres actuaciones a la semana. Por ello me presenté para un puesto de telefonista en la policía. Y, por cierto, también hice un poco de trampa con mi carta de recomendación. ¿Va a arrestarme ahora?

Leo hizo un gesto de despreocupación.

—Todos tenemos nuestros pequeños secretos. Por mí puede bailar el cancán parisino o vestirse de hombre. —Se inclinó hacia delante—. Pero cuando esos secretos afectan a mi trabajo, empiezo a desconfiar. Fui un incauto al hablarle de la segunda víctima, Valentine Mayr, y su dije. Y la suerte quiso que al día siguiente una desconocida preguntara en una joyería precisamente por la mismísima Valentine Mayr y por ese dije. La mujer, según la descripción de un compañero, se parece mucho a usted. ¿Puede explicarlo, señorita Wolf?

Ella se quedó en silencio jugando con su copa. Leo se dio cuenta de que ya no llevaba su propio colgante. Por fin, Julia suspiró hondo y dijo:

—Loibl me reconoció, ¿verdad? ¿O fue ese joven, Jost?

—No la reconocieron, pero saqué mis propias conclusiones a partir de lo que contaron. Dígame, ¿cuál es el problema? Conocía a Valentine Mayr, ¿verdad?

Ella asintió.

—Nos... nos perdimos el rastro en los últimos meses, pero antes éramos íntimas, muy buenas amigas. —Julia tragó saliva y Leo se dio cuenta de la palidez que su maquillaje no podía disimular—. Era cuando las dos trabajábamos de sirvientas. Así fue como nos conocimos.

—¿Usted fue sirvienta?

Ella lo miró con amargura.

—Señor Von Herzfeldt. ¿Sabe cuántas criadas hay en Viena? ¡Una tercera parte de todas las mujeres lo son! Vienen de lejos, sobre todo de familias destrozadas, y llegan en busca de un golpe de suerte. Pero lo único que encuentran son señoras altivas, señores cursis siempre con la bragueta abierta, mocosos malcriados y una montaña de platos sucios que nunca se acaba. Sé de lo que hablo, créame. Por eso quería conseguir a toda costa el puesto de telefonista.

—¿Y Valentine?

—Siguió de sirvienta. —Julia titubeó—. Pero seguro que hacía algún dinero extra con los señores... haciéndoles..., bueno, algún favor.

—¿Era prostituta?

—¡Pues claro, maldita sea! En esta mierda de ciudad siempre hay que mirar por una misma. —Respiró profundamente y se reclinó en la silla—. ¿Por casualidad no tendrá un cigarro?

Leo asintió, sacó la cajetilla y le dio fuego. No era muy frecuente que las mujeres fumaran, pero en el caso de Julia, de alguna manera... estaba bien, no parecía obsceno. Una faceta más de su deslumbrante versatilidad. Dio una honda calada.

—¿Por qué lleva peluca? —inquirió Leo.

—¿Usted qué cree? —preguntó con una sonrisa sarcástica—. Para que los inspectores curiosos no me descubran por casualidad cuando salen de parranda. ¡Me ha funcionado a las mil maravillas! Aparte de eso, a los hombres les gusta que las francesas tengan el pelo negro, y yo soy *une femme parisienne* de los pies a la cabeza —parloteó guiñando un ojo.

—¿Sabe qué le ocurrió a Valentine? —preguntó con brusquedad Leo.

El rostro de Julia recuperó de repente la seriedad.

—El joyero judío probablemente me contó lo mismo que a Loibl y Jost. Es todo lo que sé. Solo quería asegurarme de que era de verdad ella, y ahora lo tengo claro. Pasé un día y una noche enteros llorando en casa, pero la vida continúa. —Dio una calada a su cigarrillo y la ceniza ardió—. ¿Y usted qué se cuenta, señor inspector? He oído muchas cosas...

Leo se sorprendió.

—¿Qué cosas?

—Bueno, Margarethe me dijo por teléfono que no tiene muy buena fama en la Jefatura a pesar de no llevar allí ni una semana. Lo han marginado porque le gusta ir por su cuenta. Y el inspector jefe Leinkirchner piensa que es usted un sabelotodo impertinente. Pero me imagino que, viniendo de él, puede tomarse más como un cumplido. Ese gordo idiota solo está celoso. Pero vaya con cuidado, mejor no bromee con él. —Apagó el cigarrillo—. Le he contado mucho sobre mí y apenas sé nada de usted.

Leo le guiñó un ojo.

—Como dije, todos tenemos nuestros pequeños secretos. ¿Le apetece otra copa de champán, señorita Wolf?

Cuando llegó el camarero con otras dos copas, Leo ya se sentía más relajado. Miró a Julia a los ojos y no pudo evitar pensar en la canción del ave indomesticable que ella había cantado.

Se esforzó por desterrar de su mente todo pensamiento sobre el médico muerto, el matón de la gorra redonda con visera y el revólver que todavía le pesaba en el bolsillo de su abrigo.

Transcurrirían dos copas más y otras tantas horas antes de despedirse. En un primer momento, Julia se había quedado helada del susto al ver que la persona que la había invitado a sentarse era Leopold von Herzfeldt. Pensó que había acudido a interrogarla y que después la detendría. Al fin y al cabo, había ocultado información importante a la policía, había sido amiga de una de las víctimas y había investigado por su cuenta sin avisar. Además, había falseado su carta de recomendación para conseguir el puesto de telefonista y, por si fuera poco, trabajaba como bailarina y cantante en un antro de mala muerte. Lo menos malo que le podía pasar era que la despidieran.

Sin embargo, no se cumplió ninguno de sus temores.

No tardaron en tutearse. Leo no habló mucho de él, pero aun así se lo pasaron de maravilla conversando. Era como si ambos quisieran ocultar sus secretos a base de anécdotas divertidas e insinuaciones cautivadoras. Al final, en la tercera ronda, que para Leo fue de absenta, él le habló, arrastrando un poco las palabras, de los extraños casos del Cementerio Central y de su sospecha de que podría haber alguna relación entre todos ellos. Julia sintió un leve escalofrío.

«Muertos vivientes y empalamientos... ¿Qué te ha pasado, Valentine? ¿Qué alma endemoniada te perseguía?»

Julia permaneció sentada durante un buen rato y dio una última calada al cigarrillo que el inspector le había ofrecido amablemente antes de despedirse. Un remolino de sentimientos tan hermosos como tormentosos y sombríos se desencadenó en su interior. Entonces se levantó y se dirigió a la parte trasera del escenario mientras notaba en la nuca las miradas de los clientes masculinos.

En el camerino de detrás del escenario se quitó la peluca sudada y el conjunto azul y volvió a enfundarse la blusa y el recatado vestido gris que llevaba en la Jefatura de Policía. Pierre, su pareja de baile, la observaba desde su sitio junto al espejo. También se había puesto su viejo y gastado traje de calle.

—¿Un admirador? —preguntó—. *Mon dieu!* Tenía buena pinta. ¿Quedarás con él otra vez?

—¿Quieres tú quedar con él? —replicó ella con una mirada burlona. Luego se rio—. Lo conozco de otro trabajo. Es una especie de... compañero.

—Ya, ya —se burló él.

—No del trabajo que estás pensando, idiota. —Le lanzó la peluca y siguió desmaquillándose—. Llego tarde. Espero

228

que en casa no haya habido mucho alboroto, como la última vez. Elli tuvo que cantar hasta altas horas de la madrugada.

—No entiendo cómo te las apañas. —Pierre negó con la cabeza y lanzó un exagerado suspiro—. Bailarina y cantante de noche, después tu trabajo de día, y encima todo lo demás. Especialmente eso... Yo no podría, la verdad.

—No eres mujer. Nosotras somos más fuertes, ya lo sabes. Además, dormir poco te mantiene joven. ¡Mírame a mí! ¿Aparento tener veinticinco?

—Como mucho, dieciocho, *ma jolie* —respondió Pierre, riéndose como una chiquilla.

Ella intentó sonreír. Luego besó a su compañero en la mejilla y desapareció por la puerta trasera.

En la calle arreciaba una fría llovizna y Julia se sujetó con fuerza el sombrero para que no saliera volando. La campana de una iglesia cercana acababa de dar las tres de la mañana; iba a ser otra noche muy corta. Le había dicho a su amiga y compañera Margarethe que mañana volvería al trabajo. No quería arriesgarse a que la echaran. ¡Necesitaba el dinero, maldita sea! Además, le gustaba mucho lo que hacía en la Jefatura de Policía. Su padre, un humilde herrero y cerrajero de la región del Innviertel, en la Alta Austria, también había sido un artesano y le había enseñado a su pequeña un montón de cosas en su taller.

A Julia le encantaba la nueva era de los automóviles, los teléfonos, los fonógrafos, la fotografía... ¡El siglo que se avecinaba parecía tan prometedor! La electricidad lo dominaba todo y justo en esos días terminaba en Chicago la Exposición Mundial, con sus edificios decorados con bombillas de colores y los reflectores que lanzaban su luz a kilómetros de distancia. ¡Era como si, de repente, el mundo entero se hubiera puesto a girar más rápido!

Leo se había ofrecido a enseñarle a usar su cámara, un ingenio tan práctico que incluso podía caber en un bolso de mano. Julia sonreía mientras caminaba por la Neulerchenfelder Hauptstrasse, donde todavía quedaba algún que otro noctámbulo rezagado. ¡Qué curioso pensar que los aparatos fotográficos serían algún día tan pequeños que cualquiera podría manejarse con ellos! Haciendo un esfuerzo por ocultar su entusiasmo, Julia había aceptado la propuesta de Leo. Al final, el inspector había rozado fugazmente con su mano el dorso de la de Julia y ella sintió un cosquilleo.

Como de electricidad.

El camino de la bodega a casa era un corto trayecto a pie, pero llegó congelada a la puerta de entrada. Aún se oía una música suave al otro lado. Llamó también con suavidad, y a la altura de los ojos se abrió una mirilla por la que se podía entrever el rostro de una mujer mayor muy maquillada. A pesar de lo tarde que era, lucía un peinado impecable, cada cabello estaba en su sitio.

—Siento llegar tarde, Elli —se disculpó Julia—. He conocido a alguien. ¿Todo bien con...?

—¿Por qué te preocupas? —repuso la mujer—. Todo está bien. Pasa y caliéntate un poco. —Envuelta en un perfume pesado y embriagador, casi tan anestesiante como la morfina, hizo entrar a Julia—. ¿Te apetece un té?

Julia asintió temblando de frío.

—Me parece que... ya sé por qué no tengo noticias de Valentine —comentó en voz baja mientras se quitaba el abrigo.

La mujer puso cara seria.

—Es lo que nos temíamos, ¿verdad?

—Mucho peor, Elli, mucho peor.

Julia se dejó caer contra el cálido pecho de la mujer mayor y lloró desquiciada.

«Muertos vivientes y mujeres empaladas... Dios mío, ¿qué está pasando? ¿Qué está pasando?»

Y entonces sintió que estaba al límite de sus fuerzas.

XIII

A la mañana siguiente, cuando Leo entró en la Jefatura, la cabeza le seguía retumbando como si alguien se la estuviera golpeando con un martillo. Su casera, la señora Rinsinger, le había preparado para desayunar tres tazas de café moka bien cargado que él ingirió en apenas unos tragos. El champán no había sido precisamente de la mejor calidad, pero la absenta había tenido un efecto aún peor. ¡Leo había jurado no probar nunca más ese diabólico brebaje verde! Pero los recuerdos y los temblores habían vuelto y por lo menos el ajenjo le había proporcionado un alivio temporal, si bien de graves consecuencias. El único momento feliz del día anterior lo había tenido con Julia, pero no recordaba con exactitud qué le había contado a ella, ni sobre sí mismo ni sobre el caso Bernhard Strauss, que adquiría matices cada vez más extraños.

Leo se había pasado la noche dando vueltas en la cama atormentado por los recuerdos del pasado, pero también por lo que había visto en la consulta del médico. Toda aquella sangre, la masa encefálica esparcida, la cara destrozada... ¿El doctor Landwirth se había quitado la vida? ¿O su suicidio también había sido simulado, como en el caso de Bernhard Strauss? Leo había dejado escapar al presunto asesino, que tenía más o menos la misma estatura que uno de los dos matones que habían intentado robar el cadáver de Strauss en el Cementerio Central. ¿Habían eliminado al médico porque sabría alguna cosa de la muerte de Strauss?

Leo no debería haber ido a la oficina, ni tampoco debería estar allí Jost, ya que Leinkirchner les había ordenado que localizaran en persona a todos los Mandlbaum que constaran en el registro de direcciones. Leo consideraba esa búsqueda una pérdida de tiempo, sobre todo porque de ello debía encargarse la Guardia de Seguridad de la zona. Pero era evidente que lo que quería el inspector jefe era quitarse a Leo de en medio una vez más. Así que, si no quería tener más problemas, mal que bien tendría que desperdiciar un día, lo cual quizá no fuera una mala opción con la resaca que llevaba encima.

Pero antes quiso comprobar algo.

Se dirigió al registro central, situado en la planta baja, donde se documentaban todos los nuevos casos que llegaban. A toda prisa saludó al guardia de turno y hojeó los expedientes con fingida despreocupación. Al momento encontró lo que buscaba.

Suicidio en la Habichergasse, 57, distrito 16.º. Registrado por el guardia Hans Seyringer; investigador responsable, inspector Karl Reimer.

Leo, pensativo, cerró el expediente. Los compañeros habían asumido que la víctima se había quitado la vida. Sin embargo, ¿cómo era eso posible si faltaba el arma? Si hubiera sido un suicidio, tendrían que haber encontrado el arma en el lugar de los hechos, pero Leo la tenía bien escondida bajo su cama.

Decidió entonces hacer una breve visita al investigador responsable. La oficina del inspector Reimer estaba en la misma planta que la de Leinkirchner. Leo miró a su alrededor para no cruzarse con Leinkirchner en el pasillo, tocó a la puerta y entró. Su compañero, un hombre mayor con barba y bigote, levantó sorprendido la mirada de su diario. Sobre la mesa tenía una taza de café y un plato con una rebanada de pan con mermelada a la que le faltaba un bocado. Dejándose caer por allí, Leo había importunado al inspector en su segundo desayuno.

—¿Pasa algo? —refunfuñó disgustado Reimer sacudiéndose las migas de la barba.

—¡Buenos días, inspector! —saludó Leo tocándose el ala del sombrero con el dedo índice—. He visto que está investigando el caso Landwirth.

—Sí, ¿y?

—Verá, el doctor Landwirth podría ser un testigo en uno de mis casos. Estaba hojeando los archivos de abajo y he visto que está muerto. ¿Qué ha pasado, si se puede saber?

—El clásico suicidio —respondió Karl Reimer encogiéndose de hombros—. El doctor Landwirth tenía muchas deudas y hacía tres meses que no pagaba el alquiler. La propietaria nos dijo que estaba a punto de echarle de la consulta.

Leo asintió con la cabeza.

—Mmm..., menudo panorama. ¿Está seguro de que fue un suicidio?

—¿Cómo que si estoy seguro? —respondió Reimer enojado—. Escuche, ¡el tipo tenía deudas! Se disparó en la sien, hay rastros de pólvora. Y si se lo hubieran cargado, ¿a santo de qué iba a dejar el asesino el arma homicida junto al cuerpo? ¿Qué clase de criminal podría ser tan estúpido?

—¿El... el arma homicida estaba junto al cadáver? —Leo apenas podía mantener la compostura—. Pero...

—Sí, maldita sea, un viejo revólver Gasser de nueve milímetros, la típica arma del ejército. Probablemente la guardaba de su época de teniente en la reserva. —Reimer señaló unos papeles que tenía delante y que estaban manchados con los círculos oscuros que había dejado su taza de café—. Voy a terminar el informe y ya podremos cerrar el expediente.

—¿Han trasladado el cuerpo al Instituto Forense para examinarlo? —siguió preguntando Leo—. Tal vez el profesor Hofmann pueda...

—Todos los efectivos se centran ahora en el asesino de la estaca —interrumpió Reimer—, órdenes de Stehling. El caso Landwirth es tan claro que ha bastado con una autopsia *in situ*. —Inclinó la cabeza y examinó a Leo con desconfianza—. Dígame, ¿no es usted el nuevo? Herzfeldt, ¿verdad? Ya hemos oído hablar de usted. ¿Puedo saber por qué está tan interesado en mi caso y a qué viene tanta pregunta?

—Oh, olvídelo —respondió Leo con un gesto de despreocupación—, simple rutina. Disculpe si le he interrumpido su desayuno, inspector. ¡Buen provecho!

—¡Eh, espere! —gritó Reimer tras él. Pero Leo ya estaba en el pasillo. Allí respiró hondo. ¡Habían encontrado un revólver junto al cadáver del doctor Landwirth! ¿Cómo podía ser, si Leo se lo había llevado y ahora lo guardaba debajo de su cama? Solo cabía una explicación: alguien debió de llegar al apartamento después de él y depositó allí una segunda pistola antes de que la Guardia de Seguridad registrara las habitaciones. ¡El segundo matón! Con toda probabilidad, el tipo se encontraría en alguna de las habitaciones de la consulta. Los dos hombres habrían matado al médico y simulado su suicidio. Cuando Leo corrió con el arma tras uno de ellos, el otro habría vuelto al lugar del crimen y habría dejado allí su propio revólver.

¿Qué debía hacer? ¿Aclarar el equívoco? Seguramente Leinkirchner lo machacaría, a él y al jefe superior Stehling; su carrera se iría al traste e incluso tendría que afrontar una acusación de asesinato. Al volver a la pensión, definitivamente tendría que...

—Bueno, ¿nos vamos? —Leo levantó la mirada sorprendido. Delante de él tenía a Andreas Jost con el abrigo y el sombrero puestos. El joven colega sonreía—. Ya he pedido un coche de punto, está esperando en la entrada. Pensé que se le habían pegado las sábanas, inspector. Tenemos que encontrar a Mandlbaum, ¿recuerda? —comentó mirando a Leo con preocupación—. Si me permite el comentario, parece un poco cansado, incluso enfermo.

—Anoche volví a la oficina —refunfuñó Leo—. Papeleo, me pasé un buen rato. Bueno, vamos allá y acabemos de una vez.

Absorto en sus cavilaciones, Leo salió al Ring con Jost. Subieron al carruaje que les esperaba en la puerta y recorrieron todas y cada una de las direcciones que habían encontrado el día anterior. A diferencia de Leo, el joven Jost tenía un aspecto descansado y lleno de energía.

—¿Qué cree? —preguntó Jost mientras el carruaje traqueteaba sobre el adoquinado—. ¿Pescaremos al sospechoso?

Leo resopló.

—Si de verdad ha sido el prometido de Landing, ya hace tiempo que se habrá esfumado. Con esto solo estamos perdiendo tiempo y dinero.

—Pero si no encontramos a ningún Mandlbaum y nadie puede explicar su desaparición, por lo menos sabremos que está entre los principales sospechosos, ¿no? —consideró Jost levantando el dedo—. Eso reduciría nuestra búsqueda de culpables. Estamos estrechando el cerco.

Leo no pudo evitar sonreír.

—Enhorabuena. Aprende rápido, Jost.

—Los últimos días he estado leyendo el libro que dejó en el despacho, el *Manual del juez* —dijo este con entusiasmo—. Me ha resultado realmente interesante. Se puede aprender mucho de él.

—Bueno, quizá acabe resolviendo el caso de los asesinatos de la estaca y haga carrera como juez de instrucción en Viena —auguró Leo con una sonrisa complaciente—. ¡No se olvide entonces de mencionarme en sus memorias!

Al cabo de un rato llegaron a Meidling, en el distrito duodécimo, un barrio obrero pobre que apestaba a humo de carbón y a basura. Unos niños de la calle los observaban con curiosidad cuando bajaron y llamaron al timbre de su primera dirección. El Mandlbaum que les abrió la puerta era un hombre de más de sesenta años con un solo brazo, un veterano de guerra de la batalla de Königgrätz. Lo tacharon de la lista, al igual que los siguientes cuatro Mandlbaum que visitaron a lo largo de la mañana. Dos de ellos eran inequívocamente demasiado viejos, otro había muerto de tuberculosis el año anterior y el último era un rabino judío de barba blanca, rizos y kipá, que incluyó a Leo y Jost en sus oraciones.

En un almuerzo tardío cerca del Palacio Imperial de Hofburg, en el que comieron un goulash ardiente extraordinariamente sabroso, Jost se limpió un resto de salsa del fino bigote antes de dirigirse vacilante a Leo:

—¿Se cree usted de verdad lo que dicen los compañeros de la Jefatura sobre los judíos?

Leo levantó la vista de su goulash.

—¿Y qué dicen, si se puede saber?

—Bueno, que son cuerpos extraños en nuestro país, parásitos... El rabino de antes, por ejemplo, ni siquiera hablaba bien el alemán, y encima esos ridículos rizos...

—Entonces media Viena debe de ser un cuerpo extraño —rebatió Leo—. Bohemios, húngaros, bosnios, galitzios... Cuando íbamos por la calle habré oído media docena de idiomas. ¿No es eso algo de lo que el imperio de los Habsburgo siempre se ha sentido orgulloso?, ¿de juntar todas las culturas bajo un mismo techo?

—El inspector jefe Leinkirchner cree que los judíos no forman parte de nuestra cultura. También dijo que usted...

—El inspector jefe Leinkirchner es un idiota. —Leo dejó a un lado la cuchara con un tintineo—. Y para aclarar cualquier malentendido: sí, soy de familia judía por parte de padre. Mi abuelo siempre celebraba el *sabbat*, yo crecí entre candelabros de Janucá en Navidad, mezuzás en las jambas de las puertas y la vela de havdalá que teníamos junto al retrato de nuestro emperador. Pero ¿sabe qué es lo curioso? Mis antepasados siempre se sintieron austríacos. En cambio, siempre han sido los demás los que pensaban que nosotros éramos un cuerpo extraño. —Leo apartó el plato, había perdido el apetito—. Ah, y si alguien le ha dicho que vengo de la típica familia judía de banqueros, también es cierto. Mi bisabuelo Theodor Herzfeldt fundó un banco a base de sangre, sudor y lágrimas, y mi abuelo fue nombrado miembro de la nobleza por el emperador en agradecimiento a los extraordinarios servicios que prestó a su país, y no por ser judío, de Galitzia o de donde fuera. ¡Distinguieron a la persona Herzfeldt, no a su cultura! Y así es como debemos juzgar a todo el mundo, pienso yo. A usted, a mí ¡y también al estimado compañero Leinkirchner!

Leo resopló profundamente tras su largo discurso. Afloraron recuerdos, también algunos que tenían que ver con una pistola y una mancha roja.

«Veinte pasos de distancia..., apunten..., fuego...»

—Yo... lo siento —se disculpó al final Andreas Jost en voz baja—. No quería...

Leo hizo un gesto de despreocupación.

—Ya está olvidado. —Dejó un billete arrugado sobre la mesa y se levantó—. Mejor salgamos a perseguir asesinos.

Hasta primera hora de la tarde estuvieron buscando en los distritos periféricos a otros tres Mandlbaum, pero, al igual que con los cinco anteriores, el perfil no se ajustaba. Los más jóvenes ya estaban casados y nunca habían oído hablar de la víctima. Además, ninguno de ellos habría servido para estafador matrimonial, pues tenían aire demacrado y parecían demasiado deteriorados.

Agotados de tanto trayecto en carruaje y de tanta pregunta repetitiva, llamaron finalmente al último timbre. Junto a la entrada había apoyada una de esas bicicletas de seguridad de ruedas bajas que Leo veía cada vez con más frecuencia en las calles de Viena. La visión del vehículo le trajo el mal recuerdo del paseo en biciclo que había dado el día anterior por el Cementerio Central. Nunca se acostumbraría a esos artefactos tambaleantes, ¡por muy bajos que fueran!

Estaban delante de una pequeña casa con un huerto de coles descuidado y un patio cercado a la derecha repleto de basura y baratijas de todo tipo. Era la última dirección de la lista porque era también la más alejada del centro. Se encontraba cerca de Neulerchenfeld, en el distrito decimosexto, donde Leo había estado la noche anterior. Cuando llamaron, en un primer momento no notaron ningún movimiento, pero al final sonaron unos pasos sobre las tablas del crujiente suelo de tarima detrás de la puerta. Una voz masculina preguntó prudente:

—¿Quién es?

—Policía —anunció Leo—. Abra la puerta, por favor. Queríamos hacerle unas preguntas.

—Un momento.

Se oyó el ruido metálico de una cadena y volvieron a sonar los pasos, esta vez alejándose a toda prisa.

—¡Abra! —gritó Leo golpeando repetidamente la puerta. Al no obtener respuesta, se abalanzó contra ella. La cerradura y el marco eran viejos y estaban carcomidos, por lo que cedieron de inmediato, pero la cadena, que al parecer el hombre había pasado con rapidez, resistió. Maldiciendo, Leo miró alrededor. Jost señaló un estrecho callejón en el lado izquierdo de la casa que discurría hacia unas fábricas en ruinas.

—¡Allí! ¡Huye por la ventana!

En efecto, el hombre acababa de saltar por una de las aberturas traseras y ahora corría por la bocacalle. Con toda probabilidad quería escapar entre el laberinto de naves industriales. Sin esperar a Jost, Leo fue tras él, pero el hombre corría rápido y ya le había sacado una enorme ventaja. Además, Leo todavía notaba el efecto de la absenta en la cabeza y las piernas, y claramente no estaba en plena posesión de sus fuerzas. En ese momento oyó un timbre. Al volverse en plena carrera vio a Andreas Jost, que se había subido a la bicicleta y acababa de adelantarlo. Con la cabeza agachada sobre el manillar, Jost aceleró tras el fugitivo. Leo tuvo que admitir que la pericia deportiva de su joven colega superaba con creces la que él había demostrado el día anterior con el biciclo.

Tanto era así que Jost no tardó en dar alcance al sospechoso. Cuando estuvo a su altura, saltó de la bicicleta y agarró al hombre por el cuello. Ambos rodaron por el suelo enzarzados como dos revoltosos de cantina. El fugitivo, que era mucho más fuerte que Jost, consiguió ponerse en cuclillas sobre su perseguidor y le propinó varios puñetazos, pero para entonces Leo ya los había alcanzado y ayudó al joven compañero. Juntos consiguieron reducir en el suelo al hombre, que se agitaba de forma salvaje, y finalmente lo esposaron.

—¿Es usted Mandlbaum? —preguntó Leo jadeando—, ¿Fritz Mandlbaum?

—¡Sí, demonios! —gritó el tipo retorciéndose como un pez sobre tierra firme—. ¿Qué quieren? ¿Están locos? ¡No he hecho nada!

—Eso está por verse. —Leo volteó hacia su joven colega, que se estaba taponando la nariz ensangrentada—. Vaya corriendo a la comisaría del cuerpo de Guardia. Y dígales que manden un transporte para detenidos. Primero enviaremos al tipo al centro de detención de la Theobaldgasse para que se calme. —Sonrió y señaló la bicicleta volcada, cuya rueda delantera abollada todavía giraba emitiendo un chirrido—. Enhorabuena, Jost. Por lo que parece, no solo sabe sacar conclusiones, sino que también domina esta máquina diabólica. Por lo menos en este campo me lleva mucha ventaja.

Pasó un cuarto de hora antes de que por fin apareciera el transporte para detenidos, consistente en un vagón tirado por caballos, y se llevara al sospechoso a la comisaría del cuerpo de Guardia. Lo mejor era que pasara una noche encerrado para que se le bajasen lo humos y ya se ocuparían de él por la mañana. En cuanto a las heridas de Jost, eran menos graves de lo que Leo había imaginado. Apenas le quedarían un par de moratones, y la hemorragia de la nariz ya había cesado.

—Lo felicito —insistió Leo—, veo que sabe usted dar buenas palizas, quién lo hubiera dicho. Y ese galope infernal sobre la bicicleta... *Chapeau!*

Jost sonrió.

—Soy miembro del Club Ciclista de Viena desde hace un año y ya he participado en algunas carreras.

—¿Existe una asociación para ciclistas? —se sorprendió Leo.

—¡Oh, sí! Varias, incluso. Y pronto admitiremos también a mujeres. Mi sueño es participar algún día en una carrera en Francia o Inglaterra. ¡Allí están mucho más adelantados con el tema de las bicicletas! —La voz de Jost sonaba un poco aflautada debido a la hinchazón de la nariz, pero no por ello menos entusiasta—. Con mis ahorros me he comprado una bicicleta de seguridad Rover, el último modelo del mercado. ¿Le gustaría verla?

Leo consultó su reloj de bolsillo.

—Me temo que ya es demasiado tarde para eso. Además, se ha ganado un merecido descanso. Puede tomarse el resto del día libre.

—Vivo en este distrito, no muy lejos de aquí. Será un placer si me acompaña un tramo de camino a casa —dijo Jost mirando con timidez al suelo—. Yo... no tengo muchos amigos, la verdad. Ser policía en este barrio no da precisamente buena fama.

—En ese caso, de acuerdo. Tal vez incluso tenga dos botellines de cerveza en su casa. La caza del criminal da sed.

Jost estaba radiante de felicidad y Leo también sonreía por fin. En realidad estaba demasiado cansado para hacer visitas, pero podía sentir lo contento que se había puesto su joven compañero. Leo era cada vez más consciente de la admiración que despertaba en él y no podía rechazar su invitación de acompañarlo a casa.

Atravesaron el humilde barrio presidido por una hilera gris de fábricas textiles. En todas partes había naves construidas a toda prisa, con los cristales de las ventanas rotos por las recurrentes pedradas y las chimeneas humeando en el fondo. En las calles, después de una larga jornada laboral, trabajadores agotados y costureras ojerosas andaban arrastrando los pies de vuelta a sus casas, donde probablemente compartían habitación con media docena de individuos tan pobres como ellos. Entretanto había anochecido y algunas farolas de gas ya estaban encendidas.

Andreas Jost vivía en una casa de vecindad que no parecía tan deteriorada. Tenía algunas jardineras y el enyesado de los muros, aunque era gris, no estaba descascarado. Con un gesto, Jost invitó a Leo a entrar en el patio, cuyo nivel subterráneo albergaba algunos talleres. Abrió el candado oxidado de uno de ellos y subió la persiana.

—¡Estos son mis dominios! —exclamó.

Leo vio un sótano con las paredes llenas de estantes repletos de llaves inglesas, taladros, martillos y otras herramientas, todo ordenado con cuidado. A un lado había hileras de tarros y latas que probablemente contenían grasa lubricante y aceite. En el centro del pequeño espacio había una bicicleta cuya pintura todavía brillaba de lo nueva que era. Tenía un elegante asiento de cuero, un manubrio de cromo reluciente y dos manijas de hierro.

—Una Rover III con transmisión de cadena —anunció Jost orgulloso—. Me he pasado tres años ahorrando para comprarla. Esta primavera quiero participar con ella en una carrera en la que ofrecen un premio en metálico. ¡Cien coronas! —Señaló las ruedas—. Fíjese en los neumáticos. No son de caucho macizo, sino que tienen cámaras inflables Dunlop en su interior. ¡Es casi como volar!

—Impresionante —reconoció Leo sin haber comprendido en realidad nada—, aunque, personalmente, lo más importante para mí serían los frenos.

Jost señaló las dos manijas del manillar.

—También son lo último. Vienen de Francia, los llaman frenos de zapata. —Suspiró—. Sin embargo, son un poco frágiles, como las cámaras de aire. Por eso siempre llevo herramientas encima cuando salgo de ruta.

Leo sonrió.

—No parece un pasatiempo muy barato.

—Ciertamente no lo es, pero...

Un ruido interrumpió las entusiastas explicaciones del joven Jost. Leo se volteó y vio a una mujer mayor, regordeta y con delantal de cocina, de pie junto a la puerta. Tenía el rostro demacrado y le brillaban los ojos a la luz del crepúsculo.

—Ya imaginé que eras tú, Anderl. ¡Qué pronto llegas! —La mujer rio y fijó la mirada en Leo. Nerviosa, se retocó el moño—. Oh, ¿te has traído a un amigo? Podrías haberme avisado. Les habría preparado un café.

—Eh..., es un compañero del trabajo, mamá —interrumpió Jost, visiblemente avergonzado—. El inspector Leopold von Herzfeldt. Teníamos una misión por la zona y...

—Pero, por Dios, mi niño, ¿qué te ha pasado? ¡Tu nariz! —La madre de Jost acababa de darse cuenta de que su hijo tenía la nariz hinchada. Cogió uno de los trapos empapados en aceite de la estantería y se abalanzó hacia él con la intención de limpiarle la herida—. Todavía hay sangre pegada y podría infectarse. Creí que estabas en la Jefatura. ¿No te habrás peleado en algún tugurio? ¡Dime la verdad, Anderl!

—Una misión, mamá, te lo acabo de decir. Nada malo, créeme...

—¿Y si se infecta? ¿Quién cuidará de mí entonces? Si estuviera aquí tu padre para verlo, qué vergüenza...

Leo carraspeó.

—Bueno, creo que tengo que irme a casa. —No pudo evitar sonreír. El joven Jost estaba completamente sometido al yugo de su madre. No era de extrañar que le gustara tanto hacer horas extraordinarias—. Ya tomaremos esa cerveza en otro momento, ¿le parece?

La madre de Jost lo miró con expresión hosca.

—¡No lleve a mi niño por el mal camino de la bebida! Seguro que vienen de empinar el codo.

—¡De una misión, mamá! El señor Von Herzfeldt es inspector. ¿Por qué nunca me crees?

Mientras Andreas Jost seguía resistiéndose a los fallidos intentos de su madre de limpiarle la nariz, Leo se descubrió para despedirse.

—Mis respetos, señora —dijo, y dejó al compañero abandonado a su suerte.

Todavía sonriendo, volvió a la amplia calle donde acababa de arrancar un tranvía de caballos en dirección al centro. Se subió de un salto y se hizo un sitio entre los numerosos pasajeros. El coche de servicio que habían usado aquel día los dos agentes ya no estaba disponible y Leo tampoco llevaba bastante dinero encima para un carruaje de alquiler. El goulash que habían comido cerca del Palacio Imperial de Hofburg les había salido un poco caro. Bueno, se dijo a sí mismo, al menos su madre ya no cocinaba para él, sino solamente la señora Rinsinger.

Cansado, apretado entre los numerosos trabajadores, Leo ignoró los olores a sudor y se quedó absorto en sus pensamientos. ¡Qué pena daba el pobre Jost! Por lo visto no tenía hermanos ni hermanas. El padre había muerto, eso ya se lo había dicho el propio Andreas, y la madre se volcaba sobre su hijo como una gallina sobre su polluelo, cocinaba para él y lo llenaba de mimos. El joven Jost tampoco podía permitirse una vivienda para él solo. Leo sabía por experiencia que no era bueno vivir en casa de los padres hasta muy tarde. Le invadieron entonces los recuerdos de su propia madre. A diferencia de su padre, ella había estado a su lado en todo momento, incluso durante su arresto en la cárcel militar después del terrible incidente. También se había ofrecido a enviarle dinero a escondidas, un dinero que él nunca quiso aceptar. Hasta ahora.

«Quizá tenga que hacerlo», pensó.

Se bajó en el Ring, a la altura del Hofburgtheater, y recorrió los últimos metros a pie. Cuando entró en el apartamento, vio como la señora Rinsinger levantaba la mirada del periódico. Como muchos burgueses, leía el *Wiener Allgemeine Zeitung*, pero Leo sospechaba que también escondía prensa sensacionalista en algún cajón.

—¿Alguna novedad sobre el caso de las criadas? —balbuceó la casera.

—Señora Rinsinger, ya sabe que usted sería la primera en saberlo —respondió Leo—. Cenaré después. Antes tengo que terminar un asunto en mi habitación.

—¿A estas horas? —suspiró ella—. Trabaja demasiado, inspector.

—¡Qué me va usted a decir! —admitió Leo con un suspiro y se dirigió a su dormitorio preguntándose si, después de todo, la señora Rinsinger no sería tan distinta de la madre de Jost. Bueno, por lo menos ella no le sonaba la nariz a él.

Se arrodilló delante de la cama y sacó una de las maletas de viaje de piel de becerro que había guardado debajo, junto con el maletín de instrumental para escenarios del crimen. En su interior, envuelto en una camisa vieja, guardaba el revólver, justo al lado de su arma reglamentaria. Observó el modelo que se había llevado el día anterior de la consulta del médico. A diferencia de la pieza de la que le había hablado el inspector Reimer, este no era un revólver Gasser del ejército, sino un Smith & Wesson más antiguo, como los que solían vender los ladrones, de uso frecuente entre rateros y matones, principalmente por su gran calibre. Leo examinó el barril y vio que el arma estaba cargada. Sin embargo, le faltaban dos cartuchos. Con cuidado se llevó el cañón a la nariz y lo olió. Luego cogió un lápiz, lo envolvió con un pañuelo y lo introdujo por la boca del arma.

Cuando lo sacó vio partículas de óxido pegadas a la tela, pero ni rastro de pólvora.

«Justo lo que imaginaba.»

Se alegró de no haber disparado el arma la noche anterior. Había aprendido del fiscal Gross el sencillo método del pañuelo, con el cual se había demostrado la inocencia de más de un sospechoso. Y en este caso los hechos también estaban claros.

El revólver que Leo encontró junto al doctor Landwirth no había sido disparado recientemente, con lo cual el médico no pudo haberse pegado un tiro con él, sino que fue asesinado con otra arma.

La única pregunta era ¿por qué? Y ¿qué tenía que ver su muerte con la de Bernhard Strauss y las otras asesinadas?

Pensativo, Leo volvió a guardar el revólver bajo la cama. La señora Rinsinger había preparado carpa al vapor con coliflor y ensalada de papa. Quizá una cena copiosa podría alimentar también alguna idea inspiradora, o tal vez solamente las pesadillas propias de la digestión de otra grasienta cena vienesa a altas horas de la noche.

Velos de niebla se extendían como rasgaduras de una sábana desde el canal del Danubio hasta el Prater. Temblando, Clara Leibbrunner se apoyó en una de las columnas de la enorme Rotonda y se acurrucó en el abrigo demasiado fino que llevaba puesto. Del Wurstelprater, que estaba a tiro de piedra de allí, llegaba un rumor de voces, música y risas. Los viernes por la noche siempre estaba animado. Sin embargo, el lado este de la gran construcción circular estaba más solitario que un cementerio en mitad de la noche. Como soldados portando sus bayonetas, una formación de árboles esqueléticos y deshojados rodeaba el edificio con forma de templo.

Clara levantó la mirada hacia la noche nublada, en cuya oscuridad se recortaba la cúpula de hierro gris. La Rotonda era el edificio abovedado más grande del mundo. Había sido construida para la Exposición Universal de 1873, que acabó siendo un desastre financiero debido a la crisis económica, el cólera y las constantes lluvias. Desde entonces, su cúpula había albergado ocasionalmente ferias, conciertos y otros grandes eventos, aunque por lo general permanecía vacía. Un punto de encuentro ideal para quien no quisiera ser molestado, aunque un poco inquietante, tuvo que admitir Clara.

¿Qué hora sería? Había mirado el reloj en el Wurstelprater, cuando eran poco antes de las nueve de la noche. Después se olvidó del tiempo y se entregó a sus sueños.

Quizá su cita le propondría hoy matrimonio.

Clara sabía que todavía era demasiado pronto para eso. ¿Cuánto hacía que se conocían? Apenas unas semanas, como mucho. Sin embargo, sentía que entre ellos había surgido algo que iba más allá de una simple aventura. En Viena ya había salido con varios tipos apuestos, pero no había tenido suerte con ninguno: demasiado jóvenes, demasiado habladores y estúpidos, demasiado pobres. Sobre todo demasiado pobres...

No había venido desde la lejana región del Banato para marchitarse en el taller de un zapatero remendón cualquiera. Su madre nunca había dejado de repetirle que era especial. Como alemanes húngaros, los Leibbrunner nunca se habían sentido realmente en casa en la inmensidad de la estepa magiar. Sus antepasados, una estirpe de orgullosos colonos defensores de las fronteras imperiales, habían llegado hacía varias generaciones desde la Lorena para proteger el país de las tropas del Imperio otomano. ¿No los hacía eso un poco mejores que los demás? En cualquier caso, mejores que todos esos magiares y plantadores de comino, transilvanos y valacos que Clara tenía como vecinos. ¡Mejores que nadie, de hecho! Seguro que su madre ya la había perdonado por robar el año anterior los ahorros de la cómoda nupcial y marcharse a Viena. Quizá hasta lo había aprobado.

Clara miró hacia los árboles en la sombra. No muy lejos, apenas a dos kilómetros de distancia, fluía el Danubio, el río que la había llevado hasta allí. Desde el principio había sido duro, Viena no se lo había puesto fácil, y no tardó en darse cuenta de que había muchas más como ella, y también magiares, transilvanas y valacas, como si la hubieran seguido. Había encontrado un puesto de sirvienta en casa de un compatriota del Banato, con lo cual, al menos, no le había hecho falta ninguna recomendación. Pero la esposa del señor tuvo enseguida celos de la bella jovencita de pechos grandes, de manera que la mandaron a casa de otro compatriota en condiciones prácticamente de esclavitud. Cocinaba, limpiaba, barría y lavaba a cambio de una miseria. Los domingos descansaba, pero la señora la obligaba a menudo a pelar papas y despellejar liebres para el estofado dominical, del que, por supuesto, nunca le quedaban ni las sobras. Clara se desquitaba saliendo de vez en cuando después del atardecer.

Como ese día.

Temblaba de frío, pero el corazón le ardía. Él le había dicho, esbozando una sonrisa, que le iba a traer un pequeño presente. ¿Un anillo de compromiso, tal vez? Ya le había regalado un dije con su nombre, que siempre llevaba bajo la blusa. A veces, cuando el trabajo era especialmente duro, se aferraba a ese dije y pensaba en el hombre que se lo había regalado.

«¡Eres la mujer más hermosa del mundo, Clara! Solo un par de semanas más y habré ahorrado lo suficiente para que por fin podamos irnos a vivir juntos. Solo un par de semanas...»

Ella no tenía la menor idea de dónde vivía él, pero no le importaba. Cualquier cosa era mejor que su diminuta habitación en el ático, donde hacía un calor sofocante en verano y ahora, en otoño, el viento soplaba con fuerza entre las vigas carcomidas y la lluvia goteaba a través del tejado con tanta fuerza que no había suficientes tazas ni ollas para recoger toda el agua que caía.

Un crujido de pasos se escuchó entre los árboles en la niebla. Clara se estremeció, pero recuperó la tranquilidad de inmediato al oír la melodía. Era él, que silbaba su canción, tal y como habían acordado para reconocerse. A ella le encantaba la tonada, y también la letra, que le recordaba su viaje por el Danubio, cuando sus esperanzas aún no se habían desvanecido.

Danubio azul, de plata y zafir...

Sí, pronto la llevaría a navegar por el Danubio, quizá hasta de excursión al Palacio de Schönbrunn o a la colina de Kahlenberg. Sus señores no podían tenerla encerrada toda la vida. Era una mujer adulta y pronto estaría comprometida.

Corriendo al azar, tú cantas feliz...

Clara entornó los ojos. ¡Sí! ¡Ya lo veía entre la niebla! Se aproximaba con un ramo de flores y ella fue a su encuentro con los brazos abiertos. ¡Rosas! Llevaba un ramo de rosas, como si ya estuvieran comprometidos. ¡Qué romántico! Y silbaba con tanta dulzura...

A Viena, al pasar, tú besas los pies...

Corrió riendo hacia él, y él seguía silbando. En la mano derecha llevaba un objeto plateado. ¿El anillo, tal vez? No, era demasiado grande, parecía más bien una...

Él seguía silbando cuando la navaja de afeitar rebanó el pescuezo de la joven. Clara se desplomó al momento emitiendo un gorgoteo. La sangre que salía a borbotones salpicó las rosas que, entonces, él lanzó a los arbustos describiendo una parábola. Casi con melancolía vio como ella se desangraba. Los labios de Clara pronunciaban palabras sordas, balbuceaban el nombre de él en silencio, y él seguía silbando.

Y luego, triunfal, a morir, dulcemente vas al mar.

La canción terminó, los ojos de la joven se tornaron vidriosos y el viento se encargó de disipar un último sonido quejumbroso.

En ese momento, él se llevó la mano al bolsillo de su abrigo y sacó una estaca.

XIV

Del *Almanaque para sepultureros*, de Augustin Rothmayer, escrito en Viena en 1893

La sangre de los cadáveres, a diferencia de la de las personas vivas, no coagula inmediatamente y a menudo se mantiene roja y fresca durante varias horas. Distintos experimentos han demostrado que se pueden extraer hasta cuatro litros de sangre de un cadáver si este es desangrado como es debido. Desde hace algunas décadas se practican las llamadas transfusiones. Su uso es frecuente en los campos de batalla, donde los heridos graves se cuentan por millares, salvándose así vidas humanas. Imaginen las cantidades de sangre que podrían destinarse a este fin si se extrajera de los cadáveres. ¡Miles, infinidad de litros! Por desgracia, mi propuesta ha caído hasta hoy en saco roto.

—¿Me invita un cigarro, inspector?

Leo empujó sobre la mesa su paquete de cigarros hacia Fritz Mandlbaum y le dio lumbre. Eran las ocho de la mañana y encima era sábado. No había terminado de desayunar, pero quería acabar cuanto antes con el interrogatorio para aclarar la situación. Él y otro agente estaban sentados con el sospechoso en una austera sala de la Audiencia Regional de Viena, conocida popularmente como la *Regi*; un nombre poco adecuado para la intimidante casona de tres pisos que también albergaba una cárcel, una capilla y el infame patio interior, donde se ejecutaba a criminales con el método de la horca de estrangulamiento. ¿Sospechaba Mandlbaum que si lo condenaban por asesinato le esperaba esa forma de ajusticiamiento?

No daba esa impresión. El joven, alto, con zapatos lustrados y tirantes anchos, parecía bastante seguro de sí mismo, aunque se notaba que no era la primera vez que tenía contacto con la justicia.

—¿Por qué huyó? —preguntó Leo.

—Ya se lo dije, ¿está sordo? —Mandlbaum dio una profunda y placentera calada al cigarro que había gorroneado y se tomó su tiempo para responder—. Pensé que eran ladrones.

—¿Ladrones? —Leo sonrió—. ¿Y se presentan diciendo que eran policías? ¿Me toma por estúpido?

—¡No sería la primera vez! Nuestro distrito se las trae.

—¿Y sigue afirmando que no conoce a ninguna Paula Landing y que no ha estado comprometido con ella?

—¿He estado, en pasado? —inquirió Mandlbaum con tono sarcástico—. ¡Acabáramos! ¿Se supone que también he dejado a la tipa plantada? ¿Busca a un estafador matrimonial? —Hizo tronar los tirantes—. ¿Parezco yo uno de esos? ¡Si ni siquiera puedo permitirme un traje!

Leo tuvo que admitir que le costaba imaginarse a Fritz Mandlbaum como un vanidoso embustero. Salvo por los zapatos de piel nuevos, que probablemente había robado, vestía con humildad. También le faltaban un par de incisivos, que sin duda habría perdido a consecuencia de alguna pelea. Cuando sonreía, infundía más temor que ganas de acompañarlo a una agradable terraza para tomar un vino joven. Y si Mandlbaum era realmente judío —no solo de apellido—, ocultaba muy bien sus orígenes. Leo decidió apretarle un poco más las tuercas.

—Paula Landing está muerta —repuso con frialdad—, sospechamos que su prometido acabó con su vida.

Mandlbaum se quedó de golpe blanco como la cera y el cigarro se le cayó de los labios.

—¡Un momento! No... no se estará refiriendo a la criada del Prater, ¿verdad? La que salió en los periódicos, a la que rebanaron el pescuezo, igual que a la de Heustadlwasser. —Mandlbaum acababa de darse cuenta de que querían colgarle el muerto—. ¡No soy ningún asesino, señor inspector! ¡Le juro por mi madre que no he tenido nada que ver con eso!

—Demuéstrelo. —Leo se recostó en la incómoda y tambaleante silla y cruzó los brazos—. Se lo preguntaré otra vez: ¿por qué huyó de nosotros?

Mandlbaum titubeó, pero al final dio el brazo a torcer.

—El velocípedo —murmuró.

—¿La bicicleta que había delante de su puerta? ¿Qué pasa con ella?

—Yo... la robé por ahí. Iba a meterla en la casa cuando ustedes llamaron.

—¿Y por eso huyó de nosotros? ¿Por la bicicleta?

El detenido asintió con la cabeza y Leo se rastrilló el pelo con los dedos. ¡Un miserable ladrón de bicicletas! No se lo podía creer. Hojeó sus notas y volvió a intentarlo:

—¿Dónde estuvo el pasado domingo por la noche? ¿En el Prater, tal vez?

—No, estuve jugando a los bolos con mis amigos en Meidling, en la otra punta.

—¿Tiene testigos? —forzó Leo.

Mandlbaum se encogió de hombros.

—Un montón. Radek, Simowitz, el Eslavo... Pero no sé si ellos se acordarán, porque agarramos una buena borrachera. —Tragó saliva—. ¡Por favor, inspector! ¡No soy ningún asesino! ¡Yo no hago esas cosas! A veces robo el reloj o el monedero de algún ricachón lelo en el Graben o en el Kohlmarkt; lo admito, sí, pero no he asesinado a nadie.

—Eso está por verse...

Llamaron a la puerta. El guardia abrió y al otro lado apareció Andreas Jost con actitud apremiante. Con las piernas entumidas, Leo se levantó de la silla, algo coja.

—¿Qué pasa? —preguntó impaciente cuando estuvo junto a Jost.

—Eh... Órdenes de Stukart —susurró Jost, que estaba visiblemente pálido—. Tiene que venir conmigo al Prater.

—¿Y por qué justo ahora? Estoy en medio de un interrogatorio.

—Porque..., porque... —Jost se mordía los labios—. Otro asesinato. El mismo patrón. Stukart me ha dicho que trajera usted su cámara, inspector.

—¡Maldita sea! —Leo miró a Fritz Mandlbaum, que estaba acurrucado en su silla como un perro apaleado—. Lleve al sospechoso de vuelta a su celda —le ordenó al guardia—. Si para el lunes por la mañana no tiene noticias mías, suéltelo.

Mandlbaum lo miró con los ojos como platos.

—Inspector, yo no...

—¡Cierre el pico! —gruñó Leo en voz baja—. Y rece para que mi colega amante del ciclismo no se entere de lo que ha robado. De lo contrario, él mismo se encargará de hacerle pasar un par de semanas en la celda.

Leo enfiló el pasillo a toda prisa junto a Jost y cogió a la carrera el sombrero y el abrigo que colgaban de una percha. Apenas podía contener la rabia que sentía. Otra joven había sido brutalmente asesinada y él estaba perdiendo el tiempo con un ladrón de bicicletas. Y todo gracias una vez más al estimado compañero Leinkirchner. Poco a poco, empezó a sospechar que no había ningún prometido llamado Mandlbaum y que Leinkirchner le había hecho investigar una pista falsa para deshacerse de él. De camino, Leo pidió a Jost que le informara de los detalles.

—¿Cuándo apareció el cuerpo? —preguntó lacónico.

—Sobre las seis de la mañana —respondió Jost, que apenas podía seguirle el ritmo.

—¿Y ha venido directamente a buscarme?

—Bueno, para serle sincero, al principio el inspector jefe Leinkirchner quería mantenerlo al margen, pero informé al comisario Stukart, que ha dado la orden de que se presente usted allí con la cámara fotográfica. No tocarán nada hasta que lleguemos.

—¡Bueno, algo es algo! —resopló Leo—. Pasemos antes por mi casa para recoger el equipo.

Tomaron un coche de punto que los condujo primero a la pensión, donde, bajo la curiosa mirada de la señora Rinsinger, Leo cogió su maletín con instrumental para escenarios del crimen, la bolsa de placas y la cámara y volvió veloz al coche. Desde allí tomaron la ruta más rápida hasta el Prater, donde incluso a esa hora temprana ya había muchos transeúntes. Olía a estiércol de caballo, salchichas asadas y canela. Ya desde la distancia pudo Leo distinguir el lugar de los hechos: la parte trasera de la Rotonda estaba acordonada provisionalmente, y varios guardias se ocupaban de mantener a raya a los curiosos. Leo vio a dos repartidores que distribuían sus periódicos entre la concurrencia.

—¡Otra vez ese asesino de criadas! —gritó un curioso—. ¡Es como Jack el Destripador, pero mucho más bestia!

—¿Y qué hace la poli? —gritó el segundo—. ¡Están ahí parados como tontos!

Cuando la multitud ya fue un gentío, el carruaje se detuvo. Leo se apeó a toda prisa, se abrió paso con Jost entre los transeúntes y los guardias y saltó la cinta de acordonamiento. Apoyado en una columna, Paul Leinkirchner esperaba con Erich Loibl a la sombra de la Rotonda. El inspector jefe hojeaba con tranquilidad un periódico y masticaba su puro como si el alboroto que lo rodeaba no fuera con él. Por último, dirigió la mirada a Leo.

—Por fin se deja ver el señor inspector. Media hora más y habríamos tenido un levantamiento popular. Es sábado y dentro de poco vendrá toda Viena a divertirse al Prater.

—Sabe perfectamente por qué no he llegado hasta ahora —replicó Leo—. Su Mandlbaum ha resultado ser una pista falsa, pero supongo que ya lo sabía.

—¿A qué se refiere? —gruñó Leinkirchner.

Leo guardó silencio y echó un vistazo al escenario del crimen.

—Esperemos que sus hombres no hayan vuelto a ponerlo todo patas arriba, como con el primer cadáver.

—¡Cuidado con lo que dice, Herzfeldt! —amenazó Leinkirchner mientras le pasaba un ejemplar del periódico, que apenas constaba de un par de hojas finas—. Antes de empezar con sus trucos de magia, será mejor que eche un vistazo a esto. Edición especial recién salida de la imprenta. Los repartidores ya la están distribuyendo por toda Viena.

Leo leyó por encima los titulares en letra gruesa de color rojo y se quejó en voz baja.

¡EL ASESINO DE LA ESTACA ANDA SUELTO POR VIENA! YA SON TRES LAS CRIADAS BRUTALMENTE EMPALADAS. ¿QUIÉN SERÁ LA SIGUIENTE VÍCTIMA?

—¡Maldita sea —renegó Leo—. ¿Cómo se habrán enterado de los empalamientos esos gacetilleros?

—Una persona encontró el cuerpo esta mañana a primera hora y probablemente lo observó con más detalle antes de llamar a la policía. Pero ¿cómo habrán sabido lo de las otras estacas? —se preguntó Leinkirchner encogiéndose de hombros—. Alguien les habrá ido con el chisme.

Leo miró la imagen del periódico, que ocupaba casi la mitad de la primera página. A falta de fotografías, el dibujante había dado rienda suelta a su imaginación. La ilustración mostraba una figura vampiresca vestida con abrigo ondeante y blandiendo una estaca de la que goteaba sangre. Arrodillada frente a ella, una joven acicalada levantaba las manos en actitud defensiva.

—¡Que el Señor proteja a nuestra pobre Viena! —gritó una mujer entre la multitud—. ¡Han sido los judíos, esos malditos bebedores de sangre de jóvenes cristianas, como en Xanten!

—Se veía venir —murmuró Leo. Hacía apenas dos años, en la ciudad bajorrenana de Xanten había sido degollado un niño de cinco años. El caso no se había resuelto, pero la gente estaba convencida de que el culpable había sido el carnicero judío de la localidad, quien habría cometido un crimen ritual, uno más de los atribuidos a los judíos desde hacía siglos.

—Vaya, vaya, el pueblo busca una víctima —comentó Leinkirchner con una sonrisa de satisfacción—. Me fío muy poco de ustedes, los judíos, pero en este caso creo que el pueblo se equivoca. Los que quieren dominar el mundo actúan de manera más sutil. ¿Verdad, Herzfeldt?

Leo se volteó y fue por él.

—Maldito fanático... —rugió, pero Loibl lo retuvo.

—Ya está bien, Paul —dijo el inspector delgaducho—. Ya sabes lo que ha dicho Stukart. Deja que el compañero haga su trabajo.

—No pienso impedírselo. —Leinkirchner hizo un gesto de impaciencia con la mano y siguió de pie junto a la columna—. Pero será mejor que empiece, antes de que nos linchen a todos.

Leo desplegó su cámara Goldmann y examinó por primera vez la zona con más detenimiento. El cuerpo yacía entre unos árboles próximos a la Rotonda. Al igual que las otras dos asesinadas, era una mujer joven y guapa, de unos veinte años, vestida de manera sencilla pero pulcra. El tajo le atravesaba el cuello, tenía la falda levantada y las piernas abiertas. La sangre ya se había secado, y mezclada con la grava y la corteza molida amontonada a los pies de los árboles formaba una masa pegajosa.

—Sospechamos que ocurrió a última hora de la noche —dijo Erich Loibl, que seguía a Leo. Leo notó un ligero tufo de alcohol; por lo visto Loibl había estado empinando el codo la noche anterior—. En el Wurstelprater suele haber mucho movimiento los viernes por la noche, pero aquí, detrás de la Rotonda, siempre se está mucho más tranquilo.

—Creo que la engañó para llevársela hasta aquí. —Leo se inclinó sobre el cadáver y miró cuidadosamente entre las piernas. La estaca no era fácil de ver. Se preguntó cómo había sido posible que un testigo que pasaba por casualidad por allí hubiera visto que la mujer estaba empalada. ¿Habrían movido el cuerpo? Cogió un pañuelo y tiró de la estaca, que salió con facilidad. Al retirar la sangre, vio la inscripción: *Domine, salva me.*

—Enfermo malnacido —susurró Leo—, ¿qué demonio te ha poseído? —Pensativo, se volteó hacia Loibl y dijo—: El primer y el tercer asesinato han tenido lugar en fin de semana, cuando mucha gente acude al Prater para citarse. Y el segundo asesinato, ¿por qué en lunes? Solo puedo imaginar que el primer crimen sumió al autor en tal estado de delirio que tuvo que reincidir poco después.

—Entonces puede que este tampoco sea el último —murmuró Loibl mirando asqueado la estaca.

Leo envolvió el trozo de madera con el pañuelo para llevarlo a examinar más tarde al Instituto Forense. Como en estado de trance, preparó la cámara y la pólvora de destello y miró a Jost. El joven compañero estaba sentado en uno de los bancos y volvía a pelearse visiblemente con su estómago, y eso que esta vez ni siquiera se había acercado al cadáver. Quizá la Oficina de Seguridad de Viena no era realmente lo suyo. Leo suspiró y se dirigió a Loibl:

—¿Podría ayudarme un momento, por favor?

Dio a Loibl el maletín con las placas fotográficas y empezó a tomar imágenes. Cuerpo, detalles, escenario... Actuaba sin pensar demasiado y sin dejarse llevar por los sentimientos. Después de media docena de fotografías, recorrió el camino con la cámara para buscar huellas también allí. Como era de esperar, se contaban por docenas. Estaban en la Rotonda del Prater, un lugar frecuentado por muchos paseantes y parejas. No obstante, tomó algunas fotografías más.

—¿Cree que todo esto sirve de algo? —preguntó Loibl con escepticismo—. Media Viena hace la misma ruta cada sábado...

Leo guardó silencio y volvió al lugar del crimen. Deshizo su maleta y comenzó, igual que había hecho con el primer cadáver en la colina de Constantino, a asegurar y medir huellas. Amasaba yeso, lo vertía en las huellas y tomaba notas, tal como le había enseñado el fiscal Gross. Bajo la mirada de Leinkirchner y el resto de los compañeros, Leo se sentía como si estuviera examinándose en la universidad.

En un matorral no muy alejado encontró finalmente un ramo de rosas como los que venden las floristas. El ramo estaba estropeado, pero las flores todavía parecían bastante frescas. Con una lupa, analizó los pétalos.

—¿Ve algo? —preguntó Loibl con curiosidad mientras Leinkirchner esperaba impaciente en el fondo con el resto de los compañeros.

—Una manchita de sangre —dijo Leo señalando una de las rosas—. Aquí. Apenas se ve sobre el color rojo de la flor. Creo que podemos afirmar que el asesino le trajo una o varias rosas. Quizá llevaba la navaja escondida en el ramo.

—Vaya, vaya, así que el tipo también es un romántico —bromeó Loibl.

En silencio, Leo siguió buscando por la zona próxima a la Rotonda. Entre unas cuantas hojas otoñales marchitas encontró por último lo que buscaba.

«Por fin... *Quod erat demonstrandum.*»

Con las puntas de los dedos tomó un dije de plata unido a una cadena rota. Loibl lanzó un silbido entre los dientes y murmuró:

—La misma joya que la de Mayr.

—Clara —leyó Leo en voz alta—, se llamaba Clara. Que el señor se apiade de su alma.

Con sumo cuidado introdujo el colgante en la bolsa para pruebas que había traído.

—El asesino las engatusa con flores y joyas. Pero ¿por qué la primera víctima no llevaba colgante y las otras dos sí? —Leo meditó unos segundos antes de responderse a sí mismo—: Puede que hubiera esperado a regalárselo en el Prater la noche del asesinato. Paula Landing todavía no estaba en la lista, y quizá pasó algo, se había vuelto desconfiada, ¿quién sabe? —Absorto en sus pensamientos, Leo recorrió con la mirada la orilla del Danubio—. Les regala colgantes con sus nombres como si fueran terneros de matadero y entonces las asesina, una detrás de otra. Si pudiéramos averiguar quién se las compra al joyero judío...

Loibl se encogió de hombros y dijo:

—Sabemos que un chico de los recados se encarga de recoger el colgante y que alguien hace el pedido por carta. Así sucedió con Valentine Mayr y...

—¡La carta! —exclamó Leo—. Si el joyero guardara esos escritos, tendríamos una muestra de su letra.

—Puedo preguntarlo —refunfuñó Loibl—, pero no creo que consigamos nada. ¿A santo de qué guardaría el joyero las cartas?

Leo suspiró.

—Puede que tenga razón, pero tenemos que aferrarnos a cualquier posibilidad.

—De acuerdo —asintió Loibl—. Enviaré a Jost. Por lo menos no habrá sangre de por medio.

—¡Eh! ¡Termine de una vez con esa parafernalia! —bramó Leinkirchner desde el fondo con voz chillona—. Si no, vamos a tener que echar al primer guardia a los leones.

Leo miró a la multitud vociferante que se revolvía contra los miembros de la Guardia de Seguridad. Algunos agentes ya habían desenvainado sus sables.

—Ya pueden llevar el cuerpo al profesor Hofmann en el Instituto Forense —dijo Leo a Loibl—, al igual que la estaca. Revelaré las fotografías tan rápido como pueda y después redactaré el informe. También en lo que respecta al primer caso.

—Rece para que aparezca algo en las fotografías —dijo Loibl en voz baja—. Todo este circo se ha montado porque Stukart lo ha ordenado. —Con un movimiento de cabeza señaló al inspector Leinkirchner, que vociferaba instrucciones a los guardias—. Puede que usted sea el favorito de Stukart, pero no el de Leinkirchner. Lo conozco, créame, y si comete un error, el inspector jefe se encargará de que pase el resto de sus días en el sótano de los archivos revisando prontuarios de delincuentes.

Leo se contuvo y dirigió la mirada al Prater.

—Explíqueme una cosa, Loibl —dijo finalmente.

—¿El qué?

—Ese odio hacia mí y hacia todo lo judío, ¿de dónde sale? ¿Qué hemos hecho para que siempre nos echen la culpa de todo? Cuando pasa algo, no importa el qué, siempre se las carga el judío. ¿Puede explicarme por qué?

Loibl se encogió de hombros.

—Pregunte a los políticos, yo no me dedico a eso. En cuanto a Paul Leinkirchner... —Loibl titubeó—. Sus orígenes son muy humildes, su padre fue jornalero e improvisado. Se abrió camino él solo.

—Muchos judíos también son de origen humilde.

—¡Me refiero a que él también debe de haberlas pasado canijas, carajo! ¡Qué sé yo! —Loibl suspiró—. Quizá algún día se lo cuente él mismo, cuando se le haya pasado ese enfado con la vida. Pero hasta entonces le recomiendo que se tome las cosas con filosofía, Herzfeldt. El orgullo no es bien recibido en Viena, venga de judíos, hotentotes, alemanes del Reich o de quien sea.

—¿De verdad crees que es Valentine? —preguntó la mujer sentada frente a Julia secándose las últimas lágrimas de los ojos—. Puede que estés equivocada, porque el apellido Mayr... —Dejó la frase en el aire como si esperase que Julia le diera la razón. Pero Julia no abrió la boca. Removía su café y miraba el líquido negruzco como si pudiera leer el futuro en él, como hacen las ancianas sabias con los posos del café.

—No es que lo crea. Lo sé —afirmó finalmente —. Era su colgante. Además, es como si se la hubiera tragado la tierra. Lo presiento, ¡Valentine está muerta! Ese loco la ha matado.

Estaba con Josefine en el Sluka, una pastelería que habían abierto hacía poco en la Rathausplatz. Era sábado y Julia trabajaba, pero había salido en la pausa del mediodía para tomar un café con su amiga. Habían conseguido la última mesa que quedaba disponible, justo al lado de los lavabos, aunque el establecimiento era demasiado elegante para sus posibilidades.

Hacía algunos meses que las dos amigas no se veían, y Josefine, que llevaba un tiempo trabajando en los grandes almacenes Herzmansky de la Mariahilfer Hauptstrasse, se alegró de que Julia la citara. Sin embargo, la noticia de la muerte de Valentine la había conmocionado. Hubo un tiempo en que las tres habían sido inseparables. Fue poco después de que Julia llegara a Viena. Valentine y ella trabajaban de criadas y habían conocido a Josefine en un salón de baile al que Julia iba a cantar de vez en cuando en su día libre. Para divertirse, jugaban a imaginarse un porvenir de color de rosa: Julia, como famosa cantante en la Ópera de Viena; Josefine, de directora de corte y confección, y Valentine, casada con un industrial millonario y senil que no tardaría en tener un infarto de miocardio y que le dejaría toda su fortuna. Después de que Julia entrara a trabajar como telefonista en la Jefatura de Policía y Josefine consiguiera un trabajo bien remunerado en los almacenes Herzmansky, sus encuentros empezaron a ser más esporádicos y, en algún momento, Valentine ya no se dejó ver más. Julia sospechaba que el industrial millonario nunca llegó y que el poco dinero extra que su amiga se sacaba provenía de clientes viciosos ocasionales. Valentine se había sentido avergonzada.

Y ahora estaba muerta.

—¿Le has contado a la policía que conoces a Valentine? —preguntó Josefine—. Podrías ser una testigo importante.

Julia arrugó la nariz y dijo:

—No la he visto en los últimos meses, pero sí, la policía lo sabe. —Titubeó—. Bueno, al menos uno de ellos. —Todavía no le había hablado de su nuevo conocido—. También quería verte por si sabías algo de ella —continuó—, si se veía con alguien.

Julia se habría fumado gustosa un cigarro, hacía dos noches que apenas dormía. Afortunadamente, Margarethe y el resto de las compañeras pensaban que su aspecto pálido y desorientado se debía a una gripe mal curada.

—¿Con su asesino, quieres decir? —inquirió Josefine asintiendo pensativa con la cabeza—. ¿Crees que el asesino puede haber sido alguno de los clientes de Valentine?

—El tipo le regaló ese colgante y ya se había cargado a otra sirvienta. ¡Hay un pervertido suelto!

—No sé mucho más que tú, pero... —Josefine dudó—. Bueno, una noche me encontré a Valentine en la calle por casualidad, fue bastante raro.

—¿Qué quieres decir? —inquirió Julia.

—Iba muy elegante, al principio casi no la reconocí. Vestido de noche, chal, guantes, no le faltaba ni un detalle... No creo que el vestido fuera suyo, debía de costar una fortuna. Cuando me dirigí a ella no sabía dónde meterse.

Le pregunté quién era el rico pretendiente, pero me evitó y se limitó a mirar a su alrededor. Bueno, y entonces...

—¿Y entonces qué? ¡Por el amor de Dios, Josefine, no me hagas soltarte la lengua!

—Entonces... de repente se detuvo un carruaje junto a nosotras, negro, cubierto con una tela negra brillante; incluso los caballos eran negros como el carbón. Frente a la portezuela había colgada una especie de cortina, parecía el telón de un teatro. En la oscuridad vi a otras chicas detrás, todas vestidas como para ir a la Ópera y todas muy jóvenes, prácticamente unas niñas. Fue muy inquietante.

—¿Había algún tipo con ellas?

Josefine se encogió de hombros.

—No vi a nadie, ya era oscuro. —Dejó de hablar un momento—. Pero sí que noté algo extraño. Le pregunté a Valentine por el carruaje. Quiero decir, que parecía que iba al Cementerio Central, ¡como era tan negro! Ella solo sonrió y me dijo que iban a un «Vals Negro».

—¿A un Vals Negro? —preguntó Julia extrañada—. ¿Qué diablos es un Vals Negro?

—Eso fue lo que dijo. Extraño, ¿verdad? —Josefine rio incrédula—. Pensé que quizá un putero rico había pagado a varias jovencitas a la vez e iban a algún concierto con reservado. En cualquier caso, desde entonces no he vuelto a ver a Valentine.

—¿Cuánto hace de eso? —quiso saber Julia.

—Mmm..., unos tres o cuatro meses, tal vez. —Josefine dejó su taza sobre la mesa—. Oye, mi pausa está terminando y la jefa es una víbora. Veámonos más a menudo, ¿vale? Lo de Valentine... —se estremeció— es terrible. Y tú eres la única persona con la que puedo hablar de ello.

Julia suspiró.

—Me pasa lo mismo.

—¿Estás bien, por lo menos? —se interesó Josefine, que ya estaba llamando al camarero—. Pienso a menudo en ti. En ti y en... —sonrió—, bueno, ya sabes. ¿Elli se está ocupando bien de todo?

—Sí, todo está bien. Solo que a veces es un poco... demasiado.

Josefine le tomó la mano.

—¡Necesitas un hombre, Julia! ¿Hay alguno? ¡Va, confiesa! ¡Se te ve en la cara!

—No... no hay nada. —Julia notaba como se ruborizaba—. Bueno, de momento, no. Es un poco complicado. Un... un compañero de trabajo, muy agradable, nos hemos visto dos veces.

—Dos veces es casi un noviazgo —dijo Josefine guiñándole un ojo. Pagó las dos tazas de café desorbitadamente caras, se puso su abrigo y, recuperando el semblante serio, abrazó con fuerza a Julia por última vez y le susurró—: Cuídate.

—Cuídate tú también —respondió Julia.

Josefine echó un vistazo al reloj sobre la puerta.

—¡Maldita sea! Llego tarde. ¡Hasta pronto, querida! —se despidió y salió a toda prisa.

Al cabo de un rato Julia salió de la cafetería. Había unos pocos cientos de metros hasta la Jefatura de Policía. El viento le venía de frente y tenía que sujetarse el sombrero con la mano. Solo levantó la vista cuando llegó a la Jefatura. Un vendedor de periódicos que no tendría más de diez años salió a su encuentro.

—¡Brutal asesinato en el Prater! —cantó el joven con voz aguda ondeando un ejemplar—. ¡El asesino de la estaca mata por tercera vez! ¿Hay vampiros entre nosotros? ¡Lean las últimas novedades en el *Illustriertes Wiener Extrablatt*!

«Dios mío —pensó Julia—, ¿quién habrá sido esta vez?»

Estaba a punto de comprarle el periódico al chico cuando alguien le dio un golpecito en el hombro. Era Leopold von Herzfeldt, que salía de la Jefatura. Tenía un aspecto pálido y demacrado, y su traje, por lo demás siempre impoluto, estaba lleno de manchas de tierra.

—¿Es eso cierto? —preguntó ella—. ¿Lo ha vuelto a hacer? ¿De la misma manera?

Él asintió con expresión seria.

—Necesito tu ayuda, Julia. Ahora mismo, no hay tiempo que perder.

Leo llamó a un coche de punto que se detuvo inmediatamente junto a ellos. Julia se fijó entonces en el maletín que había en el suelo y en la pequeña caja de cuero que el joven inspector llevaba colgada del hombro con una correa. Él hizo ademán de ayudarla a subir al carruaje cuando, de repente, le vino algo a la cabeza.

—¿No llevarás algo de suelto, por casualidad?

Ella lo miró perpleja.

—¿No sé ni dónde me llevas y encima me pides dinero? ¿Sabías que mi pausa para comer termina dentro de cinco minutos? Si para entonces no estoy en mi puesto, Margarethe se subirá por las paredes.

—Ya he hablado con tu compañera. Le he dicho que te necesito esta tarde para una tarea importante.

—Ya, ya, una tarea importante... Me imagino la cara que habrá puesto. —Titubeó—. ¿Qué es tan importante para que me metas casi a rastras en un coche, como a una delincuente, y encima delante de la Jefatura de Policía?

—Te lo explicaré por el camino. ¿Puedes prestarme el dinero o no?

—Y yo que pensaba que como mínimo eras barón, señor *Von*. —Julia rebuscó en su bolso unas cuantas monedas—. ¿Por qué siempre acabo con los peores?

—¿Se puede saber a qué esperan? —refunfuñó el cochero—. ¿Suben o se divorcian en el camino?

Suspirando, Julia se dejó ayudar por Leo a subir al carruaje. El cochero tenía razón: realmente parecían un matrimonio discutiendo por una tontería, cuando de hecho no hacía ni una semana que se conocían.

—A la Mariahilfer Hauptstrasse —indicó Leo mientras colocaba la maleta y las bolsas entre él y Julia.

—Entonces, ¿cuál es el plan? —bromeó ella mientras los caballos trotaban a lo largo del Ring pasando por delante del Ayuntamiento y el Burgtheater—. ¿Nos vamos de viaje? ¿Quieres fugarte conmigo?

—Busco a alguien que me ayude a revelar las fotografías que acabo de hacer —respondió Leo con rostro serio—. Dijiste que podría interesarte. Acabo de llegar del escenario de los hechos junto a la Rotonda, en el Prater. Todo es muy parecido a los otros dos casos, sobre todo el segundo.

—¿Otro colgante? —susurró Julia, que ya no tenía ganas de bromear. El recuerdo de Valentine la hizo palidecer—. Y otra vez la... la...

—La estaca, sí —asintió Leo—. Esta vez ha sido una tal Clara. —Contó con los dedos—: Paula, Valentine, Clara... Encontré un ramo de rosas que probablemente le regaló él.

273

Es posible que quedaran allí para darse el lote. ¡Espero que en las fotografías encontremos algo que nos ayude! Alguna pista, por pequeña que sea.

—¿Y por qué no vamos a revelar las fotografías a la Theobaldgasse? —preguntó Julia, que tenía problemas para seguir el relato emocionado de Leo. Sabía que en el centro de detención de la Policía se sacaban desde hacía tiempo retratos de los reclusos—. Además, ¿por qué has esperado hasta ahora para revelar las fotografías del primer lugar del crimen?

—En realidad querría haberlas revelado antes —respondió Leo vagamente—, pero ahora me alegro de no haberlo hecho, y sobre todo no en la Theobaldgasse. —Se acercó a ella y bajó la voz—. Para serte sincero, no me fío un pelo del inspector jefe Leinkirchner. Cada vez tengo más la impresión de que quiere apartarme del caso a toda costa. ¡Me ha hecho seguir la pista de un sospechoso que es probable que ni siquiera exista! Y antes de eso no ha dejado de ponerme palos en las ruedas. Sospecho que incluso ha hecho desaparecer pruebas. Aseguré una muestra impregnada de una sustancia en el primer lugar del crimen ¡y ha desaparecido!

—Pero ¿por qué haría Leinkirchner algo así? Quiero decir, es un tipo repulsivo, pero...

—Es un antisemita y yo vengo de una familia con raíces judías.

—¿Y por eso crees que también querría hacer desaparecer las fotografías?

Leo suspiró.

—Tampoco lo sé, Julia. Tal vez no me soporta porque vengo de fuera, porque no le gustan mi nariz ni mis maneras impertinentes, qué sé yo. Lo único que sé es que a partir de ahora iré con más cuidado. Así que vamos a revelar las imágenes a un estudio fotográfico externo. Me he informado. El fotógrafo de la corte Carl Pietzner trabaja a menudo con la policía y todos dicen que es de fiar. —Hizo un esfuerzo por sonreír y añadió—: Además, probablemente no pregunte demasiado si me presento en su estudio con mi esposa.

Entretanto ya habían llegado a la Mariahilfer Hauptstrasse, el bulevar comercial más largo y concurrido de Viena. Los grandes almacenes se sucedían uno tras otro, también los Herzmansky, donde trabajaba Josefine, la amiga de Julia. Había joyerías, tiendas, mercerías, incluso jugueterías, y en las últimas décadas también habían abierto algunos estudios fotográficos. Encima de uno de ellos colgaba un gran cartel que mostraba una cámara con flash destellante y, al lado, con letras grandes, el nombre del propietario:

CARL PIETZNER, FOTÓGRAFO DE LA CORTE
RETRATOS DE FAMILIA, GRUPOS, BODAS

Esbozando una sonrisa maliciosa, el cochero se giró hacia ellos y dijo:

—¿Aún no están casados? ¿Quieren que los lleve al altar?

Julia le dio al tipo unas monedas y bajó del carruaje con Leo. Todavía no tenía claro de qué iba todo aquel asunto. Para ella, Leinkirchner era un asqueroso y un violento, sí, y por lo visto también un furibundo antisemita. Pero lo que Leo afirmaba era muy distinto. ¿De verdad estaba el inspector jefe saboteando las investigaciones en un caso tan importante?

Entraron en un local forrado con papel pintado rojo y un intenso olor a líquido revelador. Había fotografías colgadas en todas las paredes, algunas eran retratos individuales, otras de familias enteras posando con los más exóticos telones de fondo, y también figuraban algunas personalidades de alto rango entre los retratados. Detrás del mostrador había un hombre robusto con bigote retorcido y entradas. Llevaba una camisa con cuello alto almidonado y un chaleco ceñidamente abotonado. Todo en él parecía excesivamente correcto.

«Tan tieso como si estuviera posando», pensó Julia.

El hombre sonrió de oreja a oreja a los visitantes.

—El señor inspector, ¿verdad? Me ha anunciado su visita por teléfono. Somos, si me permite la observación, el único estudio fotográfico con aparato telefónico. Es uno de los motivos por los que a la policía le gusta trabajar con nosotros, al igual que la corte. —El hombre, que debía de ser el propio Carl Pietzner en persona, sacó el pecho y saludó a Julia asintiendo con la cabeza—. Y esta debe de ser la encantadora fotógrafa. Mis respetos, señorita. —Rio—. Una mujer policía y fotógrafa, ¡qué original!

—¿Perdón...? —preguntó Julia boquiabierta.

—Sí, nuestra nueva fotógrafa —se adelantó Leo—. ¿La sala de revelado, por favor...?

—Al fondo a la derecha, junto al estudio. Si necesita ayuda, avíseme. —Carl Pietzner se volteó hacia Julia esbozando otra generosa sonrisa—. Se las arregla usted misma, ¿verdad?

—Claro, claro —dijo Leo tirando de Julia hacia el fondo.

—¿Puedes explicarme de qué se trata todo esto? —le pidió ella entre dientes mientras intentaba seguirle el paso—. ¡Ya es demasiado!

Leo sonrió.

—Tienes razón. Tenía que darle una excusa para presentarnos aquí los dos juntos, y como dijiste que te interesaba la tecnología... Necesito ayuda para revelar y, como comprenderás, no puedo implicar también al señor Pietzner en las fotografías del lugar del crimen. Ya tenemos suficiente con lo que están contando los periódicos.

—¡Pero si no sé revelar! —protestó Julia.

—Es muy fácil. Te enseñaré a hacerlo.

Leo guió a Julia a través del luminoso estudio, cuyo techo estaba en parte acristalado para permitir la entrada de la luz cálida del sol de tarde. A los lados había columnas griegas y ornamentos de fachada de yeso que probablemente servían de fondo para los retratos. Junto a ellos había palmeras artificiales, ramos de helecho en vasijas, un cocodrilo de yeso y una especie de teatro con un telón.

—Carl Pietzner es el fotógrafo de la corte imperial y real desde hace un año —explicó Leo mientras seguían atravesando a toda prisa el estudio—. Ha retratado al mismísimo emperador. Sus empleados a veces trabajan también para la policía. Pietzner ha tenido la amabilidad de prestarme su cuarto oscuro.

Leo descorrió una suave cortina tras la cual había una enorme puerta, volvió a correr la cortina y entonces la abrió. El interior era una sencilla sala en cuyo lado frontal había una larga mesa con varias tinas de hojalata. Había también algunos atriles de madera con marcos pequeños cuya utilidad al principio Julia no descifró. La sala estaba iluminada por una única lámpara de gas con una pantalla roja esmerilada que bañaba el espacio con una luz lúgubre, casi infernal.

—Luz roja —observó Julia asintiendo con la cabeza. La fascinación que la invadió al ver el equipamiento fue mayor que la incertidumbre inicial.

—Exacto —dijo Leo con una sonrisa aprobatoria—. Entonces entiendes un poco.

—Mi padre me lo explicó una vez. La luz roja es la única que se puede utilizar para revelar. De lo contrario, las fotografías salen veladas.

—Así es.

Leo desenvolvió la cámara y extrajo de ella el cartucho en cuyo interior se encontraban las placas de vidrio expuestas. Julia observaba el proceso con asombro creciente; todo le recordaba un ritual casi religioso. Con gran cuidado, Leo sumergió la primera placa en la tina de la izquierda, después en la central y finalmente en la de la derecha.

—En el líquido revelador se disuelven los iones de plata no expuestos —explicó mientras repetía la misma operación con las otras placas—. Después pasan al líquido fijador y finalmente se enjuagan.

—Alquimia moderna —comentó Julia sonriendo. Le estaba empezando a gustar su nuevo puesto de ayudante de fotografía.

—Exacto, y tú eres mi aprendiz de brujo. —Leo entregó a Julia la primera placa enjuagada—. Ponla aquí arriba, en el atril, para que se seque. Pero ten cuidado de no romperla.

—¿Dónde has aprendido? —preguntó Julia.

—Mi padre me regaló una cámara cuando tenía quince años. Era un aparato de fuelle Wenig para principiantes, de formato ocho y medio por diez centímetros; algo manejable, prácticamente un juguete.

—Un juguete bastante caro —indicó Julia antes de colocar la siguiente placa en el atril.

Leo se encogió de hombros.

—La fotografía todavía es una afición cara y laboriosa, pero la cosa está cambiando. En Estados Unidos hay una empresa llamada Kodak que fabrica máquinas con rollos de película. Mandas el aparato a revelar y te devuelven las imágenes y la cámara con un rollo nuevo. Es el futuro.

—¿Puedo? —preguntó Julia—. Un revelado, me refiero.

Leo le guiñó un ojo.

—Sabía que te gustaría.

De hecho, Julia estaba más que encantada. Al sumergir los dedos en el líquido revelador le invadió una sensación casi erótica a la que se sumaba un olor intenso y ligeramente embriagador. Sobre las placas de vidrio aparecían ante sus ojos como por arte de magia objetos, paisajes y personas, al principio borrosos y después cada vez más nítidos. Era como viajar en el tiempo, como si se pudiera ver el pasado a través de aquellas placas.

Un pasado muy sangriento, ciertamente.

Julia observó las imágenes con más claridad. En algunas se podían reconocer partes de un cuerpo humano, muslos despatarrados, una mano retorcida, un pie sin zapato, una herida abierta en el cuello, un rostro helado en un espasmo de muerte.

«Valentine...»

La placa se le escurrió de los dedos y se hizo añicos al impactar con el suelo.

—Maldición, lo sabía... —se le escapó a Leo, pero entonces rectificó—. ¡Dios mío, qué estúpido soy! ¿Cómo he podido traerte aquí? Valentine Mayr era tu amiga... No hay fotografías del segundo asesinato, pero entiendo que te...

—Estoy bien..., no pasa nada —lo interrumpió Julia—. Puedo soportarlo. Ahora por lo menos tengo una idea de... de lo que le pasó.

Julia se sintió mal por un momento y tuvo que apoyarse en el borde de la mesa.

—Vamos a dejarlo —dijo Leo, que empezó a guardar las placas.

—¡Nada de eso! —Julia se incorporó—. Quiero saber qué puedes sacar de estas imágenes. Si me voy a sentir mal, por lo menos que valga la pena.

—Como quieras. —Leo arrugó la frente y continuó—. Las imágenes del lugar del crimen sirven para volver a visualizar el incidente. Mi mentor Hans Gross cree que de esta manera se pueden descubrir cosas que a primera vista no se han tenido en cuenta, como las piezas de un rompecabezas que solo encajan después de mirarlas muy de cerca.

—¿Entonces estamos buscando pistas que lleven al autor?

—Buscamos cualquier cosa que nos ayude.

Con las fotografías reveladas, Leo encendió otra lámpara de gas para iluminar mejor la pequeña sala. Julia entrecerró los ojos y se inclinó sobre las placas de vidrio dispuestas en el marco de madera. Seguían el mismo orden en que habían sido tomadas. Las fotografías del primer escenario del crimen se encontraban en las filas superiores; las del tercero, debajo. Leo había sacado de su maleta una lupa con la que ahora estudiaba las imágenes con detenimiento.

Con el tiempo, Julia dejó de ver jóvenes muertas y consiguió centrarse en lo que había detrás. Las fotografías contaban dos historias muy parecidas. Un encuentro en un lugar solitario, la promesa de un acostón, ninguna lucha, más bien un ataque por sorpresa; todo debió de ocurrir muy rápido. Y después, aquella espantosa estaca... En una de las imágenes se veía con claridad, ya extraída, sobre el suelo del bosque, casi como un bastón de paseo roto. Se apreciaban las manchas negras de sangre y la inscripción tallada era claramente visible a la luz del destello de la antorcha. Julia le pidió a Leo la lupa y leyó con un susurro:

—*Domine, salva me...*

—Sálvame, Señor —tradujo él—. Los periódicos no conocían este detalle por lo menos hasta esta mañana. Me pregunto quién les habrá dicho lo del empalamiento.

—Yo me pregunto más bien qué clase de pervertido puede hacer algo así —repuso Julia estremeciéndose—. ¿Empalar a una mujer? ¿Y de esta... manera?

—El tipo raro del Cementerio Central cree que los empalamientos obedecen a un móvil que se remontaría a las historias de vampiros, opinión que también comparte el profesor Hofmann, por cierto. —Leo señaló la última fotografía—. La estaca no está hecha de una madera cualquiera, sino que es de espino blanco, que es recomendada para empalar a los muertos vivientes, como también lo es la decapitación de los otros dos cuerpos.

—¿Qué otros dos cuerpos?

Leo titubeó, pero entonces hizo un gesto de despreocupación y dijo:

—¡Qué demonios! No te afectará más de lo que ya lo ha hecho, y de todos modos me quedaré sin trabajo si Stukart o Leinkirchner se enteran de que te he puesto al corriente de los asesinatos de la estaca.

Resignado, Leo le explicó lo de las dos decapitaciones. Julia no daba crédito a lo que escuchaba.

—Por suerte, no tenemos ninguna fotografía de los decapitados para revelar —dijo ella finalmente—. Todo es cada vez más extraño. ¿Crees que los casos están relacionados?

—Es posible —contestó Leo encogiéndose de hombros—, pero el único móvil que puedo reconocer es que se trate de un supuesto intento de neutralizar muertos vivientes. Es como si un cazador de vampiros chiflado anduviera suelto por Viena.

—Entonces los periódicos no van tan desencaminados —convino Julia—. Si los tipos de la prensa se enteran también de las decapitaciones, reinará el caos en la ciudad. Bastante tenemos con un asesino de la estaca como para que, encima, vayan apareciendo cadáveres decapitados —dijo sobrecogida, y añadió—: Hay algo que deberías saber. Hoy he visto a una amiga que también conocía a Valentine. La vio antes de su muerte. No sé si tendrá algo que ver, pero pasó una cosa extraña.

Julia contó a Leo el encuentro de su amiga con Valentine y sus extraños comentarios sobre el Vals Negro. Leo se frotaba la barbilla, pensativo.

—Mmm..., ¿un carruaje con chicas jóvenes y elegantemente vestidas que se dirigían a un Vals Negro? No encaja en absoluto con nuestro caso. La noche del asesinato, Valentine llevaba un vestido bastante sencillo, y después está el dije con la cadena... que no es ninguna joya, sino una simple baratija. —Negó con la cabeza—. Nuestro asesino no es ningún ricachón, sino un estafador matrimonial de poca monta, un rufián.

—Y un monstruo —añadió Julia suspirando hondo antes de volver a inclinarse sobre las fotografías lupa en mano. El trabajo concentrado la distraía de los espeluznantes sucesos. Su mirada se deslizaba por las imágenes, algunas estaban borrosas y en otras solo se veía el suelo. De pronto vio algo sorprendente—: ¿Qué es esto?

Leo se acercó a Julia, que pudo oler la cara loción de afeitado del inspector.

—¿El qué?

—Aquí, estos surcos tan extraños —indicó ella señalando una fotografía de la fila inferior y luego otra de más arriba—. Muy pequeños..., como unas marcas en el suelo.

Leo cogió la lupa y volvió a examinar las imágenes.

—¡Demonios, tienes razón! Parecen huellas. ¿De zapato, tal vez?

—No, son demasiado estrechas y alargadas. Parecen más bien un... un dibujo en el suelo, como rastros de serpientes.

—Y aparecen en los dos escenarios del crimen —comprobó Leo incorporándose—. ¡Por todos los diablos! ¿Cómo no pude verlo allí?

Julia sonrió.

—Tu cámara lo vio. ¿Acaso tu mentor, el tal Hans Gross, no dice que las fotografías sirven para volver a examinar el lugar del crimen? Por desgracia, las huellas son demasiado pequeñas y están borrosas. ¿Hay alguna manera de ampliar la imagen?

Leo pensó un momento.

—Sí, se puede hacer, pero es muy complicado. Puedo pedirle al señor Pietzner que nos haga una ampliación, pero llevará bastante tiempo. Mientras tanto, podemos hacer otra cosa.

—¿El qué?

—Volver al lugar de los hechos. Las huellas se encuentran junto al camino de grava, ¿lo ves? Si tenemos suerte, no se habrán borrado. —Leo recogió las fotografías a toda prisa—. Dejaré las placas en mi despacho hasta que pueda enseñárselas a Stukart. —Cerró el maletín y sonrió a su acompañante—. Enhorabuena, serías una excelente agente de policía.

—¿Cómo que sería? —respondió Julia—. Puedo prometerte una cosa: a partir de ahora no te vas a librar de mí, al menos hasta que encontremos al cerdo que mató a mi amiga.

Apenas veinte minutos después, y habiendo encargado al señor Pietzner las ampliaciones de las imágenes de las extrañas huellas, Leo y Julia llegaron a la Rotonda. No se habían dirigido la palabra durante el trayecto en el coche de punto, estaban demasiado alterados por todo lo que habían visto en las imágenes y demasiado nerviosos por saber qué les esperaba en el lugar del crimen. Ella parecía estar poseída por unas ansias de caza febriles, como pudo notar Leo con asombro.

Mientras, la multitud ya se había dispersado y el acordonamiento había sido levantado. Sin embargo, la lluvia y el viento habían hecho acto de presencia durante las últimas horas y la plaza de delante de la Rotonda estaba completamente encharcada. Solo se cruzaron con unos pocos transeúntes que caminaban a toda prisa con la cabeza gacha y los paraguas apuntando como bayonetas contra las ráfagas de viento. Leo se sujetó con fuerza el sombrero

Homburg y se puso a buscar en la zona. Mientras lo hacía, iba señalando algunos puntos en el suelo.

—¡Aquí es donde yacía ella! —indicó—. ¡Y ahí estaba el ramo de rosas! Había también varias huellas de pisadas, una de ellas muy cerca del lugar del crimen. Han hecho un molde de yeso, a ver si nos ayuda.

—¿Y los surcos extraños? —preguntó Julia.

Leo pensó.

—Creo que estaban allí, junto a los árboles.

Se acercó con rapidez a la arboleda que rodeaba la Rotonda y buscó por el suelo.

—¡Maldita llovizna! —refunfuñó Leo—. El agua lo ha borrado todo, solo quedan charcos. Me temo que la excursión ha sido en vano.

—Bueno, al menos lo hemos intentado —replicó Julia, que trataba de arroparse en su abrigo, demasiado fino—. Volvamos a la Jefatura, estoy empapada. A ver si Margarethe me prepara un té caliente y... ¡Eh, Leo! ¿No me escuchas?

Justo cuando se giraba, Leo captó con la mirada un trozo de tela sólida, una especie de andrajo que había quedado atrapado en una rama o que el viento había arrastrado hasta allí. Lo sostuvo con curiosidad entre sus dedos y le desconcertó una sustancia que se le quedó pegada.

Era viscosa y negra.

Igual que la sustancia del primer escenario del crimen y cuya muestra se le había extraviado.

—*Voilà* —susurró, mientras guardaba cuidadosamente el pedazo de tela en un estuche—. La excursión ha merecido la pena, después de todo. Esta vez me aseguraré de que nadie te haga desaparecer.

XV

El sol del atardecer entraba por las ventanas del invernadero del Cementerio Central de Viena y bañaba los cultivos de flores con una luz rojiza. Aunque en el exterior ya reinaba una temperatura otoñal, dentro hacía tal bochorno que el mandil de trabajo de Augustin estaba empapado en sudor. Recorría las hileras de cultivos en busca de ásteres y crisantemos en flor que cortaba con las tijeras por la parte baja del tallo y entregaba a Anna, que a su vez iba componiendo ramos ayudándose de alambres.

Realizaban el trabajo en silencio, cosa que ya le iba bien a Augustin, al que no le gustaba la cháchara. Pero desde que Anna se había cobijado en su casa, apenas había intercambiado unas pocas frases con ella, y su actitud obstinada y taciturna empezaba a ponerle de los nervios.

—Lleva los ramos a la mesa y añádeles hojas verdes —le ordenó a la pequeña—. Y no escatimes en ramas de abeto, que tenemos pocas flores.

Ella asintió con la cabeza y se dirigió a la mesa de trabajo con los ramos de flores. Augustin la siguió con la mirada. Bueno, por lo menos no estaba sorda y, debía admitirlo, hacía muy bien su trabajo, tanto que sospechaba que ya había compuesto ramos de flores antes. De hecho, en Vie-

287

na había floristas en cada esquina y delante de cada iglesia, y al sepulturero le venía muy bien una ayuda. Dentro de unos días sería Todos los Santos, los vieneses acudirían en manada al Cementerio Central y comprarían adornos para las tumbas de sus familiares. Después lo dejarían todo pisoteado y tocaría recoger toda la basura que habían dejado por las tumbas. ¡Cómo odiaba ese día!

Mientras removía la tierra del bancal con la pala, Augustin observaba a esa extraña mocosa que el destino había metido en su casa. Aún no había informado de su presencia a la dirección del cementerio y era un milagro que el resto de los trabajadores todavía no hubieran reparado en la niña en el invernadero. Cuando dejó que se quedara a dormir en la cabaña la primera noche fue por pura lástima, un sentimiento que ya creía superado. Y entonces ella le dijo su nombre.

«Anna..., mi pequeña y querida Anna, ¡cuánto te echo de menos!»

Cuando le invadían los recuerdos era especialmente rudo con ella, como si quisiera culparla de su propia melancolía y tristeza. Era como si la nueva Anna hubiera abierto en él una puerta por la que ahora entraba una luz que lo deslumbraba. ¡Con lo tranquilo que estaba en su oscura cabaña junto al muro del cementerio, rodeado de escarabajos, cuervos y cadáveres! Ellos no hablaban, pero tenían mucho que contar.

Cuando el dichoso inspector lo había vuelto a visitar hacía dos días para saber más sobre los muertos vivientes, le había dicho algo que lo hirió de tal manera que lo hubiera matado a golpes con su pala de cavar.

«Si quiere mi opinión, se le veía a usted muy contento con ella en el invernadero, casi parecían padre e hija...»

Augustin cerró los puños manchados con la tierra de las flores. Todo dependía de él. Podía plantarse cuando quisiera en la administración del cementerio e informar de la presencia de una huérfana vagando por el camposanto. Los guardias se llevarían a la niña a la Oficina de Asistencia Social y la mocosa acabaría en un orfanato, donde ya no podría ponerle de los nervios. Pero no lo había hecho aún, y aunque nunca lo admitiría, también sabía el porqué.

«Anna...»

—Ya está bien por hoy —refunfuñó, lanzando la pala a un rincón—. Está anocheciendo y aquí no tenemos lámparas de gas. Vámonos antes de que te quedes encerrada entre tanto adorno fúnebre.

Augustin se sacudió la tierra del mandil y los pantalones, se lavó la cara, el escuálido pecho hundido y las manos en una palangana y salió del invernadero. Anna lo seguía como un cachorrito.

Jurando en voz baja caminó por los estrechos senderos contiguos a las lápidas. Las nubes desfilaban por delante de los últimos resquicios de sol crepuscular y comenzó a lloviznar. Con disimulo, miró a su alrededor. ¡Allí estaba ella, detrás de la cruz de aquella tumba! Como una sombra... Como uno de aquellos espeluznantes seres que un buen día se levantaban de repente, muertos vivientes que acechaban en los caminos solitarios del páramo y chupaban la sangre de sus víctimas. ¡Demonios! ¡Aquello no podía durar toda la vida! En algún momento tendría que informar del asunto, había que poner punto final y, además, ni siquiera estaba permitido. Si sus superiores Lang y Stockinger se enteraban, podría costarle el puesto. Ya le habían dejado salirse con la suya en muchas ocasiones. Solo sus célebres antepasados lo protegían.

Finalmente llegó a la cabaña junto al muro del cementerio. La pequeña se coló tras él, tomó asiento en el banco y se quedó mirándolo con los ojos abiertos de par en par. Augustin también la miró y le preguntó:

—¿Tienes hambre?

Ella asintió y él le sacó pan, leche, queso y jamón. La veía comer mientras bebía un vaso de vino, el chato de blanco de la Baja Austria que se tomaba cada día desde hacía muchos años. Augustin había visto muchos cadáveres con hígados adiposos y nariz roja de borrachín. Olían distinto que los cadáveres normales, desprendían un aroma dulzón, como los caracoles encurtidos al ron. Además, sabía que el alcohol lo volvía a uno malo y melancólico.

Luci se sentó en el banco al lado de Anna y se dejó acariciar. ¡Maldito traidor de mierda! Era la primera vez que el gato se dejaba acariciar por alguien que no fuera él.

«¡Ya no puede uno fiarse de nadie, sea animal o persona!»

Cuando terminó el vaso de vino blanco, se sentó frente a su escritorio y, como cada noche, se puso a trabajar en su almanaque. Tras el incidente con los dos cadáveres decapitados había decidido escribir un capítulo adicional sobre la naturaleza de los muertos vivientes. Se decían muchos disparates al respecto, pero Augustin tuvo que admitir que últimamente habían ocurrido cosas para las que ni siquiera él tenía una explicación. Hojeó el *Tratado sobre el masticar y mascullar de los muertos en sus tumbas*, de Ranft, y tomó unas cuantas notas mientras la lluvia tamborileaba sobre el tejado. Al fin, apartó los libros y se volteó hacia Anna.

—Voy tocar algo de música, ¿te parece?

Por la forma de asentir y los ojos como platos de la niña, el sepulturero se dio cuenta de que eso era precisamente lo que la pequeña esperaba, y no pudo evitar sonreír. Anna amaba la música tanto como él. Así habían transcurrido todas las tardes hasta entonces: ella comiendo en silencio y él, después, trabajando un poco y, por último, tocando el violín mientras ella le escuchaba. En ocasiones, incluso balanceándose al ritmo de la melodía. Era la manera que tenían de comunicarse.

«No es la peor de las maneras... Incluso podría acostumbrarme.»

Augustin rebuscó en el cajón de partituras. El día anterior había tocado Mozart, algo alegre, la *Pequeña serenata nocturna*, y, antes de esta, la cuarta sinfonía en la mayor de Mendelssohn Bartholdy, que también tenía algo de juguetón y cambiante, casi como el Danubio. Pero quería tocar una pieza más patética. ¿Una marcha fúnebre en *adagio*, tal vez? Pero ciertamente nada sacro...

En el fondo del cajón encontró un libro de partituras de Johann Strauss hijo. No le gustaba especialmente Strauss, pero había por ahí algunas piezas bonitas que hacía tiempo que no tocaba. Eran valses escritos para conjuntos pequeños que, si se marcaba el ritmo con el pie, hasta se podían bailar con solo un violín. ¿Podría hacer que Anna rompiera así su silencio?

Dispuso las partituras sobre la mesa, afinó las cuerdas y empezó a tocar. Era una melodía sencilla pero pegadiza, como todas las de Strauss.

Dios, qué bella es la chiquilla,
en el diván mejor que en la silla...

Estaba a punto de marcar el ritmo con el pie cuando, de pronto, un grito agudo resonó en la cabaña, tan agudo que Augustin pensó al principio que venía de un animal que se había colado en el cementerio. Pero entonces Anna, que se había levantado de un salto, se tapaba las orejas y gritaba como si la estuvieran despellejando viva.

—Por Dios, niña, ¿eres estúpida? ¿Por qué gritas tanto?

La pequeña sacudía frenéticamente la cabeza.

—No toque... —pidió con la voz entrecortada— esta canción, no... por favor...

—¿La canción que estoy tocando?

Disgustado, el sepulturero volvió a empezar y la niña gritó de nuevo como si estuviera poseída, golpeándose la cabeza contra la mesa una y otra vez. Maldiciendo, Augustin cesó de tocar y dejó el instrumento a un lado.

—¡Por el amor de Dios, si es un vals inofensivo! Reconozco que a mí tampoco me gusta mucho Strauss, pero tampoco hay que...

—Esta... canción... no... —seguía gimiendo ella—. Esta... canción... no...

El gato bufaba como si los dos humanos se hubieran vuelto contra él. Aquello ya era demasiado para Augustin, de manera que se levantó y fue hacia la niña con las partituras. Molesto, golpeó las hojas con la mano delante de la cara de ella.

—No te hagas más la loca, ¿me oyes? Esta es mi casa, y si quiero tocar Strauss, pues tocaré Strauss, y si no te gusta, pues...

Enmudeció al ver su reacción. Anna miraba absorta el libro de partituras, en cuya portada había un retrato del maestro sosteniendo un violín con la mano y luciendo su larga melena negra y su característico bigote unido a unas pobladas patillas. Pálida como la cera, la niña tocaba la imagen con la punta del dedo como si hubiera visto un fantasma.

—¡El diablo! —susurró—, ¡el diablo con el violín! —Miraba al sepulturero con lágrimas en los ojos—. ¡Protégeme de él, por favor! ¡Protégeme del diablo y de su vals!

XVI

Del *Almanaque para sepultureros*, de Augustin Rothmayer, escrito en Viena en 1893

Velatorio: Vigilia guardada junto al lecho de muerte hasta el momento del entierro. Reunión social con comida y bebida, a menudo acompañada, lamentablemente, de una excesiva ingesta de alcohol. Dado que en las cámaras mortuorias suelen congregarse hasta treinta personas, a veces se producen contagios, lo cual redunda en más velatorios y entierros.

Cuando, el lunes por la mañana, Leo se dirigía a su despacho, Andreas Jost fue a su encuentro en el pasillo.

—Hay alguien esperándolo —dijo con voz contenida—. Un... eh... caballero.

—¿Ha dicho quién es? ¿Qué quiere?

—Quiere hablar con usted en persona. Dijo que venía... —Jost titubeó y bajó el tono de voz— del cementerio. Por su aspecto no parece que venga de otro sitio. Es un poco, eh..., peculiar, si me lo permite.

—¡Oh, Dios! —se lamentó Leo—. Creo que sé quién es.

¡Vaya comienzo de semana! El domingo había quedado con Julia en el Volksgarten. Fueron a pasear, miraron los escaparates de las exclusivas tiendas de moda del Graben y escucharon la música de un organillero delante de la catedral de San Esteban. Habían intentado olvidar, por lo menos durante unas horas, lo ocurrido en los últimos días. Sin embargo, los asesinatos, sobre todo el de Valentine, la amiga de Julia, no les dejaron relajarse, por lo que Leo volvió a despedirse de Julia antes de lo previsto. Después lo lamentó, pues había notado la decepción en sus ojos.

—¿Le importaría dejarnos solos en el despacho un momento? —le pidió Leo a Andreas Jost—. Es sobre..., bueno, sobre otro caso. El caballero es un poco difícil.

—Por supuesto, de todos modos me dirigía a los archivos. —Mientras se alejaba, Jost se volteó y preguntó—: ¿Podemos soltar ya a Mandlbaum?

—Que lo decida Leinkirchner, él nos metió en este lío. Además, ¡no pienso perder ni un minuto más con esa pista falsa! Tengo información nueva. Vaya y dígaselo al inspector jefe. —Jost iba a seguir su camino cuando Leo lo retuvo—. ¡Ah! ¿Ha ido a ver al joyero judío? Ya sabe, por lo de la carta.

—Ayer domingo la tienda estaba cerrada y el sábado por la tarde tuve que ayudar a mi madre con las compras. Pensaba pasar hoy, de camino a casa.

—Entonces hágalo —indicó Leo—. Tal vez la carta sea de ayuda. Por lo menos tendríamos una muestra caligráfica del posible culpable.

—Entendido —se despidió Jost, y desapareció tras una esquina. Leo abrió la puerta del despacho.

Augustin Rothmayer estaba sentado en la silla de Leo hojeando carpetas como si nada. Aunque la temperatura de la habitación era confortablemente cálida debido a las gruesas paredes, el sepulturero no se había quitado el abrigo ni tampoco el sombrero, de cuya ala goteaba agua de lluvia sobre los papeles que tenía delante; el suelo, a su alrededor, estaba lleno de rastros de fango que habían ido desprendiéndose de sus botas. Rothmayer señaló las notas de Leo con la punta del dedo.

—¿Otro empalamiento, verdad? Lo leí en el periódico. ¡Pobrecilla! —Estaba tan inclinado sobre los informes que su puntiaguda nariz casi tocaba la mesa; ciertamente, ya no tenía la visión de antes—. Así que se llamaba Clara, mmm...

—¡Pero qué se ha creído! —lo reprendió Leo entre dientes—. ¡Saque sus sucias manos de mis documentos! —El inspector se alegró de que por lo menos las fotografías del escenario del crimen estuvieran en el cajón, a salvo de miradas curiosas—. ¡Aquí no se le ha perdido absolutamente nada! Y la próxima vez que quiera dejarse caer por la Jefatura de Policía, haga el favor de pedir cita en recepción, como hace todo el mundo. ¿Cómo le han dejado entrar?

Rothmayer se encogió de hombros y sonrió.

—Les dije que tenía cita con usted.

—Pero si... —Leo hizo un gesto de negación—. Dejémoslo, no pienso caer en sus provocaciones. Dígame qué desea y desaparezca. Hoy me espera mucho trabajo.

Leo acababa de llegar del despacho de Moritz Stukart, donde había ido para tratar en privado los siguientes pasos que debía seguir; al fin y al cabo, tenía algunas pistas nuevas. Pero el comisario estaba reunido y su secretaria convocó a Leo a las tres y media de la tarde, cuando estaba prevista otra reunión importante sobre el caso de los crímenes de la estaca. En los periódicos corrían ríos de tinta e incluso se habían llegado a publicar siniestras especulaciones acerca de un posible hombre lobo. Se decía además que todas las víctimas eran vírgenes y que el asesino bebía su sangre para asegurarse la vida eterna. El *Deutsche Zeitung*, por ejemplo, no tenía reparos en respaldar la sospecha de un rito criminal judío, si bien todavía entre interrogantes. En las calles, la gente arrebataba los matutinos de las manos de los repartidores como si fueran billetes de cien coronas.

Tras una noche de cavilaciones y reflexiones, Leo había decidido concentrarse en exclusiva en los asesinatos de la estaca y no prestar más atención a los dos cuerpos decapitados. Tenía previsto presentar sus nuevas pistas en la sesión de la tarde: los extraños surcos que habían aparecido en las fotografías y el pedazo de tela con la sustancia negra. Debía llevarlo todo bien preparado. ¡Esta vez, el inspector jefe Leinkirchner ya no podría apartarlo del caso! Y ahora tenía al lunático del sepulturero sentado en su silla robándole su tiempo y hurgando en sus papeles como si fueran el suplemento dominical...

—Entonces, ¿qué quería contarme? —preguntó Leo mientras colgaba el sombrero y el abrigo en la percha—. ¡Y deje de revolver en mis papeles, no son asunto suyo!

—Tengo una pista nueva sobre Bernhard Strauss —dijo Augustin Rothmayer levantando un dedo, cuya uña retorcida y roñosa hacía tiempo que no había visto unas tijeras. Tampoco hizo ningún ademán de levantarse de la silla de Leo—. ¡Se va a sorprender!

Leo suspiró.

—Escuche, el caso Strauss está cerrado. Ya he llevado el expediente a los archivos.

Rothmayer lo miró con recelo.

—Pero fue un homicidio, y el profesor Hofmann también dijo que...

—Tenemos que poner prioridades, señor Rothmayer. Como ya habrá leído usted mismo en mis informes, anda suelto un loco que empala a mujeres jóvenes y...

—¡Tiene que escucharme, inspector! Son unos auténticos malnacidos, Anna me lo ha contado todo. Necesitan cadáveres. ¡Muchos cadáveres!

—No sé de qué está hablando, señor Rothmayer. Solo sé que mi tiempo es limitado, así que le pido amablemente que se vaya. Si no, tendré que llamar a un guardia.

—Es una gran conspiración y hay más de un pez gordo metido, créame...

—Señor Rothmayer, por última vez, le agradezco su ayuda, pero...

El sepulturero no se dejó intimidar.

—¡Escúcheme primero, inspector! Utilizan a niñas para organizar Valses Negros. Así los llaman: ¡Valses Negros! Como si se tratara de un baile inofensivo, cuando en realidad es un baile con el demonio.

Leo, que estaba a punto de coger la perilla de la puerta para abrir y llamar a un guardia, se quedó petrificado.

—¿Qué ha dicho?

Rothmayer asintió ansioso.

—Un baile con el diablo, eso he dicho. Las jóvenes...

—Lo otro, ¿cómo ha llamado a los valses?

—Valses Negros, así los llama Anna. Puede que sea una palabra clave, una consigna. Celebran esos Valses Negros y después se deshacen de las mozas como si fueran ganado. ¡Como animales!

Permanecieron en silencio un momento. Leo oía solamente las voces apagadas de sus colegas en los otros despachos y tamborileaba con los dedos en el pomo de la puerta.

—Puede que no sea mala idea que me explique un poco más —cedió al fin—. A mí y a otra persona. Vuelvo ahora mismo. Mientras tanto, le ruego que se retire de mi asiento. Este sigue siendo mi despacho y no el de un sepulturero.

A pocos kilómetros de allí, en el Cementerio Central de Viena, una niña se asomaba a la ventana. La neblina envolvía misericordiosa las cruces de las tumbas y los cuervos picoteaban en la tierra oscura. Graznando, las aves levantaron el vuelo y mostraron en la bruma su negro plumaje, como si fueran vestidas para un funeral.

Anna se secó una lágrima del ojo. En algún lugar de allí atrás, cerca del muro del cementerio, yacía su madre. ¿De verdad podía hablar con ella ese hombre malhumorado? En realidad, Anna no lo creía, pero le gustaba tanto pensarlo que la reconfortaba, como también encontraba consuelo en la presencia silenciosa del hombre durante los últimos días. Gruñía como un perro viejo, pero Anna había notado que detrás de aquella fría fachada se escondía una persona con un corazón inmenso. A menudo sucedía al revés: los hombres fingían ser amables, pero en realidad no lo eran.

Oh, no, no lo eran en absoluto...

Anna todavía se estremecía cuando pensaba en la música que Augustin había tocado para ella la tarde anterior.

Dios, qué bella es la chiquilla,
en el diván mejor que en la silla...

Los recuerdos la asaltaron como bilis amarga y venenosa. Y lo peor había sido la imagen del libro de partituras en la que aparecía el hombre.

El hombre que le había hecho tanto daño.

Anna se apartó de la ventana, se acercó al viejo sillón donde yacía el gato y se acostó. Acurrucada junto a Luci, cerró los ojos y trató de olvidar lo que había ocurrido aquel fatídico día.

El día en que sonó, una y otra vez, una melodía marcada por un endemoniado compás de tres por cuatro.

Dios, qué bella es la chiquilla,
en el diván mejor que en la silla...

El día en que aquel hombre bailó con ella el Vals Negro.

—Empiece por el principio, será lo mejor.

Leo estaba de pie con Julia en su despacho mientras Rothmayer seguía cómodamente sentado en la silla del inspector, al otro lado de la mesa, pero a Leo ya no le importaba. Le había pedido a Julia que lo acompañara porque ella era la fuente de información que le había llevado hasta el Vals Negro. Valentine Mayr, la segunda víctima, había dicho que iba a ese vals y había subido a un carruaje negro. Hasta entonces, Leo no había visto ninguna conexión con el otro caso, pero podía estar equivocado. Había necesitado usar sus artes persuasivas para librar a Julia de las garras de la estación de teléfonos durante unos minutos, mientras aguantaba las miradas de las compañeras, sobre todo la de Margarethe. De todos modos, que Julia y él fueran algo más que amigos ya era tema de conversación entre las telefonistas. En el pasillo, Leo solo le había dicho a Julia que tenía novedades importantes.

—¿La señorita es su secretaria? —preguntó Rothmayer examinando con curiosidad a Julia—. Mis respetos, es un encanto...

—Es una compañera de trabajo. Si nos hace el favor de empezar..., hablaba de una tal Anna.

—Es la chiquilla que vive en mi casa desde hace unos días. Ya la vio, inspector, la niña flacucha que estaba en el invernadero conmigo.

—La recuerdo —asintió Leo—. ¿Qué le pasa?

Rothmayer contó cómo había encontrado a Anna en el cementerio hacía una semana y lo sucedido desde entonces, hasta el extraño suceso de la noche anterior.

—Cuando toqué el vals, se volvió loca y empezó a gritar —terminó el sepulturero su relato—. Y fue entonces cuando do me habló de ese Vals Negro.

Julia levantó una ceja y Leo le dirigió una mirada cómplice.

—¿Qué son los Valses Negros? —preguntó ella.

—Anna soltó muy poco, casi nada, todavía está temblando. —Augustin Rothmayer también parecía agitado. Estaba visiblemente afectado por lo que acababa de relatar—. Hay personas muy poderosas que celebran fiestas en Viena, cada vez en un lugar distinto, y nadie debe saberlo. Todos llevan máscara, tocan valses y entonces entran las chicas como terneras al matadero. Todas son muy jóvenes,

¡algunas todavía niñas! Las desnudan, les ponen una máscara negra y entonces..., entonces... —Rothmayer tragó saliva—. Bueno, ya se pueden imaginar.

—¿Y Anna estuvo en una de esas fiestas? —preguntó Leo. Rothmayer asintió.

—Trabajaba de florista delante de la catedral de San Esteban y un hombre se le acercó. Cuando se lava y se viste bien parece buena, incluso más adulta. Era un hombre muy amable, según ella. Le dio dinero y le prometió más, así que la niña se subió una noche a uno de esos carruajes negros...

—Como Valentine —susurró Julia.

—¿Valentine? —preguntó Rothmayer, que pareció irritado por un instante, pero Leo le pidió que continuara.

—En esas fiestas también hay músicos, igualmente enmascarados —siguió explicando el sepulturero al cabo de un momento—. Tocan valses, y las chicas, cuanto más jóvenes mejor, bailan desnudas con los hombres. Anna... —Se quedó callado un segundo—. Anna dice que reconoció al primer violinista porque después estuvo... con ella, ya saben. Probablemente ella fue su... sus honorarios.

—¿Y quién era ese violinista? —inquirió Leo. Rothmayer se quedó callado.

—¡Vamos, hable! —le ordenó Leo—. ¡Lo sabe!, ¿verdad?

El sepulturero se deslizaba con nerviosismo de un lado a otro de la silla. Leo vio con el rabillo del ojo que algunos de los documentos policiales que había sobre la mesa tenían unas vetas de barro húmedo, pero en ese momento no le importó.

—¿Quién era el violinista? —volvió a preguntar.

—Anna vio ayer unas partituras, ya sabe, del vals que le toqué, y que con toda probabilidad él... el tipo también tocó en la fiesta. En ellas había un retrato suyo, y cuando Anna lo vio, se volvió loca. —Augustin Rothmayer se encogió de hombros—. Es sorprendente que no hubiera visto antes una imagen de él. Quiero decir, que el tipo sale casi cada día en los periódicos.

—¡Dios mío! —suspiró Julia—. ¿No se referirá usted a...?

—Sí —asintió Rothmayer—, al mismo. Johann Strauss, el Rey del Vals, el gran maestro, el compositor de *El Danubio azul* y... un monstruo.

Nadie dijo nada durante un buen rato. Finalmente, Leo carraspeó.

—¿Y no tiene usted ninguna duda al respecto?

El sepulturero negó con la cabeza.

—Bueno, Anna lo tenía muy claro. Por eso se alteró tanto cuando lo vio en el libro de partituras.

—Si fuera cierto, sería el mayor escándalo que ha ocurrido en Viena en años, qué digo, ¡en décadas! —se exaltó Leo—. Por lo que parece, hay una red de hombres poderosos que acuden enmascarados a lugares desconocidos de la ciudad para divertirse con jovencitas y abusar de ellas. ¡Y Johann Strauss hijo está involucrado! El gran maestro, ¡un pederasta!

Leo recordó su visita a casa de los Strauss en la Igelgasse de hacía unos días y en la extraña mirada de Adele Strauss cuando él pidió una muestra caligráfica de las cartas del medio hermano. Había tenido la sensación de que los Strauss le ocultaban algo, pero el comisario Stukart le había dicho después que no se podía jugar con esa familia. ¿Cuáles habían sido sus palabras exactas?

«Las investigaciones siempre quedan en nada, de ahí que el director general de la Policía siempre tenga a su disposición un buen palco en la Ópera.»

¿Esta investigación también iba a quedar en nada? De repente algunas de las piezas del rompecabezas habían encajado. ¿Y si Johann Strauss, el ilustre Rey del Vals, estuviera de verdad implicado en esos siniestros Valses Negros? ¿Y si, además, su medio hermano Bernhard hubiera intentado utilizar esa información para chantajearlo? De ser así, la familia Strauss habría tenido un innegable interés en hacer desaparecer, incluso para siempre, al engorroso familiar, así también se acabarían de un plumazo esos desagradables rumores acerca de la suplantación de la autoría de *El Danubio azul*. Una nota de despedida falsa, un asesinato por encargo perpetrado por un par de matones y disfrazado de suicidio... Y el médico responsable del certificado de defunción, también eliminado por cómplice. Y todo con el beneplácito de las más altas esferas policiales...

«Las investigaciones siempre quedan en nada...»

¡Todo parecía encajar de repente! Sin embargo, ¿qué sentido tenían los malditos asesinatos de la estaca? ¿Y por qué el cuerpo de Bernhard Strauss había sido decapitado después en el Instituto Forense?

—¿Anna no lo denunció a la policía? —interrumpió Julia las reflexiones de Leo.

—¡Uf, la policía! —exclamó Augustin Rothmayer arrugando la nariz—. ¿De verdad piensa, señorita, que habrían creído a una niña florista muerta de hambre? ¡Pero la cosa va a peor! Anna se lo explicó todo a su madre y, claro, la madre fue al cuerpo de Guardia y estuvo semanas dándoles lata, yendo de arriba a abajo y armando alboroto.

—Hizo un gesto de resignación—. Entonces, hará poco más de una semana, la pobre fue atropellada por un coche de dos caballos y murió en el acto. Un triste accidente, de los que se suelen ver por las calles de Viena. No investigaron la identidad del cochero... Piensa mal y acertarás.

—¿Quiere decir que...? —preguntó Julia.

—Si esos hombres son de verdad tan poderosos, harán cualquier cosa para que nadie descubra su sucio secreto, ¿verdad? Utilizarán esos nuevos aparatos telefónicos, harán unas cuantas llamadas, corromperán un poco a alguien, se harán favores mutuos... No se imagina la cantidad de gente que yace en el Cementerio Central por saber demasiado o por meterse con la persona equivocada.

Leo levantó la mano.

—Sé que parecerá una teoría algo atrevida, pero ¿y si otras jóvenes también han querido contarlo, como por ejemplo Valentine Mayr, y también las han hecho callar? ¿Y si, además, para eliminar cualquier sospecha o conexión previa entre ellas, han elegido una muerte tan espantosa y extraña que a nadie se le ocurriría pensar en otra cosa?

—Los crímenes de la estaca —asintió Julia pensativa—. Al fin y al cabo, tendría sentido. En ese caso, las tres víctimas tendrían que haber estado en uno de esos Valses Negros. Las tres eran guapas y jóvenes, aunque no tan jóvenes como Anna. —Se volteó hacia Leo—. Me pregunto qué diría tu mentor Hans Gross de todo esto.

Leo esbozó una leve sonrisa.

—No vendrá a Viena hasta dentro de quince días. Podría llamarlo a Graz, pero quizá me pondría a mí mismo en ridículo. En realidad, solo es una hipótesis, nada más. No tenemos pruebas.

—¿Anna le ha contado qué les pasó a las otras jóvenes en el baile? —preguntó Julia a Augustin Rothmayer—. Me refiero a las que habrían podido acudir a la policía.

El sepulturero hizo un gesto negativo con la mano.

—Anna está completamente ida. He intentado preguntarle, pero cada vez que empiezo a hablarle de esos hombres y del Vals Negro se esconde bajo la mesa como mi gato Luci cuando se asusta. Por lo menos ahora habla un poco más, pero sobre este tema no suelta prenda.

—Creo que también es porque usted es un hombre —comentó Julia—. Tiene miedo de los hombres. Déjeme hablar con ella.

Leo lanzó una mirada interrogativa a Julia.

—¿Quieres ir al cementerio? ¿Ahora?

—¿Acaso tú no? ¡De momento es la mejor pista que tenemos!

—Pero... —titubeó Leo—. ¡En un par de horas está prevista la gran reunión en el despacho de Stukart! Quería mostrarles las fotografías, hablarles de las nuevas pistas que hemos encontrado...

—Estaremos de vuelta para entonces. Si nuestras suposiciones son correctas, podrás presentarles una testigo importante. ¡Imagínate la cara que pondrá el gordo de Leinkirchner!

—Una testigo importante —suspiró Leo—. Una huérfana del Cementerio Central.

—Peor es nada. Y, quién sabe, hasta es posible que descubramos más detalles de esos Valses Negros. ¿Qué excusa le has dado a Margarethe para decirle que me necesitabas?

Leo frunció el entrecejo.

—Dictado taquigráfico en el interrogatorio a un testigo. ¿Por qué?

—Ese interrogatorio va a tener lugar en el Cementerio Central, así que ¡en marcha!

Julia ya estaba en la puerta. Al seguirla junto con Augustin Rothmayer, a Leo le pareció ver por un momento a alguien que se escabullía por la esquina del pasillo. Cuando se apuró a subir la escalera con el sombrero y el abrigo en la mano, ya había desaparecido de nuevo.

Pocos minutos después iban los tres en un coche de dos caballos en dirección a Simmering. Augustin Rothmayer se había sentado de cara a Leo y Julia. Ella observaba al extraño personaje de rostro esbelto y mejillas hundidas, ataviado con el sombrero de ala ancha y el abrigo manchado. Una tristeza indescriptible emanaba de su persona, como si el cementerio estuviera devorando desde dentro a su empleado más importante.

—Parece que la pequeña Anna significa mucho para usted —dijo Julia para intentar entablar una conversación.

Rothmayer parpadeó brevemente y luego resopló.

—¿Qué le hace pensar eso?

—Bueno, parece obvio que esta situación lo está afectando mucho.

—¿Acaso a usted no, señorita? Lo que esos hombres hacen a las jóvenes es más que repugnante. Solo a un muerto podría no afectarle.

—Naturalmente, tiene usted razón —asintió Julia.

—Además —prosiguió Rothmayer—, cuando todo esto acabe, recuperaré mi tranquilidad. ¿Cómo puedo trabajar y escribir si...?

—¿Escribe usted? —preguntó Julia con asombro.

—El señor Rothmayer está escribiendo un almanaque de las artes sepultureras —explicó Leo mientras el coche de punto avanzaba a tropezones sobre el adoquinado de los suburbios—. La primera obra de referencia, por así decirlo, sobre un tema muy poco convencional. El profesor Hofmann, del Instituto Forense, se deshace en elogios ante los conocimientos del señor Rothmayer.

—Un experto en la muerte, vamos —dijo Julia sonriendo—. A lo mejor la policía tendría que llamar al señor Rothmayer más a menudo.

—¡Por el amor de Dios! —rio Leo—. Hasta ahí...

—... podíamos llegar. —Rothmayer terminó la frase—. Como he dicho, lo único que quiero es tranquilidad, eso es todo.

Dio un profundo resoplido y se quedó en silencio mientras Julia seguía observándolo. ¿Por qué tenía la sensación de que entre Rothmayer y la niña huérfana había un vínculo más profundo de lo que él admitía? Probablemente fuera su mirada huidiza. El sepulturero parecía estar lleno de misterios, como el caso que tenían entre manos.

El resto del trayecto transcurrió en silencio. Augustin Rothmayer tenía la mirada perdida en el lúgubre paisaje de fábricas y construcciones de ladrillo que rodeaban al coche, y Leo parecía por completo absorto en sus pensamientos. Julia suponía que el inspector todavía estaba tratando de ordenar en su mente todas las monstruosidades de las que se había hablado en la última media hora. Rothmayer hizo parar al cochero medio kilómetro antes de llegar a la entrada principal del Cementerio Central. En el muro del camposanto, que parecía extenderse hasta el infinito a lo largo del camino, había una pequeña reja oxidada.

—Mi cabaña queda más cerca desde aquí —explicó el sepulturero—. Además, el administrador no tiene por qué saber que la policía vuelve de visita.

Lo siguieron entre las hileras de tumbas. Julia dejó vagar la mirada por el enorme y desolado recinto. Solo había estado allí una vez, cuando una de las protegidas de Elli murió de sífilis. Entonces apenas acudió un puñado de dolientes, que parecían náufragos en un mar de tristeza. Los cementerios, pensaba Julia, deberían ser espacios pequeños, con una bonita capilla, árboles y lugares sombreados para descansar, como en su tierra natal, la región del Innviertel. Los restos de su padre reposaban en un cementerio así. Sin embargo, el Central de Viena era para ella una enorme y anónima fábrica de muertos, solo le faltaba la chimenea.

Al cabo de un rato llegaron a una casita ladeada con maceteros y un jardín de rosas que no encajaba con la perfecta simetría del cementerio. Augustin Rothmayer se acercó a la puerta y llamó.

—Anna, ya he vuelto —dijo, forzando la voz para que sonara más suave—. He traído a los polis. Tal vez quieras contarles lo que...

—¡No quiero hablar con nadie! —gimió la niña desde el interior de la casa—. Y menos con ningún poli. Mi madre acudió a la guardia... ¡y ahora está muerta!

—Atiende, jovencita —gruñó Rothmayer sacudiendo el picaporte—. Esta es mi casa y no tienes permiso para encerrarte en ella. ¡Santo cielo! Si no abres ahora mismo, te...

—Déjeme a mí —le pidió Julia poniéndole la mano en el hombro. Entonces se dirigió a la pequeña—: Anna, no temas, no soy de la policía ni de la asistencia social. Trabajo de telefonista, ¿sabes lo que es?

Al no obtener ninguna respuesta, Julia continuó:

—Cuando tenía tu edad mi papá me construyó un aparato muy divertido. Cogió dos latas viejas, hizo un agujero en cada una, las unió con un cordel y ¡pudimos hablar por teléfono! Si me ponía la lata muy cerca del oído, podía oírlo cuando él hablaba por la suya. ¿Has telefoneado alguna vez, Anna?

De nuevo no hubo respuesta. Pero cuando Julia estaba a punto de rendirse, la pequeña finalmente preguntó:

—¿Es como escuchar en una caracola?

—¡Sí! —exclamó Julia con alegría—. ¡Igual que una caracola!

—Una vez vi una muy grande en el Nashmarkt y dejaron que me la acercara a la oreja. Sonaba como si hubiera un mar enorme dentro. Nunca he estado en el mar...

—Yo tampoco, pero lo he visto en fotografías. Debe de ser tan bonito... Si abres, tal vez pueda contarte más cosas sobre el mar.

De nuevo hubo un momento de silencio. Entonces se oyó un chasquido y la puerta se abrió despacio. Ante ellos apareció una niña de unos doce años, pálida, con el pelo negro desgreñado y una mirada desafiante. Llevaba un vestido sucio que apenas le llegaba hasta las rodillas, llenas de raspones. Julia pensó involuntariamente en lo que la pobre había pasado hacía poco y se estremeció. Sin embargo, esbozó una sonrisa maternal y notó cómo la pequeña se calmaba al instante.

—Hola, Anna —saludó Julia agachándose—. Me llamo Julia. ¿Nos dejas entrar?

Poco después estaban sentados a la mesa de la cocina y Anna compartía el diván con Luci. El gato ronroneaba placenteramente mientras la niña lo acariciaba, y Julia veía que Rothmayer lanzaba al animal alguna que otra mirada ceñuda, casi celosa. Había preparado café, que los cuatro bebieron en dos tazas viejas y acompañaron con unas galletas duras como piedras que el sepulturero había encontrado revolviendo en una lata oxidada. Julia lanzó a Rothmayer una mirada de reproche.

—¿No podía haberle conseguido al menos un vestido nuevo a la pequeña? ¡Debe de estar congelándose con ese harapo!

—Aquí solo tengo el abrigo y dos trajes funerarios —respondió Rothmayer encogiéndose de hombros—. Son demasiado grandes para ella. Y tampoco puedo pedir a los de la administración ropa infantil. —Frunció el entrecejo—. Mmm... ¿una sábana, quizá? Algo tendrán de su talla...

—Olvídelo —dijo Julia haciendo un gesto de desaprobación—, ya le traeré yo alguna cosa. —Se volteó hacia Anna—. El señor Rothmayer ya nos ha contado lo que te pasó, pero es muy importante que nos lo expliques también a nosotros y que no te dejes nada en el tintero, ¿entiendes?

Anna asintió con la cabeza, titubeante. Se había tranquilizado después de escuchar de Julia algunas historias más sobre los inventos de su padre, y ahora, en voz baja, casi inaudible, empezó a relatar sus experiencias.

—Dices que un hombre te dio dinero delante de la catedral de San Esteban —indagó Julia—. ¿Puedes describirlo?

Anna se quedó un rato pensativa y dijo:

—Era muy alto, con bigote y un sombrero muy elegante —señaló a Leo—, como el que lleva él. También me dijo dónde me iba a llevar más tarde y condujo aquel carruaje tan extraño.

—El carruaje negro —indicó Julia asintiendo con la cabeza—. ¿Quién más iba en el coche?

—Había... dos mujeres, no muy mayores, más jóvenes que mi madre. Reían y decían que todo iba a ser muy divertido. Y otras dos chicas, más o menos de mi edad. —Se agarró nerviosa del pelo—. Se llamaban Marie y Elsa. Creo que Elsa era aún más pequeña que yo. Estaba asustada y lloraba un poco.

—¡Dios mío! —susurró Leo—. ¡Bastardos!

Julia lo censuró con la mirada y se volteó de nuevo hacia Anna.

—¿Sabes dónde las llevaron? ¿Era una casa bonita?

—¡Era un palacio!

Julia sonrió.

—¿Un palacio de verdad?

—Bueno, un palacio de esos con un príncipe negro. No como el Hofburg, sino más pequeño y un poco... tenebroso.

—¿Tenebroso? —preguntó Leo acercándose a ella—. ¿A qué te refieres?

—En realidad no podía mirar por la ventana porque el cochero nos lo había prohibido. Pero cuando el carruaje redujo la velocidad, me asomé rápidamente entre la cortina. Fue entonces cuando vi el palacio en la oscuridad, era como un gran caserón blanco, como los que hay en el Ring...

—¡El Ring! —repitió Julia exaltada—. Entonces no fuisteis muy lejos.

Anna sonrió.

—Cuando nos recogieron en la catedral dimos varias vueltas, como si jugáramos a la gallina ciega, pero yo me di cuenta.

Julia asintió.

—Eres muy lista, Anna. Hiciste lo correcto.

—Anna —dijo Leo mirando fijamente a la niña—, es muy importante lo que te voy a preguntar. ¿Sabes a qué castillo os llevaron?

—Claro, ¡a ese del Ring con los seis hombres en el techo! —contestó Anna haciendo un ademán—. ¿Eres un poli de Viena y no lo conoces? Pero pasó algo divertido. Cuando dije que parecía el castillo de un príncipe negro, las mujeres se miraron muy extrañadas. Y entonces una dijo: sí, realmente es un príncipe negro...

—Vals Negro, carruaje negro, príncipe negro... —se lamentó Leo—. Ya no distingo entre un espantoso cuento de hadas y la realidad.

—Es la espantosa realidad —rio con crudeza tras él Augustin Rothmayer—. Me parece que no conoce mucho la ciudad. Un palacio con seis hombres en el Ring... Tampoco es tan difícil.

—¡El Palacio del Archiduque! —exclamó Julia—. Tiene seis estatuas masculinas en la parte superior de la fachada. ¡He pasado tantas veces por delante! Mmm..., el príncipe negro... —Frunció el entrecejo—. ¡Se refiere al archiduque Luis Víctor, el hermano menor del emperador!

—El finoli Luziwuzi, como lo llama todo el mundo —gruñó Rothmayer asintiendo con la cabeza—. La oveja negra de la familia. Supongo que hasta en la lejana Graz habrán oído hablar de sus escándalos. A Luziwuzi le gusta vestirse con ropa de mujer y tomar baños calientes con los de su condición. Las fiestas que organizaba en su palacio de la Schwarzenbergplatz eran tan desenfrenadas que el emperador acabó desterrándolo a Salzburgo, donde ahora está causando furor. —El sepulturero dio un mordisco a la pétrea galleta y dejó caer unas cuantas migas sobre su descuidado abrigo—. Desde entonces, su palacio aquí en Viena está vacío, y probablemente en venta. Por lo que sé, incluso hay un teatro de variedades interesado en él. Tampoco es una elección muy equivocada, teniendo en cuenta lo que ocurría dentro de ese caserón.

—¿Reconociste a algún hombre en el palacio? —preguntó Julia a Anna. La niña negó con la cabeza.

—La sala estaba muy oscura, apenas había unas pocas velas encendidas y todos llevaban máscaras. Nosotras también, Marie, Elsa y yo. Tenía mucho frío porque... porque no nos dejaban ir vestidas. Y entonces unos hombres nos sacaron a bailar. Al principio pensé que solo era un juego... El hombre del violín en la parte delantera del escenario no dejaba de guiñarme el ojo, y entonces... —Anna dejó de hablar. Julia vio unas lágrimas en las mejillas de la niña. Acercó su mano cuidadosamente hacia Anna, la acarició, cogió un pañuelo y le secó las lágrimas.

—Ya es suficiente —dijo Julia en voz baja. Después se volteó hacia Leo y Augustin Rothmayer y les dijo—: Creo que vamos a dejarlo ya.

—¡Y qué pasa con Johann Strauss! —protestó Leo—. Si realmente está involucrado, y tal vez lo esté también el hermano del emperador, necesito las pruebas. Ahora no podemos...

—He dicho que ya es suficiente, al menos de momento —respondió Julia con voz firme, mientras tomaba a la sollozante Anna en sus brazos—. Lo que la niña necesita ahora es calor y atención, y no un interrogatorio policial. Me quedaré con ella un poco más. Y tú deberías volver a la Jefatura.

—¡Maldita sea, la reunión con Stukart! —exclamó Leo dándose una palmada en la frente—. ¡Casi se me olvida! —Se despidió con un gesto de la cabeza, se levantó y se dirigió hacia la puerta—. Tienes razón. Si descubres algo más...

—... me pondré en contacto contigo de inmediato —terminó Julia la frase—. La administración del cementerio tiene un teléfono, pero creo que lo que ahora necesitamos es un té caliente y un vestido limpio para Anna. —Miró desafiante al sepulturero—. ¿A qué espera, señor Rothmayer? Habrá tiendas de ropa en Simmering, ¿verdad? De ser posible, compre también un abrigo y un gorro.

—Ya sé por qué no hay mujeres sepultureras —refunfuñó Augustin Rothmayer—. De tanto limpiar y ordenar nunca llegarían al momento de enterrar.

Sin embargo, se levantó y siguió a Leo por el cementerio.

XVII

Cuando, poco después, Leo se sentó en el tintineante tranvía de caballos en dirección al centro de la ciudad, todavía daba vueltas a las novedades que Anna les acababa de relatar. Por supuesto que a Graz también habían llegado las andanzas del hermano menor del emperador. Desde que Luis Víctor se había trasladado a Salzburgo, su acelerada forma de vivir incluso había ido a más. Su apodo, Luziwuzi, era sinónimo de fiestas desenfrenadas y sin tabúes, y a puerta cerrada también lo llamaban «archiduque del baño» por su predilección por bañarse desnudo con jovencitos. ¿Podría ser que, con el beneplácito del archiduque, se hubieran celebrado orgías con menores en su deshabitado palacio vienés y que, además, él mismo hubiera asistido a ellas? A pesar de su destierro, a Luziwuzi siempre le gustaba dejarse ver por Viena, tal vez incluso de incógnito, el rostro oculto por una máscara... Leo se estremeció al pensarlo. El caso se ampliaba a unas esferas cada vez más altas.

Hecho un manojo de nervios, sacó su reloj de bolsillo Savonette y miró la hora: ¡las dos pasadas! La reunión con Stukart comenzaba en media hora. Leo se maldijo por no haber cogido un coche de un caballo como en el viaje de ida, pero la noche en el salón de baile con Julia le había salido por un dineral y casi se había pulido todos sus ahorros. Maldita sea, cómo odiaba el trote tintineante de los tranvías. ¿Por qué tenía que pararse esa reliquia cada dos por tres? Impaciente, se movía de un lado a otro de su asiento y a punto estuvo de gritarle al conductor que acelerara. Al llegar a la parada del ayuntamiento ya no pudo aguantar más, de manera que saltó del vehículo y corrió por el Ring hasta llegar, rendido por completo, a la Jefatura de Policía. El reloj marcaba exactamente las dos y media, la reunión acababa de empezar. Leo subió la escalera a toda prisa y, cuando estaba a punto de desviarse hacia el despacho de Stukart, se encontró de frente con Paul Leinkirchner. Como siempre, el inspector jefe cojeaba, arrastrando algo la pierna izquierda. La sonrisa de su rostro no presagiaba nada bueno.

—¿Llega ahora de la pausa del almuerzo, inspector? ¿Ha disfrutado de la comida?

Leo trató de disimular su agitada respiración y se limpió el sudor de la frente.

—Tenía unos asuntos pendientes —contestó, y pulsó el timbre del despacho de Stukart.

—¿No pretenderá usted asistir a la reunión, verdad, inspector? —preguntó Leinkirchner con una ceja levantada—. Siento decepcionarlo, Herzfeldt, pero terminó hace media hora.

—Pero... dijeron que era... a las dos y media... —repuso Leo a tropezones.

—Se han producido novedades en el tercer crimen de la estaca y el comisario Stukart ha adelantado la reunión. Ha preguntado varias veces por usted, pero nadie ha sabido decirle nada, ni siquiera el joven Jost. El compañero solo ha dicho que había venido a verlo un tipo extraño con un andrajoso abrigo negro. ¿Era el bicho raro que vimos en el Instituto Forense? —Leinkirchner miró a Leo con una sonrisa de oreja a oreja—. Parece que son muy amigos, lo que no puede decirse de Stukart, por cierto. Supongo que se imaginará el coraje que ha pasado al no verlo en la reunión. Estaba fuera de sí. Al fin y al cabo, quería ver las fotografías del lugar del crimen, y sobre todo porque el jefe superior Stehling también estaba presente.

—Oh, Dios —se lamentó Leo en voz baja.

—¿Ha dicho algo? Bueno, da igual... —Leinkirchner se encogió de hombros—. De todos modos, Stukart se ha ido porque tenía una reunión muy importante con el director general de la Policía. Preséntese ante el comisario esta tarde. Hasta entonces, he mandado llevar a su despacho varias cajas de archivos con prontuarios de delincuentes. —Se dio media vuelta para irse, pero añadió—: Oh, por cierto, me temo que el tipo ese, Mandlbaum, es una pista falsa. Suéltelo, aunque seguramente tampoco sea inocente del todo. Con los judíos, ya se sabe.

Sin pensárselo siquiera, Leo lo golpeó.

Solo después de que su puño aterrizara en la cara de Leinkirchner recuperó súbitamente el juicio. El inspector jefe se tambaleó y retrocedió unos pasos con un rostro más aturdido que desfigurado por el dolor. Se llevó la mano al labio inferior, donde se le había formado un estrecho hilito de sangre, y se sacudió como un toro cuando le ha picado una mosca en su dehesa. Tenía la cara roja de ira y las venas de la calva parecían a punto de estallar. Levantó los puños para contraatacar...

Y los bajó de nuevo para, acto seguido, mostrar una amplia sonrisa.

—Felicidades, Herzfeldt. Después de todo, por sus venas corre alguna gotita de sangre alemana.

—Disculpe... —murmuró Leo—. No quería...

—No me venga ahora con lamentos —lo reprendió Leinkirchner, que bajó entonces la voz—. Si estuviéramos solos en la calle, ahora mismo le partiría esa cara bonita que tiene hasta hacerle parecer una puta maquillada de verde. Pero aquí... —Miró a su alrededor; el pasillo estaba vacío, nadie se había enterado de la pelea—. Vamos a dejarlo para otro momento. Y ahora no me joda más y haga su trabajo.

Con estas palabras dejó a Leo solo en el pasillo.

Tardó un buen rato en tranquilizarse. Había metido la pata y pensó que Leinkirchner quizá había estado esperando ese momento para acusarlo de uso de violencia contra un compañero. Si el inspector jefe le iba con eso a Stukart, el comisario pondría a Leo de patitas en la calle. También podían abrirle un expediente interno. ¡El inspector jefe se lo tenía advertido! Leo pensó que si en su primer encuentro hubiera sido menos arrogante y sabelotodo, quizá todo habría discurrido por otros cauces. Pero tampoco lo tenía tan claro.

«Judío una vez, judío siempre...»

Se dirigió a su despacho. Jost no estaba, pero sobre su escritorio había unas cuantas cajas de archivos manchadas y desgastadas. Enfurecido, las apartó de allí. ¡No volvería a hacer ningún otro trabajo de idiotas para Leinkirchner! Quizá podría conseguir algo si le mostraba más tarde a Stukart las fotografías del lugar del crimen y le informaba de las extrañas pistas que él y Julia habían encontrado, aparte de los nuevos indicios. Tal vez podría descubrir algo más en las imágenes. Era su última oportunidad. Abrió el cajón y buscó las fotografías.

Habían desaparecido.

No podía creerlo. Terminó de abrir el cajón por completo y hojeó los pocos papeles que había allí. Pero ni rastro de las fotografías.

—¡Mierda!

Leo se sentó y se tiró de los pelos. Casi no podía ni imaginar que Leinkirchner se hubiera atrevido a ir tan lejos para apartarlo del caso. Primero el tipo había ocultado la muestra procedente del escenario del primer crimen en el Prater, y ahora...

«¡El trozo de tela!», recordó Leo. A diferencia de las fotografías, no lo había metido en el cajón. Se le olvidó guardarlo, así que todavía estaba en el bolsillo interior de su chaleco. Lo sacó y observó de nuevo la sustancia negra y pegajosa que lo cubría.

«La única pista que me queda, ¡un trapo sucio!»

Profiriendo un grito de rabia, Leo lanzó al suelo una de las cajas de archivos, y las amarillentas fotografías de las fichas policiales de delincuentes se desparramaron por el piso. Fuera del despacho, alguien avanzaba por el pasillo, se detuvo un momento y siguió su camino. Por el andar pesado y ligeramente cojo, Leo creyó reconocer a Paul Leinkirchner.

No quería ni imaginar cómo estaría sonriendo ahora su compañero.

Julia dio un sorbo de su taza de café humeante y miró a Anna, que estaba acurrucada en el diván, al igual que el gato a su lado. Dormía, por fin.

Después de que Leo y Augustin Rothmayer se hubieran ido, Anna se había atrevido a contar los recuerdos que todavía guardaba. No había entrado en detalles, pero lo poco que dijo bastó para ponerle a Julia los pelos de punta. Al parecer, por lo que la pequeña recordaba, el baile se había celebrado en julio. Varias decenas de hombres enmascarados se habían abalanzado sobre las jóvenes y las niñas. Todo ocurrió con música de vals de fondo y un vaivén de copas de champán en una sala de espejos oscura con suficientes nichos y reservados para que aquellos asquerosos personajes pudieran darse gusto con las niñas. Los miembros de la orquesta también iban enmascarados. Algunas de las mujeres más mayores probablemente ya habrían participado otras veces, pues habían sido ellas las que habían introducido a las jóvenes. Al final, como pago en especie, el primer violinista se llevó a Anna a un reservado acompañado de los aplausos y peticiones de repeticiones de los otros hombres. A la mañana siguiente, Anna volvió trastornada a casa de su madre con unos cuantos billetes entre su cintura y la falda, como si fuera una prostituta. Sin pensarlo dos veces, su madre acudió a la policía, removió cielo y tierra, llamó a todas las puertas.

Tres meses después, había muerto.

Y Anna había buscado refugio entre los muertos.

Julia dejó silenciosamente la taza en la mesa, se levantó y miró a su alrededor en el interior de la pequeña cabaña. Contra lo que cabría esperar en la casa de un sepulturero, había un escritorio, una mesa de lectura y una estantería coja repleta de libros. De una pared colgaba un violín cuyo cuerpo de madera rasguñada brillaba con una luz dorada. Al deslizar sus dedos sobre los lomos de los libros, Julia trataba de descifrar el contenido que indicaban los títulos. La mayor parte era ensayo especializado que no le decía nada y que, por la gran cantidad de términos en latín, habría ubicado en casa de un médico o un catedrático. Junto a esos volúmenes había también obras extraordinariamente singulares, como esa de la que Leo ya le había hablado.

«Tratado sobre el masticar y mascullar de los muertos en sus tumbas...»

Otros libros trataban asimismo de la muerte y la descomposición, de larvas, orugas, arañas y escarabajos. Al lado había un mamotreto con tapas de cuero que al parecer versaba sobre la momificación en el antiguo Egipto, otro que trataba de los métodos de ejecución medievales, e incluso un álbum fotográfico de color rojo y páginas amarillentas con la imagen de la Parca en la portada. Cuando Julia abrió el cuaderno con curiosidad, retrocedió espantada. Las imágenes del interior mostraban cadáveres, uno por página, todos ellos en la postura en la que supuestamente habían sido encontrados. Había víctimas de accidentes con miembros desgarrados, cadáveres ahogados, apuñalados con el cuchillo aún en la garganta, tiroteados, estrangulados de ojos saltones, recién nacidos...

Sintió náuseas.

La puerta crujió y Julia devolvió precipitadamente el libro al estante. Augustin Rothmayer, que regresaba portando en las manos un bulto de ropa bien atado, la miró con desconfianza.

—¿Ha estado husmeando en mis libros? No se corte, señorita, no tengo nada que esconder. Una buena parte los he conseguido en el Instituto Forense, también el *Álbum de las formas de morir*, que, por cierto, es una recopilación elaborada por el profesor Hofmann —explicó sonriente—. Por su cara juraría que acaba de hojearlo. La Policía de Hamburgo lo utiliza para formar a los agentes novatos. ¡Una obra maestra! No se han hecho muchas ediciones de ella.

—Cuantas menos, mejor —replicó Julia sobriamente. Después señaló con la cabeza el fardo que llevaba Rothmayer—. ¿Ha conseguido algo de ropa?

—Más que suficiente. Con lo que he traído, la pequeña podría irse a vivir a Siberia. El viento que sopla en el Cementerio Central probablemente venga de allí.

Con cuidado, el hombre dejó el bulto en el suelo para no despertar a Anna y avivó el fuego de la estufa. Julia lo observaba.

—¿Por qué se dedica con tanta devoción a la muerte? —preguntó ella.

Augustin Rothmayer rio a carcajadas y cerró la tapa de la estufa.

—Soy sepulturero. ¿Lo pregunta en serio?

—Bueno, sí, otros sepultureros llevan los cuerpos a las fosas, los entierran, plantan flores sobre las tumbas... Pero parece que usted quiera saber algo más —repuso ella señalando la estantería—. ¿Por qué si no todos esos libros? Vivimos, morimos y nos convertimos en polvo. ¿Qué más hay que saber y estudiar?

—Quien no entiende la muerte, no entiende la vida.

Tomó la cafetera oxidada de encima de la estufa y se sirvió una taza.

—¿Qué quiere decir? —insistió Julia.

Rothmayer sopló en el café caliente y una nube de vapor se elevó. Julia no sabía si el hombre estaba reflexionando o simplemente no tenía ganas de hablar.

—Mire este cementerio —comentó por fin cuando ella ya pensaba que no le iba a responder—. Bien ordenada y fuera de la ciudad, así es como hemos proscrito a la muerte. Antes, la gente velaba a los suyos en casa, rezaba, lloraba, incluso celebraba la muerte con bebida y comida, y después se iban todos cantando al cementerio. ¡Aquello sí que eran entierros! —Bebió un sorbo de la taza—. Ahora solo vienen el Día de Todos los Santos, sus muertos no les importan nada. Entonces ¿cómo podemos apreciar la vida si ya no tenemos ningún respeto por la muerte? Ocupándome de ella, restauro su dignidad. Forma parte de la vida. Sin muerte no hay vida, así de sencillo, ¡y punto!

Depositó con brusquedad la taza y empezó a desatar el bulto de ropa. Se notaba que la conversación ya había terminado para él, pero Julia quería más:

—Tiene razón, la muerte es parte de la vida. También el duelo, sobre todo cuando muere un familiar cercano. ¿Siempre ha estado solo, señor Rothmayer? ¿No ha tenido familia?

Augustin Rothmayer guardó silencio y siguió deshaciendo el bulto. Un abrigo, una falda, guantes y un gorro de lana volaron como proyectiles sobre la mesa.

—Antes lo observé con Anna y me pregunté...

—¡Largo, Luci!

El gato había saltado a la mesa, donde se puso a olfatear la ropa nueva. Augustin le dio un cachete y el animal respondió indignado con un bufido. Al mismo tiempo, Anna abrió los ojos asustada; por un momento parecía no saber dónde estaba. Rothmayer sostuvo el gorro en alto visiblemente contento de que el interrogatorio se hubiera visto interrumpido.

—Mira, niña, te he traído algo para que te lo pongas. ¡Y ahora no me digas que no te gusta! Si no, lo echaré a la estufa y tendrás que conformarte con un sombrero de papel de periódico.

Julia sonrió con disimulo. Ahora por fin creía saber a qué le había recordado antes la mirada de Rothmayer.

Era la mirada del amor paternal.

Un sentimiento que ella conocía muy bien.

Cuando, por segunda vez en el mismo día, Leo estuvo frente a la puerta del despacho de Stukart, volvió a respirar hondo y cerró por un momento los ojos, como si estuviera a punto de entrar en combate.

Se había pasado las últimas horas ordenando ideas y vertiéndolas sobre el papel. Andreas Jost había entrado al despacho y le preguntó cómo estaba. El joven Jost volvía de visitar al joyero judío, quien por desgracia no conservaba la carta que andaban buscando. Otra pista que quedaba en nada... Leo siguió trabajando completamente absorto, por lo que Jost se puso a buscar en los prontuarios de delincuentes. A la media hora el joven compañero se fue porque, le comentó, su madre había empeorado, pero Leo ni siquiera levantó la vista.

Una vez más, se alisó el pelo y se ajustó el cuello de la camisa. Si quería tener alguna posibilidad con Stukart, tendría que llevar preparados argumentos de claridad meridiana. Le faltaban pruebas y partía en gran parte de suposiciones, sí, pero en conjunto ofrecían un cuadro concluyente: una red de influyentes violadores de jovencitas de la que podrían formar parte Johann Strauss y el hermano del emperador, reuniones secretas en el palacio vienés de Luziwuzi y, por último, la eliminación de posibles cómplices a través de unos métodos que nadie pudiera relacionar con los verdaderos perpetradores. El presunto chantajista Bernhard Strauss, su médico, la amiga de Julia, Valentine Mayr, las otras sirvientas... Si fuera posible averiguar que las otras dos víctimas del asesino de la estaca también habían estado presentes en los Valses Negros, entonces...

Abrió la puerta del despacho de Stukart. El comisario se plantó frente a él con el sombrero puesto, abrigo y maletín; como era obvio, estaba a punto de salir y quedó tan sorprendido del encuentro como el propio Leo.

—¿Se puede saber qué quiere? —gruñó.

—Me han dicho que me presentase en su despacho.

—Lo que tengo que decirle puede esperar a mañana por la mañana, pero ya que ha venido... En fin, pase.

Stukart dio media vuelta en el umbral y volvió a entrar en su despacho con pasos largos y rápidos. Sin sacarse el abrigo y el sombrero, se sentó detrás de su escritorio sin ofrecerle asiento a Leo.

—Esta noche voy a la Ópera con mi mujer —comenzó a explicar Stukart mientras sacaba su reloj de bolsillo y miraba rápidamente la hora—, de manera que no tengo mucho tiempo. Hoy hemos celebrado en la Jefatura una reunión muy interesante. Los inspectores Leinkirchner y Loibl han hecho grandes progresos en la búsqueda del posible autor, pero por desgracia usted no ha estado presente. Por lo visto tenía cosas más importantes que hacer que la ingrata labor policial.

—He vuelto al lugar del crimen —replicó Leo—. También he llevado a revelar las fotografías del Prater y de la orilla del Danubio.

—¡Qué bonito! —Stukart le tendió la mano—. Muéstremelas.

—Yo..., eh... Las fotografías han desaparecido.

El comisario lo miró atónito y con la mano todavía extendida.

—¿Que han qué?

—Han desaparecido. Han estado todo el día en el cajón de mi despacho, pero alguien se las ha llevado. Escuche, he descubierto algunas cosas que...

—¿Se da cuenta de lo que está diciendo? —le soltó Stukart—. Si de verdad han robado las fotografías, solo ha podido ser uno de nosotros. Nadie más puede atravesar la puerta de entrada. Además, ¿quién vendría de fuera para revolver en sus cajones? ¿De verdad insinúa que hay un ladrón entre nosotros? ¿Sería entonces tan amable de decirme de quién sospecha? ¿De mí? ¿Del jefe superior Stehling? ¿Del director general de la Policía? —La voz de Stukart rezumaba escarnio.

—De hecho, tengo una corazonada. Pero antes permítame que...

—¿De quién sospecha, señor Von Herzfeldt?

Leo tragó saliva. En realidad se había guardado este punto para después, cuando ya le hubiera dicho a Stukart lo de los Valses Negros y explicado su teoría, pero ya no pudo evitar expresar sus sospechas. Leo seguía de pie como un botones delante de la mesa de su superior, en posición de firmes, como cuando estaba en el ejército. Probablemente Leinkirchner ya le habría contado a Stukart que Leo le había atacado, de manera que podía echar toda la carne en el asador.

—Usted me perdonará, señor comisario, pero creo que el inspector jefe Leinkirchner ha robado las fotografías.

—¿Y por qué querría hacer eso el inspector jefe? —preguntó Stukart atónito.

—Leinkirchner no ha dejado de ponerme palos en las ruedas. No le gusté desde el principio, y es posible que también haya destruido la sustancia negra sospechosa del primer escenario del crimen. Me ha obligado a hacer trabajos inútiles, me ha hecho buscar un falso sospechoso y ahora ha robado las fotografías para ponerme en evidencia.

El comisario de policía Stukart se inclinó sobre la mesa y miró fijamente a Leo:

—Una vez más, Herzfeldt. ¿Por qué querría Paul Leinkirchner hacer eso?

Leo volvió a tragar saliva.

—Creo que... porque... bueno, porque soy judío. —Por fin lo soltó y se sintió más seguro. Su voz sonaba firme y decidida—. ¡El inspector jefe Leinkirchner es un antisemita! Más de una vez ha...

—¿Es usted judío? —inquirió Stukart.

—No en el sentido tradicional. Mi abuelo era judío y mi padre se bautizó de mayor. Pero en mi familia siempre hemos mantenido las tradiciones judías, celebrábamos el Yom Kipur...

—Señor Von Herzfeldt, yo soy judío, pero de verdad, no solo de apellido, como otros. Así que no me cuente lo que es el Yom Kipur.

Leo se quedó boquiabierto.

—¿Usted es judío? Entonces ¿cómo puede...?

—¿... permitir que antisemitas como Leinkirchner trabajen aquí y que incluso hablen mal de mí a mis espaldas? ¿Se refiere a eso? —Stukart suspiró—. ¡Qué ingenuo parece a veces, Herzfeldt! ¡Media Jefatura de Policía está compuesta de antisemitas! En los ambientes burgueses es casi un signo de buena educación. ¿Qué hago? ¿Los despido a todos? Juzgo a los compañeros por su trabajo, no por su visión del mundo. Y Paul Leinkirchner es un buen policía, sin duda. Experimentado, minucioso, tal vez un poco anticuado...

—Pero él ha... —empezó a explicar Leo.

—¿Sabía que Leinkirchner luchó en el frente durante la ocupación de Bosnia en 1878? —lo interrumpió Stukart—. Durante los enfrentamientos callejeros en Sarajevo llevó a cuestas a tres compañeros heridos a través de la línea de fuego antes de recibir un balazo en la pierna. Y en el año 1884 me ayudó a detener al asesino en serie Hugo Schenk. Si no hubiera sido por él, ese loco seguramente se habría llevado a más muchachas por delante. Leinkirchner es un buen camarada, un soldado leal al servicio de las fuerzas del orden. Y, sí, maldita sea, además es un antisemita. —El comisario se inclinó hacia delante y miró fijamente a Leo—. El trabajo policial solo funciona si vamos todos a una, Herzfeldt. ¡Ya se lo dije una vez! Fui el mejor alumno de mi promoción, el inspector más joven cuando empecé; ahora soy el director adjunto más joven y tengo, hasta hoy, el índice de detención de infractores más alto de la Oficina de Seguridad. Así es como combato el antisemitismo, convenciendo. Pero ¿sabe qué me parece todavía más repulsivo que un antisemita? —Stukart tamborileó con los dedos un ritmo de marcha sobre la mesa y, con voz más baja y penetrante, prosiguió—: La gente que se queja y lloriquea por su cachito de sangre judía y siempre echa la culpa a los demás. Los que tapan sus propios fracasos con sus orígenes y culpan a sus compañeros de algo para parecer ellos mismos mejores. No sé qué ha pasado con sus fotografías, Herzfeldt, quizá simplemente las haya perdido o quizá una trabajadora del servicio de limpieza las haya tirado; a lo mejor esas fotografías nunca han existido porque usted no sabe fotografiar. Lo único que sé con seguridad es que su comportamiento es sencillamente patético.

El comisario de policía escupió la última palabra como si fuera un trozo de manzana podrido. Leo se quedó mudo. Sabía que cualquier nuevo intento de explicarse estaba condenado al fracaso desde el principio.

—Lo que acabo de escuchar de usted no hace más que confirmar mi decisión —continuó con frialdad Stukart mientras ordenaba algunos documentos y los guardaba en su maletín—. Se ha comportado de forma desleal con sus compañeros, ha seguido unas líneas de investigación que tenía prohibidas, no es de fiar y, por si fuera poco, tiene un amorío con una compañera de la oficina.

Leo se quedó blanco como el papel.

—¿Quién dice semejante...?

—Hay más de una fuente. ¿Se cree que en la Policía de Viena estamos ciegos y sordos? Mantener una relación con otro trabajador de la Jefatura ya es de por sí un motivo de despido, ¡y lo sabe! La señorita Wolf y usted están temporalmente suspendidos hasta que se aclare el asunto.

Cuando su mentor, el fiscal Gross, venga a Viena para dar sus conferencias, podrá usted acompañarlo de vuelta a Graz. No veo ningún futuro para usted en esta ciudad. —Moritz Stukart negó con la cabeza y continuó—: Lamento muchísimo decirle que me ha decepcionado, Herzfeldt. Había abrigado muchas esperanzas, en usted y también en los nuevos métodos de trabajo policiales de los que habla su mentor. Pero con toda probabilidad no somos todavía lo bastante maduros para ello. Y usted, compañero inspector, ciertamente no lo es, en absoluto. —El comisario se levantó y prosiguió—: Y ahora, retírese. La función empieza dentro de una hora y todavía tengo que cambiarme. Voy a una ópera en la que siempre hay alguien muriendo en el escenario. Ni después de trabajar nos podemos librar los investigadores —se lamentó—. Ah, y entregue su arma de servicio abajo en recepción. No quiero que también se la roben.

Stukart salió de su despacho de forma apresurada, sin despedirse.

Cuando Leo cruzó poco después los portones de la Jefatura de Policía, empezó a llover con fuerza. No abrió el paraguas y se quedó inmóvil hasta que la lluvia le dejó empapados el abrigo, el chaleco y la camisa que llevaba debajo. Fue entonces cuando se dio cuenta de que Stukart no había mencionado el ataque contra Leinkirchner en el pasillo. Por consiguiente, el inspector jefe no lo había delatado.

«Probablemente porque ya no hacía falta. He tocado fondo.»

Con los zapatos empapados, Leo caminaba de puntitas por el Ring, donde los charcos reflejaban las llamas azuladas de las farolas de gas. Solo era lunes por la tarde y la semana ya había terminado para él. Todo había terminado.

Detrás, el portón de la Jefatura de Policía se cerró de golpe.

XVIII

Del *Almanaque para sepultureros*, de Augustin Rothmayer, escrito en Viena en 1893

Junto a los cadáveres saponificados, los cuerpos momificados son la segunda peculiaridad de los cementerios. Los primeros se encuentran exclusivamente en tumbas de tierra, mientras que las momias son propias de las criptas, ya que resultan lugares secos y bien ventilados donde los fluidos corporales pueden drenar con facilidad a través de los sarcófagos de piedra.

Otro método interesante es la automomificación, frecuente entre los monjes japoneses. A lo largo de un período de tres mil días, el monje va reduciendo la ingesta de comida y agua y finalmente se encierra a sí mismo en una gruta donde cada día toca una campana para que los otros monjes sepan que sigue vivo. Cuando la campana deja de sonar, la gruta es sellada y no se vuelve a abrir hasta pasados mil días más. El resultado es una momia en un estado de conservación excelente.

Los sonidos del acordeón, violines y guitarra formaban esa dulce papilla musical llamada *schrammel* y de la que tan difícil era escaparse en Viena.

«Pegadiza como el engrudo», pensó Julia.

Miraba a los músicos que iban tocando de mesa en mesa y dando serenatas aquí y allá a cambio de una pequeña propina. No tardaron en llegar hasta ella y Leo.

Habían vuelto al Melker Stiftskeller, la taberna cercana a la Jefatura donde habían ido a comer la primera vez. La idea había sido de Julia. De hecho, ella había sacado a Leo de su habitación en la pensión tras dos días de apatía y abatimiento. Había conseguido la dirección gracias a Margarethe, con la que seguía en contacto a pesar de que probablemente ella era la bocazas que había propagado a los cuatro vientos en la oficina su supuesta relación con Leo. Aunque Stukart lo había despedido, en el libro de direcciones de la Policía de Viena todavía constaban sus datos. Julia se había presentado ante la casera de Leo como compañera de trabajo, y tras varias averiguaciones desconfiadas y miradas recelosas, la vieja señora por último la había dejado entrar.

—El señor inspector está enfermo —había informado la señora Rinsinger con cara molesta—, desde hace dos días.

—Ya lo sé, señora, quiero llevarlo al hospital —había respondido Julia—. Tienen un medicamento que puede ayudarlo.

Desde entonces estaban en la taberna.

—¡Por nuestro despido! —brindó Julia alzando su copa de vino, que ya era la tercera, pero Leo rechazó el brindis con un gesto de cansancio. Tampoco había probado el enorme escalope.

—No estoy para celebraciones, ni para funerales —se quejó—. Nunca pensé que caería tan bajo...

—¡Ya está bien! —protestó Julia dejando con rabia el vaso sobre la mesa—. ¿No piensas hacer nada? ¿Solo auto-compadecerte? Ni siquiera te has parado a pensar en mi situación, a mí también me han echado, y mi... —Se mordió la lengua y se tragó lo que iba a decir—. En cambio, el señorito puede volver a Graz con su papá. Los ricos como tú siempre caen de pie, así que no me vengas con que te han dejado en la calle.

—No lo entiendes, Julia —replicó Leo—. No puedo volver a Graz, y mucho menos después de lo que pasó allí.

—Entonces tendrías que explicarme de una vez qué te pasó. Hasta ahora te has mostrado muy reservado.

Leo dudó y bebió un sorbo del vino agrio y ya demasiado caliente.

—Manché el nombre de mi familia —empezó titubeando—. Rompí mi compromiso matrimonial...

—Me suena la canción —dijo Julia sonriendo—. No eres el primero que lo hace, te lo aseguro.

—Pero en nuestros círculos es distinto, créeme. Hanni es hija de los Scheckingen, su familia posee varias fábricas de maquinaria en Graz, no hay nadie más rico que ellos.

—Entonces ¿por qué rompiste el compromiso? Si era tan buen partido...

—¡Maldita sea! Porque... ¡no estaba enamorado de ella! Nuestros padres lo habían planeado todo. Aunque, la verdad sea dicha, al principio encontré a Hanni encantadora, y también me llevaba muy bien con su hermano... —Dudó un momento—. Conocí a Ferdl hace años, durante la instrucción como teniente de reserva en la Caballería, en Galitzia. Éramos íntimos. De hecho, fue él quien me presentó a Hanni. Cuando rompí el compromiso, para Ferdl fue un golpe durísimo, su hermanita lo era todo para él.

—No puede decirse que eso fuera malo —intervino Julia.

—Tienes razón— asintió Leo—, pero Ferdinand fue demasiado lejos. Después de una función en el Stadttheater de Graz, me lo encontré en el restaurante. Él había bebido demasiado, se abalanzó sobre mí y... me llamó «judío usurero» delante de todo el mundo.

—¡Oh, Dios! —susurró Julia—. Me imagino lo que pasó después.

—¿Lo entiendes ahora, Julia? Tuve que retarme en duelo con él. ¡No había otra salida! ¡También estaba en juego el honor de mi familia!

—Nunca me ha preocupado demasiado la palabra *honor* —respondió Julia encogiéndose de hombros. Los extraños rituales de defensa de la propia dignidad que se practicaban en los círculos de oficiales de alto grado siempre le habían resultado ajenos. Sin embargo, sabía que en esos ambientes los duelos estaban a la orden del día. A veces bastaba un empujón o una palabra equivocada para buscar venganza por el agravio.

—Me había propuesto disparar a un lado, ¡te lo juro! —continuó Leo. Su relato empezaba a parecerse cada vez más a una confesión—. Soy un buen tirador, pero cuando oí el disparo de Ferdinand, apreté el gatillo por puro instinto... y... le di justo en el corazón.

—¿Qué pasó entonces?

—En estos casos se aplican normas muy claras entre oficiales. No hay investigación policial y son los propios militares quienes se encargan del asunto. Para no contravenir la ley, me impusieron una pena de privación de libertad. Mi madre me hizo varias visitas, pero mi padre no vino a verme nunca. Para él estoy muerto, tan muerto como Ferdinand —concluyó Leo con voz melancólica.

—A ver si me aclaro —intervino Julia elevando el tono de voz—. Si no te hubieras batido en duelo habrías mancillado el honor de tu familia, pero lo manchaste igualmente porque te batiste en duelo. ¿Cómo se entiende?

Leo suspiró.

—Sé que es complicado, pero así son las reglas en nuestros círculos. No tendría que haber matado a Ferdinand, como mucho tendría que haberlo herido. Entonces todos habríamos salido bien parados y el honor se habría restituido. Casi cada noche nos veo apuntándonos el uno al otro, el disparo, la mancha roja sobre el chaleco de Ferdinand...

—Por lo menos ahora me explico por qué golpeaste a Leinkirchner —repuso Julia más suavemente—. El tipo en realidad se lo merecía.

Entretanto, los músicos habían llegado a su mesa y Leo les lanzó unas monedas para quitárselos de encima.

—No tendría que haberme dejado provocar —dijo él—. El comisario Stukart tiene toda la razón al criticar mi comportamiento, fue culpa mía. Y quién sabe si...

—¿Qué te pasa? —preguntó Julia.

—Tal vez Leinkirchner no la tenga tomada conmigo porque soy de ascendencia judía. Quizá sea otra cosa. Si la gente que está detrás de los Valses Negros es tan poderosa, seguro que debe de tener influencia sobre la policía.

Julia frunció el entrecejo.

—¿Crees que Leinkirchner trabaja para ellos?

—A estas alturas solo puedo pensar que alguien de la policía está saboteando mi trabajo. La sustancia negra desaparecida, las pistas falsas y ahora las fotografías robadas... ¿Y quién dio el aviso a la prensa sobre los asesinatos de la estaca? Desde entonces, la investigación se ha vuelto aún más difícil. Y Leinkirchner siempre ha estado ahí, se ha adueñado del caso. No puede ser ninguna casualidad.

—Pero para descubrirlo no tienes por qué revolcarte en la autocompasión —comentó ella secamente.

—Julia, estamos fuera del caso, por si lo has olvidado. Incluso nos han echado de la Policía de Viena.

—Ya lo sé, pero también te dije que no descansaría hasta saber qué pasó con Valentine. Se lo debo, ¡y ahora con más motivo!

Con el rabillo del ojo vio Julia que los músicos se acercaban de nuevo, sin duda oliendo las monedas de Leo. Estaban tocando la *Canción del fiacre*, una célebre tonadilla compuesta en homenaje al típico coche de punto vienés y que todos los habitantes de la ciudad se sabían de memoria:

«Y que en mi lápida quede escrito para que todo el mundo lo vea... Solo fue un verdadero hijo de Viena...».

—En mi último día en la Jefatura estuve hojeando los periódicos para ver si había algún acto anunciado para la noche en cuestión en el Palacio del Archiduque —dijo Leo pensativo después de que los músicos se marcharan—. Anna habló de un baile en julio. Encontré un breve anuncio en el *Wiener Zeitung*, el periódico cortesano, en la edición del sábado 15 de julio. Según la publicación, hubo un concierto de valses organizado por la asociación de los

Amigos del Vals Vienés. He mirado en los archivos y no existe tal asociación, al menos sobre el papel.

—¿Serán ellos los hombres que están detrás del Vals Negro? —especuló Julia—. ¿Y por qué se anuncian en el periódico?

—¿Quizá para convencer a los posibles transeúntes de que se trataba de una fiesta inofensiva? Seguro que la gente vio luces encendidas en el palacio.

Julia asintió.

—Un club de pederastas que se camufla con música. Si pudiéramos saber más sobre esa gente...

—Mmm... Para ello habría que hacer una visita a ese palacio —replicó Leo—. Está deshabitado, ahora mismo, pero quizá podamos encontrar alguna cosa.

Julia sonrió y dijo:

—Me gustas más así. —Se dirigió al camarero para pedirle dos vasos más de vino blanco, pero Leo la retuvo.

—No sé si es una buena idea citarnos tan cerca de la Jefatura de Policía. Si alguien nos ve...

—¿Qué más da? —contestó Julia despreocupada—. Nuestra reputación ya está de todos modos por los suelos.

—Tienes razón. —Leo sonrió y no pudo evitar soltar una carcajada—. ¡Qué diablos! Vamos a dejar de pensar en el trabajo por lo menos esta noche. Además, he recibido una buena noticia en estos últimos días.

—¿Cuál?

—Mi querida señora madre, que por lo visto todavía me quiere, me ha mandado un giro postal a espaldas de mi padre. Probablemente me baste para comprar un traje nuevo y algunas camisas en Herzmansky... —le guiñó un ojo a Julia—, pero también para una velada que termine en un establecimiento un poco más apropiado que este.

Con cara de tristeza fingida, Leo miró a los cuatro músicos que cantaban la *Canción del fiacre* por enésima vez y dijo:

—Vamos a otro sitio, y esta vez elijo yo el restaurante.

Tomaron un coche de dos caballos hasta la Praterstrasse y de allí se dirigieron a pie junto con los numerosos transeúntes hasta la Praterstern. Aunque era día laborable, las calles del distrito de Leopoldstadt estaban llenas de noctámbulos. Los más elegantemente vestidos se dirigían al Teatro Carl, donde esa noche se representaba una obra de Nestroy, y otros iban al circo, donde se celebraban veladas cómicas hasta altas horas de la noche. Las linternas de gas centelleaban como farolitos y las risas y la música que salían de los numerosos restaurantes levantaron el ánimo a Leo. Era una sensación extraña pasear con Julia justo por allí, el barrio donde vivían tantos judíos. Lo había perdido todo, pero también pensaba que había ganado algo. Le hubiera gustado llevarla a alguno de los mejores locales de la zona, quizá incluso a algún restaurante judío de comida kosher, pero ella había insistido en ir al Prater. Así que Leo se dejó llevar, tratando de no pensar en los tres asesinatos que se habían cometido tan cerca de tanta alegría concentrada.

Había tanta gente que Leo tomó a Julia con firmeza de la mano para no perderla. Pronto llegaron al Wurstelprater, donde se apiñaban tiendas, puestos de comida y bodegas. Un grupo de jóvenes se arremolinaba en torno a un muñeco de cuero acolchado y lo abofeteaban por turnos; con cada golpe sonaba un timbre y el público gritaba. Justo al lado estaban los tiovivos, los puestos de puntería, el teatro de linterna mágica, los gabinetes de figuras de cera y, detrás de todos ellos, se alzaba la gran silueta oscura de la Rotonda. El aire parecía vibrar con la carga de deseos y anhelos de tanta gente. Leo se desabrochó el abrigo. Aunque era casi noviembre, hacía el mismo calor que bajo una farola de gas.

Julia llevó a Leo a un laberinto de espejos donde se vieron transformados en una parejita primero gorda y después delgada; luego le estuvo rogando en un puesto de puntería hasta que él disparó sobre un ramo entero de claveles que el feriante le entregó con cara de pocos amigos. Después visitaron una caseta de los horrores donde, por media corona, contemplaron asombrados a una mujer barbuda, los fetos de unos gemelos siameses, una sirena momificada y a un hombre enano que hacía todo tipo de bromas y payasadas. Leo notaba como el abatimiento y la decepción desaparecían, pero aún conservaba un resquicio de amargura. En realidad no era muy amigo de esas diversiones baratas, pero Julia, a su lado, se apretaba contra él y no dejaba de reír a carcajadas, ayudándolo así a olvidar sus preocupaciones, y eso que ella misma había perdido su trabajo. A Leo le maravillaba ese carácter alegre que, al menos por momentos, ella le estaba contagiando.

—Tu sepulturero disfrutaría de lo lindo con estos ejemplares —dijo Julia señalando una sirena momificada que Leo identificó como un espécimen compuesto de partes de animales distintos.

—¿Por qué lo llamas mi sepulturero? —preguntó perplejo.

—Bueno, porque ya te ha ayudado unas cuantas veces, ¿o no? —le contestó guiñándole un ojo—. Deberías ofrecerle tu puesto vacante en la policía.

Leo rio.

—Estoy seguro de que Stehling y Stukart estarían más contentos de tener a ese bicho raro que a un sabelotodo impertinente de Graz. ¿Sabías que Rothmayer proviene de una familia de famosos enterradores vieneses? Según el profesor Hofmann, su estirpe se remonta a muchos siglos atrás, ¡como una dinastía real!

—En realidad me da pena. Está tan solo como todas estas criaturas extravagantes que nos rodean. —Julia suspiró—. ¿No te has preguntado nunca por qué vive aislado en el cementerio ni por qué esa niña lo conmueve tanto? Trata de ocultar sus sentimientos, pero no acaba de conseguirlo.

Leo asintió.

—Tienes razón. Parece que hay algo que los une.

—Sospecho que ha tenido hijos —dijo Julia pensativa—. Quizá han muerto y Anna le recuerda a ellos. No es tan grosero como aparenta ser, y parece inteligente y culto. Tiene un montón de libros inquietantes...

Leo sonrió y repuso:

—Ya estás hablando como el profesor Hofmann. Vámonos, hoy no quiero pensar más en tumbas, vampiros ni muertos vivientes. —Y sacó a Julia de la oscuridad de la caseta de los horrores.

Justo al lado había una carpa iluminada por antorchas llenas de hollín. Un cartel anunciaba la presencia del hombre más fuerte de Viena y la imagen inferior mostraba a un luchador costilludo, medio vestido con una piel de tigre, que levantaba un caballo con una mujer de pie sobre la grupa.

—¡Ah, esto ya me gusta más! —aprobó Leo.

Julia no estaba muy convencida, pero dejó que la guiara hacia la carpa. Tomaron asiento en unos duros bancos de madera y, después de que la banda tocara una breve pieza, una mujer con escasa vestimenta y un tipo delgado con pantalones extremadamente cortos sacaron un caballo a la pista. Recitando a la carrera, el hombre magro empezó a anunciar la próxima atracción.

—¡Damas y caballeros! —masculló a duras penas; daba la impresión de que se había tomado alguna copa de más—. ¡Vean a continuación al forzudo Theodor, admiren su... sus bíceps y su musculatura!

Julia gimoteó y dijo:

—Esto promete.

En ese momento se abrió el telón y el forzudo Theodor apareció en la pista. Como en la imagen del anuncio, llevaba puesta una piel de tigre que, vista de cerca, resultó ser una tela de cortina barata teñida. Theodor exhibió sus músculos ante la algarabía y los aplausos del público. Era del tamaño de un oso y no parecía especialmente listo; más bien tenía un aire algo infantil, a pesar del estrecho bigotillo que lucía sobre el labio superior. No dejaba de mirar a la mujer y al hombre delgado, que probablemente era el jefe de la *troupe* y que también daba las instrucciones.

A la luz de las linternas, Leo vio que una larga cicatriz decoraba la mejilla derecha del hombre delgado.

Se sobresaltó como si hubiera recibido una descarga eléctrica.

«¿Podría ser que...?»

—¿En qué piensas? —preguntó Julia al ver que Leo estaba distraído.

—Esos dos tipos —susurró señalando la pista—. ¡Uno delgado con cicatriz y un luchador con bigotito! Así describió Rothmayer a los dos ladrones que intentaron ro-

345

bar el cadáver de Strauss, ¡y su casera también los había visto!

Leo recordó la poderosa silueta que había aparecido en la consulta del médico hacía unos días y que terminó huyendo. Había visto al hombre solo de espaldas, pero era muy alto y ancho de hombros.

Exactamente igual de alto y ancho de hombros que Theodor.

El gigante parecía haberse dado cuenta de la presencia de Leo entre el público, o por lo menos intercambió algunas miradas temerosas con su flaco compañero de escena. Este también se quedó mirando a Leo por un momento y prosiguió con su preámbulo, esta vez sin aparentar embriaguez.

—Eeeh..., pero antes de que el poderoso Theodor levante el caballo con esta hermosa dama subida a él, vamos a hacer una pequeña pausa. ¡Música, maestro!

La orden cogió a la orquesta un poco desprevenida, pero empezó a entonar una nueva canción y, ante los abucheos del público, los artistas abandonaron raudos la pista.

—¡Maldita sea! ¡Son ellos! —dijo Leo entre dientes—. Se han delatado a ellos mismos con su huida.

Se levantó a toda prisa y pasó por delante del público que estaba sentado hasta que por fin llegó a la salida. A paso rápido, rodeó la pequeña carpa y consiguió ver a los dos hombres que se mezclaban con la multitud y poco después desaparecían en dirección a la Rotonda.

—¡Mierda! —soltó Leo cuando Julia lo alcanzó—. Se me han escapado. ¡A saber qué debe de estar pasando aquí también!

Quiso correr tras ellos, pero Julia se lo impidió.

—Es inútil, Leo. Aquí hay miles de personas. ¿Cómo vas a encontrar solamente a dos?

Tenía razón, era inútil. Cuando volvieron a la carpa, la joven también había desaparecido y solo quedaba el caballo abonando la pista con excremento por completo ajeno al alboroto que se había levantado. El público abucheaba y exigía la devolución del dinero de la entrada. Leo trató de sonsacar a los músicos alguna información sobre los dos tipos, pero era su primer día y estaban igual de indignados porque aún no les habían pagado. Finalmente, Julia apoyó su mano en el hombro de Leo y le dijo:

—No te preocupes. Habíamos acordado que hoy no trabajaríamos, ¿te acuerdas?

Leo cerró los ojos un instante. No soportaba el bullicio del Prater. El olor a almendra tostada, estiércol de caballo, cerveza, serrín y sudor de la multitud le provocaba vértigo.

La aparición de los dos matones había hecho aflorar de nuevo su sensación de fracaso personal y los muchos enigmas que habían quedado por resolver. Por otro lado, ¿qué le importaba ya el caso Strauss? Lo acababan de despedir, su carrera estaba en caída libre y no tenía la menor idea de lo que iba a pasar. Por lo menos, hoy podría desconectar como si fuera uno de esos nuevos aparatos eléctricos. Ya no se acordaba de la última vez que había podido disfrutar así. ¿Quizá después de su examen de Estado? Desde entonces, lo único que había hecho había sido trabajar; en realidad había trabajado toda su vida. Ya le recordarían de nuevo su fracaso con la llegada del fiscal Hans Gross a Viena, dentro de poco.

—Tienes razón —dijo por fin—. Cambiemos de lugar.

Julia sonrió.

—Tengo una idea.

XIX

Julia cogió a Leo de la mano y lo condujo zigzagueando entre los puestos y las carpas hasta que llegaron de nuevo a la Praterstern. No lejos de allí había un pequeño y lúgubre sótano donde un piano y un violín interpretaban la misma música de melodía sugerente que Leo había escuchado unos días atrás en el barrio de Neulerchenfeld, cuando vio por primera vez a Julia sobre el escenario.

—Alfredo, mi pianista, toca aquí cada miércoles —dijo Julia—. Vamos a bailar.

—Pero si no conozco este baile —replicó él un poco avergonzado.

—Yo te llevaré, verás que no es tan difícil. Y tú me llevarás después. El tango es un lenguaje, uno habla y el otro escucha.

Al principio se mostraba un poco torpe, pero era buen bailarín y pronto se movieron al mismo compás. El baile era un poco atrevido, y sus movimientos, más propios de lo que se hace en una cama que de lo que se hace sobre una pista de baile, a la vista de todo el mundo. Julia le había explicado que ese baile no tenía muy buena prensa y que, en parte, estaba prohibido en su país de origen, Argentina, y Leo adivinó por qué.

—Cierra los ojos y déjate llevar por la música —le susurró ella al oído. Entonces se arrimó fuertemente a él y, en voz baja, solo para Leo, empezó a cantar—: *L'amour est un oiseau rebelle, que nul ne peut apprivoiser...*

Después bebieron champán y absenta; las ondas verdiblancas en las copas de esta última parecían amenazadoras nubes de tormenta. Ya a medianoche, entraron bastante entonados en una pequeña pensión cerca del Prater, donde se registraron como señor y señora Wolf. El portero ni siquiera levantó la mirada de su periódico cuando les entregó la llave de la habitación. El proxenetismo estaba prohibido, pero en el distrito segundo se podía encontrar, por unas pocas coronas más, alguno que otro hotel cuyo propietario no se tomara la ley muy al pie de la letra, incluso a altas horas de la noche.

En el último piso, en una pequeña y sucia habitación, Leo se acostó en la cama vestido y escuchó los sonidos de la noche que entraban por la ventana abierta. Miró pensativo a Julia, que se sacaba los alfileres del sombrero y dejaba caer sobre los hombros su rizada melena rojiza. El vestido que llevaba le sentaba fenomenal: el tejido calado de seda natural de color verde oscuro le llegaba ajustado hasta la rodilla y se abría más abajo.

—Cuando te veo así no puedo creer que seas la misma persona que me enseñó la oficina mi primer día en la Jefatura —rio Leo—. ¡Con ese vestido gris ceniza y el peinado, parecía que ibas disfrazada!

Ella lo miró con expresión seria.

—En un mundo donde los hombres mandan, las mujeres tenemos que disfrazarnos si no queremos fracasar. Tal vez esto cambie también con el nuevo siglo. En Inglaterra y América las mujeres están más adelantadas e incluso llevan falda pantalón. —Dejó escapar un suspiro y lanzó a un rincón su sombrero—. En Viena te lapidarían por una cosa así.

—Reconozco que me gustas mucho más con vestido ajustado que con falda pantalón —replicó con una sonrisa y, frunciendo el entrecejo, dijo—: ¿Sabes qué es lo gracioso? Que Stukart nos despidiera por estar liados, pero todavía no lo estamos.

—¿Ah, no? —Julia se sentó junto a él en la cama—. Entonces deberíamos remediarlo lo antes posible, ¿no crees? —Ella le dio un largo beso y él saboreó la dulce absenta de sus labios.

«Mi hada verde», pensó él.

Se abalanzaron el uno sobre el otro como dos sedientos que encuentran agua en pleno desierto. En las horas siguientes, los pensamientos de Leo volvieron al Cementerio Central, a los incontables destinos individuales, sueños, problemas y penurias, pero también alegrías y anhelos que estaban enterrados allí... La vida era demasiado corta para estar siempre pelándose con uno mismo y con los demás. Esa noche Julia le había enseñado qué era lo realmente importante.

Cuando Leo despertó al amanecer, el otro lado de la cama estaba frío y vacío. Julia había desaparecido de la habitación en el desván de la posada tras dejar una nota en la mesilla de noche.

Me pondré en contacto contigo cuando sepa algo más. ¡Mil besos!

—¿«Cuando sepa algo más»? —murmuró Leo—. ¿Qué diablos quiere decir con eso?

De nuevo se preguntó si esa señorita Wolf no encerraría más misterios todavía que el sepulturero malhumorado, los Valses Negros y los cadáveres decapitados.

Poco después estaba sentado con el traje desaliñado en una pequeña cafetería tomando una segunda taza de café moka doble. El buen humor de la noche anterior se había desinflado como el aire de un globo agujereado. Tenía resaca y dolor de cabeza, el agrio olor de su propio sudor le llegaba a través del aroma del café, y la corbata con el nudo aflojado le colgaba sobre el cuello sin afeitar. ¡Si lo viera su padre!

«Por desgracia puede que no tarde mucho en verme así», se lamentó para sus adentros.

Hasta ahora, había evitado pensar en qué iba a ser de su vida. Stukart lo había despedido, ahí no había vuelta de hoja; si no quería morir de hambre, tendría que encontrar otro trabajo en Viena. O bien volver a Graz, al seno de su acomodada familia. Su madre ya lo había perdonado y quizá no le fuera tan mal como él imaginaba... Pero la idea de llamar a la puerta de la casa familiar le hacía sentir más náuseas de las que ya tenía. Cuando cerraba los ojos enrojecidos por el alcohol, por el humo del tabaco y las pocas horas de sueño, veía indistintamente la imagen de su padre, del comisario Stukart o del fiscal Gross; los había decepcionado profundamente a los tres... Por supuesto, también podía pedirle a su madre otro giro postal y ella se lo enviaría sin hacerle preguntas, pero no podía pasarse así el resto de su vida.

Y también estaba Julia.

Leo dio un sorbo al café amargo, que se había enfriado durante sus cavilaciones. En el fondo, con Julia tampoco sabía en qué punto estaba ni qué debía hacer. Esa noche habían hecho el amor con la ardiente intensidad de quienes se sienten los únicos habitantes de un planeta frío y solitario.

Sus sentimientos hacia Julia significaban mucho más que todo lo que había sentido por Hanni; por cualquier otra chica antes que ella, de hecho. Mirando atrás, Leo se preguntó si en realidad había amado a alguien antes que a Julia. La mujer que lo había rodeado estrechamente con sus muslos mientras le susurraba al oído palabras en francés, como había hecho poco antes bailando un tango, distaba mucho de ser la estricta señorita Wolf que había conocido en su primer día en la Jefatura de Policía de Viena. ¿Quién era ella en verdad?

Notaba que Julia no estaba siendo del todo honesta con él, que no se abría del todo. Sospechaba que, en lo más profundo de su ser, todavía le escondía algún que otro secreto. ¡Y eso que por la noche, en el delirio de la absenta, él le había confiado toda su historia! Y ahora ella había desaparecido y él no tenía la menor idea de cuándo volvería a verla. ¡Era desesperante!

Mientras intentaba decidir qué hacer con su vida, Leo pidió otro café moka doble sin azúcar ni nata montada como medicina para su dolor de cabeza. Naturalmente, ese mismo día podía tomar el tren a Graz. En cuanto partiera de la Estación del Sur, todo quedaría atrás: la Jefatura de Policía de Viena, el comisario Stukart, el jefe superior de policía Stehling, el repugnante inspector Paul Leinkirchner —del que aún no sabía cuáles eran sus intenciones—, todas sus derrotas y humillaciones...

Pero también Julia.

«¿Qué hago?»

Para distraerse, cogió uno de los matutinos que un repartidor de periódicos acababa de traer y que ahora estaba extendido sobre la mesa vecina. Se estremeció al examinar con más detalle la portada: bajo las letras en negrita llamaba la atención una imagen espantosa y ya familiar, como salida de una novela de terror. Leo se sobresaltó cuando leyó el titular:

¡EL ASESINO DE LA ESTACA VUELVE A ATACAR!
¡CUARTA VÍCTIMA EN EL PRATER!
¿ANDA SUELTO EL DIABLO POR VIENA?

¿Cuarta víctima? Leo leyó deprisa el artículo. En efecto, el asesino había atacado de nuevo, esta vez cerca de la Lusthaus, en la punta sureste del Prater, al lado del hipódromo. Debió de haber sido poco después de que Julia y él se marcharan del parque la noche anterior. Otra criada había sido cruelmente asesinada mientras los vieneses se divertían en el Calafati y degustaban vino joven en las terrazas de las bodegas. El procedimiento había sido el mismo: un tajo en el cuello y una estaca en la vagina. Unos transeúntes habían encontrado a la joven y había sido imposible ocultar el empalamiento.

Con las manos temblorosas, dejó el periódico a un lado.

Aquello no terminaba nunca. Leo podía irse de Viena y dejarlo todo atrás, pero la matanza continuaría. Tampoco podía hacer nada al respecto ahora que lo habían despedido. ¡Si pudiera al menos descubrir algo más sobre ese extraño club de los Valses Negros! Pero ni siquiera sabía cuándo...

«¿Cuándo?»

Tuvo una idea.

«¿Cómo no se me ha ocurrido antes?»

Volvió a abalanzarse sobre el periódico y lo hojeó de principio a fin. Después lo dejó a un lado e hizo un gesto al camarero.

—Disculpe, ¿no tendrá también por casualidad los números anteriores del *Wiener Zeitung*? ¿Tal vez incluso algunos del verano?

—¿Del verano? —preguntó el camarero con indignación—. El señor estará bromeando.

—Claro, tonto de mí —murmuró Leo—. Eso serían más de cien ejemplares.

Tras pensar un segundo, el hombre dijo:

—Quizá le sirvan las ediciones del fin de semana. Alguna quedará. A los clientes les gusta leerlas.

—Bueno, podemos empezar por ahí. ¡Gracias por su esfuerzo! —Leo deslizó un billete de cinco coronas sobre la mesa y el camarero lo cogió junto con la taza vacía.

—Un placer, señor.

Al cabo de unos minutos volvió cargado con un mazo de periódicos en los brazos y lo colocó sobre la mesa de al lado frunciendo con teatralidad el entrecejo. Sin prestar atención a las indiscretas miradas de sorpresa de los otros clientes, Leo empezó a ordenar los ejemplares por fecha. No solamente había suplementos de fin de semana, sino también números incompletos y hechos trizas. Empezó desde la edición de Pentecostés en adelante.

«Veinte de mayo, veintisiete de mayo, tres de junio...» En el número del ocho de julio encontró un breve aviso en la sección de sociedad en el que se hablaba de una fiesta de valses en el Palacio del Archiduque que debía celebrarse la semana siguiente, y en el del quince de julio estaba el anuncio que él ya conocía. Nervioso, siguió hojeando hasta que se topó con dos avisos más, en agosto y septiembre, que también informaban de valses organizados por el mismo club en la Schwarzenbergplatz. En el último número encontró por fin lo que buscaba. Un pequeño anuncio en la página doce, oculto entre un derbi en el hipódromo de Freudenau y un acto benéfico para los huérfanos de Ottakring. La fecha coincidía con la del día que encontraron a la criada muerta junto a la Rotonda del Prater.

Los Amigos del Vals Vienés organizan una tranquila velada musical el Día de Todos los Santos. Después de una serie de fiestas en la Schwarzenbergplatz, el evento tendrá lugar esta vez en un nuevo emplazamiento del que los miembros serán puntualmente informados. Se ruega vestir de negro para la ocasión.

Leo se llevó la mano a la boca para no gritar. Esa gente utilizaba los anuncios en los periódicos con dos objetivos: para dar una apariencia legal a sus actividades, pero también para difundir la convocatoria antes del evento. Por esa razón los publicaban en días distintos. Y apenas quedaban dos para Todos los Santos. Ese día, algunos hombres ricos e influyentes volverían a abusar de menores entre puros, vino y música de vals. Y era muy probable que esta vez llamaran menos la atención, porque en Todos los Santos la mayoría de la gente viste de negro.

«Dos días...»

Leo dejó unas cuantas monedas sobre la mesa y se levantó a toda prisa. No podía permitir que esos malnacidos volvieran a actuar. No sabía qué haría después, pero durante los dos próximos días saldría de caza.

A la caza de los hombres del Vals Negro. Tenía que averiguar dónde se reunirían esta vez.

Y ya tenía un plan para empezar la búsqueda.

XX

Del *Almanaque para sepultureros*, de Augustin Rothmayer, escrito en Viena en 1893

Cualquiera que haya descendido hasta el fondo de una fosa habrá escuchado un suave e inquietante sonido semejante al de un raspado. Criaturas ínfimas, como por ejemplo el escarabajo araña o el piojo de los libros, llevan a cabo su meticuloso trabajo en los cadáveres, a veces durante siglos. En ocasiones, el suelo aparece cubierto por una capa de polvo rojo que se levanta al pisarla. Se trata de un hongo llamado Hypha bombicina, *que reseca los cadáveres y se come poco a poco los órganos internos. El ignorante confundirá este polvo con sangre seca. La cripta de la iglesia de San Miguel, situada delante del Palacio Imperial de Hofburg, es un lugar excelente para estudiar este espectáculo de la naturaleza. Toda bestia en este orbe tiene su cometido.*

—¿Seguro que podrá entrar en acción después de haber estado enfermo? ¿Y encima a estas horas? —preguntó preocupada la señora Rinsinger mientras Leo se abrochaba la chaqueta en el pasillo.

—Seguro, señora Rinsinger, no se preocupe.

—¿Tiene esto que ver con el medicamento del que hablaba su joven compañera?

—¿Compañera? ¿Medicamento? —Leo arrugó la nariz, pero después cayó en la cuenta—. ¡Ah, ese medicamento! Sí, me fue de maravilla, aunque tiene algún pequeño efecto secundario, sobre todo dolor de cabeza.

—Por cierto, para mi gusto tiene usted trajes más bonitos que el que lleva puesto... —observó la señora Rinsinger, deslizando una mirada crítica por la vestimenta de Leo: gorra de plato, chaqueta negra ajustada y unos pantalones de lona deshilachados que le había comprado esa mañana a un sastre remendón. Como calzado llevaba unas sencillas y toscas botas de piel.

—Estamos investigando de incógnito, señora Rinsinger. Ahora, si me disculpa... —dijo echándose el bolso de piel al hombro y dirigiéndose hacia la puerta.

—¡Y no arme tanto escándalo cuando vuelva! —lo reprendió la casera—. Hay gente que ya duerme a esas horas, como sabrá.

—Y hay otra gente que atrapa a delincuentes —replicó Leo con ironía—. Que tenga usted una buena noche, señora Rinsinger.

Cerró la puerta y bajó rápidamente las escaleras hasta la calle, donde ya hacía tiempo que el cielo había oscurecido. Las campanas de la iglesia Votiva dieron las nueve. Leo se dirigió con paso rápido al ayuntamiento y, cuando se puso la gorra hasta casi taparse la cara, se sintió igual que un malhechor.

«Como un ladrón de ganzúa», pensó.

Solo habían pasado doce horas desde el desayuno con resaca en Leopoldstadt, pero le parecía que habían sido días. ¡Aún tenía que preparar muchas cosas! Le había dicho a su casera que tenía una misión nocturna relacionada con el asesino de la estaca y que no podían prescindir de él. La última hora, mientras cenaban albóndigas de papa salteadas y col, la señora Rinsinger le fue acribillando con preguntas que él respondió con evasivas.

Al fin y al cabo, no podía decirle que tenía previsto entrar en el Palacio del Archiduque forzando la entrada.

La bolsa de cuero, que también acababa de comprar, le tiraba de los hombros, y las botas le apretaban. Había elegido esa vestimenta porque era negra como la noche y ocultaba muy bien su identidad, es decir, era práctica y desahogada; y, por cierto, mucho más agradable de llevar que un traje de tres piezas y corbata, como el propio Leo tuvo que admitir. ¿Qué diría Julia si lo viera? Aún no había recibido noticias de ella, pero ahora debía concentrarse en otra cosa.

Por la tarde había ido a recoger las ampliaciones de las fotografías que había revelado con Julia en el estudio fotográfico de Carl Pietzner. En efecto, en ellas podían apreciarse unas huellas que recordaban los dibujos ondulados que hacían las serpientes sobre la tierra; hasta ahora no había sido capaz de reconocerlos. Luego escondió las imágenes debajo de su colchón. No es que pensara que la señora Rinsinger se las fuera a robar, pero después del desgraciado incidente en la Jefatura se había vuelto más precavido. Mañana les echaría otro vistazo, quizá con Julia, si es que se ponía finalmente en contacto con él. Le invadió un ligero resentimiento. Había pensado que su relación significaba algo más que una aventura para Julia. ¿Tanto se había equivocado con ella?

Entretanto ya había llegado por el Ring a la altura de la Rathausplatz, donde se subió a uno de los tranvías de caballos como un transeúnte más. Los pocos pasajeros apenas levantaron la mirada. Leo parecía un trabajador más que había acabado su turno. Sonó una campana y el tranvía continuó el trayecto pasando por delante de dos museos de reciente inauguración, la Heldenplatz, el Hofgarten y la Ópera, hasta que por último se detuvo en la Schwarzenbergplatz.

Se bajó allí y contempló la enorme construcción que se alzaba ante él en la oscuridad de la noche como un castillo fantasmagórico. Anna había hablado del palacio de un príncipe negro, y ese era exactamente el aspecto que el edificio ofrecía. El Palacio del Archiduque había sido construido al estilo renacentista italiano. Tenía una única torre circular y una hilera de ventanas con arco de medio punto en el primer piso flanqueadas por columnas clásicas sobre las cuales, pegadas a la fachada, se elevaban seis estatuas de gran tamaño, precisamente los seis hombres de los que la pequeña había hablado. Leo había pasado varias veces por delante de ellos sin prestarles demasiada atención; representaban a personajes famosos de la historia de Austria: generales, príncipes, arquitectos, catedráticos... Pero en mitad de la noche parecían seis siniestros caballeros.

No había ninguna luz encendida y el palacio parecía deshabitado, pero Leo estaba seguro de que por lo menos tenía que haber algún vigilante nocturno. El archiduque hacía tiempo que se había trasladado de Viena al Palacio de Klessheim en Salzburgo, pero el edificio seguía siendo su palacio y con toda probabilidad albergaría un gran número de objetos valiosos.

Leo se echó la bolsa al hombro y rodeó con sigilo el edificio con forma de caja. Desde la Schwarzenbergplatz resultaba casi imposible entrar en él, pues a pesar de lo tarde que era todavía merodeaba algún que otro transeúnte por la calle. Otro aspecto presentaba el lado este, donde un estrecho callejón oscuro discurría junto al palacio. Había allí una puerta maciza, pero justo por encima del marco sobresalía un balcón desde el que se podía acceder a una ventana de dos hojas.

Examinó la pared. En ella había algunas molduras y piedras salientes a las que poder agarrarse. Miró a su alrededor con cautela, no había guardias ni peatones. Se colgó la bolsa por la espalda y empezó a trepar lo más rápido que pudo. Fue más fácil de lo que había pensado en un principio; como cuando, años atrás, se subía al manzano del gran jardín de sus padres en el lujoso barrio residencial de Geidorf, en Graz, bajo los gritos horrorizados de Lili, su hermana menor. Leo no pudo evitar esbozar una sonrisa.

«Si las circunstancias hubieran sido otras, probablemente habría sido un buen delincuente. Pero supongo que lo mismo se puede decir de otros muchos agentes de policía.»

Agarrándose con ambos brazos se subió al barandal y se dejó caer sobre el suelo del balcón. Se detuvo un momento para escuchar. Parecía que nadie había notado su presencia. Se incorporó y miró a través del cristal empañado de la ventana, pero no pudo ver nada detrás. Buscó a tientas en su bolsillo la botellita de goma arábiga que había sacado de su maletín de instrumental para escenarios del crimen y que servía para recoger huellas.

Pero esta vez su uso sería otro.

Hasta ese momento Leo no había reparado en lo parecidos que eran los recursos utilizados por la policía y los delincuentes. Con sumo cuidado, extendió la masa de goma arábiga sobre una parte de la ventana, pegó un trozo de papel sobre ella y dio un golpe con el codo. Sonó un suave tintineo al romperse el cristal, pero los fragmentos no fueron a parar ruidosamente al interior, sino que se quedaron pegados en el papel. Leo esperó un instante. Al no oír nada extraño, introdujo la mano por el agujero resultante, abrió la ventana desde dentro y se deslizó con disimulo al interior del palacio.

Se encontró en una sala de techos altos decorada con muebles de diferentes tamaños, todos ellos cubiertos con sábanas. Olía intensamente a humedad, como si nadie se hubiera ocupado de ventilar la estancia durante mucho tiempo. Leo encendió la pequeña linterna de petróleo que, al igual que la goma arábiga, también había cogido del maletín de instrumental para escenarios del crimen. La mecha tardó un poco en arder. Con los párpados entrecerrados miró a su alrededor y vio tres puertas que salían de la sala. ¿Cuál de ellas debía tomar? Se decidió por la de en medio, pero estaba cerrada con llave. Maldiciendo en silencio volvió a rebuscar en el bolsillo y sacó un manojo de ganzúas. Cuando estudiaba con Hans Gross había asistido a una clase de robo con fractura en la que su mentor puso especial interés en que sus alumnos supieran abrir cerraduras sin utilizar una llave.

«Recuerden: ¡solo quien es capaz de empatizar con un delincuente puede ser un buen juez de instrucción! Piensen como un criminal. ¡Solo así desenmascararán finalmente al culpable!»

Leo nunca había imaginado que su empatía lo llevaría algún día a irrumpir en el palacio del hermano del emperador.

Por suerte, la cerradura no era demasiado compleja y al cabo de unos minutos consiguió abrirse paso con la ganzúa adecuada. Abrió con suavidad la puerta y miró hacia un largo pasillo que había detrás y del que salían de nuevo muchas más puertas...

Leo volvió a preguntarse por enésima vez qué esperaba conseguir con este registro. No cabía duda de que en el palacio se había celebrado un Vals Negro, incluso varias veces, pero la última había sido hacía casi un mes. Para el próximo baile, el club había elegido otro lugar, quizá porque tenían un mal presentimiento. ¿Pensaba de verdad Leo que aquí iba a encontrar alguna pista útil para seguir investigando?

Reflexionó frenéticamente. Podría ser que el misterioso club hubiera publicado sus anuncios en los periódicos para que los transeúntes que pasaran por casualidad por los alrededores no sospecharan de las luces y la música del interior. Por consiguiente, el baile no habría tenido lugar en un sótano o en alguna sala lateral, sino en un gran salón, tal como había relatado también la pequeña Anna.

«¡El salón de baile!»

Desde el exterior, Leo ya se había fijado en los grandes ventanales que había debajo de las estatuas, de manera que una vez dentro se orientó con facilidad y recorrió el largo pasillo hasta llegar a la puerta del lado frontal. De nuevo sacó una ganzúa y esta vez solo le llevó unos segundos forzar la cerradura. Después de abrir la puerta con sigilo, vio un amplio salón con enormes arañas de cristal colgando del techo. Mientras los finos haces de luz de la lámpara de petróleo recorrían el espacio, Leo se sintió como si estuviera en una enorme cueva repleta de estalactitas relucientes. Notó un leve olor a humo de cigarro frío mezclado con perfume. Los candelabros de altura humana que había repartidos por toda la sala todavía tenían cera pegada que colgaba como si fueran lágrimas congeladas. A la derecha, separado del resto del espacio por un barandal, se elevaba un escenario para una orquesta; los peldaños estaban decorados con coronas de hojas de roble secas. Sobre la tarima del escenario había unas cuantas sillas y en el suelo polvoriento podían verse varios naipes desperdigados y papeles arrugados. Leo cogió uno de ellos. Eran partituras.

Se sobresaltó al leer los versos de una canción:

Dios, qué bella es la chiquilla,
en el diván mejor que en la silla...

Se quedó pálido. Era la misma canción que el sepulturero Augustin Rothmayer había tocado sin sospechar que sus notas provocarían en Anna un ataque de pánico. Era la maldita tonada que había despertado en la pequeña el recuerdo de aquella terrible noche.

En el diván mejor que en la silla...

Asqueado, Leo dejó caer el papel al suelo y exploró el espacio con la mirada. Ya no había ninguna duda. Había ocurrido justo allí, en esa mismísima sala. Se imaginó a niñas de la edad de Anna, flacas y pálidas, vestidas solamente con máscaras, en compañía de hombres viejos y gordos, bailando en el gran salón al compás de tres por cuatro antes de desaparecer en las habitaciones adyacentes y los reservados.

Sintió náuseas.

Deambuló durante un rato por el gran salón en busca de algo que pudiera ser de ayuda, un programa con un nombre, una pista sobre el lugar del próximo baile, un solitario guante perdido, un chal de seda con unas iniciales bordadas... Pero no encontró nada. Finalmente se detuvo en el centro del majestuoso salón de techos altos. Por lo menos tenía claro que esos hombres no celebraban sus fiestas en un piso alquilado ni en la trastienda de alguna taberna. Les encantaba aparentar. Mientras bailaban el Vals Negro con las chicas se sentían como reyes.

Soberanos con un poder ilimitado.

Justo cuando Leo se disponía a inspeccionar algunos de los reservados adyacentes, oyó un crujido a sus espaldas. Cuando se volteó, su mirada se posó en la gran puerta de dos hojas del lado oeste, que se estaba abriendo. En la rendija había un vigilante uniformado portando una linterna de petróleo cuyo haz iluminó a Leo. Por un momento, ambos se quedaron paralizados bajo la luz. Entonces, el hombre se movió.

—¡Quieto! —gritó—. ¡Quieto o disparo!

Para reforzar su advertencia, el hombre sacó un revólver. Leo apagó al instante su luz delatora y corrió en dirección a la puerta por la que había entrado al salón con la esperanza de que el guardia lo perdiera de vista en la oscuridad. Pero la luz de la linterna de petróleo lo alcanzó implacable.

—¡Quieto, maldita sea! —volvió a gritar el hombre.

Mientras Leo seguía corriendo sonó un disparo. Supuso que el vigilante nocturno no podía apuntar bien, pues un estrépito de cristales y un posterior estruendo ensordecedor le indicaron que su perseguidor había tropezado con uno de los candelabros. Sonó un segundo disparo. Leo se tambaleó. El estallido le trajo el recuerdo del duelo con Ferdinand.

«Veinte pasos de distancia..., apunten..., fuego...»

Una pared negra se interpuso en su huida. Leo tropezó y tuvo que agarrarse a uno de los candelabros, que cayó armando un fuerte estruendo. Se tambaleó, sentía las piernas como si fueran de goma y perdió el equilibrio justo cuando se produjo el tercer disparo.

—¡Te voy a dejar seco, rufián! —tronó tras él la voz del vigilante nocturno—. ¿Me oyes? ¡Seco te voy a dejar como no te estés quieto!

Solo el miedo a morir hizo que Leo sacara fuerzas de flaqueza. Corrió hacia la puerta alta, siguió por el pasillo, pasó por la sala de los muebles cubiertos con sábanas y de allí a la ventana. Detrás de él oía los pasos apresurados de su perseguidor. Abrió la ventana de un puntapié, se coló por ella y trepó por encima del balcón hasta quedar colgado con los brazos del estrecho barandal. ¿Cuánto habría hasta el suelo? ¿Tres metros?

«Lo suficiente para romperme las piernas...»

Leo se soltó justo cuando los pasos del vigilante resonaron en el suelo sobre él. La caída le cortó un momento la respiración y salió rodando. Le dolía un poco el tobillo derecho, pero había salido sorprendentemente ileso de allí. Sin duda, la blanda chaqueta había amortiguado un poco el impacto. Se apartó cojeando del alcance de la luz de las linternas de gas y un último disparo estalló sobre él.

Leo se ocultó por fin en la salvadora oscuridad de la parte trasera del palacio, donde se apoyó en un poste de luz. No había conseguido avanzar.

Y el siguiente Vals Negro era dentro de dos noches.

XXI

A la mañana siguiente, unos fuertes golpes despertaron a Leo. Soñaba que tenía a Julia entre sus brazos, aunque se le escapaba continuamente como un pez resbaladizo. Tardó un tiempo en darse cuenta de que no estaba abrazado a Julia en la penumbra de una habitación de hotel, sino a solas en la cama de su pensión y que los golpes los estaba dando probablemente la casera.

No era un buen presagio.

—Señor Von Herzfeldt, tenemos que hablar —sonó la voz molesta de la señora Rinsinger a través de la delgada puerta—. ¡Esto no puede seguir así! ¿Me oye? —Volvió a golpear la puerta.

Leo emitió un leve quejido y se incorporó. Afloraron entonces los recuerdos de la noche pasada y, con ellos, el dolor en su tobillo derecho.

Poco después de saltar por la ventana del Palacio del Archiduque había visto a un par de guardias y tuvo que huir a un pequeño parque vecino. A esa hora ya no pasaba ningún tranvía de caballos y por su atuendo miserable tampoco habría podido tomar ningún coche de punto, de manera que tuvo que ir cojeando hasta la pensión, donde al llegar se metió en la cama y se quedó profundamente dormido.

Cansado, Leo se frotó los ojos a la fría luz matinal que entraba a través de las cortinas. En realidad era un madrugador, pero desde que ya no iba a la Jefatura se levantaba cada día un poco más tarde. Parecía que la señora Rinsinger pretendía ayudarlo a recuperar su anterior disciplina.

—Señora Rinsinger, siento mucho haberla despertado anoche, pero la investigación que hice de incógnito...

—Una cosa es que me despierte —lo interrumpió la señora Rinsinger—, y otra muy distinta es que cite aquí a sus testigos. ¡En mi pensión! Y ni siquiera son las ocho de la mañana.

—¿Testigos? —Leo saltó de la cama completamente despierto—. ¿Qué testigos?

—Será mejor que se lo pregunte usted mismo. El señor espera en la sala. Está ensuciando la alfombra con sus botas y además es un poco..., bueno, me da miedo.

Leo intuyó lo peor.

—¿Lleva un abrigo negro y un sombrero de ala ancha? —preguntó profético.

—Así es. Quise ayudarlo a quitarse el abrigo y el sombrero, pero me dijo que era su uniforme de trabajo. Además, desprende un fuerte olor, como a ratón muerto y podrido.

—¡Dios! —susurró Leo—, ¡lo que no me pasa a mí...! —Dirigiéndose a su casera, le dijo en voz alta—. ¡Ya salgo, señora Rinsinger! Ha sido un malentendido. No volverá a ocurrir.

Se vistió a toda prisa, se arregló el pelo y salió al pasillo, donde estaba la casera mirándolo con desconfianza.

—¿Se puede saber qué le pasa, señor Von Herzfeldt? Si está enfermo, guarde cama. Tiene un aspecto terrible, si

372

me permite decírselo. No estoy acostumbrada a estas apariciones en mi pensión.

Leo se frotó la barbilla sin rasurar. Ni siquiera se había podido mirar al espejo, lo cual quizá fuera también lo mejor. Se dio cuenta entonces de que se había abotonado mal la camisa y llevaba los faldones por fuera del pantalón.

—Como le he dicho, no volverá a ocurrir —se disculpó en voz baja—. Y ahora, si me disculpa...

Recorrió cojeando el pasillo y entró en la pequeña sala donde la señora Rinsinger recibía a sus escasos invitados. Sobre todos los estantes y muebles había jarrones con flores de cera polvorienta, piezas de vajilla con esmalte dorado y todo tipo de baratijas, incluidas muchas figuritas de ángeles. A la señora Rinsinger le encantaban los ángeles, cuanto más cursis, mejor, y tenía mucho cuidado de que ninguno de ellos sufriera ningún daño. Durante su primera conversación se lo recalcó a Leo varias veces.

Augustin Rothmayer estaba de espaldas. Sostenía uno de los angelitos a la altura de la nariz y lo observaba con curiosidad. Como de costumbre, tenía las botas manchadas de tierra, como si acabara de salir de una fosa. De pronto lanzó juguetonamente la figurita al aire y la atrapó al vuelo.

—¡Vuelva a ponerla en su sitio antes de que se le caiga! —lo reprendió Leo hablando entre dientes.

Rothmayer se volteó y dijo con una sonrisa burlona:

—¡No diga tonterías, inspector! ¡Los ángeles vuelan!

—Déjese de bromas, que ya me está causando suficientes problemas.

—Son extraños, estos angelitos, ¿no cree? —comentó Rothmayer mirando la estatua de yeso dorada que todavía tenía en la mano—. ¿Por qué vemos siempre a los mensajeros del Señor como críos regordetes de sonrisa estúpida? ¡Imagínese que va al cielo y está repleto de tragones regordetes y risueños revoloteando por ahí! ¿Sabía que el arcángel Miguel tiene una espada flamígera y el Azrael del Corán lleva una guadaña para extraer las almas de los cuerpos?

—Señor Rothmayer, sospecho que no ha venido tan temprano para enzarzarse en ninguna controversia teológica conmigo —lo interrumpió Leo—. ¿Quién le ha dicho dónde vivo?

Augustin Rothmayer se encogió de hombros y depositó el ángel junto al resto no sin antes lanzarle una última mirada sarcástica.

—Pregunté al profesor Hofmann, y él conoce a gente de la policía.

—Ya veo —asintió Leo—. Entonces también se habrá enterado de que ya no estoy en la policía.

—Eso no me importa un carajo. Usted es el único poli que conozco, usted y su agradable amiguita. —Rothmayer echó una ojeada a la sala recargada y de olor dulzón—. ¿Ella también vive aquí?

—No, no vive aquí. Y tampoco sé dónde vive ni qué hace. Dígame, ¿a qué ha venido?

—¿Que a qué he venido? Quiero saber si ha avanzado con lo de los Valses Negros. ¡Quiero que procesen a esos bastardos para que Anna pueda volver a dormir tranquila! Lleva días llorando a mares, ¿y qué noticias recibo de usted, inspector? ¡Nada de nada! Así que me dije, iré a verlo en persona.

—Tenía la impresión de que quería deshacerse de Anna —comentó Leo con aire de suficiencia—, y ahora, de repente, se preocupa por ella como si fuera su propia hija.

—Me ayuda a trenzar coronas —refunfuñó Rothmayer—. En esta semana de Todos los Santos y de los Fieles Difuntos cualquier ayuda es buena. Eso es todo.

—Claro, claro, trenzar coronas. —Leo sonrió mientras el sepulturero miraba a un lado como un travieso sorprendido en flagrante delito, pero enseguida recuperó el semblante serio—. No, me temo que todavía no tengo novedades. Solo sé que... —Dudó por un momento. ¿Debía contarle a Augustin Rothmayer todo lo que había sucedido en los últimos días? El sepulturero parecía estar realmente interesado en las jóvenes asesinadas. Además, Leo tenía que admitir que Rothmayer lo había ayudado unas cuantas veces.

«¡Qué diablos! Ya no tengo nada que perder.»

Leo carraspeó y empezó a hablar de su despido, la desaparición de las fotografías de su despacho, el incidente en el Prater y su irrupción en el Palacio del Archiduque la noche anterior. Rothmayer sonrió.

—Vaya, vaya, me empieza a gustar como poli. Se cuela en casa de Luziwuzi como quien entra a robar en un almacén de papas.

—No me divierte nada hacerlo, créame —gimió Leo. Luego se sentó a la mesa con las flores de cera y se frotó el tobillo dolorido—. ¡Y encima no conseguí absolutamente nada!

—Bueno, por lo menos sabemos que Anna tenía razón. —Rothmayer se sentó también en una de las pequeñas sillas tambaleantes y palpó con profesionalidad las flores de cera de los jarrones—. Buena calidad, aunque para una tumba prefiero flores de verdad. Nada debería durar una eternidad. —Apartó uno de los jarrones y examinó a Leo con una mirada despierta pero extrañamente triste—. Y ahora, ¿qué?

—Tampoco lo sé. Si pudiéramos... —Leo titubeó.

Volvieron a llamar a la puerta, esta vez con mucha más timidez que antes.

—¿Sí? —preguntó Leo—. ¿Desea algo más, señora Rinsinger?

La casera metió la nariz en la sala y, con un escalofrío visible, observó al sepulturero enfundado en su largo abrigo negro.

—Pensé que le apetecería un café, señor Von Herzfeldt. O tal vez un té, como todavía sigue enfermo...

—Yo tomaré un moka con extra de nata batida sin azúcar, Dios se lo pague —pidió Rothmayer, que se dirigió después a Leo—: ¿Y usted, inspector?

—Yo, eh... Quizá un té, ¡gracias! —Leo llegó a preguntarse si realmente estaba enfermo, quizá todo aquello no fuera más que un simple delirio.

La señora Rinsinger volvió a desaparecer y Leo perdió el hilo durante un rato. Al final lo retomó:

—Tenemos que averiguar dónde tendrá lugar el Vals Negro de Todos los Santos. Es la única manera de poder atrapar a esos tipos.

—Bueno, si Johann Strauss vuelve a tocar, simplemente podríamos acecharlo ese día —propuso Rothmayer—. El valiente señor inspector podría seguirlo en un fiacre.

—Llamaría la atención. Además, no está claro que Johann Strauss vuelva a participar. Es demasiado tarde. Tenemos que actuar de otra manera.

—¿Y si pregunta a algún colega de la policía? Lo han despedido, pero seguro que todavía le queda algún amigo en la Jefatura...

—Enemigos, más bien —suspiró Leo—. Creo que tengo a todo el mundo en contra. Por si fuera poco, he llegado a pensar que uno de los compañeros está involucrado. Como mucho... —reflexionó— podría preguntarle al joven Jost, quizá podamos encontrar algo en los archivos de la policía. A esos tipos de la Asociación de Amigos del Vals Vienés les encantan los edificios vacíos e imponentes. Habría que averiguar cuántos hay en Viena con estas características. Palacios, castillos, propiedades... Después de todo, tienen que estar vigilados, también por la Policía de Viena.

—Y recuerde que es Todos los Santos —añadió Rothmayer.

—¿Qué quiere decir?

—Pues que en el Día de Todos los Santos está prohibido bailar. Esos bastardos tendrán que buscar un lugar especialmente apartado para no llamar la atención. Eso nos facilita las cosas.

—¡Maldita sea, tiene razón! Por eso tampoco van esta vez al Palacio del Archiduque. —Leo sonrió—. Habría sido usted un policía excelente, señor Rothmayer.

En ese mismo momento pensó en lo extraño que era todo aquello. Hacía apenas unos meses era un joven y prometedor juez de instrucción en Graz, y ahora estaba en compañía de un sepulturero vienés de rostro pálido, rodeado de ángeles de yeso y flores de cera y pensando en qué palacio iba a irrumpir próximamente.

Rothmayer interrumpió las reflexiones de Leo:

—¿Y qué hay de la joven señorita? Su ligue. Ella también podría ayudarnos.

—No es ningún ligue. Además, hace dos días que no se pone en contacto conmigo... —Leo enmudeció al venirle una idea a la mente. El hecho de que Julia no se hubiera comunicado con él podía significar muchas cosas. Quizá no quería verlo de momento, o quizá le había pasado algo, o quizá...

Su última idea era tan osada, funesta y fuera de lugar que ni siquiera quiso terminar de pensarla.

—Tendremos que arreglárnoslas sin Julia —dijo por último—. Además, tengo las ampliaciones, aunque no sé si serán realmente útiles.

Augustin Rothmayer frunció el entrecejo.

—¿Qué ampliaciones?

—Espere, se las mostraré. Quizá pueda usted descubrir alguna cosa.

Leo se levantó, abrió la puerta de la sala y casi tropezó con la señora Rinsinger, que estaba de pie con un servicio en las manos y poniendo cara de inocente, como si no hubiera estado escuchando a escondidas.

—Eh... ¿se va, inspector?

—Deje las tazas sobre la mesa —dijo Leo al cruzarse con ella—. Vuelvo enseguida. —Medio en broma, se le ocurrió pedirle a la señora Rinsinger que se uniera a la conversación.

«Un sepulturero y una casera entrometida como compañeros de investigación —pensó—. Solo falta un violinista vienés de música *schrammel* para completar la casa de los horrores...»

378

Rothmayer sorbía aparatosamente de su taza de moka cuando Leo volvió a la sala y dispuso las fotografías sobre la mesa. Las imágenes ampliadas eran del tamaño de un libro abierto y mostraban una sucesión de extrañas líneas serpenteantes, de unos tres centímetros de ancho, marcadas sobre el suelo de tierra.

—¿Qué son? —preguntó Rothmayer.

—Yo tampoco lo sé. Una especie de huellas que encontré en los dos escenarios del crimen del Prater: la colina de Constantino y la Rotonda. Quizá también había rastros en los otros dos escenarios, pero no tengo fotografías de ellos.

—Mmm... —El sepulturero se rascó la nariz y estudió las imágenes—. ¿Tal vez las huellas de uno de esos nuevos y escandalosos automóviles?

—En la colina de Constantino seguro que no, el camino allí es demasiado estrecho, y tampoco en la Rotonda. Además, las huellas son demasiado pequeñas y están aisladas. Por la anchura podrían ser de una carretilla, como las que suelen llevar los vendedores ambulantes o los traperos. Pero eso no encajaría en absoluto con nuestro perfil del autor. —Leo se dio una palmada en la frente—. ¡Es desesperante! ¡No encaja nada!

—Calma, inspector. Si algo he aprendido de los muertos es que no hay que atosigarse. ¿Qué sabemos hasta ahora? —Augustin Rothmayer sacó varias flores de cera del jarrón y las colocó con cuidado una a una sobre la mesa—. Tenemos cuatro pobres jóvenes, todas ellas con el cuello rebanado y terriblemente empaladas. Después hay dos cadáveres decapitados, el de una muerta del Cementerio Central que alguien desenterró y el del hermanastro de Strauss, que perdió la cabeza en el Instituto Forense. —El sepulturero cogió entonces dos ángeles de yeso de una de las estanterías y exclamó—: ¡Zas! ¡Cholla fuera!

—¡Ni se le ocurra romper la cabeza de esas figuras! —advirtió Leo—. Si no, la señora Rinsinger le cortará la suya, por muy alta que la tenga.

—¿Y quién me enterrará si el sepulturero está muerto? —replicó burlón Rothmayer mostrando una dentadura sorprendentemente perfecta y perlina, que a Leo le recordó la de un lobo—. Mejor no arriesgarse —concluyó dejando las figuritas con cuidado sobre la mesa.

—El empalamiento y la decapitación son métodos para deshechizar a muertos vivientes, y ello hablaría en favor de un único perpetrador, ahí le doy la razón —asintió Leo—. Yo lo veo así: están esas fiestas atroces de los Valses Negros. A varias chicas se les va la lengua, entre ellas tal vez Valentine Mayr, y se las cargan con una brutalidad desmedida para desviar la atención... Cosa que han conseguido magníficamente bien, solo hay que ver las noticias de los periódicos de los últimos días. Toda Viena habla de un demonio empalador y nadie se acuerda de las jóvenes criadas violadas que quizá salían de algún baile.

Se oyó un chirrido fuera de la sala, con toda probabilidad era la señora Rinsinger, que seguía detrás de la puerta, pero a Leo ya le daba igual.

—Bernhard Strauss sabe que su medio hermano Johann es miembro de ese terrible club y lo chantajea, puede que también por el plagio de *El Danubio azul* —siguió reflexionando Leo en voz alta—. El maestro Strauss, o quizá su impasible esposa Adele, contrata entonces a unos matones para cargarse al detestado hermanastro Bernhard. Fingen un suicidio, y con la muerte del médico se deshacen de un posible consabidor.

—Y los matones serían los dos idiotas que vio usted en el Prater —interrumpió Rothmayer asintiendo con la cabeza—, los mismos que habrían desenterrado el cadáver de Strauss en el Cementerio Central.

—Pero sigo sin comprender por qué lo hicieron. ¿Son también ellos los asesinos de la estaca? —se preguntó Leo encogiéndose de hombros—. Probablemente no, porque siempre ha habido huellas de un único asesino, nunca de dos. Además, sospechamos que se trata de una especie de gigoló, algo que ese par de espantapájaros no pueden ser ni por asomo, aparte de que todo apunta a que son rematadamente idiotas. Preguntas y más preguntas... —Pensativo, Leo tiró con suavidad de las flores de cera—. ¿Por qué alguien querría cortar la cabeza del cadáver de Strauss una vez muerto y qué explicación tiene la segunda decapitada? ¿Y quién demonios se dedica a robarme fotografías en mi despacho de la Jefatura?

Leo se lamentó. No hacía mucho, le había soltado al joven Jost un sermón sobre la importancia de la lógica y el poder de la observación, y se había vanagloriado ante él de sus habilidades... Y ahora era incapaz de resolver estos enigmas.

Rothmayer dio unas palmaditas cariñosas sobre la rodilla de Leo, dejando en ella restos de tierra húmeda. Intentó consolarlo:

—No se desanime y pregunte a Augustin, inspector. No está solo. Me tiene a mí.

—¡Menudo consuelo! —rio Leo desesperadamente—. Siempre es bueno tener a un sepulturero al lado.

—Mi especialidad son los muertos, y en este caso tenemos un montón. —Rothmayer empujó los dos ángeles sobre la mesa—. Tenemos dos cadáveres sin cabeza..., pero hay algo raro. A Bernhard Strauss le cortaron la cholla con la misma tosquedad con la que alguien muerde la punta de una salchicha. En cambio, a Gerlinde Buchner, la muerta del Cementerio Central, la decapitaron limpiamente. Y está demostrado que había muerto de tuberculosis, así que no, en su caso no fue ni asesinato ni suicidio.

—Quizá solo fuera una broma de los estudiantes de Medicina —especuló Leo—, y por consiguiente no tiene ninguna relación con el caso. Y solo se trata de una coincidencia.

—De ser así, no le hubieran puesto la cabeza entre las piernas. Es una vieja costumbre para deshechizar a los muertos vivientes.

—La cabeza entre las piernas... —Leo alzó la mirada sorprendido—. ¿Y me lo cuenta ahora?

—No me lo preguntó —respondió Rothmayer encogiéndose de hombros—. Dígame qué puedo hacer, inspector, y entonces lo haré. Haré todo lo posible para que esos cerdos acaben en el patíbulo.

—Debería cuidar de Anna, señor Rothmayer. Además, usted todavía tiene un empleo, no como yo. Los días de Todos los Santos y los Fieles Difuntos están cerca y tiene mucho que hacer, como ya me ha dicho. Pero lo avisaré si averiguo algo.

Leo se levantó y, cuando iba a guardar las fotografías debajo del chaleco, encontró en el bolsillo interior una bolsita de papel. En ella se encontraba el andrajo de tela impregnada con la sustancia negra que había descubierto en el lugar del crimen junto a la Rotonda. Tras un momento de duda, entregó la bolsita a Rothmayer.

—Usted tiene hilo directo con el profesor Hofmann. Muéstrele esto, tal vez pueda descubrir de qué sustancia se trata. Si dejo este pedazo de tela por aquí, mi casera podría utilizarlo por descuido como trapo de limpieza, ¿verdad, señora Rinsinger? —Y abrió de un jalón la puerta de la sala. Afuera, la casera fingía limpiar el polvo de los cuadros del pasillo.

—¿Decía algo? —preguntó ella sin sonrojarse lo más mínimo y haciendo alarde de unas notables dotes interpretativas, como pudo advertir Leo—. No lo he oído. —Con cara de asco, miró al inspector de arriba abajo como si fuera a pasarle el plumero cuando acabara con los cuadros—. No pensará ir a trabajar vestido así, ¿verdad?

—Tengo que hacerlo, señora Rinsinger. Todavía hay cosas por resolver, pero probablemente ya lo sepa, ¿verdad?

Augustin Rothmayer se descubrió e hizo una reverencia para despedirse mientras el abrigo cubierto de barro encostrado emitía unos leves crujidos.

—Mis respetos, señora. ¡Y muchas gracias por el café! Amargo como un cadáver, como a mí me gusta.

Poco después, Leo había llegado a las proximidades de la Jefatura de Policía y esperaba en la banqueta opuesta del Ring. Estaba apoyado en una columna publicitaria empapelada con carteles de las próximas representaciones de la Ópera y numerosos anuncios, y observaba desde allí las idas y venidas de sus antiguos compañeros.

Eran casi las nueve de la mañana. Rothmayer ya se había despedido de él y tomado el camino de Simmering. Al marcharse, el sepulturero había silbado la canción del pajarero de *La flauta mágica,* de Mozart, como si estuviera andando a solas por el bosque. Leo se había quedado mirando durante un buen rato la figura córvida de Rothmayer, a quien no alcanzaba a entender. ¿Cómo era posible que un bicho tan raro y descuidado, y que vivía aislado en el cementerio, conociera a Mozart y Schubert, hablara de ángeles bíblicos y, además, tuviera una biblioteca? En la conversación que habían mantenido en la sala de estar de la señora Rinsinger, el sepulturero había dado más muestras de sagacidad que muchos compañeros de Leo. ¿Averiguaría Rothmayer algo sobre la extraña sustancia negra?

Un vendedor con delantal azul salió de la pequeña tabaquería de enfrente y miró a Leo con desconfianza. Probablemente se preguntaba si el tipo sin afeitar de la camisa arrugada y el sombrero algo abollado era el mismo que la semana anterior le había comprado cigarros hecho un pincel. Leo se subió el cuello de la chaqueta, sacó su reloj de bolsillo y fingió estar esperando a alguien. El tendero se detuvo y siguió mirándolo fijo: por lo visto, se había dado cuenta de que Leo estaba vigilando la entrada de la comisaría. Por suerte, pronto entró un cliente y el hombre regresó a su tienda.

Un coche de punto se detuvo delante del edificio de la policía y el cochero abrió la portezuela. La voluminosa figura del jefe superior Stehling se bajó a duras penas, entregó unas monedas al cochero y entró en la Jefatura sin advertir la presencia de Leo. Después llegaron otros compañeros que Leo conocía de vista, por lo que prefirió permanecer oculto tras la columna. Por último entró el hombre al que había estado esperando.

Andreas Jost.

De los días en el despacho, Leo sabía que Jost siempre entraba a trabajar a las nueve en punto de la mañana; de hecho, las campanas de alguna iglesia cercana estaban dando esa hora. Lo alcanzó en plena banqueta del Ring y se dirigió a él por detrás. Cuando Jost se volteó, palideció de forma visible.

—¡Dios mío, señor Von Herzfeldt! Menudo susto me ha dado. —Aferró su maletín con ambas manos, casi como si temiera que se lo robaran.

De nuevo, Leo fue dolorosamente consciente de que ya no era inspector de la Policía de Viena.

«Es probable que ahora mismo parezca más bien lo contrario...»

—¿Qué hace delante de la Jefatura? —preguntó Jost mirando a su alrededor con preocupación—. Pensaba que ya estaba de vuelta en Graz...

—Necesito su ayuda —lo interrumpió Leo.

—¿Mi ayuda? —repitió desconcertado el joven investigador—. No lo entiendo, señor Von Herzfeldt. Según órdenes del comisario Stukart...

—¡Ya sé que me han echado, carajo! —exclamó Leo alzando la voz involuntariamente. Se tranquilizó y siguió hablando—: Me gustaría... cerrar un asunto. —Lanzó entonces una mirada insistente a su antiguo colega—. Escuche, lo que están diciendo de mí no es del todo cierto. Ya sabe que Leinkirchner la tenía tomada conmigo porque soy de ascendencia judía. —Leo consideró la posibilidad de trasladar a Jost sus sospechas de que el inspector jefe Leinkirchner estuviera implicado en una conspiración, pero decidió no hacerlo—. ¿Puede dedicarme quince minutos? —preguntó al final—. Se lo explicaré todo. Se lo ruego.

Jost dudó. Se notaba que hubiera preferido irse, pero por último aceptó.

—De acuerdo, quince minutos, pero después debo entrar. Tenemos una reunión a las nueve y media sobre el último asesinato de la estaca en el Lusthaus. Otra criada, seguro que se habrá enterado —dijo señalando a un par de repartidores de periódicos que recorrían el Ring mostrando las últimas portadas ilustradas del terrorífico episodio.

—Sí, me he enterado —respondió Leo—, y creo que sé cómo podemos desenmascarar al asesino.

—¿De verdad? —preguntó Jost confundido—. Tengo curiosidad por saberlo.

Poco después, estaban sentados en una pequeña cafetería de un callejón cuyas escasas mesas compartían mujeres con peinados elegantes y bolsas de la compra y algunos holgazanes que se fumaban un cigarro antes de ir a trabajar. Cuando Leo terminó su breve exposición en voz baja, el joven Jost lo miró atónito. Se frotaba las manos con nerviosismo y su café se había enfriado; daba la impresión de que temía que alguien lo viera en compañía de Leo.

—Entonces, ¿cree que esa... esa asociación está detrás de los asesinatos de la estaca? —inquirió Andreas Jost con la voz empañada.

Leo ladeó la cabeza y dijo:

—Bueno, como mínimo sé que los asistentes a esos malditos Valses Negros abusan allí de niñas. Una de nuestras víctimas, Valentine Mayr, estuvo en uno de esos bailes y después fue asesinada y empalada. Y todavía hay más conexiones entre los casos. —Levantó la mano—. Mire,

386

ahora no tenemos tiempo para que le cuente más. Aunque tampoco sería bueno que lo hiciera, porque... porque podría ponerlo en peligro.

—¿En peligro? —Jost tragó saliva. Tenía ronchas rojas en el cuello y sudaba—. ¿Quiere decir que...?

—Solo quiero pedirle un favor —lo interrumpió Leo—. Busque en los archivos policiales los palacios y castillos vacíos que hay en Viena y sus alrededores. Muchos de ellos están vigilados también por la policía. ¿Cree que podría tener una lista preparada para mañana por la mañana?

Jost asentía con la cabeza, estaba como en trance.

—Creo que podría hacerlo.

—¡Fantástico, gracias! —Leo hizo un gesto al camarero para pagar—. No lo entretengo más. Le espero mañana a primera hora junto a la columna publicitaria. Una última cosa —añadió agarrando a Jost de la manga cuando este estaba a punto de levantarse—, mucho cuidado con el inspector jefe Leinkirchner. No tengo pruebas, pero creo que está tramando algo.

Jost asintió en silencio una vez más.

—Por cierto, todavía tengo su libro —añadió finalmente—, el *Manual del juez*. Lo he leído de cabo a rabo y es de verdad interesante.

—Puede quedárselo como recuerdo —dijo Leo esbozando una leve sonrisa—. Tal y como están las cosas, creo que ya no lo necesitaré. Quizá más adelante, cuando usted haya hecho carrera y todavía se acuerde de mí.

—¡Oh, seguro que lo haré, señor Von Herzfeldt! Se lo agradezco. Yo... tengo que irme... la reunión...

Visiblemente perturbado por lo que Leo acababa de contarle, Jost salió a toda prisa de la cafetería.

Leo siguió sentado un rato y se fumó otro cigarro. Todavía no había desayunado y se sentía mareado, pero no tenía hambre. Estaba sobreexcitado y tenía los sentidos más aguzados que nunca. El fiel Jost le traería al día siguiente la lista que le había pedido, él la revisaría, haría una selección de lugares y luego llegaría el momento de actuar. Hasta entonces, ¿qué podía hacer? ¡Si por lo menos tuviera noticias de Julia! Quizá le había pasado algo...

Apagó el cigarro a medio fumar y salió a la calle, donde había empezado a lloviznar. El viento cortante que barría el Ring y arrancaba las últimas hojas de los árboles del Volkspark anunciaba la inminente llegada del mes de noviembre.

«Solo un día para Todos los Santos...»

Cuando Leo volvió a mirar a la Jefatura de Policía, vio salir a Margarethe. Precisamente a Margarethe, la compañera de Julia que habría desacreditado a ambos ante Stukart. Se dirigía con rapidez hacia la tabaquería, puede que para comprar cigarros a alguno de los funcionarios de los pisos superiores. Leo meditó un segundo. ¿Sabría Margarethe dónde se había metido Julia? Valía la pena intentarlo, de manera que esperó a que la telefonista saliera del negocio y se interpuso en su camino.

—¡Buenos días, querida! ¿Cómo va el trabajo? Seguro que el conmutador no da abasto con tantas novedades, ¿verdad? —inquirió levantando una ceja—. Y algunas quizá no tengan nada que ver con el trabajo policial, incluso ni siquiera son ciertas.

Margarethe se sobresaltó visiblemente y se sonrojó.

—Señor Von Herzfeldt, sé lo que está pensando, pero déjeme explicarle. —Avergonzada, bajó la mirada.

—Lo que yo piense o deje de pensar ya no importa. Con quien tiene que resolverlo es con su antigua compañera.

Margarethe apretó los labios, estaba temblando.

—Yo... no imaginé que mi chismorreo tendría consecuencias. En el fondo lo hice porque estaba celosa de Julia... por usted. Es atractivo, de buena familia y, encima, inspector. Quizá simplemente fue por pura envidia. Yo... lo siento mucho —se disculpó y rompió a llorar en plena calle. Leo le ofreció con timidez su pañuelo.

—Llorar ya no arreglará las cosas —respondió él con un tono mucho más suave—. Prefiero que me diga dónde puedo encontrar a Julia.

—¿Que dónde puede encontrarla...? —preguntó Margarethe, que se sonó la nariz y miró a Leo con los ojos como platos y llenos de lágrimas—. ¡Dios mío, pensaba que estaba con usted! Desde que la echaron no ha dado señales de vida. Puedo entender que esté enfadada conmigo, pero que no diga nada ni se ponga en contacto con ninguna de las compañeras... Me preocupa muchísimo, sobre todo porque..., porque... —Vaciló—. Si lo cuento ahora...

—¿El qué? ¿Que Julia trabaja de bailarina en un bar de mala muerte en Neulerchenfeld?

Margarethe abrió todavía más los ojos.

—¿Lo... lo sabe?

—Sí, lo sé. Pero eso tampoco significa que Julia y yo tengamos una aventura. Al menos, no de momento —añadió Leo en voz baja.

—Bueno, entonces sabrá dónde puede encontrarla —replicó Margarethe—. Y también sabrá que Julia, bueno...

—Titubeó—. Julia también tiene sus secretos, es distinta de nosotras, siempre lo ha sido.

Leo guardó silencio. ¡Margarethe tenía razón, maldita sea! Leo no tenía ni idea de dónde vivía Julia, pero al menos sabía dónde trabajaba ocasionalmente. ¿Por qué no había preguntado allí antes? Tenía que ir a Neulerchenfeld, ¡de inmediato!

—Muchas gracias, Margarethe. ¡Que le vaya bien!

Sin decir nada más, Leo dio media vuelta y caminó deprisa por el Ring en busca de un coche de punto.

—¡Señor Von Herzfeldt! —gritó Margarethe tras él—. ¡Señor Von Herzfeldt, espere! Por el amor de Dios, ¡tenga cuidado cuando vaya allí! Hay algo más que debe saber. Dios mío, ¡escuche!...

Pero Leo ya no la oía. Un carruaje se detuvo a su lado, él abrió la puerta, se subió de un salto y dejó atrás el Ring, la Jefatura de Policía y a una Margarethe visiblemente angustiada.

XXII

Del *Almanaque para sepultureros*, de Augustin Rothmayer, escrito en Viena en 1893

Estupor: Estado de rigidez corporal y conciencia despierta causado por el tétanos, la rabia y en ocasiones también por un susto repentino. De hecho, soy del parecer de que un encuentro especialmente aterrador puede dejar a una persona petrificada, como reza acertadamente la expresión. Posible causa de muerte aparente (véase ahí).

Mientras el carruaje avanzaba tambaleante sobre el adoquinado en dirección a Neulerchenfeld, Leo pensaba en lo estúpido que había sido. ¡Tenía tantas teorías conspirativas en la cabeza que no se le había ocurrido seguir el rastro de Julia desde el salón de baile! Pero además, lo atormentaba otro pensamiento. Margarethe había desencadenado algo, había despertado en él una sospecha que le rondaba desde hacía tiempo, pero que había reprimido.

¿Y si Julia era un topo?

Parecía una idea disparatada, pero no menos que todo lo que había vivido en los últimos días. Hasta el momento solo había sospechado del inspector jefe Leinkirchner, pero lo cierto era que Julia también había sido informada de todos sus movimientos. Ella estaba al corriente de la cuestión de la sustancia negra a través de Leo, sabía dónde había guardado él las fotografías, había estado en por lo menos uno de los escenarios del crimen y hasta conocía en persona a una de las víctimas. Entonces, ¿por qué había desaparecido de forma tan repentina y no había dado señales de vida? Leo se mordió el labio. Lo cierto era que su amor no le había dejado ver cosas que hasta el más simplón aspirante a policía habría notado. Se acordó entonces de la casera de Bernhard Strauss. Aquella vieja bruja le había hablado de dos matones, pero también de una mujer con peluca que acudía con regularidad a ver a Strauss.

Julia también había llevado una peluca en su actuación en el salón de baile.

«Nada es lo que parece en este caso —pensó Leo—, absolutamente nada.»

Para llegar a Neulerchenfeld, el coche de punto recorrió primero el amplio Ring. Paseantes vestidos con elegancia deambulaban por la acera con sombrero de copa, paraguas o bombín, y dos mujeres jóvenes con sombrero de paja circulaban en bicicleta haciendo eses, lo que provocó que el cochero de Leo soltara los más vulgares exabruptos.

—¡Solo les falta tirarse un pedo! —reprendió y chasqueó con el látigo—. ¡Eh, mujeres estúpidas, apártense! ¡Que esto es la calle y no el Tívoli! —Se volteó hacia Leo y auguró—: Automóviles y velocípedos. Si el futuro es esto, ¡ya me puedo retirar!

Leo guardaba silencio y mantenía la mirada clavada al frente. ¿Tan equivocado había estado con Julia? También podía ser que en realidad le hubiera pasado algo. O quizá, más simple aún, que ella lo estuviera evitando deliberadamente porque no le importaba. Fuera lo que fuese, Leo necesitaba salir de dudas.

El carruaje giró a la derecha por el ayuntamiento y siguió por la Josefstädter Strasse. A medida que avanzaban, el barrio se iba transformando poco a poco, se iba volviendo vez más sucio y pobre. Las suntuosas mansiones y las fachadas recién enlucidas iban dejando sitio a bloques de pisos de alquiler y chozas expuestas a los cuatro vientos. En la calle, niños mugrientos jugaban al balompié con un atado de trapos anudados. Un niño lanzó excremento de caballo al carruaje y el cochero volvió a maldecir.

Finalmente llegaron al distrito decimosexto, que Leo ya conocía de sus anteriores pesquisas. Se acordó del médico asesinado, que había tenido aquí su consulta. Neulerchenfeld era un barrio peligroso, al menos de noche. Pero era de día y muchas de las sórdidas tabernas y salones de baile estaban cerrados. Varias prostitutas con maquillaje chillón hacían la calle, jóvenes floristas vagabundeaban y vendedores ambulantes jorobados negociaban con baratijas. Inquieto, Leo buscó la calle, pero las placas con nombres no abundaban. Tampoco se acordaba de la ubicación exacta del local donde había visto cantar y bailar a Julia: era de noche y había bebido demasiado...

—¿Adónde va exactamente el señor? —preguntó el cochero al notar la mirada examinadora de Leo, y añadió con una sonrisa mordaz—: Podría recomendarle un par de bodegas con vino muy joven, fresco y con chispa, ya me entiende. Las chicas allí son elegantes y casi tan jóvenes como el vino...

—Gracias, pero no me interesa —dijo Leo—. Tome ese callejón.

El cochero cerró la boca ofendido y Leo siguió observando a su alrededor. Tenía que estar por allí. Creyó recordar algunos edificios: un patio trasero enrejado, el letrero de un sastre remendón, un edificio de estilo Biedermeier en ruinas, una fuente en la acera...

Por fin, vio el local a mano derecha. A la luz del día parecía un establecimiento anónimo, sin cartel anunciador ni carta de comidas. Sin embargo, Leo reconoció la escalera que bajaba hasta el salón de baile.

—¡Pare aquí! —ordenó al cochero, que refrenó de mala gana los caballos. Leo le pagó el trayecto, se bajó y se dirigió deprisa hacia la escalera. Bajó los empinados peldaños y dio unas sacudidas a la pesada puerta agarrándose del picaporte de hierro fundido. No se abrió, por supuesto. ¿Qué esperaba? Los locales de este tipo no abrían hasta el anochecer, si no lo hacían mucho más tarde.

Llamó entonces con los nudillos y acabó golpeando la puerta. Estaba a punto de rendirse cuando por fin se abrió y un hombre visiblemente sorprendido se asomó por la rendija. Leo tardó un momento en reconocerlo. Era Pierre, el joven compañero de baile de Julia, que ya no vestía con traje elegante, sino que llevaba puesto una bata azul sin planchar. Iba despeinado y se le había corrido el rímel de los ojos. Parecía que Leo lo había despertado. ¿Dormía el tipo en el local? Todo apuntaba a que Pierre esperaba a otra persona y por un momento pareció irritado.

—Está cerrado —dijo por último—. Si está interesado en la actuación de la noche, entonces...

—No me interesa ninguna actuación, sino tu pareja de baile —interrumpió Leo—. ¿Sabes dónde está Julia Wolf?

Pierre ladeó la cabeza, se frotó su fino bigotillo y, por fin, un gesto de haber caído en cuenta invadió por un instante su rostro sin afeitar.

—¡Ah, *oui*! Usted es el compañero de trabajo del otro día, ¿verdad? —dijo frunciendo el entrecejo—. Julia no está. Hace tiempo que no la veo y ayer tenía actuación. Alfredo está de un humor de perros, llegará en cualquier momento para ensayar...

—¿Quién está golpeando la puerta, *mon cheri*? —Una aterciopelada voz masculina sonó desde la habitación del fondo e hizo estremecer al joven bailarín—. No será Alfredo, ¿verdad? Sea quien sea o lo que sea, vuelve a la cama, ¿me oyes? Ven a calentarme, que hace un frío que cala.

—Bueno, como le dije, no puedo ayudarlo. —Pierre empujó la puerta para cerrarla—. Si me disculpa...

Leo metió el pie en la rendija.

—Seguro que sabe dónde vive Julia —insistió.

—Es posible, pero aun así no se lo voy a decir —respondió Pierre de mala gana—. ¿Sabe una cosa? No me gusta su cara.

—A mí tampoco la tuya, mocoso —replicó Leo, que empujó la puerta con tanta fuerza para abrirla que golpeó la cara del joven. Pierre se tambaleó hacia atrás y se llevó la mano a la nariz sangrante.

—¡Pero qué se ha creído! —gritó—. ¡Voy a llamar a la policía!

—No será necesario, ya está aquí —dijo Leo volviendo la solapa del abrigo para mostrar la insignia, que llevaba puesta aún. Había devuelto el arma de servicio en la Jefatura, pero, con las prisas, Stukart se había olvidado de reclamarle también el distintivo oficial—. Escúchame bien —dijo entre dientes. Estaba al límite de su paciencia; desatado de ira, entró en el local—. Me importa un bledo lo que estés haciendo ahí atrás con tu ligue de turno, pero si no me dices ahora mismo dónde está Julia, me planto directamente en Antivicio y mandamos al carajo todo el antro junto con *joli* Pierre, Alfredo y el *petit* pies fríos de la trastienda, ¿estamos?

—Ella... ¡me matará si lo digo! —se lamentó Pierre mientras se apretaba un pañuelo contra la nariz para detener la hemorragia—. ¡Nos matará a los dos, créame!

—Julia no nos tocará ni un pelo. Todavía nos necesita para bailar.

—¡*Merde*, no me refiero a Julia! —dijo Pierre llorando como un niño. La bodega estaba a oscuras y olía a humo de cigarro y a vino espumoso derramado. Las sillas estaban encima de las mesas y el piano en un rincón. Sobre el escenario había unas cuantas mantas y, envuelto en ellas, un joven semidesnudo con barba incipiente que se llevaba la mano a la boca y gimoteaba.

—¿A quién te refieres entonces? —preguntó Leo asombrado, sin preocuparse por el amigo de Pierre—. ¿Quién va a matarnos?

—¡La Gorda Elli! —estalló Pierre—. Si ve a un poli delante de la puerta de su local, mandará a Bruno para que me rompa los huesos. Y entonces tendré que olvidarme de bailar durante unos meses. ¡Y lo único que sé hacer es bailar, *mon dieu*!

Los dos jóvenes lloraban ahora a lágrima viva y la sangre que goteaba de la nariz de Pierre se esparcía por el suelo como si fuera zumo de frambuesa. Leo se apretó las sienes, le dolía la cabeza.

—No he venido como policía —dijo finalmente tratando de mantener la calma—, sino como amigo. No tenéis nada que temer, solo necesito hablar un rato con Julia. Eso es todo.

Pierre se sorbió la nariz.

—¿De verdad? ¿Y tampoco nos denunciará a Antivicio?

—Lo prometo —respondió Leo—. Palabra de agente de policía.

—Bueno, pues. —Pierre tragó saliva y se arregló el pelo, mientras con la otra mano seguía sujetándose el pañuelo contra la nariz—. Julia no vive muy lejos de aquí. En... en la Brunnengasse.

—¿Figura su nombre en la entrada? —inquirió Leo.

Pierre esbozó una sonrisa cansada y aclaró:

—En esa casa no hay nombres, a lo sumo apellidos. La reconocerá con facilidad.

Leo creyó entenderlo. Se despidió en silencio con un cabeceo, dio media vuelta y subió la escalera para salir mientras el jovencito de barba incipiente seguía gimoteando y Pierre maldecía en francés.

No había mucha distancia hasta la dirección indicada. El edificio parecía una mansión de estilo Biedermeier entrada en años, con esculturas de madera ennegrecida en las columnas de las esquinas y un balcón oxidado en la fachada delantera. Las ventanas estaban tapadas con gruesas cortinas de terciopelo rojo. Leo creyó ver movimiento detrás de una de ellas; era el rostro de una mujer joven que desapareció de inmediato. El ejercicio de la prostitución estaba prohibido en Viena en virtud de una ley de reciente promulgación, pero prevalecía el *laissez faire* y la policía hacía la vista gorda. Entre los clientes de los burdeles había incluso muchos agentes. Lo único que de verdad importaba era que las mujeres acudieran al médico con regularidad y se inscribieran en un registro sanitario. Después, ya nadie preguntaba mucho.

Leo presentía algo malo. Julia le había dicho que, a diferencia de Valentine, ella no ejercía la prostitución, pero a saber qué era verdad y qué no con Julia. Era como una de esas muñecas de madera en cuyo interior siempre aparecía una nueva.

«¿Qué escondes, Julia?»

Al igual que en el salón de baile, en la puerta no había ninguna placa con ningún nombre, pero al menos había un cordón con una campanilla y una mirilla a la altura de los ojos. Llamó con el cordón. Al momento se oyó el chirrido de una silla arrastrándose y, a continuación, un andar pesado. La mirilla se abrió y en el otro lado no apareció el rostro de ningún bailarín homosexual con bigotillo fino, sino un semblante extremadamente amenazador. El hombre debía de ser muy alto, pues se agachaba hacia la abertura como un gigante que se asoma a la guarida de un enano. Tenía la nariz ancha y aplanada, fruto probablemente de una o más fracturas, y llevaba el pelo negro adherido con brillantina a una frente enorme y angulosa. Parecía un mayordomo de tamaño sobrenatural. El gigante no dijo nada y se quedó mirando fijamente al visitante.

—¿Está Julia? —dijo Leo a la buena de Dios—. Soy un amigo suyo y...

—Largo de aquí —gruñó el gigantón con voz profunda. Durante un instante, Leo se preguntó si el tipo podía ser el matón ancho de espaldas del Prater, pero la cara era distinta, mucho más siniestra.

—Dígame solo si está ahí —insistió Leo—. ¿Podría usted darle un mensaje de mi parte...?

—¿No me has oído? ¿Estás loco o qué? Esfúmate antes de que te parta esa bocota.

El gigante estaba a punto de cerrar la mirilla cuando Leo pasó a la acción sin pensárselo dos veces.

Le asestó un puñetazo al coloso en plena cara.

El comportamiento de Leo respondía probablemente a lo poco que había dormido. Estaba al límite de sus fuerzas y los acontecimientos de los últimos días lo habían situado en una posición de fragilidad. Además, sabía que Julia estaba ahí. No se librarían de él con tanta facilidad, ¡y menos aún estando tan cerca de su objetivo!

El golpe impactó en el gigante como una bola de nieve mojada en una pared. El hombre quedó momentáneamente sorprendido por semejante desfachatez y soltó un gruñido como el de un perro encadenado. Entonces, abrió la puerta de golpe y se abalanzó sobre Leo.

«Por lo menos ha abierto la puerta», pensó Leo mientras la paliza ya le llovía de lleno.

En su época de universitario y durante el servicio militar, Leo había practicado el tiro, la esgrima y el boxeo, a veces hasta con Ferdinand. Sabía defenderse e incluso había ganado algunos enfrentamientos deportivos entre compañeros. Pero contra ese coloso no tenía nada que hacer, solo preocuparse de que no lo matara. Se escudaba el rostro con los brazos mientras los golpes le caían como martillos de forja. Sin embargo, tras unos segundos de conmoción, se impuso la rutina. Leo empezó con el juego de piernas, se agachó y largó varios directos que rebotaron inofensivamente en el gigantón. En un momento de descuido, un derechazo rozó la oreja de Leo, que oyó un pitido y creyó que se quedaba sordo. Tenía el labio superior reventado y saboreaba su propia sangre.

Desesperado, Leo pateó al coloso en la entrepierna.

Esta vez como mínimo hubo una reacción. El gigante gimió y se inclinó un poco hacia delante, momento que Leo aprovechó para propinarle un golpe en la nuca que habría derribado a cualquier otro rival. Pero el tipo se incorporó, agarró a Leo por el cuello y lo levantó como si fuera un muñeco. Jadeando, Leo pataleó y volvió a alcanzar las partes de su oponente, que gritó enojado y levantó el puño. Casi a punto de perder la conciencia, Leo veía las prominencias carnosas de los dedos de su contrincante, poderosos como el acero doblado.

El gigante levantó el brazo para golpearle.

—Basta ya, inútiles —ordenó desde un lugar indeterminado una voz ronca, no muy ruidosa, pero con la suficiente autoridad como para obligar al gigante a bajar el puño de inmediato—. Suéltalo, Bruno —continuó la voz, acompañada por el zumbido en los oídos de Leo—. ¿Por qué tienes que ser siempre tan brusco?

Bruno dejó a su presa con cuidado sobre el suelo como si fuera una silla quebradiza. Leo tosió y jadeó, y se volteó hacia la voz. Venía de una mujer, pero en un primer momento Leo no tuvo tan claro el género. La persona iba envuelta en una túnica de delgada seda carmesí que, a pesar de su holgura, no disimulaba una sorprendente envergadura corporal. Por la complexión y altura masculinas, Leo calculó que pesaría más de doscientos kilos. La cara maquillada, en cambio, era extremadamente delicada, casi como la de una muñeca. Le recordaba a alguna deidad griega.

«Esta debe de ser la Gorda Elli —pensó—. Pierre el marica se equivocaba. No me va a matar, me ha salvado la vida.»

Leo se limpió la sangre de los labios con la mano mientras Elli lo examinaba como a un caballo semental.

—¿Así que tú eres el tal Leo? —dijo ella con un movimiento de cabeza aprobatorio—. No está mal si te van los flacuchos. Julia siempre prefiere estar con piltrafas antes que con un hombre de verdad.

—Entonces ¿está aquí? —preguntó Leo con esfuerzo.

—Por supuesto que está aquí. Ven, te llevaré con ella y entonces veremos si quiere verte. Si no, Bruno se encargará de echarte —dijo volviéndose después hacia el gigante, que miraba a Leo en actitud amenazadora mientras se sujetaba la entrepierna—. Y tú, déjate de comedias, que tampoco la tienes tan grande. ¡No hay nada malo en ello! —La mujer rio con un gruñido y luego condujo a Leo al interior del burdel.

Ya en el pasillo se notaba el olor de almizcle y humo de cigarro; las pesadas alfombras amortiguaban los pasos de Leo. En un rincón, un jarrón griego del tamaño de una persona reforzaba más su impresión de estar entrando en el templo de una deidad.

«El templo de Afrodita —pensó—, o del devorador dios Baal.»

—Las niñas duermen a estas horas —dijo la Gorda Elli mientras subía casi a rastras los desgastados peldaños de la escalera. Resoplaba a cada paso como si estuviera escalando una montaña alpina—. Casi las despiertan a todas con su riña. ¡Son tan estúpidos! Llevo mucho tiempo diciéndole a Julia que se enamore de una mujer. Los hombres, para el dinero, y las mujeres, para el amor, ¡así es como funciona!

Volvió a reír con un gruñido que le hizo atragantarse y le provocó una tos asmática. Llegaron entonces a una de las puertas del primer piso. La Gorda Elli llamó con sigilo, como si temiera dañar la puerta. Lucía anillos de piedras de colores en todos y cada uno de sus dedos carnosos.

—Julia, tu enamorado está aquí —dijo Elli con un tono sorprendentemente dulce—. Hasta se ha peleado con Bruno y ha salido bien parado. ¿Quieres verlo, cariño?

—Déjale entrar —repuso una voz familiar—. Ya no tenemos nada más que esconder.

Leo abrió la puerta y, justo entonces, supo qué era lo que Julia le había ocultado durante tanto tiempo.

O más bien, a quién.

XXIII

Del *Almanaque para sepultureros*, de Augustin Rothmayer, escrito en Viena en 1893

Una experiencia especialmente aterradora para el sepulturero es el llamado nacimiento en ataúd. En cadáveres femeninos puede darse la circunstancia de que den a luz a un niño días o incluso semanas después de su muerte. El rigor mortis *provoca espasmos musculares en el útero y los gases putrefactos inflan el cadáver materno. Entonces, la creciente presión en el interior provoca la expulsión del feto a través del canal uterino. Yo mismo fui testigo de cómo, entre las piernas de una mujer muerta que estaba a punto de ser trasladada del féretro al ataúd, apareció de repente un niño de pecho muerto. El niño fue enterrado con la madre sin que fuera exigible ninguna tasa funeraria adicional.*

La criatura se parecía asombrosamente a Julia, tenía el mismo pelo bermejo, los mismos hoyuelos en las mejillas y la misma mirada despierta con la que ahora examinaba a Leo con curiosidad. Era una niña y tendría unos dos años. Estaba sentada en el regazo de Julia, envuelta en una manta de lana. Debajo de sus minúsculos ojitos se dibujaban unas ojeras y tenía la frente empapada: estaba visiblemente enferma. Julia le secó el sudor con un paño y la acunó para que se calmara mientras tarareaba con dulzura. Al cabo de un rato se volteó hacia Leo y le dijo:

—Se llama Elisabeth, por si quieres saberlo, pero todos aquí la llaman Sisi, como nuestra emperatriz. —Esbozó una leve sonrisa y apartó un mechón de pelo de la frente de su hija—. De hecho, es una pequeña emperatriz con toda una corte a su alrededor.

—Pero ¿por qué demonios no me has dicho que tenías una hija? —preguntó Leo alternando la mirada entre el bebé y la madre mientras todavía le retumbaba la cabeza por los golpes del monstruoso portero—. ¿Acaso pensabas que me iría corriendo? Maldita sea, pensaba que nosotros... —Leo no daba crédito.

—Todos tenemos nuestros secretos, Leo —replicó Julia—. Tú, yo... Y aunque hayamos pasado una noche juntos, no nos conocemos lo suficiente como para que yo confíe ciegamente en ti. —Titubeó—. Algo así lleva su tiempo, no podría soportar otra decepción, ya he tenido demasiadas en mi vida.

—Bueno, por lo menos te he encontrado. —Leo suspiró, miró a la pequeña Sisi y le dijo encogiéndose de hombros—: Tu madre siempre será un misterio para mí.

—No puede oírte.

—¿Cómo? ¿Por qué? —preguntó sorprendido.

—Tuve mucha fiebre durante el embarazo, Elli cree que podría tener algo que ver. Sisi es sorda. Lo hemos probado todo. Cuando se rompe un vaso o se cae una silla junto a ella, ni siquiera levanta la vista. Quizá por eso no sabe hablar todavía a pesar de tener dos años y medio.

—Yo... lo siento mucho —balbuceó Leo.

—No digas bobadas —resopló la Gorda Elli junto a él—. ¿Por qué te disculpas? ¿Acaso le diste un guantazo en la oreja y por eso no oye? Compadecerse no arregla nada.

—Entonces ¿por qué...? —preguntó Leo.

—¿... por qué vivo con Sisi en un burdel? ¿Y por qué no? —respondió Julia con naturalidad—. Las chicas cuidan de ella como si fuera su propia hija. Y por si todavía tienes alguna duda, no, no soy puta, solo bailo. Por lo menos ahí no te he ocultado nada.

—¡Los hombres beberían los vientos por ti, Julia! —exclamó Elli mirando al techo con resignación—. ¿Cuántas veces te he propuesto convertirte en una noble cortesana? ¡Una puta de lujo de verdad! Como lo era Valentine. ¡Podrías ganar mucho dinero!

—¿Valentine trabajó en este burdel?

Leo echó un vistazo a la pequeña habitación mientras trataba de procesar todas las novedades. Una cama con colcha de seda, cortinas corridas, un cuadro de unas ninfas desnudas junto a un lago...

—Te dije que éramos amigas —respondió Julia—. Hace unos años llegué a Viena con el sueño de ser bailarina, pero acabé de criada. El señor de la casa no me quitaba las manos de encima. Siempre que la señora salía, él intentaba... Al principio solo me agarraba del trasero, pero después se volvió más insistente. Yo me negaba, hasta que un día...

Leo observaba cómo Sisi se arrimaba cariñosamente a su madre. La pequeña tenía una tos seca, pero seguía sin decir nada.

—Dios mío, ella es...

Julia asintió con la cabeza y dijo:

—Es de él. Me acorraló en la cocina cuando no había nadie en casa. Me defendí con uñas y dientes, pero él era más fuerte. Me tiró sobre la mesa, me subió la falda y se lanzó sobre mí jadeando como un verraco. Al día siguiente fui a contárselo a la señora, pero no quiso escucharme y me despidió. Deambulé por las calles durante días, tuve que mendigar... No podía volver a mi casa en el Innviertel, mi padre había muerto y mi madre se había vuelto a casar con un tipo que era un borracho repulsivo. No sabía qué hacer —suspiró—, y entonces Valentine me encontró y me trajo aquí. Elli me dio trabajo de bailarina; el salón de baile es suyo. Y después no me vino el periodo y...

—Le dije que cortara por lo sano —refunfuñó Elli—. Conozco a la mejor abortera de Viena, en el distrito séptimo, en el Diamantengrund, pero no quiso escuchar...

—Porque es mi hija. —Julia acarició con delicadeza la cabeza de Sisi, que había cerrado los ojos y parecía que se había quedado dormida—. No tiene padre, solamente madre, y la quiero como a nada en el mundo. No me imagino qué sería de mí si hubiese... —Enmudeció.

De repente se hizo el silencio en la habitación. Leo pensó en cómo se revolcaban los hombres en esa cama y compraban amor por dinero para, después, volver junto a sus esposas y tratar a esas jóvenes de mujerzuelas asquerosas. Pensó en Valentine y en el resto de las jóvenes violadas y abandonadas como cubos de basura.

—No diste señales de vida —dijo Leo al cabo de un rato—. ¡Pensé que te había pasado algo!

No dijo que también había pensado otra cosa de ella. ¿Cómo se le había podido ocurrir que Julia fuera el topo?

—Sisi tiene tos y fiebre, no podía abandonarla —aclaró ella—. Ya la dejo sola demasiado tiempo. Si no fuera por Elli y las chicas, nunca habría podido aceptar el trabajo de telefonista. Durante el día cuidan de Sisi, probablemente la pobre cree que tiene una docena de tías postizas. —Esbozó una leve sonrisa y recuperó su expresión sombría—. Pero me imagino que, a partir de ahora, voy a tener más tiempo para ella. Mucho tiempo. Al menos hasta que encuentre otro empleo. Elli me ofrece alojamiento gratis a cambio de bailar, pero eso no es suficiente.

—No soy ninguna hermana de la caridad, Julia —comentó Elli—, ya lo sabes.

—Ya encontraré algo —dijo Julia resignada—, lo que sea. Allá ellos, si me han echado de la Jefatura de Policía. ¿Quién les arreglará ahora las clavijas y comprobará las conexiones? ¿Margarethe, tal vez? —Soltó una carcajada—. ¡Solo sabe de recetas de cocina y peinados de moda, como el resto de las cotorras del conmutador!

—Escucha, Julia —dijo Leo—, en los últimos días han pasado muchas cosas.

Le habló del anuncio en el periódico y de su irrupción en el Palacio del Archiduque. También le dijo que Augustin Rothmayer había acudido a verlo a la pensión.

—¡Estuvieron en el palacio, Julia, tal como nos contó Anna! —reveló al fin—. Y van a reunirse otra vez mañana por la tarde, el Día de Todos los Santos... Pero todavía no sé en qué lugar.

Julia se quedó pensando en silencio mientras la Gorda Elli seguía de pie junto a Leo. La madama sacudía la cabeza con incredulidad hasta que por fin explotó:

—¡Canallas! Por eso mataron a Valentine, ¡para que no contara lo que esos malnacidos estaban haciendo! Por eso había estado tan rara últimamente, me estaba ocultando algo.

—De momento solo son conjeturas —aclaró Leo—. No tengo ninguna prueba, pero si pudiera asistir de incógnito al próximo Vals Negro, la cosa cambiaría.

—Son gente muy poderosa, Leo —objetó Julia—. Y aunque hicieras una declaración, ¿quién te creería? Recuerda que acaban de echarnos y me temo que ya no se fían demasiado de nosotros.

—Tienes razón, una declaración probablemente no tendría valor, pero unas imágenes, sí, fotografías... —Leo sonrió—. Unas fotografías que demuestren lo que está pasando allí. Entonces podríamos procesarlos.

—¿Pretendes mezclarte entre la gente con tu cámara fotográfica? ¿Cómo lo vas a hacer? Todo el mundo se dará cuenta.

—Con una cámara grande, no, tienes razón, pero hay modelos más pequeños, la tecnología avanza muy rápido. En el estudio de Carl Pietzner vi un modelo llamado «cámara de libro de bolsillo» fabricado por Krügener. No mide más que la palma de mi mano y se parece a... —Leo dudó— un libro de bolsillo. Por algo la llaman también «cámara de detective», porque permite hacer fotografías de incógnito. Creo que con el dinero que me ha enviado mi madre me alcanzará para comprar una. Y también para un traje nuevo.

—¿Una cámara fotográfica del tamaño de un libro? —gruñó la Gorda Elli—. Adónde vamos a ir a parar... Pronto los teléfonos serán más pequeños que una cigarrera y las putas funcionarán con electricidad. ¡Por favor!

—¡Pero antes tendrás que saber dónde se celebrará el próximo Vals Negro! —dijo Julia ignorando las murmuraciones de Elli—. ¡Y es mañana! Podría ser en cualquier palacio o mansión de Viena. Muchas residencias de verano están ahora vacías.

Leo asintió.

—He pedido al joven Jost que me haga una lista. Es la única persona en la Jefatura que sigue de mi lado. Solo espero que no me delate ante Stukart o, peor aún, ante Leinkirchner. Sigo sospechando que el inspector jefe está coludido con esa gente.

—¿Y qué hay de tu sepulturero? —preguntó Julia—. ¿No podría ayudarnos?

—No es mi sepulturero —protestó Leo—. Además, Rothmayer sabe de muertos, no de bailes.

—¿Buscas un baile de poderosos? —preguntó Elli sonriendo—. Si alguien sabe dónde se celebran los bailes en Viena, somos nosotras, las rameras. Se sorprendería de la cantidad de acompañantes encantadoras que son en realidad prostitutas. Mandaré a las chicas a indagar y yo también intentaré enterarme de algo.

Leo se volteó perplejo hacia ella.

—¿De verdad lo haría?

—Que nadie me toque a una menor —respondió Elli amenazadora—. Si esos tipos se están tirando de verdad a chicas jóvenes, que los cuelguen. Y si encima se han cargado a mi Valentine y a otras pobres criaturas, yo misma les cortaré las pelotas.

Leo hizo un movimiento de protección instintivo. No le cabía duda de que Elli cumpliría literalmente su palabra.

—Si consigues asistir a uno de esos bailes, necesitarás una acompañante —dijo Julia, que seguía meciendo a la dormida Sisi—. Si vas solo, llamarás la atención.

—¿Qué quieres decir? —preguntó Leo—. ¿No estarás pensando...?

—¡Pues claro, Leo! —asintió Julia furiosa—. Quiero vengar la muerte de Valentine, y también la de las otras chicas. Ya te advertí que mientras esos hombres anden sueltos no te librarás de mí con facilidad. No quiero que Sisi pueda decir algún día que su madre se rindió.

Ese día y el siguiente, Todos los Santos, el burdel se convirtió en una especie de Estado mayor como Leo nunca había visto. Conocía las reuniones de oficiales de su época como militar y, por supuesto, las sesiones diarias propias de su trabajo como policía, pero el hecho de que a estas asistieran en exclusiva mujeres ya era toda una novedad.

Más aún, que todas esas mujeres fueran prostitutas.

El burdel de la Gorda Elli se llamaba El dragón azul, un nombre que a Leo le parecía muy apropiado a la vista de sus planes belicosos. Trabajaban allí más de veinte meretrices, que Elli llamaba cariñosamente «mocitas» a pesar de que las más veteranas pasaran ya de los cuarenta. En el sótano había una sombría bodega en la que se servía champán y absenta, entre otras bebidas menos sofisticadas. Los clientes del salón de baile cercano se solían pasar por allí cuando querían algo más que música.

La Gorda Elli tenía una especie de despacho en la planta baja de su burdel. Era una habitación pequeña y oscura repleta de jarrones griegos con rosas blancas y rojas, pinturas eróticas y fotografías lascivas. Del techo de poca altura colgaba un candelabro contra el que Leo no dejaba de golpearse la cabeza. Sobre una mesilla auxiliar había apilada una montaña de invitaciones escritas a mano en papel verjurado, cartas perfumadas y agendas de direcciones. En vez de sillas, había solo un amplio diván que rechinaba estrepitosamente cada vez que la Gorda Elli movía el trasero.

El aroma de los omnipresentes ramos de rosas, mezclado con el del almizcle y el agua de colonia, casi no dejaba respirar a Leo. Este descubrió con asombro que las putas de Viena, como los cocheros, eran un poder local invisible que no había que subestimar. La Gorda Elli conocía a todo el mundo, desde simples funcionarios hasta secretarios ministeriales, y llevaba un registro donde apuntaba las preferencias y debilidades de cada uno de ellos, como hacían también otras madamas en la ciudad. Las principales patronas vienesas del oficio más antiguo del mundo llevaban desde el día anterior intercambiando información, y eso ya era mucho.

—Si se celebra un baile secreto en algún lugar de Viena, yo u otra alcahueta nos enteraremos —dijo Elli señalando el montón de invitaciones que había sobre la mesa—, más pronto o más tarde.

—Esperemos que no sea demasiado tarde —murmuró Leo mirando nervioso su reloj de bolsillo.

Ya era la tercera reunión informativa que mantenían en la oficina de Elli, donde la madama se daba atracones de bombones que un cliente le traía al por mayor en cada visita. Esa noche, Leo había dormido en un banco en la habitación de Julia, que compartía cama con su hija. La pequeña Sisi ya se encontraba mejor, pero ahora era Leo el que sentía una fiebre en su interior, unas ansias de caza febriles. Eran las doce del mediodía del 1 de noviembre.

Todos los Santos.

Por la noche se celebraría un Vals Negro en algún lugar cuya ubicación todavía desconocían.

—No debemos preocuparnos, todavía tenemos algunas horas —dijo Elli—. Muchos clientes se pasarán por los burdeles poco antes del baile para ver qué encuentran. Los hombres siempre buscan una acompañante elegante. Les gusta dejar a sus resecas esposas en casa para que hablen tonterías de los hombres. Y cuanto más bellas y distinguidas sean las damas, más alta es la tarifa —concluyó metiéndose en la boca otro bombón, que ingirió con un intenso deleite—. La calidad se paga.

—¿Y Valentine era una... dama? —preguntó Leo, que estaba de pie al lado de Julia en el pequeño cuchitril, tratando de no chocar con ninguno de los jarrones. Junto a él, una fotografía colgada en la pared mostraba a un hombre muy bien dotado luciendo un turbante en la cabeza y tres compañeras de juego de grandes pechos aplatanadas entre cojines turcos.

—Valentine era una de mis jovencitas, era muy especial, yo la descubrí —explicó Elli limpiándose los restos de chocolate de los labios mientras asentía con la cabeza—. Pero empezó a trabajar pronto por su cuenta, sin decirme nada, por supuesto. Nunca la sorprendí, pero siempre lo supe.

—¿Tu amiga nunca te habló de sus clientes? —preguntó Leo a Julia. Sisi estaba acostada en la habitación de al lado protegida por Bruno, que vigilaba desde el pasillo; el portero acababa de llevarle cariñosamente una muñeca a

412

la pequeña y Leo no pudo evitar pensar en cómo el día anterior él mismo había sido el muñeco que el gigantón había tenido en sus manos.

—Este último año apenas vi a Valentine —respondió Julia, que se dirigió entonces a Elli—: ¿Tú tampoco, verdad?

—En los últimos meses no trabajó aquí, iba ya completamente por su cuenta —dijo Elli con una expresión de descontento en su empolvado rostro—. Igual que Therese, por cierto, que también era una de mis nobles cortesanas. Mandé a Bruno a que fuera a buscarlas. No me gusta que las jóvenes hagan negocios por su cuenta. Las recojo del arroyo, les doy de comer y, cuando menos te lo esperas, desaparecen. ¡Eso no se hace! Y cuando ocurre, hay que tomar medidas.

—¿Y esa Therese desapareció igual que Valentine? —preguntó Leo, y pensó: «Mmm..., ninguna de las cuatro jóvenes empaladas se llama Therese...».

—No todas las prostitutas desaparecidas mueren asesinadas —dijo Julia encogiéndose de hombros—. Muchas acaban en la cárcel de mujeres de Wiener Neudorf, que no es mucho mejor que la penitenciaría. Otras se van de Viena o mueren de frío en algún callejón, o de sífilis, y muy pocas encuentran a un hombre que las cuide sin obligarlas a trabajar en la calle. —Su voz se iba apagando—. Valentine buscaba un hombre así, me lo dijo más de una vez.

Llamaron a la puerta. Una rubia muy maquillada, de trasero abundante y escote nutrido, trajo algunas cartas más.

—De Spittelberg —dijo la mujer al entregar los sobres a Elli—. Saludos de la Roja Amalie, de la Zanfona.

—¿Todavía se abre de piernas? —bromeó Elli—. Ya casi ha cumplido los sesenta...

La rubia guiñó un ojo y dejó entrever varios dientes ennegrecidos.

—A los clientes les dice que tiene cuarenta, pero los hay que solo buscan mamás que les arreen en el culo —dijo la mujer balanceando el trasero mientras desaparecía por el pasillo.

—Cada loco con su tema —gruñó Elli y examinó las cartas—: ópera, teatro, variedades... Parece que esta noche hay mucha actividad en Viena aunque sea fiesta de guardar. La Iglesia no es lo que era...

—¿Sabemos algo del joven Jost? —preguntó Julia a Leo mientras Elli estudiaba las invitaciones y las cartas—. Está buscando mansiones vacías, ¿verdad?

Leo puso un semblante serio. Apenas hacía un par de horas que había vuelto de la Jefatura de Policía y Jost no se había presentado frente a la tabaquería a las nueve de la mañana, tal como habían quedado. Quien sí se cruzó de nuevo en su camino poco después fue Margarethe, esta vez con malas noticias.

—La madre de Jost ha muerto inesperadamente —dijo Leo a las presentes—. Ya estaba enferma, el propio Andreas me lo contó. Debe de haber tenido una recaída o una subida de fiebre, según dicen.

—¡Pobre Jost! —se lamentó Julia—. Por lo que contaste, dependía mucho de ella.

—Algo así. Una vez los visité y él estaba totalmente sometido a su autoridad. Su muerte le ha tenido que afectar mucho —dijo Leo—. De todos modos, Jost estará de baja hasta el entierro, de manera que no nos podrá ayudar. —Nervioso, volvió a mirar su reloj—. Faltan pocas horas... Tal vez debería pasar por la mansión de los Strauss para ver si el maestro se pone en camino. Además, tengo que ir a por la cámara de bolsillo al estudio de Pietzner y...

—¡Aquí! —exclamó Elli de repente—. Creo que tenemos algo. ¡Un baile en Simmering!

—¿En Simmering? ¿Seguro? —Leo parecía decepcionado—. Como no sea una fiesta con los muertos del Cementerio Central...

—Allí hay un viejo palacio —replicó Elli—, solo que ha perdido el esplendor que tenía. Se llama Neugebäude. En su día fue una mansión de recreo de un rey o un emperador. Ahora es una bodega de pólvora.

—¿Y aun así celebran allí un baile? —preguntó Julia incrédula—. ¿No es un poco extraño?

—Justamente. Además, las invitaciones van dirigidas a unas pocas damas bien escogidas y se han entregado personalmente en un sobre negro. Una de ellas trabaja donde la Roja Amalie, y por eso se ha enterado mi querida colega.

—¿Y quién es esa dama? —indagó Julia.

—Adivina —respondió la Gorda Elli esbozando una sonrisa de oreja a oreja y ondeando la carta perfumada—. Es Therese, la amiga de Valentine. Y mucho me temo que sabe muy bien adónde va.

—¿Quiere decir que las dos fueron juntas a uno de esos Valses Negros y ahora Therese va a repetir —preguntó Leo con cara de asombro—, aunque su amiga haya muerto asesinada probablemente por esos hombres? —Negó con la cabeza—. Eso no tiene ningún sentido.

—Al contrario. —Julia cogió la carta y la leyó por encima—. Sí que tiene sentido si Therese sospecha lo mismo que nosotros y quiere tratar de aclarar el asunto.

—¿Y por qué no acude a la policía? —preguntó Leo.

—Por el mismo motivo que nosotros: porque no te puedes fiar de la policía.

Julia devolvió la carta a Elli y anunció:

—Palacio de Neugebäude, esta noche a las nueve. Se ruega acudir con vestimenta y máscara negras. —Escrutó entonces a Leo y le dijo—: Creo que el negro te sienta bien. Todavía tienes unas horas para comprar un traje y conseguir esa cámara de bolsillo en el estudio de Pietzner. ¡Vamos! ¿Qué esperas?

XXIV

Del *Almanaque para sepultureros*, de Augustin Rothmayer, escrito en Viena en 1893

Correo neumático para cadáveres: El centenar de comitivas fúnebres que cada día se desplaza hacia Simmering, y los olores asociados, levanta continuamente las quejas de los vecinos. La idea de transportar cadáveres por correo neumático directamente desde la Karlsplatz vienesa hasta el Cementerio Central ha topado hasta el momento con problemas de financiación. El aire comprimido permitiría trasladar los ataúdes a una velocidad de veintisiete kilómetros por hora. La muerte llegaría, pues, por correo.

A las ocho y media de la tarde, un coche de punto recorría a toda velocidad el camino hacia Simmering. El cochero arreaba con el látigo los dos caballos como si estuviera en el Derby de Freudenau. Sus dos pasajeros le habían entregado por adelantado un billete de cinco coronas para que fuera más rápido, y por cómo iban vestidos, todo apuntaba a que además podía caer una generosa propina, si bien era una vestimenta un poco extraña para el Día de Todos los Santos. Todavía no le habían comunicado el destino exacto.

—¿Saben ya adónde vamos, señor? —preguntó el cochero a Leo.

—Basta con que nos lleve hasta el muro del Cementerio Central.

—¿Al Cementerio Central? —replicó el cochero volteándose y mirando por encima del hombro—. ¿Qué van a hacer allí? Quiero decir, a estas horas y vestidos así...

—No se preocupe por eso. Limítese a concentrarse en la carretera.

El cochero volvió a dirigir la mirada a la calzada y chasqueó con el látigo.

—Como usted mande, señor. Yo solo decía que...

Leo comprendió que el hombre se sorprendiera y apretó la mano de Julia. Llevaba una camisa blanca con puño francés y cuello alzado, frac negro con pantalones a juego, sombrero de copa y guantes de cabritilla. Julia había elegido del armario de las cortesanas de Elli una falda de campana de terciopelo rojo que realzaba su figura y terminaba en innumerables pliegues de tul en la parte inferior. Llevaba unos guantes negros de seda que le llegaban hasta el antebrazo y un atrevido y diminuto sombrerillo de plumas de colores. ¡Estaba radiante! Ambos daban la impresión de dirigirse a la Ópera de Viena, pero en realidad iban en la dirección opuesta, a Simmering, en mitad de la nada.

«Por suerte el cochero no ha visto las máscaras», pensó Leo.

Las llevaba Julia en su bolso de fiesta. Eran unos antifaces negros que la Gorda Elli tenía siempre a mano para los clientes extravagantes. El almacén de accesorios eróticos de Elli también incluía látigos, porras y collares de perro. El negocio de la lujuria era realmente variopinto.

—Pare ahí delante —indicó Leo al cochero, mientras señalaba el muro del cementerio que discurría a la derecha del camino dibujando una franja negra. Era una noche de otoño fría y estrellada. A la izquierda reinaba la oscuridad, con la excepción del brillo de algunas luces del pueblo vecino. Un perro aulló en la distancia y la luna colgaba del cielo como una hoz de brillo descolorido sobre el campo.

—Un lugar muy acogedor para ir a ver una ópera —refunfuñó el cochero—. ¿Qué dan hoy? *¿El murciélago?* —Refrenó los caballos y detuvo del coche.

—Gracias —dijo Leo, que entregó al hombre otro billete de cinco coronas—, quédese con el cambio.

Cuando el carruaje desapareció se quedaron completamente solos en el camino. Leo temblaba de frío en el delgado frac que había comprado en Herzmansky por la tarde. Con el rabillo del ojo veía a Julia envolviéndose en su chal de seda; la ropa que llevaba no era la más adecuada para caminar por los arbustos de Simmering. Una vez más, a Leo le llamó la atención lo apartado que estaba el Cementerio Central. Al día siguiente, el Día de Todos los Santos, cientos de visitantes vendrían aquí a bendecir las tumbas y recordar a sus familiares fallecidos, pero al anochecer este era el reino de los muertos. A los vivos no se les había perdido nada por aquí.

—La calle del palacio está ahí delante —dijo Leo señalando el camino principal—. ¡Qué oscuridad, maldita sea! Tenía que haber traído la linterna de petróleo.

—No te habría quedado muy bien con el frac; además, te habrías manchado —observó Julia mientras andaba dando tropezones con sus zapatos de charol y tacón alto—. Vamos, seguro que encontraremos el camino.

419

Las farolas de gas no habían llegado hasta allí y la Simmeringer Strasse estaba por completo a oscuras, pero al cabo de un rato sus ojos se acostumbraron a la falta de luz. No muy lejos del muro del cementerio se bifurcaba una pequeña calle lateral y entre los árboles se podían distinguir unas luces. A Leo le pareció oír voces y risas en la distancia.

—Creo que por aquí vamos bien —comentó Julia—, debe de haber apenas...

Quedó paralizada cuando, de repente, sonó un traqueteo a sus espaldas. Leo agarró a Julia con fuerza y se escondieron detrás de una enredadera justo cuando un carruaje pasaba junto a ellos, seguido a intervalos cortos de un segundo y un tercero. Todos los coches eran de color negro y llevaban las cortinas corridas.

—No cabe duda de que es aquí —murmuró Leo—. ¡Bienvenidos al Vals Negro del Palacio de Neugebäude!

Esperaron un poco más y después continuaron con cautela su camino. Era una carretera polvorienta, plagada de baches y charcos. Al cabo de unos minutos, a mano izquierda, apareció un edificio de una planta parecido a un cuartel y con varias cabañas de madera al lado.

—La comandancia, supongo —susurró Leo—. A partir de ahora debemos estar atentos a los perros y a los guardias.

En las últimas horas, la Gorda Elli había conseguido recabar más información sobre el Palacio de Neugebäude. Proyectado como palacio imperial de recreo hacía más de trescientos años, el edificio no llegó a terminarse. Desde hacía tiempo solo servía de bodega del Ejército Imperial y Real y, por ello, estaba sometido a una estrecha vigilancia.

Sin embargo, por las ventanas de la comandancia, y también de las cabañas, apenas se distinguían luces, y tampoco se veían soldados ni perros guardianes en la puerta del muro del palacio.

—¿Dónde se habrán metido los guardias? —preguntó Julia extrañada.

—Mmm..., puede que estén disfrutando de unas breves vacaciones —respondió Leo—. Al fin y al cabo, el Día de Todos los Santos es festivo. Solo habrán dejado un retén, probablemente sobornado.

—Es posible —asintió Julia—. Si ese club celebra fiestas en palacios, supongo que también se podrá permitir mandar de vacaciones a una compañía de soldados.

—Esa gente tiene contactos con las más altas esferas —indicó Leo—, y puede que incluso los oficiales de guardia estén en el baile. En cualquier caso, han elegido muy bien el lugar. Aquí se puede bailar el Día de Todos los Santos sin llamar la atención.

Protegidos por la oscuridad de la noche, avanzaron a tientas hacia la puerta de la muralla del palacio. Al otro lado, no muy lejos, se elevaba un edificio estrecho y alargado. Tendría unos doscientos pasos de longitud y se parecía más a una fábrica que a una mansión. Leo sospechó que en los últimos siglos había sido sometido a varias reformas. A lo largo de la muralla se alzaban unas gruesas torres de vigilancia frente a las cuales, en el patio de armas de gravilla, había cañones y barriles de munición, y varios carruajes esperando. Unas antorchas en semicírculo iluminaban a un numeroso grupo de personas.

Leo parpadeó y miró con más atención a los invitados. Eran sobre todo hombres vestidos con frac negro y sombrero de copa, y todos llevaban puestas máscaras negras, como en el carnaval de Venecia. Entre ellos había algunas mujeres, también enmascaradas, luciendo vestidos de tela muy fina, casi transparente. La mayoría de ellas llevaba un abanico en la mano y estolas de piel o boas de plumas sobre los hombros. Se oían risas, conversaciones y música de vals que salía del palacio. En total, debía de haber un centenar de invitados.

—¿Habrá venido también Therese? —susurró Julia—. Todavía no entiendo qué se propone exactamente. ¿Tendrá algo pensado?

—Solo espero que no haga ninguna tontería, ya que pondría en peligro nuestro plan —repuso Leo, sabiendo a la perfección que su plan también cojeaba bastante.

Después de avanzar al amparo del muro consiguieron acercarse un poco más a la multitud. Leo llevó su mano a la cámara de bolsillo que guardaba en el interior del forro del frac. Había comprado el minúsculo aparato aquella tarde en el estudio fotográfico de Carl Pietzner, le había costado una fortuna. La cámara no era más grande que un pequeño misal y estaba equipada con dos docenas de placas de vidrio de cuatro por cuatro centímetros. Leo pensó entonces en hacer una fotografía, pero a pesar de las antorchas no había suficiente luz y, además, todos llevaban la cara tapada. Solo podía esperar que alguien se quitara la máscara en algún momento durante el baile y desvelara así su rostro.

Por si los descubrían, Leo llevaba encima el revólver que había encontrado junto al médico de Neulerchenfeld. Le fue difícil y todavía sentía asco cuando notaba el arma cargada presionándole el pecho a través de la tela. Pero, maldita sea, no podía pensar solo en él, también debía pensar en Julia. ¡Tenía que protegerla!

A oídos de ambos llegaban retazos de conversaciones y saludos corteses. Sin embargo, para disgusto de Leo, nadie mencionaba ningún nombre. Se preguntaba quién se escondía bajo aquellas máscaras: funcionarios ministeriales, catedráticos, personalidades de alto rango...

«¿También el archiduque?»

Otro carruaje atravesó la puerta del muro. De él salieron unas cuantas invitadas, más menudas y de complexión más delicada. Leo entornó los ojos y pudo distinguir con claridad que, aunque también llevaban vestido de noche de tela fina y máscaras, parecían muchísimo más jóvenes.

Eran niñas.

Maquilladas como muñecas, las jóvenes desfilaron con paso torpe por delante de los hombres.

—¡Ahí llegan las ovejitas! —gritó alguien desde la multitud imitando un carnero—. ¡Ya pueden comenzar los revolcones! —se escuchó entre aplausos y risas.

—¡Cien coronas por la rubita! —voceó otro.

—¡Póngase a la cola, caballero! —lo interrumpió un tercero—. ¡Yo ya he hecho mi oferta!

Las chicas, una media docena, parecían asustadas, algunas incluso casi presas del pánico. Se aferraron a unas señoras mayores que debían de actuar como chaperona, y que se dirigían a ellas con buenas palabras. Entre más aplausos, las jóvenes se encaminaron hacia una rampa que, salvando un foso estrecho y cubierto de vegetación, conducía al palacio. Se formó un pasillo y las pequeñas desaparecieron por la puerta, como engullidas por unas enormes fauces.

—¡Cerdos! —siseó Julia—. ¿Qué edad tendrán esas pobres criaturas? ¿Doce años? ¿Menos? ¡Tenemos que detener a esos tipos!

Estaba a punto de echar a correr hacia la multitud cuando Leo la detuvo agarrándola de la manga abullonada de su vestido.

—Es demasiado arriesgado —susurró él—. Las niñas no ganarán nada si nos pescan ahora. Tenemos que encontrar otra manera.

—¡Pero ese era tu plan! ¡Nos mezclamos entre los invitados con nuestras máscaras y...!

—¿Ves a los dos tipos de la rampa? —la interrumpió Leo. Señaló a dos hombres un poco alejados que, al igual que el resto de los invitados, también llevaban trajes negros y máscaras. Sin embargo, se diría que los habían metido en esas ropas con calzador y no parecían sentirse especialmente cómodos con ellas. Uno de los hombres era muy delgado, los pantalones le llegaban hasta los tobillos y del borde de la máscara le sobresalía una cicatriz; el otro era ancho de hombros y alto como un oso—. No puedo jurarlo —dijo Leo en voz baja—, pero creo que son nuestros amigos del Prater, los dos matones que también habrían profanado a Bernhard Strauss.

—¡Maldita sea! ¡Puede que tengas razón! —susurró Julia mientras observaba cómo los invitados accedían al palacio formando una larga fila, bajo la atenta mirada de los dos guardianes enmascarados—. ¿Qué propones?

—Estoy seguro de que tiene que haber otra forma de entrar.

Leo esperó a que el último de los invitados abandonara el patio de armas e hizo una señal a Julia para que lo siguiera. Los cocheros seguían sentados en sus carruajes, silenciosos como estatuas, con sombrero de copa y enfundados en cálidos abrigos. Protegidos por los árboles y algunas retamas, Leo y Julia avanzaron con sigilo por detrás de los coches junto a la fachada más larga del palacio. Al llegar al final vieron algunos edificios y torres más pequeñas y, a continuación, una pradera cubierta de vegetación que se fundía con el brezal de Simmering.

—Esto debió de ser en su día el jardín del palacio —comentó Leo echando un vistazo a su alrededor entre la maleza, los helechos, los arbustos y los matorrales—. Es probable que hubiera aquí una fuente, un laberinto de setos, terrazas y cosas así... Y seguramente una entrada al castillo.

Miró la siniestra construcción, que por ese lado tenía varios pisos. A unos tres metros y medio de altura podían verse los restos tapiados de una antigua galería de columnas. Salía luz y ruido de su interior, pero por lo demás la oscuridad era total. Toda la franja de tierra que bordeaba ese lado del palacio estaba cubierta de maleza hasta la cintura y había ladrillos y vigas de madera podrida sobre la hierba. Por enésima vez, Leo se maldijo por no haber traído la linterna de petróleo. Apartó unos manojos de hierba y, de pronto, soltó un grito ahogado.

—¡Carajo, está lleno de ortigas! —exclamó—. Si no vamos con cuidado, tropezaremos con algún abrojo oxidado o caeremos en una fosa. ¡No podíamos haber elegido una noche más oscura!

—Creo que he encontrado algo —dijo Julia, que se había avanzado unos pasos—. Solo tengo que tratar de no desgarrarme el vestido con las espinas. Mira.

Leo avanzó a tientas a través del alto hierberío y logró apartar un poco la maleza con los zapatos. En efecto, detrás de la vegetación podía reconocerse una antigua puerta. Leo le dio unas sacudidas para que las oxidadas bisagras se soltaran y la puerta cayó sobre él. Gimiendo, la apartó. Desde un lugar elevado en el interior llegaba un sonido de música. Parecía un cuarteto de cuerda y Leo se preguntó si el primer violín sería Johann Strauss.

Al otro lado del hueco de la puerta había un pasillo de ladrillos empinado. Por sus dimensiones, Leo supuso que había sido un antiguo acceso para caballos. La música y las voces eran cada vez más cercanas y por detrás de una esquina llegaba un reflejo de luz cálida. El corazón de Leo latía cada vez más rápido.

—¿Estás lista? —le susurró a Julia.

Ella asintió en silencio.

Se pusieron las máscaras y se metieron en la boca del lobo.

En cuanto salieron de la oscuridad del pasillo se encontraron de frente con unos invitados risueños. Leo contuvo la respiración, pero ninguno de ellos se detuvo ni les prestó demasiada atención.

Siguieron al grupo y poco después entraron en una sala alargada con techo abovedado, iluminada por un sinnúmero de velas colocadas en soportes de la altura de una persona. Por todas partes había señores mayores y no tan mayores vestidos con frac y máscara, charlando con tranquilidad y brindando con copas de champán que repartían unos camareros vestidos con uniforme e igualmente enmascarados. También había mujeres entre los invitados, algunas bailaban con sus acompañantes, otras soltaban risas estridentes que resonaban de forma desagradable en la bóveda. Leo no conseguía ver a las jóvenes que habían salido del carruaje. En el lado frontal de la sala había un pequeño escenario con cuatro músicos sentados y enmascarados que tocaban un alegre vals para dos violines, viola y violonchelo. Leo los examinó con la vista, pero ninguno de ellos lucía la mata de pelo que habría delatado a Johann Strauss. Por lo visto, el maestro no participaba en esta ocasión.

«O tal vez llegue más tarde», pensó Leo, que tampoco pudo evitar preguntarse si el inspector jefe Leinkirchner estaría entre los invitados.

—¿Desea champán el señor?

Leo se sobresaltó al ver a su lado uno de los camareros vestidos con uniforme que le ofrecía una copa sobre una bandeja de plata.

—Ah, gracias.

Leo cogió la copa y el camarero le dijo, señalando con discreción a Julia:

—Le recuerdo que las damas deben acudir al reservado a más tardar a las diez y media. —Carraspeó y bajó la voz—: Para cambiarse de ropa, ya me entiende...

—Claro, por supuesto. Las chicas ya están en el reservado, ¿verdad? —preguntó Leo tratando de averiguar un poco más.

—¿Perdone? —El camarero levantó la ceja derecha por encima de la máscara.

—Sí, las jovencitas que han salido del carruaje. ¿Ya están ahí?

—¡Oh, se refiere a las elegidas! Sí, las están preparando. Probablemente serán entregadas a los afortunados después del Vals del Emperador. Creo que todas las ninfas ya están repartidas, y varias veces, pero he oído que todavía se puede pujar por ellas. ¿Lo apunto en la lista de espera?

—Eh, no, gracias, no será necesario.

—Disfrute entonces de la velada, caballero.

El camarero hizo una reverencia y se dirigió a otro grupo de invitados que estaba no muy lejos de allí. Eran tres hombres de panza considerable y con unas pobladas patillas que sobresalían por debajo de sus máscaras.

—Quiero salir de aquí —dijo Julia entre dientes—. Todo esto me pone enferma, no puedo más.

—Recuerda que solo podemos ayudar a las chicas si conseguimos alguna prueba contra estos cerdos —susurró Leo al oído de Julia, que sonreía a la fuerza y miraba a su alrededor—. Y para ello necesitaré algunas fotografías.

—¡Entonces hazlas antes de que me vendan al mejor postor a mí también!

—Todavía llevan todos las máscaras puestas —le recordó Leo—, pero supongo que un par de fotografías para empezar no harán ningún daño.

Leo sacó la cámara e hizo ver que leía un librito a Julia.

—Haz como si te estuviera contando un chiste.

—Ahora mismo estoy tratando de no vomitar encima de tu frac, pero lo intentaré.

Julia soltó unas carcajadas histéricas y estridentes mientras Leo accionaba el obturador. La cámara no tenía visor y Leo disparaba con la muñeca. Solo podía esperar que la imagen saliera bien encuadrada.

—Vamos a ver qué más encontramos por aquí —murmuró—. Quizá haya alguna estancia en la que se quiten las máscaras.

La fiesta empezaba a animarse, la música era cada vez más alta y el ambiente más bullicioso. Leo y Julia pasaron entre los invitados hasta llegar a otra puerta, que se estaba abriendo. Por ella salieron dos mujeres que, a diferencia de las damas de la sala principal, solamente iban vestidas con una boa de plumas y una máscara. Iban tomadas del brazo de un señor mayor que era probable que hubiera bebido más de la cuenta y se reía como una vieja. Leo retrocedió y una de las mujeres le lanzó una mirada coqueta por encima del hombro.

—¿Te gusta? —le escupió Julia asqueada—. ¡Ándate con cuidado o te estrangulo con mi boa de plumas!

Leo no dijo nada y empujó a Julia a la habitación del otro lado de la puerta. Quizá allí estaba el misterioso reservado del que había hablado el camarero.

Leo no sabía qué se encontrarían: una especie de guardarropa o vestidor, una habitación con muebles afelpados, como los de un burdel... En lugar de eso, vio una sala semicircular con paredes de ladrillo, parecida al ábside de una iglesia. En el centro había una mesa alargada con naipes, dados y varios fajos de billetes, y sobre un bloque de piedra situado más atrás, varias botellas de champán descorchadas. Leo se acordó de los naipes que había visto hacía unos días en el Palacio del Archiduque.

«Aquí es donde vendrán más tarde a divertirse —pensó—. Se jugarán edificios y mansiones, y las niñas serán sus apuestas...»

Apretó el puño cuando oyó un chasquido detrás de él. La puerta se había cerrado.

Aparecieron tres hombres en la estancia.

Eran el oso, el tipo delgado de la cicatriz y, entre los dos, un tipo alto y corpulento con unas patillas que sobre-salían de debajo de la máscara como si fuera algodón de azúcar. Leo lo reconoció al segundo vistazo: era uno de los invitados mayores que habían tenido cerca cuando habló con el camarero.

—Volvemos a encontramos, inspector —dijo el hom-bre de las patillas, que se quitó la máscara, esbozó su son-risa de tiburón y prosiguió con su cerrado acento del norte de Hesse—: Aquí todo es un poco distinto, ¿verdad?

Por un instante, Leo creyó tener delante al emperador en persona, pero se vio superado entonces por la realidad.

XXV

Del *Almanaque para sepultureros*, de Augustin Rothmayer, escrito en Viena en 1893

Una de las causas de muerte más frecuentes sigue siendo la tuberculosis. Al principio, el enfermo se siente cansado y débil, y después va perdiendo cada vez más peso hasta que se consume por completo. Al final, de lo que ha sido una ninfa joven y bella o un jovenzuelo orgulloso y descarado solo queda una cáscara demacrada.

No es de extrañar, pues, que mucha gente crea que a estas personas les ha chupado la sangre un vampiro. A menudo otros familiares les suceden porque, según el rumor, el muerto sale de la tumba como aparecido para hacer de las suyas. Todavía hoy se profanan ocasionalmente los cadáveres de los tuberculosos: les cortan la cabeza y les extraen corazón, o bien les fracturan los huesos de las piernas en varios puntos, para que el supuesto vampiro no pueda caminar.

Vestido con sombrero de copa y frac, el jefe superior de policía Albert Stehling parecía un monumento gigantesco a él mismo. A ello contribuía también el yeso que, como azúcar lustre, tenía esparcido sobre los hombros, probablemente por haber apoyado su ancho lomo en alguna de las viejas paredes del palacio.

—Le sienta bien el frac, Herzfeldt —dijo Stehling como de pasada, mientras se sacudía el polvo de los hombros—. Parece usted un empresario de pompas fúnebres, si me permite la observación. —Soltó una risotada—. ¿Será porque estamos cerca del Cementerio Central?

Leo se quedó sin palabras durante unos segundos.

—¿Usted... aquí...? —soltó finalmente.

—Sí, yo aquí —refunfuñó Stehling—. También hubiera preferido ahorrarme este encuentro, créame, pero usted siempre tiene que andar husmeando en todos los rincones. ¿Por qué no hace alguna vez lo que se le dice, para variar?

Por un diminuto instante, Leo pensó que todo era un gran malentendido, que el jefe superior de policía estaba investigando en el palacio y que en el exterior aguardaba un centenar de agentes para reventar la fiesta. Pero entonces posó su mirada en los dos matones de sonrisa estúpida justo cuando el delgado había sacado un revólver y lo apuntaba. Ambos llevaban puestas sendas máscaras negras, lo que tampoco los hacía parecer más serios.

—No creo que sea necesario, Alfons —indicó Stehling dirigiéndose al magro de la cicatriz—. El señor Von Herzfeldt es un caballero y sabe cuándo ha perdido. Además, hay una dama presente, o por lo menos la apariencia de una dama. La señorita Wolf, supongo. Disculpe, pero es que, como se suele decir, conforme vemos el traje tratamos al paje. Lástima que sea en estas circunstancias...

—Y un canalla siempre es un canalla, da igual que vista de frac o lleve un uniforme de policía —replicó Julia apretando los dientes.

—Chsss, chsss, chsss... —chistó Stehling enarcando una de sus pobladas cejas—. Señorita Wolf, se lo ruego, contrólese o tendré que decirle al mulo de Theo que le enseñe modales —advirtió señalando al costilludo luchador—. En el Prater, Theo se dedica a lanzar a mujeres al aire, pero allí las atrapa antes de que se estampen contra al suelo.

—Usted y esos hombres de ahí fuera están comerciando con niñas como si fueran ovejas o terneras —continuó Julia sin dejarse intimidar. Los ojos le brillaban—. Son solo unas chiquillas y ustedes se abalanzan sobre ellas como... ¡como jabalíes en celo! ¿No les da vergüenza?

—Señorita Wolf, no sea patética. —El jefe superior de policía negó compasivamente con la cabeza—. No hacemos nada que no hagan muchos hombres en esta ciudad. ¿Sabe cuántas prostitutas de Viena tienen menos de catorce años? Yo sí lo sé, porque conozco los registros policiales. —Se encogió de hombros—. En el Wurstelprater puede comprar niñas de doce años como si fueran caramelos o manzanas cubiertas. ¿Y qué hay de malo en ello? A esa edad, los capullos comienzan a madurar y hacen falta hombres con experiencia que los hagan florecer. Esas niñas pueden sentirse orgullosas de que no las desflore un pobre borracho desdentado o su propio padre, sino un personaje distinguido. Además, les pagan bien por ello. Así ayudamos también a sus familias.

—¿Pero es que no se ha fijado en ellas? —le espetó Julia en la cara—. ¿No ha visto el miedo en sus ojos, no ha visto cómo temblaban, no se ha fijado en sus rostros demacrados y en el maquillaje emborronado por las lágrimas? ¿Cómo se atreve...?

A una señal de Stehling, el forzudo Theo arremetió contra Julia y le dio una sonora bofetada que la hizo retroceder.

—Cierre el pico, jovencita —dijo con suavidad Papá Stehling mientras Julia se sujetaba la mejilla jadeando—. Sus graznidos me están dando dolor de cabeza. —Se volteó hacia Leo—. Al menos usted lo entenderá, Von Herzfeldt, como hombre educado y de posición. Hasta los antiguos griegos introducían a los niños en la sexualidad. Hemos dejado arrinconada esta costumbre durante demasiado tiempo. Por cierto, encuentro que las máscaras son muy atractivas en este contexto, ¿usted no? Garantizan el anonimato y al mismo tiempo recuerdan los antiguos ritos de las bacanales.

Leo seguía sin poder articular palabra. Había sospechado que Paul Leinkirchner formaba parte del complot, pero que la conspiración alcanzara los más altos círculos policiales era algo que nunca habría imaginado... hasta ahora. Se dispuso a dar a Stehling un puñetazo en su hinchado rostro barbado, pero vio el revólver en la mano del matón flaco y se contuvo. Atendió entonces a Julia, que sangraba un poco por el labio y temblaba de rabia y de vergüenza. Leo se quitó la máscara, la arrojó a un rincón y se volteó hacia Stehling.

—¿Por eso ha fundado usted esta asociación? ¿Para satisfacer sus instintos más animales? ¡Qué asco me da!

—No sienta pena por ese puñado de jovencitas, Herzfeldt. Solo son hijas de prostitutas, sucias pordioseras y vendedoras de flores; bonita escoria, eso sí. Y, de todos modos, dentro de un par de años estarán marchitas o muertas. ¡Ellas son los animales de los que habla! Nosotros, en cambio, estamos en la cima de la cadena alimentaria y es importante que nos mantengamos unidos.

Stehling se encogió de hombros y continuó:

—Como judío debería saber que siempre han sido las alianzas secretas las que han cambiado el mundo. La Asociación de Amigos del Vals Vienés es una de esas alianzas, una agrupación de personalidades muy poderosas. Intercambiamos ideas entre afines, forjamos relaciones, hacemos negocios... Las damas elegantes y las jovencitas solamente son el premio, el postre. No son importantes.

—Y cuando a alguna de esas damas se le va la lengua, la borran del mapa, así de sencillo —repuso Leo con los labios apretados.

—Señor Von Herzfeldt, somos unos caballeros, ¿qué le hace pensar eso? —Stehling volvió a arquear su poblada ceja—. Para tapar las bocas ya está el dinero.

—¿Y qué pasó con Valentine Mayr y las otras? Supongo que el dinero no bastó.

El jefe superior de policía miró perplejo a Leo durante un momento y después soltó una carcajada.

—¡Un momento! ¡Ahora lo entiendo! Ha venido porque cree que nuestra asociación tiene algo que ver con los asesinatos de la estaca. ¡Qué idea más absurda! ¡No puede andar usted más equivocado, Herzfeldt! —Stehling resopló entre su barba—. ¿Esa... esa criminología moderna de la que tanto habla es lo que le ha llevado hasta aquí? ¿Es eso lo que le ha enseñado su formidable mentor, Hans Gross?

—¡No puede negar los indicios! Valentine Mayr estuvo en uno de sus bailes, la madre de una de las niñas también fue eliminada por uno de sus hombres en un falso acciden-te con un carruaje... —Leo hablaba lleno de furia—. ¡Y us-ted ha hecho desaparecer todas las pruebas que conseguí reunir! La sustancia negra, las fotografías... Posiblemente, Paul Leinkirchner sea su cómplice...

—Espere —interrumpió Stehling levantando la mano—, ¿una de las víctimas estuvo en uno de nuestros Valses Ne-gros? Qué contrariedad, no lo sabía. —Arrugó la nariz—. Mmm..., eso podría explicar el incidente de antes.

—¿Qué incidente? —preguntó Leo irritado. Stehling lo mandó callar con un gesto.

—No sé qué ha pasado con sus pruebas, puede que simplemente no recuerde dónde las ha dejado. En cuan-to a esa madre... —Stehling titubeó—. Sí, es probable que tenga razón, pero ¿qué otra cosa podíamos hacer? La mu-jer estaba histérica, se presentó en el cuerpo de Guardia culpando a Dios, al mundo y hasta al propio emperador... Por suerte, me enteré del caso por dos fuentes y pude dar las órdenes necesarias. Pero no tenemos absolutamente nada que ver con los atroces asesinatos de la estaca.

Leo dudaba. Tenía el presentimiento de que el jefe su-perior de policía decía la verdad. Ya sabía demasiadas co-sas como para que ahora le estuviera ocultando algo. En-tonces ¿qué demonios estaba pasando?

Leo veía que la hipótesis que tanto le había costado ela-borar tenía cada vez más fisuras. Sin embargo, siguió ha-blando sin dejar que se notara su inseguridad.

—¿Y también va a negar que el gran Johann Strauss es miembro de su club e incluso abusó de una niña?

—¿Quién le ha contado semejante mentira? —Stehling hizo una pausa y, de repente, volvió a mostrar su amplia sonrisa de tiburón—. ¡Ah, ya entiendo! De hecho, sí que hemos tenido a un Strauss entre nuestros miembros, pero no a Johann, sino a Bernhard, el medio hermano. Y le agradezco de nuevo, Von Herzfeldt, el seguimiento que ha hecho de este caso en el Cementerio Central. Teníamos que asegurarnos de que ese desgraciado estuviera muerto. Y ahora que tenemos su cabeza, ya no hay dudas al respecto.

—¿Bernhard...? ¿La cabeza...? —Leo tenía la sensación de que todo le daba vueltas y tuvo que agarrarse a la mesa de juego durante unos segundos. Como un castillo de naipes, algunas de las cartas salieron disparadas y cayeron al suelo. De pronto vio que todas sus teorías brillaban ahora bajo una luz distinta, como uno de esos cuadros cuyo objeto representado se transforma en otro muy distinto en un abrir y cerrar de ojos.

—¿Ustedes... mataron a Strauss? —inquirió Leo.

—Sigue sin entender nada, joven. —Stehling suspiró antes de continuar—. Fue el propio Bernhard Strauss quien se retiró él solito de la partida, y sin pagar, por cierto. Sí, Bernhard Strauss fue miembro de nuestro club. En el fondo, lo que nos interesaba era su apellido. Durante un tiempo pensamos que a través de él podríamos llegar a Johann Strauss, pero resultó que los dos medio hermanos se llevaban como el perro y el gato. Bernhard era un vanidoso de cuidado y un presumido, pero pésimo, jugador de cartas. —El jefe superior de policía señaló entonces la mesa de juego—. Cada vez que acudía a un Vals Negro perdía grandes sumas de dinero y acumulaba deuda tras deuda. Entonces se inventó el cuento de que él había compuesto *El Danubio azul* y que su medio hermano tenía que compensarle por el plagio. ¡No se puede ser más imbécil! —Stehling gruñó y señaló a los dos matones—. Alfons y Theo hicieron varias visitas a ese creído, hasta que un día quedó claro que no iba a liquidar su deuda. Y no solo eso, también nos robó dinero, ¡mucho dinero! Este club tiene cierta reputación y no podemos permitir que nadie se nos suba a las barbas.

—Y entonces lo liquidaron y disfrazaron su muerte de suicidio por ahorcamiento —dijo Julia, que entretanto iba recuperándose—. Un asesinato perfecto que, después de todo, no ha acabado siendo tan perfecto —concluyó apretando un pañuelo contra su labio partido.

—¡Jesús, no! ¡El cabrón se suicidó antes! Incluso escribió esa sensiblera nota de despedida y la envió a los periódicos. Fue un jodido arrogante y un farsante incluso después de muerto —explicó Stehling enfurecido y barriendo con la mano los naipes que quedaban sobre la mesa—. Pero no las teníamos todas con nosotros. Como Bernhard era jodidamente astuto y siempre encontraba la manera de salirse con la suya, enviamos a Alfons y Theo al entierro para asegurarnos de que de verdad estuviera bajo tierra; incluso estuvieron presentes cuando sacaron el féretro de la casa de Bernhard. Aun así, algunos miembros de nuestra asociación querían una prueba... concluyente, por llamarla así. Entonces, Alfons y Theo recibieron el encargo de desenterrar el cadáver y traernos la cabeza de Bernhard. Esta asociación tiene como miembros a hombres muy poderosos, mucho más de lo que ustedes puedan imaginarse, y estos solo querían descartar la posibilidad de que Bernhard siguiera vivo y tuviera la ocurrencia de despacharse a su gusto.

Leo cayó en la cuenta:

—¡Por eso me mandó al Cementerio Central! No por el intento de robo de un cadáver, sino porque quería asegurarse de que Bernhard Strauss estaba muerto de verdad.

—Veo que lo ha entendido —asintió Stehling—. Y al volver me vino con la noticia de que había enviado el cuerpo de Strauss al Instituto Forense. —Rio—. No fue fácil para Theo y Alfons sacar la cabeza de allí, pero al final lo consiguieron.

—Y después fueron a la consulta del médico de Strauss en Neulerchenfeld —dijo Leo.

—Una medida puramente preventiva. —El jefe superior de policía se encogió de hombros—. Había algo en la historia que aún no acababa de encajar, de modo que enviamos a Theo y Alfons a interrogar al médico que había hecho la necropsia. El tipo se defendió y la cosa se salió de control... Bueno, por lo menos pude convencer al inspector al cargo de que se trató de un simple suicidio. Los hombres poderosos de los que le he hablado ya están tranquilos, y el caso Strauss definitivamente archivado.

Leo trató de poner en orden sus pensamientos. Todo era distinto de lo que había imaginado. Al parecer, la asociación no había tenido nada que ver con los asesinatos de la estaca, ¡pero sí con la muerte de Bernhard Strauss! Bernhard Strauss, ese tramposo embustero y arrogante que al final solo vio el suicidio como única salida... Pero ¿no había dicho el profesor Hofmann que Strauss había sido asesinado con morfina y que su suicidio había sido fingido?

Había algo que no encajaba.

«Pero ¿el qué?»

Leo se había equivocado al sospechar de Johann Strauss. El célebre compositor nunca había sido miembro de la Asociación de Amigos del Vals Vienés, ¡solo lo era su medio hermano ludópata! Y no había sido Johann sino Bernhard Strauss quien había abusado de la pequeña Anna. Los dos hermanastros guardaban un gran parecido y Anna había visto la imagen del maestro solamente de pasada sobre el libro de partituras en la cabaña de Augustin Rothmayer.

—Lamento sinceramente que no haya tenido éxito con sus investigaciones encubiertas, señor Von Herzfeldt —dijo Stehling con indiferencia—. Por cierto, debería prepararselas un poco más. ¿Sabe cómo lo he reconocido ahí fuera? —Leo guardó silencio y Stehling continuó—: Por su alemán central, Herzfeldt. Antes, en la sala, ha hablado de un carruaje. Un vienés nunca llama así al coche de punto, siempre dice *fiacre*. ¡Se lo advertí! ¡Practique el dialecto vienés, Herzfeldt! —Stehling levantó el dedo con severidad juguetona—. Aunque me temo que ya es demasiado tarde para eso. Como comprenderá, no puedo dejar que usted y la dama se vayan de rositas. Supongo que ya sabrá qué se almacena en este palacio por toneladas...

—Munición —murmuró Leo.

—Exacto —confirmó Papá Stehling con una amplia sonrisa—, y por desgracia es fácilmente inflamable. De todas maneras, las altas esferas tienen previsto hacer volar el edificio, está viejo y muy deteriorado. Viena se merece un polvorín decente, así que me adelantaré un poco a su demolición. —El jefe superior de policía cogió un naipe de la mesa y lo rompió en pequeños fragmentos que fueron a parar al suelo—. Si tiene suerte, estimado inspector, sus cenizas lloverán sobre el Cementerio Central. Ahora que tanto se habla de las incineraciones, ¿no le gustaría adelantarse a su tiempo, Herzfeldt? Hágalo de una vez, aunque solo sea en su funeral. —Se volteó hacia los dos matones y les ordenó—: Regístrenlos, a ver si llevan armas.

El delgado Alfons fue hacia Julia con una sonrisa lasciva y la revisó palpándole los pechos y los muslos más tiempo del necesario. Mientras tanto, Theo se ocupaba de Leo. En el bolsillo interior derecho del frac encontró el revólver y se lo entregó a Stehling.

—Vaya, vaya —comentó secamente Stehling—, el inspector nunca defrauda con sus sorpresas. Le quitas el arma reglamentaria y de inmediato se saca otra del sombrero.

El costilludo Theo, que también había encontrado la cámara de bolsillo y ahora sostenía el pequeño objeto en alto, lanzó una mirada interrogativa a su patrón. El jefe superior de policía frunció el entrecejo y preguntó:

—¿Qué es eso?

—Mi libreta —respondió Leo—. La utilizo para tomar notas en la escena del crimen.

—¿Otra de esas invenciones de la escuela de criminología? Por mí se la puede quedar. —Stehling rio—. Devuélvele su librito, Theo, quizá le sirva para una última y patética entrada en su diario. ¡Llévenselos y enciérrenlos con la otra prisionera!

XXVI

Del *Almanaque para sepultureros*, de Augustin Rothmayer, escrito en Viena en 1893

Es conocido que a los vieneses les gusta celebrar entierros pomposos y exequias elegantes y dignas, con muchos dolientes y abundante comida. Sin embargo, un bonito sepelio no sirve de consuelo cuando el difunto es uno mismo.

En la gran sala, el cuarteto de cuerda seguía tocando y las parejas evolucionaban en círculos a la luz de cientos de velas; la única prenda que llevaban las damas era una máscara. De pronto, una extraña pareja con su séquito acaparó las miradas de los presentes: el flaco Alfons apretaba su revólver en el costado de Julia y el forzudo Theo apoyaba su mano en el hombro de Leo. Albert Stehling encabezaba la comitiva y frente a él se formó un pasillo. La música fue apagándose poco a poco y centenares de ojos ocultos detrás de máscaras negras miraron fijamente a Leo y Julia.

—Los señores no tienen por qué preocuparse —anunció Stehling a la multitud con una sonrisa tranquilizadora—. En breve, las ovejitas serán entregadas a sus pastores y nuestro ritual orgiástico habrá llegado a su fin. Por desgracia, esta parejita no estaba invitada, y como habrán podido observar, siempre detectamos a los parásitos y los eliminamos si es necesario. —Su mirada se posó en algunas de las mujeres desnudas y enmascaradas que temblaban visiblemente en el frío espacio abovedado—. Tal vez este incidente sirva también de aviso: quien le haga trampas a la asociación, deberá abandonar el juego. —Dio unas palmadas—. ¡Música, por favor! *On y danse!*

Los instrumentos de cuerda volvieron a sonar y, al compás de un vals en *allegro*, Leo y Julia fueron conducidos a través de las filas de asistentes como condenados en su último paseo. Leo observaba los numerosos rostros enmascarados, pero no podía reconocer a ningún invitado. En realidad, eso tampoco importaba ya mucho.

Como Stehling acababa de decir, estaban abandonando el juego...

No habían conseguido poner fin a la espantosa actividad de esos hombres pervertidos y ávidos de poder, ni habían encontrado al asesino de la estaca. ¡No existía ninguna relación entre ambos casos! Que Valentine Mayr hubiera sido víctima de un asesinato e invitada a un Vals Negro había sido fruto de la casualidad. Leo había cometido el mayor error que podía cometer un investigador: primero había elaborado una hipótesis y después había subordinado todos sus hallazgos a esa única hipótesis. El manual de Hans Gross también contenía esa regla suprema que Leo acababa de violar:

«Deje siempre que todos sus hallazgos conduzcan a una hipótesis, y no al revés...».

Entretanto habían llegado a la parte trasera del escenario, donde había una pequeña puerta en un nicho. Albert

Stehling la abrió. No había luz al otro lado, olía a humedad y salía de allí una brisa fría que rozó la cara de Leo. El jefe superior de policía hizo un gesto de invitación con la mano.

—No creo que hagan falta esposas ni mordazas, señor Von Herzfeldt. Aunque ahora le toque retirarse, confío en su gusto por las buenas maneras. Pero si grita o perturba la actuación musical, como por desgracia ya ha ocurrido una vez esta noche, Theo y Alfons tendrán que venir a enseñarle modales, después de todo. Créame, Herzfeldt, me da igual que vuele por los aires vivito y coleando o con un agujero en el chaleco, pero lo primero tiene más empaque, ¿no cree? ¿Alguna última petición musical?

—¡Que le jodan, escoria! —gritó Julia enfurecida.

Stehling le respondió frunciendo el ceño:

—Oh, me temo que el cuarteto de cuerda no tiene tonadas tan vulgares en su repertorio. ¿Tal vez *La muerte y la doncella*, de Schubert? *Au revoir*, señorita Wolf. —Stehling empujó violentamente a Julia para que cayera en el interior del oscuro nicho.

El robusto Theo levantó el puño, pero Leo se le adelantó entrando por su propio pie en la oscuridad. Resbaló y cayó por unos escalones. La puerta se cerró de golpe.

De pronto se hizo la oscuridad a su alrededor, como en una noche sin luna.

—¿Julia? —llamó Leo jadeante cuando se recompuso—. Estás... ¿estás bien?

—Me temo que tendré que tirar el vestido de noche —respondió ella cerca de él—, y me vendría bien una vasija con agua para lavar la sangre del chal. Pero aparte de eso, sigo viva, gracias.

Leo buscó a tientas la mano de Julia hasta que la encontró y la apretó con fuerza. A través de la puerta aún se percibía, muy apagada, la música del cuarteto de cuerda.

—Saldremos de aquí, te lo prometo.

Ella soltó una carcajada desesperada.

—¡Oh, claro! Lo que no sabemos es si saldremos enteros o a cachitos. ¿Se puede saber dónde estamos?

Leo notó grava y piedras en el suelo. Se incorporó con cuidado, agarrándose con las dos manos a un tosco pilar de ladrillos.

—Creo que es una especie de sótano lleno de rocalla. Pero... ¡eh!, ¿qué es eso?

Retrocedió al ver una débil llama a su lado que iluminaba el rostro ensangrentado de Julia. Sostenía con la mano un fósforo encendido.

—Estaban en mi bolso —explicó ella—. La Gorda Elli tiene cajas de cerillos con el nombre de su establecimiento. Dice que está muy de moda. Menos mal que ya no fumo como antes.

—¿Y me lo dices ahora? —preguntó Leo indignado.

—Si las hubiese utilizado fuera del palacio las habríamos gastado todas. Quedan muy pocas, así que deja de quejarte y dedícate a pensar en algo.

El fósforo fue consumiéndose hasta que quedó un último destello flotando en la oscuridad, que también desapareció. Aun así, Leo había podido ver por un momento la especie de calabozo donde los habían encerrado, o por lo menos una parte de él. Estaba repleto de pilares de ladrillo con extrañas formas retorcidas, como árboles contrahechos. Los pilares se transformaban en arcos y pórticos, otros eran simplemente pilones aislados. Leo recordó haber visto de niño algo parecido en una excursión. Había ido con sus padres a un palacete de recreo de unos amigos aristócratas, cuya construcción todavía no había concluido.

—¡Una gruta de estalactitas! —exclamó—. Esto debía de ser una cueva artificial. Falta el yeso y el acabado, por eso el suelo está lleno de ladrillos.

—Qué romántico —dijo Julia—. Siempre he querido morir en una cueva de estalactitas al lado de un aristócrata que...

—¡Chsss! —interrumpió Leo—. ¿Oyes eso?

Escucharon con atención los dos. Era un débil quejido procedente de una esquina. Julia encendió otro cerillo y Leo pudo distinguir un bulto que se movía por detrás de uno de los pilares. Se aproximó cautelosamente a él.

—¡Enciende otra! —le dijo a Julia.

—Solo quedan tres.

—¡Da igual! ¡Enciéndela, haz el favor!

La gruta volvió a iluminarse por unos instantes, si bien el resplandor no cubría la totalidad del espacio. Sin embargo, Leo vio ahora que el bulto que se retorcía era una joven atada. Llevaba un vestido de noche que se parecía sorprendentemente al de Julia, y tenía la boca amordazada.

«La tercera prisionera —pensó Leo—. La que Stehling mencionó antes...»

Leo se agachó junto a ella y le aflojó el trapo mugriento que tenía anudado sobre la boca. La mujer lo escupió y respiró hondo varias veces.

—¡Gracias! —jadeó—. ¡Por poco...! ¡Estaba a punto de ahogarme!

Leo examinó a la mujer a la luz centelleante del cerillo. Era guapa, de rasgos muy delicados. Tenía una figura aniñada y el pelo rubio y rizado con restos de polvo de ladrillo. Llevaba puesta una falda acampanada de seda hecha trizas, como la blusa. La furia de su mirada revelaba que no era una mujer que se rindiera con facilidad.

La luz se volvió a apagar.

—Déjeme adivinar —dijo Leo—, usted debe de ser Therese, la amiga de Valentine.

—¿Cómo lo sabe?

—Creo que estamos aquí por la misma razón —contestó Julia desde la oscuridad—. Yo también era amiga de Valentine, vivo donde la Gorda Elli. Nos ha hablado de ti y de Valentine.

De repente se escuchó un sollozo. Al parecer, Therese no era tan fuerte como Leo había supuesto en un principio; o ya había experimentado suficiente terror.

—¡Cerdos! —estalló—. ¿Han visto lo que hacen con las niñas? ¿Lo han visto?

—Sí... Todavía no les ha llegado el momento —comentó Julia vacilante—, pero nos lo podemos imaginar.

—Valentine y yo asistimos una vez a un baile así, hace unos meses. La Roja Amalie me había recomendado y yo convencí a Valentine para que viniera. Pagaban muy bien, pero... nunca pude imaginar que... —Therese sollozó y su llanto resonó en la gruta. Leo no pudo evitar pensar en un llanto infantil.

El llanto de las niñas de arriba, flacas y desnudas, solamente vestidas con una máscara.

—Uno de los hombres era particularmente repugnante —continuó por fin Therese—, el primer violinista. Se abalanzó sobre una niña allí mismo, en el escenario, delante de todo el mundo. Era como una... una obra de teatro horripilante, solo que era real, ¿entienden? ¡Real!

«Anna —pensó Leo—. Esa niña debía de ser Anna.»

Therese se sorbió la nariz y continuó:

—Te meten tanto miedo que después no te atreves a contar nada, y además todos llevan máscara. Pero al violinista lo reconocí después, ¡oh, sí! Fue al cabo de unos días, en una cafetería de Neulerchenfeld. Identifiqué al momento su manera de tocar, cómo rascaba el violín y sacaba de él unas notas estridentes, como si estuviera tocando el mismísimo demonio... Quería castigarlo por lo que había hecho, pero no sabía cómo. Entonces decidí tirarle los perros. No me reconoció, al contrario, se quedó por completo prendado de mí. Y fue entonces cuando me contó su plan.

—¿Qué plan? —preguntó Leo.

Therese se echó a reír.

—¡Oh, un plan enfermizo salido de una pesadilla! ¡Como si lo hubiera ideado el diablo en persona, de tan loco e ingenioso! Y por fin supe cómo vengar a todas esas pobres niñas. Bernhard Strauss tenía que pagar por lo que había hecho, oh, sí. Y acordarse de mí cuando estuviera en su tumba...

En la oscuridad de la cueva, Therese empezó relatarles el plan que había ideado Strauss.

Como a un kilómetro y medio de distancia de allí, una pequeña lámpara de petróleo ardía y su reflejo se multiplicaba en los cristales del invernadero del Cementerio Central de Viena.

Augustin Rothmayer estiró el espinazo profiriendo un gemido y se levantó del tambaleante banco de trabajo. Junto a él estaba sentada Anna, que seguía trenzando las coronas que primero iba acumulando a montones delante de ella y, después, apilando en cajas de madera en el suelo. Cuando al día siguiente, la mañana de Todos los Santos, se abrieran las puertas del cementerio, los visitantes llegados de todas partes le quitarían al sepulturero de las manos toda la decoración funeraria producida. Coronas de ramas de abeto y de hiedra, ramos de rosas, claveles y crisantemos, lamparillas para decorar tumbas, velas de estearina roja y blanca, figuras de angelitos de yeso... Augustin se estremeció.

Los vieneses dedicaban el 1 de noviembre a recordar a sus familiares fallecidos. Augustin tenía a veces la impresión de que ese era el único día en que lo hacían. El resto del año, el cementerio era un lugar olvidado, un páramo desierto al que acudía la gente a deshacerse de sus muertos, o eso le parecía a él. Como si los moviera la mala conciencia, los vivos no perdían ni un minuto en acudir hasta allí en masa por Todos los Santos.

¡Cómo odiaba ese día!

—Ya está bien por hoy, niña —dijo Augustin dejando a un lado el alambre, las tijeras y los alicates—. Si nos quedamos cortos, que vayan esos bobos a recoger sus propias flores, que sería incluso más bonito.

—Una corona más, ¿vale? —Anna enrolló ensimismada una última ramita de hiedra alrededor de un trozo de alambre. Augustin intuía que el trabajo era bueno para ella, que esa actividad monótona había conseguido distraerla de los sombríos recuerdos.

Los recuerdos del Vals Negro...

El sepulturero tamborileaba con los dedos sobre el banco de trabajo y observaba los numerosos reflejos de la llama de petróleo en los cristales del invernadero. ¿El estirado inspector habría conseguido dar con la ubicación del baile? Augustin así lo esperaba, aunque solo fuera para reparar todo lo que Anna había sufrido. En los últimos días se había acostumbrado a su presencia. Y si era honesto consigo mismo, debía incluso admitir que apreciaba a la pequeña. Pero bajo ningún concepto llegaría al extremo de sentir hacia ella amor o cariño. Eran sentimientos que había desterrado de su corazón para siempre.

O eso creía.

Augustin se sorprendió mirando cómo Anna trenzaba la corona. Habían pasado cosas extrañas en los últimos días, todos esos sucesos espeluznantes con muertos vivientes, cadáveres decapitados y empalados... Pero no eran los difuntos los que le daban miedo, sino los vivos. Tres personas habían entrado en su vida de golpe: ese inspector sabelotodo, su compañera de trabajo —a la que encontraba ciertamente simpática— y, por supuesto, Anna. Ella había desencadenado algo en él, le había animado el espíritu, casi como la música.

«Música...»

Augustin aguzó el oído. ¿Era posible? Le pareció escuchar a lo lejos una música muy suave, un vals. ¿Eran imaginaciones suyas? Miró a Anna, que había ladeado la cabeza porque también había escuchado algo con su fino oído.

De repente, la pequeña empezó a temblar.

El sepulturero contuvo la respiración y escuchó con atención. En la lejanía, casi inaudible, sonaba una melodía que él mismo había tocado hacía poco.

Dios, qué bella es la chiquilla,
en el diván mejor que en la silla...

Anna gimió, se acurrucó debajo del banco de trabajo y se tapó los oídos.

—Quédate aquí, ¿me oyes? —ordenó Augustin con voz firme—. ¡No te muevas de donde estás!

Salió corriendo. Fuera del invernadero la música se percibía mejor; no mucho, lo suficiente como para que Lang y Stockinger, sus sordos compañeros, no la oyeran, y mucho menos el torpe administrador del cementerio. Pero Augustin sí que la oía.

Dios, qué bella es...

Giró la cabeza a ambos lados para localizar el origen de la melodía. Al noreste, detrás del muro del cementerio, más allá de la carretera de Simmering, le pareció ver un débil resplandor.

Al momento supo de dónde venía la música.

«Un lugar aislado e idóneo para celebrar un baile el Día de Todos los Santos... Un palacio negro para un Vals Negro...»

Tras un instante de duda empezó a caminar agitando los brazos, como un espantapájaros viviente, en dirección a la casa del administrador. Iba a hacer algo que había jurado que no volvería a hacer: apretar su oreja contra una de aquellas frías caracolas y hablar por otra caracola.

Haría una llamada telefónica.

Delante de la casa del administrador ardía una solitaria farola de gas. Augustin estaba a punto de llamar a la campana de la puerta cuando percibió algo en el suelo bajo la luz de la farola. Se agachó y examinó su descubrimiento más de cerca.

«Diablos... ¿Cómo no se me había ocurrido antes?»

Y entonces, tocó alarmado.

XXVII

Del *Almanaque para sepultureros*, de Augustin Rothmayer, escrito en Viena en 1893

¿Cuántos supuestos muertos vivientes malviven en nuestros cementerios? Como descendiente de una larga estirpe de sepultureros, permítaseme hacer el siguiente cálculo: teniendo en cuenta todas las causas conocidas de vampirismo —como la tuberculosis, una fecha de nacimiento desgraciada, determinadas características físicas, tener seis hermanos, suicidio, infanticidio, perjurio, fiebre puerperal o similares—, los obituarios archivados indican una proporción de entre el cinco y el diez por ciento de vampiros en cada cementerio. Por ende, se puede afirmar que cada familia tiene su propio vampiro.

La historia que Therese estaba explicando en la oscuridad de la gruta era tan extraña, espeluznante y aterradora que Leo olvidó por un momento que los tres estaban esperando su propia muerte.

El relato de la joven describía una forma de morir mucho peor y, sobre todo, mucho más lenta que la provocada por una explosión.

—Bernhard tenía un montón de deudas de juego —relataba Therese en voz baja— y había robado a esa gente, creo que unas cédulas hipotecarias y otros documentos que podrían desvelar sus identidades, tampoco me dio más detalles. En cualquier caso, tenía claro que no podría escapar de ellos. Daba igual en qué agujero se escondiera, acabarían encontrándolo y matándolo. De manera que decidió suicidarse y que todo el mundo se enterara.

—Una decisión definitiva, sin duda —dijo Leo, sin entender del todo el sentido de tal decisión.

Therese carraspeó y continuó:

—Quizá no me he expresado con suficiente claridad. Bernhard solo quería que esa gente pensara que se había quitado la vida. Después, resucitaría con un nombre distinto.

—¿Él mismo fingió su propio suicidio? —preguntó Julia desconcertada.

—Lo tenía pensado hasta el último detalle. Solo necesitaba una persona de confianza, y esa persona era yo. El plan de Bernhard era que después emigráramos juntos a Estados Unidos con todo el dinero que había robado. ¡Estaba tan enamorado que no se daba cuenta de que se estaba entregando ciegamente a mí! —Therese rio—. Yo llevaba peluca, pero creo que incluso sin ella no se habría dado cuenta de que yo había estado en uno de esos malditos bailes y que sabía perfectamente lo que ocurría en ellos.

«La mujer con peluca que visitaba a Strauss en su casa —pensó Leo—. ¡Y yo que llegué a creer que era Julia!»

—Dios mío, Therese, ¿qué hizo entonces? —preguntó él.

—Bernhard se dio cuenta de que tenía que actuar cuando esos dos matones empezaron a presentarse en su casa cada dos por tres —prosiguió Therese—. Entonces compró morfina en una farmacia con un nombre falso. Había leído algunos libros sobre el tema y sabía cuál era la dosis. Una dosis que le hiciera caer en un sueño profundo, parecido a la muerte, pero que no lo matara. Lo tenía todo pensado, incluso se haría con maquillaje una marca de estrangulamiento por si a los tipos se les ocurría echar un último vistazo en el ataúd. Entonces se amarró una cuerda rota alrededor del cuello y yo le administré la morfina. Esperamos hasta que se quedó dormido. Después rompí la cruz de la ventana que ya habíamos serruchado previamente, armé un poco de ruido y me escondí. —Therese permaneció un rato en silencio, de fondo se escuchaba un hilo de música de vals que llegaba de arriba—. Habíamos acordado —prosiguió— que poco después se presentaría el médico borrachín de Neulerchenfeld, al que Bernhard tampoco conocía en persona. Recibió cien coronas por el certificado de defunción falso. Nadie lo puso en cuestión ni se preguntó por qué había llegado con tanta rapidez. —Se sorbió la nariz—. Otro desesperado que se cuelga en esta gran ciudad de gente desesperada... ¿A quién le importaba?

Volvió a sollozar y todos guardaron silencio. Leo intentó atar cabos con la increíble historia que les había contado Therese. ¡Por fin todo tenía sentido! Se acordó entonces de lo que le había dicho la casera de Bernhard Strauss:

«Al momento se vio que nada se podía hacer. Así lo dijo también el doctor, que, gracias a Dios, llegó en un santiamén...».

—¿Y qué pasó hasta el momento del entierro? —preguntó Leo extrañado—. ¿El cuerpo no tendría que haber pasado cuarenta y ocho horas en el tanatorio? La anestesia no habría durado tanto.

—El médico adelantó dos días la fecha de defunción en el certificado. Nadie se fija realmente en eso, de manera que el entierro tuvo lugar al día siguiente. Hasta entonces me quedé en la casa y le puse dos inyecciones más. Me miraba con una sonrisa y volvía a quedarse dormido, el malnacido. ¡Pensaba que iba a cruzar el charco con él! ¡Ja!

—¿Y qué pasó después, en el entierro? —preguntó Julia.

—Como era de esperar, los señores de la asociación no las tenían todas consigo. Sabían que Bernhard era un zorro astuto, así que enviaron a sus dos ayudantes a vigilar el cortejo fúnebre. Alfons y Theo se pasaron todo el camino desde Neulerchenfeld hasta la fosa observando de cerca el féretro. Ya en el cementerio, yo monté un numerito de lloros y lamentos, y a las cinco de la tarde acabó la ceremonia. Bernhard había calculado que el efecto de la morfina habría pasado sobre esa hora; clavaron la tapa del ataúd justo un poco antes. —Therese volvió a reír, ahora con un tono desesperado y molesto, y continuó—: ¡Nunca olvidaré cómo el enclenque Alfons se inclinó sobre el supuesto difunto como si lo estuviera olfateando antes de que lo metieran definitivamente en el hoyo! Si justo en ese momento alguien hubiera golpeado a Bernhard o le hubiera pinchado con una aguja, el plan se habría ido al traste. Pero incluso un par de cabrones como Alfons y Theo decidieron respetar el descanso de los muertos.

—Aunque en este caso no estuviera muerto —murmuró Leo—. Dios mío, ¡Bernhard Strauss todavía estaba vivo cuando llenaron la fosa de tierra! ¡Fue una muerte aparente, pero provocada!

—Así lo había urdido él —confirmó Therese—. Pero lo que pasó después ya no se ajustó a su plan... —Hizo una pausa—. Yo tenía que desenterrarlo pasado el sepelio; era una fosa común y no habían echado mucha tierra encima. Además, el cementerio ya había cerrado y nadie me molestaría...

—Pero no lo desenterraste —dijo Julia en voz baja—. Y Bernhard Strauss se asfixió miserablemente allí abajo.

—¡Oh, Dios! —Leo no pudo evitar lamentarse. La tiniebla de la gruta le hizo pensar en la oscuridad de un ataúd. Una negrura total, como en lo más profundo del universo o en el centro de la tierra. ¿Podía haber un lugar más oscuro y solitario que un féretro?

—Espero que haya sufrido durante mucho tiempo —repuso Therese con amargura—. Tenía que pasar el mismo miedo que habían pasado todas las niñas que había violado. La pequeña del baile no fue su primera víctima. A menudo me contaba lo mucho que había disfrutado en esas ocasiones, y lo más difícil para mí era tener que sonreír mientras tanto, pero tenía que complacerlo y aplazar mi venganza.

La alegre música de vals que llegaba desde arriba servía de cínico acompañamiento a la historia de Therese.

—¿Se habrán lanzado ya sobre las pequeñas? —preguntó Julia angustiada—. ¡No quiero ni pensarlo!

—Si queremos ayudar a esas niñas y salir vivos de esta, antes tenemos que escapar de aquí —comentó Leo incorporándose con las piernas tambaleantes—. Julia, por favor, enciende otro de tus cerillos.

—Como quieras, pero recuerda que solo me quedan dos.

Sonó un raspado y se encendió una pequeña llama. Leo recorrió con la mirada la gruta artificial tan rápido como pudo. Columnas, piedras apiladas, una pared oscura...

—¡Allí detrás! —gritó—. ¡Una escalera que sube! Pero está llena de cascotes y escombros. Tendremos que desenterrarla...

Julia se lamentó:

—No lo conseguiremos así, sin luz y solo con las manos. ¿Cuánto tiempo tendremos?

Intuitivamente, Leo se palpó para sacar el reloj Savonette que guardaba junto a la cámara de detective, en el bolsillo interior de su traje. Entonces cayó en la cuenta de que en la oscuridad no podría ver nada. ¿Qué hora sería? Probablemente bien pasada la medianoche... ¿Cuánto iba a durar todavía el baile?

—Si esa gente piensa divertirse como sospecho, todavía tenemos un par de horas —indicó él—. Creo que cualquier cosa es mejor que esperar aquí nuestra muerte.

—Tiene razón —añadió Therese, que se levantó provocando un alboroto con los cascotes.

—¿Por qué ha venido? —preguntó Leo mientras avanzaba a tientas en la dirección donde había visto la escalera—. Después de todo, ya se ha vengado.

—Por Valentine —respondió Therese—. Después de acudir a aquel baile juntas, la perdí de vista. Al principio pensé que estaba enojada conmigo por haberla arrastrado hasta allí, pero supongo que fue algo más, quería romper con su pasado, empezar una nueva vida. En el fondo, me alegré de que me dejara en paz. No sabía lo que pensaría ella de mis planes de venganza.

—Y entonces se enteró usted de su muerte —especuló Leo.

—Por el periódico, la descripción de la víctima no dejaba lugar a dudas. Al principio no me lo podía creer. —Therese respiró hondo. Ahora estaba junto a Julia y Leo, que seguía buscando en la penumbra la escalera cubierta de escombros—. Supuse que a Valentine se le había ido la lengua y que esos hombres se la habían cargado. Entonces no lo pensé dos veces, le robé a la Roja Amalie su Derringer del escritorio y me presenté en el palacio con el arma. Quería vengar a Valentine...

—Y la han pescado —confirmó Leo—. Nosotros también pensamos que la muerte de Valentine tenía algo que ver con el Vals Negro, pero por lo visto no es así... —Golpeó con la cabeza en una columna—. ¡Maldición, qué oscuro está esto! Julia, me temo que voy a necesitar otro cerillo si quiero encontrar la escalera.

—Es la última, Leo —suspiró Julia.

—¡Da igual! ¡Enciéndela!

Sonó otro raspado. Los rostros sucios y ensangrentados de las dos mujeres se iluminaron a la luz del resplandor parpadeante. Leo echó un rápido vistazo a su alrededor y... ¡allí estaba la escalera! Y un poco más arriba...

—¡Una ventana! —gritó Leo—. ¡Hay una ventana tapada con unos tablones a poco menos de un metro de altura! Puedo verla con claridad...

La llama se apagó, pero Leo recordaba a la perfección la abertura y le había parecido que la madera estaba carcomida; nada que no pudiera romperse fácilmente.

—Tenemos que apilar las piedras junto a la pared —dijo alterado—, hacer una pequeña montaña. ¡Entonces podremos llegar a la ventana y tal vez pueda abrirla!

Tomó algunos ladrillos y se dirigió a tientas hacia la pared.

—Era aquí. ¡Vamos, ayúdenme! No sabemos cuándo terminará la fiesta, pero lo que sí sabemos es que el palacio volará por los aires y nosotros con él. ¡No tenemos mucho tiempo!

Los tres empezaron a amontonar piedras junto a la pared. Al cabo de un rato se estableció una rutina regular y se fueron pasando los escombros en cadena. Leo se había quitado el frac y la camisa y utilizaban ambas prendas de improvisados costales. Durante un tiempo no se escuchó otra cosa que el chocar de los ladrillos y sus propios jadeos.

—¿Es cierto que empalaron a Valentine? —se atrevió finalmente a preguntar Therese con voz temblorosa—. Eso decía el periódico...

—El asesino la había matado antes —dijo Leo, como si su respuesta suavizara de algún modo la tragedia. Se secó el sudor de la frente; a pesar de ir desnudo de cintura para arriba, el esfuerzo le provocaba un calor infernal—. Pero sí, le metió una estaca por la vagina, como a sus otras víctimas. Todavía no sabemos por qué lo hace.

Leo pensó en los episodios de Londres. Ese Jack el Destripador, como lo llamaban los ingleses, había hecho algo parecido, y todavía no estaba claro qué le había llevado a hacerlo; quizá solamente un odio visceral hacia las mujeres.

—Por regla general, los hombres son unos cerdos —afirmó Therese mientras apilaba unas cuantas piedras más—. Yo que he trabajado de puta durante años, he visto de todo, y os puedo asegurar que delante de sus esposas se hacen los buenos maridos, pero a nosotras nos utilizan para desahogarse. Algunos nos golpean, otros quieren que los golpeemos, pero la mayoría de las veces lo que quieren es someter a las mujeres, como si tuvieran miedo de que seamos superiores y un día tomemos el control.

—Tienes razón —convino Julia—, solo tenéis que ver al jefe superior Stehling o a tipos como el inspector jefe Leinkirchner. Para ellos, solo somos objetos decorativos y únicamente servimos para limpiar o taquigrafiar. Al principio incluso querían dar los puestos de telefonista a los hombres.

—¿Estará Paul Leinkirchner realmente metido en esta conspiración? —preguntó Leo pensativo—. Stehling no lo ha mencionado.

—En cualquier caso, no me extrañaría que entre los señores de la sala de baile hubiera más de un policía —se lamentó Therese—. Cuando trabajaba en el burdel, los cuicos siempre eran los peores. No pagaban y encima amenazaban con denunciarnos a Antivicio. Además eran unos depravados, al menos algunos de ellos, ¡oh, sí! Una vez me vino uno que disfrutaba penetrando a las mujeres con la macana. No hace mucho de eso. Me penetró vanagloriándose de que era un inspector de pies a cabeza, un tipo estupendo, pero luego sudaba y temblaba y se ponía a hurgar con la macana de madera. Luego no se acercaba siquiera. En vez de eso, murmuraba unas cosas muy raras...

Leo, que acababa de cargar tres piedras a la vez, se detuvo de golpe.

—¿Qué murmuraba exactamente? —preguntó.

—Algo en latín, parecido a...

—*Domine, salva me* —susurró Leo—, «Sálvame, Señor».

—Sí, esas fueron sus palabras exactas. Era en verdad inquietante. ¿Conoce al tipo? ¿Es colega suyo?

Leo dejó caer los cascotes de ladrillo, y cuando estos impactaron en el suelo fue como si las últimas piezas de un gigantesco rompecabezas hubiesen por fin encajado.

En ese preciso momento, la música de arriba cesó.

De repente sucedieron varias cosas al mismo tiempo.

Mientras Leo trataba de organizar sus pensamientos se oyó un toque de corneta procedente del otro lado de la ventana cerrada con tablones. Y tras la puerta que había en la parte superior de la escalera, donde la música había dejado de sonar, se oyeron gritos, chillidos e incluso un disparo.

—¡Dios mío! ¿Qué está pasando ahí arriba? —exclamó Julia—. ¿Lo oyes, Leo? ¿Crees que la corneta es un aviso para la explosión? ¿Ya está? ¿Vamos a volar por los aires?

—¡Mierda, hay que salir de aquí! —gritó Therese—, ¡como sea! —Corrió en la oscuridad hacia la escalera que llevaba a la sala, tropezó, se incorporó y golpeó la puerta—. ¡Déjennos salir, malnacidos! ¡Eh! ¡Abran!

Rígido como una de las columnas que lo rodeaban, Leo se quedó de pie en la cueva de estalactitas artificiales.

—Siempre ha estado ahí —dijo en voz baja, como para sus adentros—, y me había fijado. Todo este tiempo...

—Leo, da igual ahora lo que creas saber, ¡tenemos que salir de aquí! —lo reprendió Julia—. Quizá podamos derribar la puerta o...

—¡No lo entiendes! —la interrumpió Leo—. ¡El asesino siempre ha estado de nuestro lado! No se ha escondido de nosotros, al contrario, nos ha ayudado y nos ha mentido descaradamente en la cara. Se ha investigado a sí mismo y ha destruido todas las pruebas, la sustancia negra, las fotografías... ¡Qué jugada tan brillante!

—¿Te... te refieres a Paul Leinkirchner? —preguntó Julia con voz entrecortada. A pesar de la oscuridad, Leo creyó ver el rostro asustado de ella—. Entonces ¿el inspector jefe Paul Leinkirchner es tu asesino de la estaca...?

—Por el amor de Dios, ¿cómo he podido ser tan estúpido? —se lamentó Leo negando con la cabeza—. Lo he tenido todo el tiempo delante de mis ojos como un libro abierto. ¡Como el libro de Hans Gross!

La voz de Leo quedó ahogada por los gritos y los golpes desesperados de Therese. Se oyó un segundo disparo mientras la corneta seguía sonando en el exterior. Y después, un fuerte estrépito.

Un estrecho haz de luz se coló en el calabozo.

Alguien había abierto la puerta.

Therese salió tambaleándose. Julia y Leo corrieron también hacia la escalera que conducía a la sala. Leo subió los escalones a cuatro patas y cruzó la puerta a tropezones. La luz de las incontables velas lo cegó por un momento y tuvo que cerrar los ojos.

Cuando volvió a abrirlos, vio los candelabros volcados, el escenario desierto y con un violonchelo destrozado, mujeres semidesnudas sollozando envueltas en unas mantas que alguien les había dado, hombres vestidos con frac gritando y pegándose, y un grupo de guardias con casco manteniendo a la multitud a raya con sables y bayonetas.

Justo delante de Leo estaba el inspector jefe Paul Leinkirchner masticando una punta de puro apagado.

—¡Demonios, Herzfeldt! —gruñó el inspector frotándose la calva—. ¡Menuda pinta tiene! Rara vez he visto un espectáculo más lamentable. Si no estuviera ya despedido, presentaría una denuncia disciplinaria por conducta antiprofesional. —Se dirigió a los policías que lo rodeaban—. Denle un abrigo al hombre. Bastante tengo con chicas desnudas por todas partes como para tener que aguantar a un exagente de policía asqueroso con el pecho desnudo. ¡Vaya agujero de ratas!

XXVIII

—Creo que me debe más de una explicación, Herzfeldt. —
Leo estaba de pie delante de Paul Leinkirchner en la misma
sala en la que se había encontrado hacía unas horas con el jefe
superior de policía Stehling. La mesa de juego estaba volcada
y las sillas esparcidas por el suelo; también había botellas de
champán rotas y un charco de vino en el que flotaban algunos
naipes. Leinkirchner miraba con atención a su antiguo compañero—. ¿Se puede saber qué diablos está haciendo aquí?

—Podría hacerle la misma pregunta —respondió Leo,
que todavía llevaba sobre los hombros la gruesa cazadora de
lana de un guardia. Apenas había pasado media hora desde
que habían logrado salir de la gruta. Julia y un par de agentes se habían ocupado de la aterrorizada Therese y de las
asustadas jovencitas que iban a ser vendidas al mejor postor al final de una larga noche.

La policía había llegado en el último segundo.

—Nos han llamado por teléfono para denunciar que se
estaba violando la prohibición de baile en el Día de Todos
los Santos —explicó escuetamente Leinkirchner.

—¿Y para eso se ha traído una compañía entera? —inquirió Leo negando con la cabeza—. Eso no se lo creería ni
mi abuela.

—No me importa lo que su abuela judía crea o deje de creer, Herzfeldt. Digamos que había indicios claros de que este baile, bueno..., excedía los límites permisibles.

Llamaron a la puerta y el inspector Erich Loibl asomó la cabeza.

—Paul, acaba de llegar el tipo del Cementerio Central.

—¿El espantapájaros? —protestó Leinkirchner visiblemente molesto—. ¿Qué quiere? Ahora no tengo tiempo. Si quiere hablar conmigo, dígale que...

—Esto... no quiere hablar contigo, sino con el inspector Von Herzfeldt.

—¡Por el amor de Dios, Erich! ¡El inspector Von Herzfeldt ya es pasado! Ahora mismo, el señor Von Herzfeldt solo es un testigo interrogado, y puede que hasta sospechoso. Pero ese bicho raro del cementerio no nos va a dejar en paz, así que déjelo entrar.

Cuando Augustin Rothmayer entró en la sala, Leo tuvo de inmediato la sensación de que hacía más frío, cosa que ni siquiera pudo cambiar la cálida sonrisa con la que lo saludó el sepulturero.

—¡Qué placer verlo por aquí! —saludó Rothmayer extendiendo sus largos y delgados brazos—. ¡Y vivo, además!

—El placer es mío —murmuró Leo, que ya había desistido de preguntarse por qué Rothmayer siempre aparecía allí donde menos se esperaba a un sepulturero.

—Agradezca aquí al caballero de leve aliento a moho nuestra rápida llegada —comentó Leinkirchner dirigiéndose a Leo—, o más bien a sus buenos contactos con la policía.

—Bueno, digamos que a mis contactos con el profesor Hofmann —aclaró Rothmayer esbozando una sonrisa burlona—. Oí la música que venía del palacio y no me lo pensé dos veces. El profesor creyó que le iba a hacer alguna consulta científica acerca de los escarabajos tenebriónidos, pues ya habíamos mantenido alguna que otra interesante disputa al respecto. Pero cuando escuchó lo que tenía que decirle, llamó enseguida al comisario Stukart.

—Y el comisario de policía me despertó con su llamada —refunfuñó Leinkirchner. A continuación lanzó un suspiro y continuó—: Stukart tenía la vista puesta en esta asociación de cerdos desde hacía mucho tiempo. Sabíamos por distintas fuentes que esta gente abusaba de jovencitas, pero sobre todo conocíamos su negocio de falsificación de letras de cambio. En estos bailes se blanquea dinero, se pulen balances y toda la cosa. Estos señores probablemente se fiaron de su poder y pensaron que eran intocables, pero Stukart había reunido pruebas y solo faltaban los medios legales para detenerlos. —Leinkirchner dio una placentera fumada a su puro—. Ahora los vamos a procesar, pero no por sus estafas, sino porque se lo montan con menores. ¡Algunas no tienen ni siquiera doce años! Incluso en Viena eso basta para iniciar una larga investigación de la que saldrán muchas otras cosas. —Miró pensativo el humo del puro—. No han sido los negocios, sino los instintos lo que ha acabado con esta gentuza.

Leo se estremeció. Pensaba en su última conversación con el comisario Stukart, en la que había expresado sus salvajes sospechas, pero no le había contado nada de los Valses Negros. Si lo hubiese hecho, habría podido ayudar a la investigación.

«Estaba dando pasos a ciegas en todas direcciones —pensó—, incluso en lo que respecta a mis colegas.»

—Entonces ¿sabía que el jefe superior Stehling también es miembro de la asociación? —preguntó Leo—. ¿Lo han detenido?

—¿Stehling? —A Leinkirchner casi se le cayó el puro de la boca—. Por Dios, Herzfeldt, ¿qué tonterías está diciendo?

—Incluso sospecho que el jefe superior de policía es uno de los cabecillas de la asociación...

Leo explicó en pocas palabras a Leinkirchner lo que él y Julia habían descubierto, cómo habían acabado allí, en el Palacio de Neugebäude, y cómo habían sido al final encerrados.

El inspector jefe escuchó en silencio y negó con la cabeza.

—¿Espera que me crea semejante sandez, Herzfeldt? ¿Que el jefe superior de policía Stehling es un pervertido y un degenerado? —Rio incrédulo—. ¡Al final también sospechará usted de mí!

«Es exactamente lo que he estado haciendo durante mucho tiempo», pensó Leo, que carraspeó antes de continuar:

—Hay algo que siempre he querido decirle: tengo nuevas pistas sobre el asesino de la estaca. —Respiró hondo—. Pero déjeme preguntarle algo primero. ¿Dónde está Andreas Jost?

—¿Andreas Jost? —resopló entonces Leinkirchner—. ¿Qué quiere de él? Para serle sincero, me alegro de que no esté por aquí. Ese debilucho probablemente se habría desmayado al ver a tanta mujer desnuda, o incluso habría vuelto a vomitar.

—Lo dudo —dijo Leo, y miró a Leinkirchner directamente a la cara—. Señor inspector jefe, dispongo de importantes pruebas que apuntan a que Andreas Jost es nuestro asesino de la estaca.

—¿Jost? ¡Por Dios! ¿Está usted mal de la cabeza? —Leinkirchner tiró la punta del puro y la apagó pisándola con el tacón—. ¿Primero el jefe superior Stehling y a cabeza hora el joven inspector? Herzfeldt, deje de decir idioteces o lo mando al manicomio de Brünnlfeld.

—Antes de hacerlo, escúcheme —pidió Leo—. Sentada al lado de la señorita Wolf se encuentra una prostituta llamada Therese. Jost fue cliente habitual suyo. ¡La he vuelto a interrogar a fondo y su descripción encaja de lleno con Andreas Jost! Penetraba a las prostitutas con un palo, y ¿sabe qué decía mientras lo hacía? *Domine, salva me*, ¡justo las mismas palabras que encontramos grabadas en las estacas! ¡Sálvame, Señor!

—Menudo disparate. —Leinkirchner parecía inquieto—. Y aunque así fuera..., no creerá que por la declaración de una prostituta voy a...

—Eso no es todo —lo interrumpió Leo—. Le he dado docenas de vueltas y he llegado a la conclusión de que mucho de lo que ha pasado solo ha sido posible porque había un topo en la Jefatura. Durante mucho tiempo pensé en... —titubeó— otra persona. ¡Pero el topo es Jost! ¿Quién pudo hacer desaparecer la muestra con la sustancia negra del primer escenario del crimen? ¡Jost! ¿Quién sabía dónde guardaba las fotografías que hice en dos escenarios del crimen? ¡Jost! Las robó y las destruyó, al igual que la sustancia negra, tal vez porque revelaría algo sobre él.

—¡Celebro que lo haya sacado a colación, inspector! —intervino Augustin Rothmayer, que había permanecido callado en un rincón—. Lo cierto es que...

Pero Leo no dejó que el sepulturero interrumpiera su exposición y se dirigió de nuevo a Leinkirchner:

—Permítame una pregunta, estimado colega. ¿Quién le dio el pitazo sobre el sospechoso Fritz Mandlbaum, el supuesto prometido de Paula Landing?

—Ahora que lo dice... —Leinkirchner arrugó la nariz—, fue Jost.

—Los señores de la casa donde trabajaba Paula Landing no sabían nada de ningún prometido. ¡Jost solo quería despistarnos! Y lo consiguió. —Leo levantó el dedo—. ¿Y quién dijo que el joyero judío no guardaba ninguna carta? ¡También fue Jost! Porque sabía que el escrito con el que había encargado el dije para Valentine Mayr podría delatarlo. Sospecho que también fue él quien, estimulado por sus actos, informó a la prensa sobre los empalamientos. El asesino siempre ha estado en nuestro bando, ¡solo así ha podido borrar cualquier rastro! Un policía asesino que encubre sus propias matanzas, ¡no hay crimen más perfecto!

Rothmayer carraspeó antes de volver a intervenir:

—Al inspector le gustará saber que yo...

—No sé —gruñó Leinkirchner sin prestar atención al sepulturero, que seguía en su rincón—, solo son conjeturas...

—Son indicios, y todos ellos conducen a un único autor posible, y ese es Andreas Jost. ¡Pregunte a Therese! Pídale que le haga una descripción personal de su cliente, le juro que...

—¡Por los clavos de Cristo! ¿Puedo decir algo yo también o tengo que llamar primero a la tapa de algún ataúd?

Los dos inspectores se volvieron hacia Augustin Rothmayer, que pateó en el suelo como si estuviera pisando la tierra de una fosa.

—¿O acaso creen que he venido hasta el palacio para ver mujeres desnudas? Para eso ya tengo la morgue bien cerquita de casa. —El sepulturero amenazó a Leo con el dedo—. ¡Usted vino a pedirme mi valiosa ayuda, así que escuche lo que tengo que decir o me aseguraré de que todos los muertos vivientes de Viena le hagan una visita nocturna!

Leo calló, sorprendido por el ataque de rabia de Rothmayer.

El sepulturero respiró hondo y, ya más calmado, continuó:

—Cuando fui antes a la oficina del administrador del cementerio para tele..., tele..., bueno, ya saben..., vi unas huellas delante de su puerta, unas líneas serpenteantes. Eran las mismas huellas que aparecen en las fotografías que me mostró el inspector. Y por fin sé lo que son.

—¿Y qué son? —gruñó Leinkirchner.

—¡Ja! —rio Rothmayer—. ¡Son huellas de bicicleta, delgadas y serpenteantes! ¡Esa es la marca que dejan! Cada vez se ven más circulando por las calles. El administrador tiene uno de esos biciclos y...

—¡La bicicleta de Jost! —exclamó Leo—. ¡Claro! Con una bicicleta podía ir y venir de los escenarios del crimen rápidamente sin que lo reconocieran. Jost es un apasionado del ciclismo, hasta me enseñó su bicicleta...

—Y eso no es todo —interrumpió Rothmayer, que sacó el jirón de tela sucia que Leo le había dado hacía unos días. Las sospechosas manchas negras aún eran claramente visibles—. He hablado con el profesor Hofmann sobre esto —dijo sosteniendo el harapo debajo de su nariz—. Huele raro y es pegajoso como el alquitrán... —De repente, su rostro se iluminó—. ¿Sabía que estoy pensando en escribir pronto un libro sobre los cultos de la muerte? En él también hablaré de las momias que...

Desesperado, Leinkirchner soltó:

—¡Vaya al grano de una vez!

—Cálmese —dijo Rothmayer agitando el trapo delante de la cara de Leinkirchner—. Las técnicas de embalsamamiento del antiguo Egipto son harto interesantes, utilizaban sustancias que hoy vuelven a tener un gran protagonismo, como por ejemplo el bitumen.

—Y esa cosa que hay en el trapo es... ¿bitumen? —preguntó Leinkirchner encogiéndose de hombros—. ¿Y qué? ¿Qué sacamos con eso?

—El bitumen también se conoce como *pix tumens* o betún. —Rothmayer se sonó la nariz en el paño y se lo volvió a guardar en el bolsillo—. Según el profesor Hofmann, es un material excelente para impermeabilizar; él mismo lo utiliza de vez en cuando. Con él se pueden tapar agujeros en superficies hechas de caucho, ese material nuevo que llevan las botas, los abrigos y...

—¡Las cámaras de bicicleta! —gritó Leo—. Cuando estuve en el taller de Jost vi un montón de latas y trapos... Él mismo me dijo que siempre lleva sus herramientas a todas partes. —Su mirada se oscureció—. También a los lugares donde cometió sus crímenes. Así es como se movía por el Prater, en bicicleta. Por eso ningún cochero sabía nada de él. —Se volteó hacia Leinkirchner—. Ya se lo he preguntado antes y voy a volver a hacerlo: ¿dónde está Andreas Jost?

El inspector jefe se encogió de hombros.

—Quizá no lo sepa aún, pero la madre de Jost murió inesperadamente. Se ha tomado unos días libres —contestó Leinkirchner, y de pronto recordó—: Mmm..., creo que el entierro era hoy, Todos los Santos.

—En el Cementerio Central —terminó Leo la frase. Se levantó y se dirigió hacia la puerta.

—¡Eh! —lo llamó Leinkirchner—. ¡Haga el favor de esperarme! Y, por el amor de Dios, póngase una camisa antes de salir. Parece usted la muerte en persona.

—Muy apropiado —dijo Augustin Rothmayer, que se quitó el sombrero para despedirse—: Ahora, caballeros, si me disculpan, el Cementerio Central está a punto de abrir y tengo cerca de quinientas coronas para vender. —Hizo un gesto de disgusto con la cabeza—. ¡Cómo odio este día!

Poco después, Leo y Paul Leinkirchner estaban sentados frente a frente en un carruaje cerrado que se dirigía, traqueteante y ruidoso, al Cementerio Central por la carretera local. Augustin Rothmayer había preferido tomar el camino que atravesaba la campiña, una decisión que a Leo le pareció muy oportuna. La presencia del sepulturero siempre lo inquietaba y, además, su abrigo olía realmente a paño mortuorio. Leo, por su parte, llevaba puesto un frac y un chaleco que había encontrado entre las prendas abandonadas a toda prisa en el guardarropa del palacio, así como una camisa arrugada que le quedaba grande.

En el carruaje, los dos hombres guardaban silencio y evitaban mirarse a los ojos. Seguían siendo enemigos, pero Leo debía admitirlo: Leinkirchner podía ser un cerdo y un antisemita, pero no era el traidor por el que lo había tomado todos estos días. De hecho, tal como estaban las cosas, el único que podía ayudarlo era el inspector jefe.

—Todo lo que ha dicho sobre Jost —comenzó finalmente Leinkirchner— parece bastante concluyente, debo admitirlo, sobre todo si lo que dice la prostituta es cierto. Loibl la está interrogando ahora mismo. Si Jost está realmente de camino al Cementerio Central para asistir al entierro de su madre, no podemos dejar de pasarnos por allí para hacerle una visita. —Cabeceó—. Pero que el jefe superior de policía Stehling esté metido en esa asociación...

—¡Pero si estaba allí, maldita sea! —lo interrumpió Leo—. Fue Stehling quien nos metió en ese agujero y quiso volar el castillo. ¡Yo mismo hablé con él!

—Pero no estaba entre los hombres que hemos detenido en el palacio —replicó Leinkirchner.

—¡Porque ya había salido rápido!

—¿Quién lo va a creer, Herzfeldt? —Leinkirchner miró por la ventana y vio aparecer el muro del cementerio iluminado por la luz del alba. Estaban a punto de dar las ocho de la mañana y los primeros visitantes acudían en un tintineante tranvía de caballos. Era el Día de Todos los Santos y el camposanto iba a llenarse—. Usted ya no es inspector y ha estado investigando a escondidas. Dirán que quería vengarse de la Policía de Viena por su expulsión del cuerpo y urdirán alguna teoría conspirativa descabellada. No hay pruebas de que Stehling estuviera en el castillo.

—Sí que las hay —replicó Leo.

Todavía tenía un último as en la manga. Se lo había ocultado a Leinkirchner porque temía que siguiera trabajando en su contra, pero ahora ya no veía otra salida y se sacó la pequeña cámara de bolsillo de debajo de la camisa.

—¿Qué es eso? —preguntó Leinkirchner entornando los ojos.

—Una cámara fotográfica. He tomado imágenes del baile con ella. Por desgracia, no se podrá identificar a la mayoría de los hombres que aparecen, ya que todos llevaban máscara. Todos excepto uno. —Leo sonrió—. Cuando Stehling habló conmigo y con Julia en la sala de los naipes se quitó el antifaz y le saqué a escondidas unas cuantas fotografías. Alguna de ellas debería valer. —Le tendió la cámara a Leinkirchner—. Toda suya.

—¿Qué significa esto, Herzfeldt? —preguntó Leinkirchner extrañado—. ¿Una propuesta de paz? Me decepciona.

—Digamos que es una especie de tregua. Si quiero atrapar a Stehling, tarde o temprano tendré que cooperar con la policía. Entonces ¿por qué no con usted? —propuso Leo con resignación—. Por supuesto, usted podría optar por destruir las fotografías o incluso chantajear a Stehling con ellas por su cuenta.

El inspector jefe esbozó una sonrisa cómplice y aceptó la cámara.

—Pero no cree que lo haga, ¿verdad?

—No, no lo creo. Pero no nos engañemos, estimado colega, sigue sin caerme bien...

—Lo mismo digo —gruñó Leinkirchner.

—Sin embargo, pienso en lo que el comisario Stukart dijo de usted hace unos días —continuó Leo.

—¿Y qué dijo?

—Que era un buen policía, y yo también he llegado a la misma conclusión. Así que confío en usted, Leinkirchner. Y cuando esto termine quizá pueda hablarle bien de mí a Stukart.

—¡Acabáramos! —exclamó el inspector jefe sonriendo de oreja a oreja. Sacó un puro nuevo de la purera, lo encendió y llenó el interior del carruaje de una densa humareda—. ¿Se cree que al final se saldrá con la suya y volverá a la Oficina de Seguridad de Viena? ¡No se equivoque, Herzfeldt! El simple hecho de tener un lío con una compañera de trabajo, aunque solo sea una telefonista, ya es motivo de enfado para el comisario de policía. —Expulsó el humo en la cara de Leo—. ¿Sabe la estimada señorita que es usted judío? Eso casi roza el matrimonio mixto. ¿Qué piensa su familia al respecto?

—¡Carajo, Leinkirchner, no se pase de la raya! Lo que haya entre la señorita Wolf y yo es cosa nuestra. ¡Es un asunto privado!

—Entonces, ya me explicará qué hace ella esperando delante de la puerta del cementerio, junto al espantapájaros...

—¿Qué demonios...?

Leo miró por la ventana del carruaje. ¡En efecto! Allí estaban Julia y Augustin Rothmayer. Al parecer, la joven había llegado con el sepulturero atravesando la campiña. En algún lugar del palacio había encontrado un vestido de baile negro y un chal de seda también negro, un sombrero con velo y guantes. Así vestida, parecía una de las numerosas dolientes de Todos los Santos, solo que mucho más elegante. Leo saltó del carruaje y fue corriendo hacia ella.

—¡Por Dios, Julia! ¿Qué haces aquí?

Sin descruzarse de brazos, Julia fulminó a Leo con la mirada y le dijo:

—¡No creerás que he andado todo este camino contigo para que al final te deshagas de mí! El señor Rothmayer me lo ha contado todo. ¡El asesino de Valentine se esconde aquí, en el Cementerio Central! Y ya te dije que no descansaría hasta que lo atraparan. Quiero mirar a ese bastardo a los ojos, ¡te guste o no!

Paul Leinkirchner lanzó un sonoro escupitajo al suelo y dijo:

—Su querida se las trae, ¿verdad, Herzfeldt?

Leo quiso responder al inspector jefe, pero decidió no hacerle caso y le dijo a Julia:

—Estoy demasiado cansado para discutir. Por mí, puedes venir. Quizá tampoco sea mala idea que nos acompañe una mujer. Con el velo es posible que Jost no te reconozca; al inspector y a mí ya nos tiene muy vistos. Si se presenta para el entierro de su madre, quizá tengamos algo de tiempo para prepararnos. —Miró la hora en su reloj de bolsillo y se volteó hacia Rothmayer—. Son las ocho en punto. ¿No sabrá por casualidad para cuándo está previsto el funeral de la madre de Jost?

—Soy el sepulturero, no el guía del cementerio, señor inspector. Aquí tenemos varias docenas de funerales cada día, incluido el de Todos los Santos —respondió Rothmayer señalando un coche fúnebre que cruzaba la puerta de entrada. Aunque era muy temprano, los visitantes ya acudían en masa; muchos iban de luto y llevaban bombín o sombrero, de manera que Julia no llamaría la atención—. ¡Ya lo ve, vuelve a empezar! ¡La muerte no se da ni un respiro! Además, ahora tengo que ir de todos modos a ver a Anna, que está esperándome en el invernadero con los adornos para las tumbas. Pero mire en el tablón de anuncios de entierros, justo enfrente del depósito de cadáveres hay uno. Conoce el camino, ¿verdad?

—Por supuesto que lo conozco —contestó Leo en voz baja, recordando cómo había examinado allí el cuerpo de

Bernhard Strauss el día que conoció a Rothmayer, las yemas de los dedos ensangrentadas, los arañazos en el interior de la tapa del ataúd...

—Entonces ¡que tengan un buen día! Y no dude en pasarse a tomar un café cuando haya atrapado al putero. Anna por fin podrá volver a dormir tranquila.

El sepulturero se subió de un salto a la parte trasera de uno de los coches fúnebres y se dejó llevar por la avenida central del cementerio mientras tarareaba la canción del comendador de la ópera de Mozart *Don Giovanni*. Sonaba tan patético como ridículo, pero no desafinó en ningún momento.

—Un tipo realmente extraño —refunfuñó el inspector jefe Leinkirchner mientras observaba a Rothmayer—. Nadie diría que es amigo del profesor Hofmann.

—Nadie diría otras muchas cosas de él —añadió Leo—. Augustin Rothmayer es tan enigmático y cerrado como un sarcófago del antiguo Egipto. Ahora, por favor, sígame.

Como si el Señor estuviera señalando con el dedo, un solitario y delgado rayo de sol cayó sobre el techo del depósito de cadáveres. Justo después, unas nubes negras se situaron delante del último claro azul que quedaba en el cielo y descargaron una ligera llovizna. Leo cerró los ojos y se secó una gota extraviada en un párpado.

«Hasta el tiempo se viste de luto el Día de Difuntos», pensó.

Se estaba congelando bajo la fina camisa, y con el frac, que le iba largo, él mismo también parecía un sepulturero. Con largas zancadas se apresuró hacia el edificio de una planta que ya conocía. A la derecha de la puerta colgaba un tablón con la relación de los funerales del día: cerca de veinte. Leo revisó la lista a toda prisa. No tuvo que buscar mucho, una tal Elfriede Jost era la tercera.

—Hoy a las nueve y media —les dijo a Julia y al inspector jefe, que esperaban detrás de él—, en el sector B3, tumba veintisiete. ¡Maldita sea, tendríamos que haber llevado a Rothmayer con nosotros! Este cementerio es un laberinto. La última vez que vine...

—Chsss —interrumpió Julia—. ¿Oyen eso?

Leo aguzó el oído y, en efecto, escuchó un chirrido y un sonido de raspado, como si alguien estuviera arrastrando un objeto grande por el suelo.

El ruido venía del depósito de cadáveres.

Leo levantó el picaporte, pero la puerta estaba cerrada con llave. El sonido que venía del interior cesó abruptamente.

—Qué extraño —murmuró—. ¿Será algún compañero de Rothmayer? —Llamó a la puerta—. ¡Eh! ¿Me oye alguien? —Entonces recordó algo—. ¡Maldita sea! ¡Rothmayer me dijo que cuando no había espacio en el domicilio del difunto, guardaban el cadáver en el depósito! Jost y su madre vivían en una casa muy pequeña.

—¿Insinúas que el cuerpo de la madre está ahí dentro? —preguntó Julia.

—Sí, y con toda probabilidad Jost también. —Leo volvió a llamar a la puerta—. ¡Eh, Jost! ¿Está usted ahí? ¡Responda! ¡Tenemos unas preguntas que hacerle!

Entonces se oyó otro sonido, un martilleo frenético, y después un estrépito, como si algo muy pesado hubiera caído al suelo. Leinkirchner apartó a Leo y le dijo:

—Permítame.

Acto seguido aporreó la puerta y, como no obtuvo respuesta alguna, embistió con su enorme cuerpo contra ella. Pero tanto la puerta como el marco eran de madera maciza.

—¡Carajo, si es usted Jost, abra de inmediato! Soy su superior, el inspector jefe Leinkirchner. ¡Es una orden!

Leo creyó oír gemidos del interior, y tanto los golpes como el martilleo eran cada vez más rápidos.

—¿No hay otra entrada? —preguntó Julia.

Leo pensó.

—No lo recuerdo, había bastantes ventanas.

Con la calva chorreando de sudor, Leinkirchner arremetió de nuevo contra la puerta. El inspector jefe podía tener una pierna atrofiada, pero eso no le restaba fuerza bruta. Leo pensó en el altercado que había tenido con él en la Jefatura hacía unos días. Solo podía alegrarse de que Leinkirchner no le hubiera golpeado entonces.

—Ven, vamos a ver por la parte de atrás —dijo Julia arrastrando a Leo. Los dos corrieron junto a la pared del edificio, que estaba bordeado por varias ventanas altas y enrejadas.

—¡Mira, allí! —exclamó ella señalando una ventana por la que se veía, bañada por una luz lechosa, una hilera de ataúdes dispuestos en forma de funeraria, con las tapas abiertas. Uno de los féretros estaba en el suelo y, delante de él, había un hombre arrodillado manipulando el cadáver que había en el interior.

Cuando el hombre levantó la cabeza, Leo reconoció la tez blanca y sudorosa de Andreas Jost.

Sus ojos negros miraban al vacío, como si él mismo fuera un muerto viviente a la caza de carne en descomposición, y sus labios se movían bajo el fino bigotillo. Leo no pudo entender las palabras a través de la ventana, pero aun así creyó saber lo que Jost murmuraba.

«Domine, salva me...»

Jost tenía un serrucho en la mano.

—Dios mío, ¿qué está haciendo? —jadeó Julia.

Leo golpeó la ventana, gritó, gesticuló, pero Jost no parecía o no quería escucharlo. En vez de eso, se inclinó sobre el ataúd empuñando el serrucho.

Por la ventana se oía ahora un rechinar rítmico y enervante. Leo golpeó el cristal una última vez antes de desistir. Mientras tanto, el inspector Leinkirchner seguía lanzándose en vano contra la puerta de la entrada principal. De momento, ninguno de los primeros visitantes del cementerio parecía haberse percatado del alboroto. Cerca de allí, una pequeña banda tocaba una marcha fúnebre. El ritmo monótono del tambor se sumaba al sonido del serrucho para componer una inquietante canción de difuntos.

Leo pensó en el día en que había estado en la cámara mortuoria con Augustin Rothmayer. Entraron en la sala trasera, donde había una mesa de disección improvisada, nichos para los ataúdes y...

Una segunda puerta.

—¡Sí que hay una salida trasera! —gritó Leo—. ¡Ven, rápido!

Ya estaba corriendo alrededor del edificio. En efecto, detrás había una puerta estrecha que llegaba a la altura de los hombros y no parecía tan sólida como la principal. Leo se lanzó contra ella una vez, dos... y a la tercera cedió finalmente el marco. Entró tropezando en el edificio y corrió hacia la sala principal, pasando junto a la mesa de disección.

De repente se detuvo y retrocedió.

Julia gritó detrás de él. La escena que se presentaba ante sus ojos era tan horrible que ambos quedaron paralizados. Dispuestos sobre mesas a izquierda y derecha había ataúdes con los muertos acostados en su interior, hombres, mujeres, algunos niños... Como en la última visita de Leo, unos finos cables salían de los fríos y rígidos dedos de los cadáveres en dirección al techo. A pesar del frío, olía un poco a dulce y una solitaria mosca se daba un golpe detrás de otro contra el cristal de la ventana. Andreas Jost estaba de pie en el centro de la morgue.

Con una mano sostenía el serrucho ensangrentado y, con la otra, la cabeza de su madre.

La tenía agarrada por la larga melena gris, como si estuviera a punto de lanzarla por los aires. Los ojos de la muerta estaban abiertos de par en par y miraban a Leo casi con rabia. Las comisuras de los labios tenían manchas de sangre y apuntaban hacia abajo en un gesto de menosprecio. Leo no pudo evitar pensar en la vez que había ido a la casa de Andreas Jost, en la regañina de la señora Jost y en la gracia que en su momento le había hecho ver al joven bajo el poder despótico de su madre. Se estremeció.

«Parece igual de malhumorada que entonces, pero ya no podrá volver a regañar a su hijo», pensó.

Por fin, Leo reaccionó y susurró:

—Dios mío..., ¿qué está haciendo aquí?

—Siempre vuelven —contestó Jost con una voz monótona, casi como de autómata, y con la mirada perdida y sin vida—. Hay que deshechizarlas para que no vuelvan. Pelandruscas, chusma indecente, putas, rameras, todas buscan lo mismo... Mamá ya me lo decía, ¡oh, sí! —Alzó la cabeza exánime, miró el rostro de su madre muerta como si aún pudiera hablar con ella y lo balanceó como si fuera una marioneta—. Siempre me lo advertiste, ¿verdad? Tu dulce niño, tu Anderl. ¿Por qué tuviste que gritar tanto? Sabes que no soporto que las mujeres griten. Te hice callar como a las otras, pero seguiste despotricando en mis sueños... ¡Vieja vaca estúpida! —Rio—. ¡Ya no podrás regañarme nunca más, mamá! ¡Nunca más! ¡Por fin he encontrado la paz!

El inspector jefe Leinkirchner seguía embistiendo contra la puerta principal. Saltaron astillas y finalmente la hoja se abrió de golpe. El inspector se precipitó en la sala dando tumbos, acelerado por su propio impulso, y con la pierna atrofiada tropezó directamente con Jost, que volteó hacia él con una breve y nítida mirada, como si el ruido lo hubiera sacado de su estado catatónico.

Enfurecido, gritó y lanzó la cabeza de su madre hacia Leinkirchner como en un juego de bolos. El inspector perdió el equilibrio, cayó, y Jost salió corriendo al exterior. Por un momento, Leinkirchner miró atónito la cabeza de la mujer, que había llegado rodando hasta una esquina y seguía acechando desde allí a los intrusos con su mirada malhumorada.

—Jesús, María y José —maldijo. Luego se levantó y avanzó cojeando hacia la puerta abierta—. ¡Demonios, vamos por él! ¡No se nos puede escapar!

XXIX

Del *Almanaque para sepultureros*, de Augustin Rothmayer, escrito en Viena en 1893

Aunque siguen estando prohibidas en Austria, las incineraciones son el «último grito». Son consideradas un método higiénico y económico y, además, ahorran espacio. Que cada cual piense lo que quiera sobre este tipo de entierro, pero lo cierto es que si el Cementerio Central sigue creciendo al mismo ritmo que hasta ahora, es muy probable que pronto tengamos hornos crematorios en Viena, como ya ocurre en las ciudades alemanas de Gotha, Heidelberg y Hamburgo. Y el oficio de sepulturero tal y como la conocemos será cosa del pasado, al igual que el de plañidera o limpiador de cadáveres.

Leo y Julia salieron del depósito de cadáveres junto con el inspector. Jost les llevaba una ventaja de entre veinte y treinta metros. Leinkirchner, con su pierna atrofiada, no podía correr lo bastante rápido, de manera que quedó rezagado y Leo y Julia fueron a la caza del joven a través de las hileras de tumbas. Mientras tanto, varios visitantes se habían percatado del alboroto. Una mujer que estaba arrodillada frente a la jardinera de una tumba miró sorprendida cuando Leo pasó corriendo junto a ella y pisoteó las flores recién plantadas.

—¡Disculpe! —dijo jadeando y sin interrumpir la persecución.

Jost corría ahora en zigzag entre las cruces de las tumbas. Los visitantes gritaban furiosos cuando él los empujaba a su paso; los sombreros de copa caían sobre el barro y los paraguas revoloteaban en el aire. Una banda empezó a tocar una marcha fúnebre frente a los portales donde estaban las criptas, bajo un toldo improvisado. La melodía se convirtió en un galimatías de sonidos estrambóticos cuando Jost se abrió paso entre los músicos y un tambor salió rodando por la plaza. Mientras tanto, Julia se había quitado los zapatos para correr más rápido.

Jost rodeó los portales y avanzó a lo largo de la avenida principal que dividía el Cementerio Central justo por la mitad. Leo y Julia lo siguieron; su ventaja, por el momento, no había aumentado ni disminuido. Un coche fúnebre traqueteante se interpuso en medio de la avenida y el fugitivo desapareció brevemente de la vista de sus perseguidores.

Cuando el carruaje por fin pasó de largo, Jost ya no estaba.

—¡Maldita sea! —juró Leo—. ¿Dónde se ha metido?

—Debe de haber tomado uno de los senderos laterales —respondió Julia—. ¡Allí!

Vieron una silueta detrás de uno de los monumentos funerarios más grandes, un triángulo negro cercado por dos faroles.

—La tumba del viejo Strauss —dijo Leo—. ¡Qué casualidad!

Corrió hacia la senda lateral rodeada de abedules y arbustos, pero Jost ya se había adelantado junto a las sepulturas de otros músicos famosos. Con el rabillo del ojo, Leo vio pasar la tumba de Beethoven y también la de Schubert, con el angelito labrado en la losa que parecía mirarlos desconcertado. Por un momento, perdieron de nuevo de vista a Jost, que volvió a asomar de repente detrás de los arbustos, se esfumó otra vez y reapareció a la sombra de los árboles, como un vampiro a la caza de su presa. Leo notó que las fuerzas le iban flaqueando y el sabor metálico de la sangre le invadía la lengua; el tabaco, además, le estaba haciendo ahora un flaco favor. Jost, en cambio, estaba en forma y parecía que practicaba la carrera a pie con la misma habilidad que el ciclismo.

La pareja consiguió mantener el ritmo del perseguido hasta llegar a una arboleda que Jost utilizó para ponerse a cubierto.

—¡Tú ve por la izquierda y yo... por la derecha! —ordenó Leo tratando a duras penas de recuperar el aliento.

Cuando se encontraron de nuevo al otro lado de la espesura, ya no había rastro de Jost.

—O sigue ahí dentro, en algún rincón entre los árboles —dijo Julia, que parecía tener mucho más fuelle que Leo— o lo hemos perdido. —Miró a su alrededor y, señalando una construcción de cristal alargada que había cerca de allí, preguntó—: ¿Qué es ese edificio?

—Es el invernadero —respondió Leo—. Estuve allí con Rothmayer, cuando...

Enmudeció al escuchar un grito largo y agudo.

—¡Por el amor de Dios, viene directamente del invernadero! —dijo Julia, que miró a Leo espantada—. ¿No ha dicho Rothmayer que había quedado de verse allí con Anna?

—Iban a recoger las coronas. Dios mío, ¿crees que ha sido...?

Volvió a sonar otro chillido, y esta vez Leo reconoció por el tono quién estaba gritando.

Era Anna.

—¡El cabrón la tiene en su poder! —Julia empezó a correr hacia el invernadero, desde donde llegaban insultos y exabruptos. Se oyó entonces un sonido de cristales rotos y, de repente, se hizo un silencio inquietante.

Leo miró a su alrededor. Habían dejado tan atrás la entrada principal que ya no se veía ningún visitante. El invernadero estaba algo alejado de las tumbas y separado de las hileras de sepulturas por un camino de grava y un arbusto de bastante altura. Los cristales, enmarcados con montantes de cobre, tenían un tono lechoso y estaban ligeramente oscurecidos, de modo que no se podía ver a través de ellos desde el exterior. Pero Leo y Julia debían asumir que Jost sí que podía verlos desde el interior.

En silencio, Leo hizo una seña a Julia y señaló el arbusto. A su amparo podrían acercarse al invernadero sin ser vistos. Trazaron un amplio arco, corrieron agachados a lo largo del arbusto y como a media altura del invernadero vieron una puerta lateral. En ese punto había maleza en el suelo y se abría un estrecho hueco en el arbusto. Es probable que a lo largo de los años muchos jardineros del cementerio hubieran elegido ese camino como atajo. Leo lo atravesó tan silenciosamente como pudo.

El siguiente paso lo llevó junto a la puerta del invernadero. Con cautela levantó el picaporte. Una cálida corriente de aire y el aroma de la tierra fresca llegaron hasta él. En el interior pudo oír un leve sollozo; amanecía y la temperatura era inusualmente suave para la época del año. Seguido de cerca por Julia, Leo entró. Al momento, el olor terroso y algo enmohecido se hizo más intenso.

Leo tenía la sensación de que estaba entrando en una tumba de dimensiones gigantescas.

Parpadeando, miró a su alrededor. A lo largo se extendían cultivos rastrillados, la mayoría ya cosechados; entre ellos había bancos de trabajo y mesas repletas de tierra y flores marchitas. Unas tinas de gran tamaño, en las que crecían sauces ornamentales de altura humana, separaban el espacio en distintas secciones. Por todo el suelo yacían restos de macetas hechas pedazos y herramientas dejadas caer por descuido, una azada, una laya, una pala de cavar. Después de escudriñar un poco, Leo distinguió en la penumbra una silueta en movimiento por detrás de una de las tinas y, durante un instante, la silueta se dejó ver. Era Andreas Jost. El joven policía tapaba con su mano izquierda la boca de Anna, que pataleaba desesperada, y con la derecha empuñaba su revólver de servicio presionando la boca del cañón directamente contra la sien de la pequeña. Jost también acababa de advertir la presencia de Leo y Julia.

—¡Ah, comisario Von Herzfeldt! —exclamó casi con satisfacción—. Volvemos a encontrarnos.

—Baje el arma, Jost —ordenó Leo—. Así solo empeorará las cosas.

—¿Más todavía? —Jost rio. En su frente centelleaban gotas de sudor—. ¿Hay algo peor que vivir en un mundo de vampiros y ser el único que se da cuenta?

—¿De qué está hablando, Jost? Los vampiros no existen. ¡Solo están en su cabeza! ¡Despierte!

—Usted tampoco los ve, ¿verdad? Pero están por todos lados. Admito que yo tampoco los veía al principio, pero con el tiempo uno aprende a reconocerlos.

Leo sopesó sus posibilidades. No llevaba ninguna arma encima, a diferencia de Jost, que además tenía a Anna de rehén. ¿Dónde diablos se había metido Augustin Rothmayer? De momento, lo mejor que podía hacer Leo era entretener a Jost.

—¿A quién se refiere? —preguntó.

—¡A las mujeres, por supuesto! No a todas... También las hay buenas. Pero eso es lo retorcido, que se disfrazan de mujeres hermosas y, a veces, incluso de niñas inocentes como esta. —Jost presionó aún más fuerte el cañón contra la sien de Anna, que profirió un leve gemido—. ¡Pero en realidad son vampiros que te chupan la sangre! Mi madre siempre me decía que fuese con cuidado. Pero yo los detecto en los cuerpos de las mujeres, y entonces las empalo o les corto la cabeza. ¡Solo así se deshace el hechizo!

Leo contuvo la respiración. Era peor de lo que había temido. ¡Jost estaba loco de remate! Se preguntó si la evolución del joven colega había sido gradual. El odio de Jost hacia las mujeres, hacia su propia madre, había encontrado una vía de escape. Seguramente se había producido un suceso que habría desencadenado su conducta; Leo había leído sobre casos similares cuando era juez de instrucción en Graz. Pero este era, de largo, el más extraño de todos.

—¿Por eso asesinó a las jóvenes del Prater? —prosiguió Leo la conversación—. ¿Porque eran... vampiros?

—¡Ja! ¡Creían que... que podían engañar a cualquiera! ¡Me guiñaban el ojo y me lanzaban m-m-miraditas! —La excitación hizo que Jost empezara a tartamudear—. Eso me pasó con Gerlinde. Mi madre ya me había dicho que me anduviese con cuidado con ella. Y cuando la vi desnuda y se rio de mí porque n-n-nunca... —Jadeó como si sus palabras fueran trozos de carne dura y se atragantara con ellas—. Dios la castigó y la hizo enfermar de tuberculosis. ¡Pero ni siquiera el Señor pudo evitar que Gerlinde volviera de su tumba!

Los pensamientos de Leo iban a toda velocidad.

Gerlinde Buchner...

¡Era la mujer muerta cuya cabeza Anna había encontrado en el Cementerio Central! Por lo visto, Jost había decapitado el cadáver de Gerlinde, pero desde que se conocieron y la profanación de su cadáver debió de haber pasado al menos medio año, pues ese era el tiempo que había estado enterrada. ¿Había empezado todo con Gerlinde? ¿Había sido ella —sus burlas, su desprecio hacia un joven profundamente cohibido— el suceso desencadenante?

Leo tuvo un sobresalto cuando Julia le tocó con suavidad el hombro. Ella señaló a la derecha con un ligero movimiento de cabeza. ¡Efectivamente, allí estaba Augustin Rothmayer! Se había ocultado detrás de uno de los grandes tiestos de flores, no muy lejos de Jost. Acababa de salir de su escondite y se movía con la misma lentitud y sigilo que un lagarto cuando sale reptando de debajo de una piedra.

—Entonces Gerlinde fue su primera novia, ¿verdad? —continuó Leo con la esperanza de que Jost no se diera cuenta de que el sepulturero se le estaba acercando.

—Después de aquella noche con Gerlinde no dejé de tener pesadillas. Había vampiros en mi cama, ¡mujeres vampiro! H-h-hembras lujuriosas que se dedican a chuparnos la fuerza vital a los hombres. ¡Mamá ya me lo había advertido! Y entonces, un buen día, supe qué debía hacer. Gerlinde se me escapó al principio, porque murió de tuberculosis, pero localicé a otros vampiros. —Jost soltó una carcajada estridente mientras la pequeña Anna seguía retorciéndose con desesperación en sus manos—. ¡Antes, la gente sabía que los vampiros existían! Es un conocimiento que ha acabado sepultado, ¡pero se puede desenterrar! ¿Conoce los escritos de Gerhard van Swieten, el médico de cámara de la archiduquesa María Teresa?

—Yo... he oído hablar de él —repuso Leo dubitativo.

—¡He leído sus informes en la Biblioteca Imperial! En la antigüedad, a las mujeres malas les colocaban una piedra sobre el pecho, las decapitaban y les clavaban una estaca para que no volvieran a aparecerse. Fue entonces cuando lo vi claro: ¡hay que deshechizar a las mujeres, o de lo contrario ellas acabarán con nosotros!

—Pero Van Swieten redactó esos informes porque quería demostrar que los vampiros no existían —arguyó Leo mientras veía con el rabillo del ojo que Rothmayer se acercaba cada vez más a la gran tina junto a la que estaban Jost y Anna; apenas le separaban dos o tres metros.

—¡Tonterías! —exclamó Jost—. ¡Yo mismo vi con mis propios ojos que la cabeza de Gerlinde apenas estaba descompuesta! ¡Era una muerta viviente, sin duda! ¡Y había que decapitarla o empalarla! Al principio... me daba miedo. Me entrenaba en los burdeles, era tan repugnante..., pero hermoso a la vez. El diablo quería llevarme a su terreno, ¡pero me resistí! Y después, cuando por fin salí a conjurar vampiros, tampoco fue fácil, ¡oh, no! Es un trabajo sucio, pero hay que hacerlo. ¡Muchos más hombres deberían hacer lo mismo! Yo... quiero proponer al director general de la Policía la creación de una sección propia, ¡un Departamento de Cazadores de Vampiros! ¿Acaso no es misión de las fuerzas de seguridad proteger del mal a la ciudadanía? ¡Pues eso es lo que hago!

La locura estaba escrita en la cara de Jost, sus ojos parecían brillar en la penumbra. Leo no pudo evitar pensar en el jovencito sensible que siempre había visto en Jost, un dócil muchacho con bigotito, demasiado débil para las rudas lides policiales. Sin embargo, bajo ese tierno envoltorio se escondía un monstruo. El mal siempre había estado de su lado.

Jost reía ahora como una niña.

—Yo... todavía tengo que darle las gracias, inspector Von Herzfeldt. ¡El *Manual del juez* es una verdadera mina! He podido aplicar algunas de sus enseñanzas en mis... investigaciones. He aprendido mucho de él, y también de usted. Por desgracia, tanto usted como los compañeros todavía no están lo bastante preparados para asumir la verdad, de modo que he tenido que jugar un poco al escondite, destruir indicios y poner pistas falsas. Pero quizá ya lo habrá entendido. —La mirada de Jost se volvió sombría de repente—. Porque me temo que usted mismo está siendo amenazado por un vampiro. —Levantó la mano con la que blandía la pistola y apuntó directamente a Julia—. Podrás seguir fingiendo —dijo entre dientes—, ¡pero puedo ver tu verdadera cara, Lilith! Te has ganado la confianza del inspector. ¿Crees que no me di cuenta de lo que estabas haciendo? Tú... tú... ¡bruja! —Jost hablaba cada vez más alto y le temblaba todo el cuerpo. No cabía duda de que iba a disparar en cualquier momento—. Sé que las balas no pueden matarte, pero precisamente así demostraré al inspector que estoy diciendo la verdad y que en realidad eres una muerta viviente —dijo amartillando el arma—. Así que vuelve al lugar de donde...

De repente Jost gritó espantado y dio un tirón con su mano izquierda, que todavía tenía pegada a la boca de Anna. Leo vio entonces que la pequeña le había mordido violentamente el dedo. Tenía la boca llena de sangre, como si fuera en realidad una vampira.

Una sombra se abalanzó sobre Jost como un gran murciélago negro. Era Augustin Rothmayer, que había aprovechado el instante de distracción. Los dos hombres cayeron al suelo y, durante unos segundos, la refriega quedó oculta bajo el abrigo de Rothmayer, donde también se escondía la pequeña Anna. Rugiendo de rabia y dolor, Jost lanzó la prenda lejos de él, y el revólver, que se le había caído de la mano, quedó justo entre el joven y el sepulturero. Rothmayer impulsó el arma con el pie para que se deslizara en dirección a Leo, que se precipitó hacia ella y la cogió. Con el rabillo del ojo vio a Jost empuñar un azadón y levantarlo contra Rothmayer y Anna.

—¡Manos arriba! —gritó Leo agarrando el revólver con ambas manos y apuntando a Jost con el cañón—. ¡Manos arriba o disparo!

Sumergido de nuevo en su mundo irreal, Jost no parecía oírlo. De sus labios goteaba saliva blanca y espumosa. Enfurecido por la rabia, asestó con la azada. Augustin eludió el golpe lanzándose a un lado y el borde afilado del instrumento de labranza se estampó sobre el suelo de pie-

dra, haciendo saltar chispas azules justo entre el sepulturero y la pequeña.

—¡Dispara! —chilló Julia detrás de Leo—. ¡Dispara de
una vez, antes de que los mate a los dos!

El dedo tembloroso de Leo presionó el gatillo...

«Veinte pasos de distancia... Apunten...»

Temblaba.

«La mancha roja en tu pecho... La mancha roja...»

Jost arremetió de nuevo, esta vez dirigiendo la azada
contra Anna, que yacía acurrucada en el suelo frente a él.

—¡Dispara, Leo! —volvió a ordenar Julia.

«Veinte pasos... Apunten... Fuego...»

Era como si la mano de Leo estuviese poseída por una
parálisis antinatural, como si estuviese maldita. Las rodillas, sin embargo, las notaba blandas como la cera.

—Yo... no puedo... —jadeó—. No... puedo...

—¡Vete al infierno, vampira! —rugió Jost antes de dejar
caer la azada como si fuera una guillotina.

Sonó un disparo atronador y, simultáneamente, la ventana acristalada del invernadero que había detrás de Leo se
rompió en miles de esquirlas. Le zumbaban los oídos y el
revólver le cayó de la mano.

Andreas Jost continuó erguido un momento, empuñando la azada, con un orificio ensangrentado en la frente,
como un muerto viviente. Entonces, la herramienta cayó
estrepitosamente al suelo y Jost se desplomó.

Una última sacudida recorrió su cuerpo, que ya no volvió a moverse.

Cuando Leo, temblando, se volteó, vio al inspector jefe
de pie junto a la ventana destrozada, con su arma humeante en la mano. Leinkirchner se secó el sudor de la calva.

497

—¡Carajo, Herzfeldt! —jadeó sin aliento—. Tendría que haber sido jardinero de cementerio en lugar de agente de policía. ¡Es usted un tirador rematadamente pésimo!

En la calma posterior solo se oían los suaves gemidos de Anna. Augustin Rothmayer se arrodilló junto a la pequeña y le acarició la cabeza. Lo hizo con sumo cuidado y a tientas, como si antes tuviera que aprender a dar caricias.

—Este cabrón ya no te hará daño —dijo en voz baja—. Ningún hombre volverá a hacerte nada, te lo prometo.

Los fragmentos de cristal repartidos por el suelo crujían mientras Paul Leinkirchner se acercaba despacio al cadáver. Con cara de asco, volteó el cuerpo con la punta del pie. Los ojos de Jost miraban petrificados el techo de cristal y el agujero ensangrentado de su frente parecía un tercer ojo rojizo.

—Igual de loco que un perro rabioso —gruñó Leinkirchner—, ¡y a la vez tan refinado! ¿Quién lo hubiera dicho? Y yo que siempre pensé que era un blandengue... —El inspector jefe se volteó hacia Leo, que estaba sentado exhausto en el suelo de tierra—. Supongo que he llegado justo a tiempo. Puede que tenga una pierna atrofiada, pero oigo a la perfección. Gracias a Dios, los gritos de Jost se oían a través de las ventanas del invernadero. —Frunció el entrecejo—. ¿Qué es ese «manual del juez» que ha mencionado el cabrón al final?

—Olvídelo —contestó Leo—. Digamos que detrás de todo buen policía probablemente se esconda también un buen criminal.

—Una teoría interesante, Herzfeldt. Cuéntesela al comisario.

Leo se quedó mirando el revólver que seguía en el suelo frente a él, el arma de servicio de Jost con la que no había podido o no había querido disparar. Carraspeó.

—Tengo que darle las gracias, Leinkirchner. Un tiro perfecto. ¿Dónde aprendió? ¿En el ejército?

—¿Quién le ha dicho que he estado en el ejército? —El inspector jefe titubeó—. Eso es... es una historia aún más larga. En cualquier caso, no se aprende en las cantinas de oficiales, donde los tenientes de reserva hijos de papá y otros canallitas judíos se reúnen para tomar champán y caviar. —Dio media vuelta bruscamente y cojeó hacia la salida.

—¿Adónde va? —preguntó Julia tras él.

—¿Adónde cree? A por Loibl y los guardias. Hay que limpiar este estropicio urgentemente. —Leinkirchner volvió a dirigirse a Leo—. Quizá necesite su ayuda, así que ¡haga el favor de controlarse, inspector Herzfeldt!

Cuando el inspector jefe desapareció, Julia se acercó a Leo, que seguía sentado en el suelo, agotado e inexpresivo.

—No has disparado —le dijo, y él asintió en silencio—, pero sigues siendo un buen policía.

Leo rio con desesperación.

—¿Cómo puedes decir eso? Me he dejado llevar por unas teorías descabelladas, he actuado al margen de mis compañeros y he sido un sabelotodo impertinente. Y, encima, ni siquiera puedo disparar.

—Pero has resuelto el caso, Leo. ¡Ambos casos! El asesino de la estaca está muerto y has frustrado el Vals Negro.

—Habrá otros valses en Viena. Esa gente siempre encuentra la manera de burlar la ley. Y seguirá habiendo jóvenes violadas en la ciudad, asesinatos...

—Y por eso hacen falta buenos agentes, como tú. ¡No puedes rendirte ahora! Esto no ha hecho más que empezar..., como lo nuestro. —Julia le besó en los labios. Cuando Leo estaba a punto de devolverle el beso, una voz ronca y familiar sonó desde atrás.

—¡Santo cielo! ¡Están en un invernadero, no en un burdel! Si no pueden aguantarse y quieren hacerlo en el cementerio, les puedo habilitar una cripta. ¡Que hay una niña delante!

Esbozando una sonrisa cansada, Leo se volteó hacia el sepulturero, que estaba de pie con la pequeña delante de una de las pocas ventanas que habían quedado intactas. En el brumoso cielo otoñal, el sol lidiaba con la niebla para proyectar un cálido y tenue resplandor sobre esa extraña pareja.

—Anna y yo todavía tenemos un montón de coronas por vender —siguió refunfuñando Augustin Rothmayer—. Hoy es el Día de Todos los Santos, ¿o acaso lo han olvidado? No tengo por qué permitir revolcones en mi invernadero.

—Feliz día de duelo, señor Rothmayer. —Leo se levantó y señaló el cuerpo sin vida de Andreas Jost—. Y le deseo un bonito sepelio, como dicen en Viena, ¿verdad? —Tomó a Julia de la mano—. Por cierto, cuando muera me gustaría que me diera un bonito hoyo individual. Dos metros setenta de profundidad, bien barrido y sin huesos viejos y mohosos. Hasta entonces, me despido de usted.

Con estas palabras, Leo salió con Julia al Cementerio Central. No lejos de allí, la banda tocaba otra marcha fúnebre.

EPÍLOGO

Principios de noviembre de 1893
Jefatura de Policía de Viena

—¡Este es, sin duda, el caso criminal más extraño de toda mi carrera! A su lado, el caso del asesino de niñas Hugo Schenk y todos los crímenes cometidos por anarquistas se quedan en simples robos —comentó Moritz Stukart recostado en su silla y jugando ensimismado con uno de los muchos lápices afilados que tenía encima del escritorio—. Vampiros, empalamientos, decapitaciones de cadáveres, dos casos que parecían relacionados y que finalmente no lo están...

—En realidad, han sido tres casos —intervino Leo, que estaba sentado al lado de Julia frente a Stukart en el nuevo despacho de este—. ¡No se olvide del caso Strauss! Un hombre que finge su suicidio para escapar de sus acreedores y acaba siendo cruelmente asesinado por su amante.

—Correcto —asintió Stukart—. En el fondo, si lo he entendido bien, todo empezó con un muerto aparente en el Cementerio Central de Viena.

—¿Qué pasará con Therese, la amante de Bernhard Strauss? —preguntó Julia. Se sentía un poco incómoda, y

501

no solo por la decoración de la estancia, repleta de todo tipo de instrumental utilizado en delitos y fotografías horripilantes colgadas en las paredes como si fueran trofeos. Habían pasado dos días desde los incidentes en el Palacio de Neugebäude y el Cementerio Central de Viena. Ella y Leo se habían mantenido alejados de la Jefatura para recuperarse del horror y la tensión vividos. Además, Julia tenía que cuidar de su hija Sisi, que seguía un poco enferma. Finalmente, Stukart los había mandado a buscar a ambos.

Para empezar, el comisario de policía había pedido a Leo que le describiera con detalle los resultados de la investigación, lo cual le tomó más de una hora. Stukart solo había intercambiado hasta ese momento unas pocas palabras de cortesía con Julia, que constató a su pesar que también en ese sentido nada había cambiado en la Jefatura.

Por primera vez, Stukart se dirigió a ella:

—Escúcheme, señorita Wolf, lo que le pueda pasar a esa mujer lo decidirá finalmente el tribunal. Bien mirado, Therese se declaró a sí misma culpable del asesinato de Bernhard Strauss...

—¡Quien a su vez violó a varias niñas! —dejó caer Julia, indignada.

—¿Eran de verdad niñas? —preguntó Stukart. Se enderezó los anteojos y hojeó los informes que tenía meticulosamente apilados sobre la mesa—. No es posible determinar la fecha exacta de nacimiento de ninguna de ellas, y el oficial médico estima que tendrían entre doce y catorce años. De hecho, el código penal no contempla el delito de estupro después de los catorce años.

—¡Son niñas! —protestó Julia—. Es... ¡es una atrocidad tal que no se pueda castigar algo así! Habría que...

—¡Señorita Wolf, modérese! Yo no hago las leyes. Sin embargo, debo admitir que el caso de Therese es en extremo complicado. Después de todo, ella es nuestro principal testigo en el caso de los crímenes de la estaca. Y en cuanto a la muerte de Bernhard Strauss, quizá se podría considerar la posibilidad de que hubiera sido un accidente. Hablaré con el juez de instrucción. —Stukart se volteó hacia Leo—. No creo que el supuesto plagio de *El Danubio azul* por parte de Johann Strauss a su medio hermano tenga algo que ver, ¿verdad?

—No tengo ninguna prueba —respondió Leo encogiéndose de hombros—, pero sigo con la sensación de que Adele Strauss nos oculta algo.

—Deje las sensaciones para el amor, Herzfeldt. Los sentimientos no tienen cabida en el trabajo policial —se desentendió Stukart—. En el fondo, eso ya no importa. *El Danubio azul* es patrimonio de todos los austríacos. —El comisario volvió a dejar el lápiz sobre la mesa, alineado con el resto, y prosiguió—: Por cierto, el profesor Hofmann examinó el cadáver de la madre de Jost. Al principio no salió nada, pero el profesor detectó por último unas pequeñas partículas de tela en las comisuras de los labios y unas huellas de presión en la cara y los brazos. Todo apunta a que Elfriede Jost fue asfixiada con una almohada por su propio hijo. —Frunció el entrecejo—. Es increíble la fuerza que tenía ese alfeñique.

—La fuerza de un loco —apuntó Leo—. Jost también fue brutalmente duro con sus otras víctimas. Lo movía el odio a la mujer como objeto sexual y el miedo a fracasar como hombre. Finalmente, quizá fuera una manera de compensar el odio hacia la propia madre.

—Mujer como objeto sexual... Odio a la madre... Compensar... —Stukart sonrió—. Habla como un loquero. Hay un médico de esos en la Berggasse, creo que se llama Freud. Los colegas me han hablado de él. Se dedica a molestar a los expertos con sus discursos. Tal vez debería usted hablar con él.

—Pienso que las pulsiones internas desempeñan un papel más importante en la criminalidad de lo que se les ha atribuido hasta ahora —replicó Leo—. Cuando el exterior no se corresponde con el interior, pueden llegar a nacer monstruos. Aun así, es posible que Andreas Jost fuera en realidad un blandengue y que sus vómitos en el primer escenario del crimen no fueran impostados. Tal vez no esperaba que lo llamaran esa noche, ¡todavía estaba formándose! Creo que fue allí, en el Prater, donde Jost decidió espontáneamente cometer más asesinatos y eliminar sus huellas.

Mientras escuchaba las explicaciones de Leo, Julia se preguntó si las mujeres también serían capaces de cometer crímenes semejantes. Siempre habían sido los hombres los que se habían dejado llevar por sus impulsos, y a veces con consecuencias terribles.

Negando con la cabeza, Leo continuó:

—¡Mantuve durante demasiado tiempo la creencia de que todos los casos estaban conectados! Los Valses Negros, los crímenes de la estaca, las decapitaciones... Pero a Strauss le cercenaron la cabeza porque había una gente muy poderosa en la sombra que exigía una prueba definitiva de su muerte. Y Gerlinde Buchner, el cadáver del Cementerio Central, fue cosa de Jost. Le cortó la cabeza *a posteriori*, cuando finalmente entró en su estado de locura.

—Hablando de gente poderosa en la sombra... —Julia señaló un retrato de Albert Stehling que colgaba en la pared entre el resto de las fotografías, y en el que aparecía luciendo sus patillas abundantes con mirada orgullosa—. Espero que, como mínimo, se esclarezca la responsabilidad del jefe superior de policía.

—Jefe superior de policía retirado, señorita Wolf —precisó Stukart esbozando una leve sonrisa—. Como seguramente habrá notado, nos encontramos en su antiguo despacho, que ahora es el mío. Albert Stehling ha empezado a primera hora de hoy su bien merecida jubilación. Creo que mañana aparecerá en la prensa uno que otro artículo nostálgico sobre la figura de Papá Stehling, elogios a su servicio en el cuerpo de policía, reconocimiento general, un par de anécdotas entrañables... Lo típico. —Con cara de asco señaló la calavera que servía de cenicero en la mesa de su predecesor—. Hoy mismo mandaré limpiar todo esto. Hay que deshacerse de los trastos viejos, empieza una nueva era en la Jefatura de Policía de Viena.

—¿Jubilación merecida? —se burló Julia—. ¡El tipo quiso matarnos a Leo y a mí!

—Circunstancia de la que no disponemos de prueba alguna —se lamentó Stukart—. Al final, no habríamos podido demostrar absolutamente nada contra Stehling si no hubiera sido por la fotografía que el inspector jefe Leinkirchner me entregó ayer. Gracias a ella, hemos podido convencer al honorable jefe superior de policía de que la jubilación es la mejor manera de evitar preguntas incómodas. —Esbozó de repente una sonrisa pícara que, en contraste con la raya del pelo perfectamente trazada y los anteojos relucientes, parecía extrañamente fuera de lugar—. Se me había pasado por la cabeza enmarcar la fotografía y colgarla aquí. La pose del viejo descompuesto entre los dos matones retrasados, con la máscara negra levantada como si fueran los cuernos de Lucifer... ¡no tiene desperdicio! —Recuperó la seriedad—. Pero eso con toda probabilidad dinamitaría el marco político. Bueno, por lo menos, gracias a la enérgica ayuda del inspector jefe Leinkirchner procesaremos a un montón de esos distinguidos señores por actividades deshonestas. —Se dirigió entonces a Leo—. Lo que me lleva por último a usted, señor Von Herzfeldt. —Stukart golpeó con el lápiz sobre la mesa imitando un redoble de tambor—. ¡El Instituto de Agentes de Policía de Viena tiene más trabajo que nunca! A los numerosos recién llegados que viven en la pobreza más allá del Gürtel, donde los asesinatos y los homicidios son cada vez más frecuentes, se suman los anarquistas y otros lanzadores de piedras y terroristas dementes, por no hablar de los socialdemócratas con sus burdas reivindicaciones... —Suspiró—. A veces tengo la impresión de que esta época, aparte de las nuevas tecnologías, también trae nuevas formas de criminalidad, y en tiempos como los que corren no podemos permitirnos perder a un buen profesional. —Se inclinó hacia delante y miró con seriedad a Leo—. Me gustaría devolverle su puesto de agente de policía, inspector Von Herzfeldt. Los sucesos de los últimos días me han demostrado que lo necesitamos, incluso a pesar de sus... —titubeó— innegables debilidades. Pero con una condición.

—¿Y cuál sería? —preguntó Leo.

—Trabajará en el departamento del inspector jefe Leinkirchner.

—¿Leinkirchner? ¿Bromea? Sabe a la perfección que él y yo...

—¡No me discuta! —Stukart estampó su mano sobre la mesa—. El inspector jefe me lo ha pedido en persona. Según él, usted es un buen hombre.

—¿Eso dijo? ¡No me haga reír! —Leo puso los ojos en blanco—. Lo único que quiere ese tipo es martirizarme.

—Ya le he expuesto mi condición, Herzfeldt. O la toma, o la deja.

Leo guardó silencio, mientras parecía estar luchando consigo mismo. Por fin preguntó:

—¿Y qué pasa con la señorita Wolf?

—Oh, sí. —Stukart parecía haberse olvidado momentáneamente de Julia. Se volteó hacia ella y le dijo—: Señorita Wolf, también la he mandado llamar para comunicarle que, por desgracia, su relación laboral con la Jefatura de Policía ha terminado.

Julia se quedó helada. Sin embargo, trató de mantener la compostura. Ya se lo temía, en el fondo, aunque la convocatoria de Stukart le había dado falsas esperanzas. El nuevo jefe superior de policía levantó la mano en un gesto casi paternal y continuó:

—No me malinterprete, señorita. Ha hecho un buen trabajo, pero simplemente no puedo permitir que uno de mis inspectores esté enredado con una empleada bajo este mismo techo. Y menos aún si esa empleada es objeto de habladurías. Dicen que lleva usted una vida muy poco decorosa. —Stukart se encogió de hombros—. Sea o no cierto, da lo mismo, pero ahora, justo cuando asumo el cargo de jefe de la Oficina de Seguridad, no puedo permitirme chismorreos. Espero que lo entienda.

—Por supuesto —murmuró Julia sin pensar. Se sentía como uno de esos nuevos aparatos eléctricos que había visto, que se desenchufaban y dejaban de funcionar. La historia se repetía, como siempre en estas situaciones: los hombres conservaban su puesto y las mujeres eran apartadas con discreción. Ya estaba a punto de levantarse cuando Leo carraspeó a su lado.

—Si me permite una sugerencia, señor jefe superior.

—¿Qué sugerencia? —preguntó Stukart impaciente.

—Estoy completamente de acuerdo con usted y también creo que la señorita Wolf debería ser relevada de sus funciones como telefonista...

Julia no daba crédito. ¿A qué venía eso? ¿No bastaba con que Stukart la atormentara? ¿Tenía que salir ahora Leo a hacerse el cínico? Parecía que iba a ponerse a hablar de sus responsabilidades como madre y ama de casa...

—El lugar de la señorita Wolf no está entre las telefonistas —continuó Leo— porque tiene un talento distinto y muy especial que podría ser de gran ayuda para la Jefatura de Policía.

—¿Ah, sí? —Stukart enarcó una ceja—. ¿A qué talento se refiere?

—Julia Wolf es una excelente fotógrafa, yo mismo lo he comprobado en los últimos días. Tiene buen ojo, pulso firme y unos conocimientos sorprendentes sobre esta nueva técnica, incluso más que la mayoría de los hombres.

Al ver que Julia lo miraba boquiabierta, Leo le indicó con un guiño que permaneciera en silencio.

—¿Me está proponiendo que incorpore a la señorita Wolf como fotógrafa forense? —preguntó Stukart incrédulo.

—Usted mismo dijo que en la Jefatura faltaba personal especializado en este campo, ¿lo recuerda? Además, el instrumental fotográfico para la toma de imágenes está en el centro de detención de la Theobaldgasse. Así estaríamos separados y se acabaría el cotilleo.

—¿Una mujer fotógrafa? —Stukart negó con la cabeza—. ¿Cómo se supone que voy a imponer eso a los hombres de la Jefatura?

—Quien manda ahora es usted. Solo necesita tener al director general de la Policía de su lado. Además, la señorita Wolf no se pasaría todo el tiempo en la Theobaldgasse, sino que haría trabajo... de campo.

—¿A qué se refiere?

Leo se reclinó en el respaldo de su silla y señaló las fotografías borrosas que había alrededor.

—La Policía de Viena necesita imágenes de los escenarios del crimen, ¡y las necesita con urgencia! Los casos recientes lo han puesto sobre la mesa una vez más. Es inaceptable que los compañeros tengan que llevar su propia cámara, como fue mi caso hace poco. Si me permite la observación, jefe superior, es muy poco profesional. Si, como asegura, quiere modernizar la Policía de Viena, debe contar también con un fotógrafo forense. O una fotógrafa.

—Pero la señorita ni siquiera tiene una cámara.

—Sí que la tiene —replicó Leo con expresión seria—, una cámara para detectives Universal de Goldmann, con objetivo gran angular y trípode.

—Ya veo por donde va, Herzfeldt. —Una sonrisa de complicidad se dibujó en el rostro de Stukart—. No habla usted mal, por cierto. Debería dedicarse a la política. De acuerdo, consideraré su propuesta, pero a cambio preséntese de inmediato ante el inspector jefe Leinkirchner para que le informe sobre posibles nuevos casos.

—Discúlpeme de nuevo, señor jefe superior, pero antes tendría que solucionar otro asunto.

La cara de Stukart recuperó de inmediato la seriedad.

—¿Más salidas extraordinarias, Herzfeldt? ¡Se lo advertí!

—No me llevará mucho tiempo. A partir de mediodía volveré a pertenecer a la Policía de Viena, lo prometo.

—Si es así... —Stukart se levantó y estrechó la mano a Leo—. Por un buen trabajo en equipo, o como decimos nosotros, *mazel tov*. —Sonrió—. No se deje amedrentar por Leinkirchner. Es un antisemita, pero también es un buen policía. Demuéstrele que usted también lo es, inspector Von Herzfeldt.

Leo suspiró.

—Haré todo lo posible, jefe superior Stukart.

—Por cierto, su mentor Hans Gross llegará a Viena en los próximos días, ¿verdad? —preguntó mientras acompañaba a Leo y Julia a la puerta—. Está previsto que dé algunas conferencias sobre criminología moderna en la Jefatura. ¡Llévese a Leinkirchner! Tal vez sea una ocasión para hacer buenas relaciones.

—Lo dudo —contestó Leo apretando los labios.

—Nada es imposible en Viena, señor Von Herzfeldt. Ya verá como usted y Leinkirchner acabarán quedando en algún tugurio para tomar un tercio de cerveza.

Ya en el pasillo, Julia miró atónita a Leo.

—¡Virgen santa! ¿Puedes explicarme qué ha pasado ahí dentro?

Leo sonrió, se descubrió y dijo:

—A sus pies, señora fotógrafa forense.

—¿Fotógrafa forense? ¡Por el amor de Dios, Leo, si nunca he tenido una cámara en las manos!

—Ya aprenderás, no es tan difícil —respondió él encogiéndose de hombros—. Además, ya me di cuenta en el estudio de Pietzner de que tenías talento. Te interesa la tecnología, te pica la curiosidad y la cámara ya te la daré yo. ¿Te has fijado en la cara que ha puesto Stukart cuando he mencionado la Goldmann? No creo que sea capaz de dejar pasar esta oportunidad, aunque sea una mujer la que pulse el disparador.

—¿Y dónde se supone que voy a revelar las fotografías? ¡No tengo ningún laboratorio!

—Oh, claro que lo tienes, o lo tendrás muy pronto. Ahora venden laboratorios domésticos. Le pediré a mi madre otro giro, le diré que necesito dinero para un anillo de compromiso.

—¿Anillo de compromiso? —Julia rio—. ¿Te has vuelto loco? Además, tenemos que preguntarle a la Gorda Elli qué opina sobre montar un estudio fotográfico en su burdel.

—Mucho me temo que ella también lo aprovechará. —Leo guiñó un ojo—. Hay hombres que pagan un montón de dinero por fotografías de dudoso contenido e incluso las utilizan para chantajear. —Volvió a ponerse el sombrero—. Esta noche hablaremos con Elli, pero ahora tengo que ir a un sitio.

Julia sonrió.

—¿Alguna investigación de incógnito, señor inspector?

—Ni de incógnito, ni investigación. Más bien una visita amistosa. Te veo luego, ovejita. —Le dio un fugaz beso en la mejilla y enfiló el pasillo.

Después de que Leo desapareciera por la esquina, Julia estuvo un buen rato pensando en si lo del anillo de compromiso lo había dicho en serio o era una broma más.

—Un alemanote sabelotodo y, encima, sin un céntimo —murmuró para sí—. Maldita sea, Elli siempre me dice que ande con cuidado con esta clase de hombres. Pero al menos este tiene sentido del humor y una cámara.

Bajó la escalera y salió al concurrido Ring. Su hija la esperaba en casa. Solo el hecho de pensar en Sisi la ponía de buen humor. Siempre protegería a su pequeña emperatriz, siempre estaría ahí para ella.

Con un hombre a su lado o sin él.

Era como si el verano hubiera decidido volver por unas horas. Un cálido resplandor bañaba de oro las lápidas y un manto de musgo de color verde intenso cubría los sepulcros entortados. Pequeñas estatuas de ángeles, querubines y Vírgenes María sonreían como si la muerte no fuera más que un breve sueño del que se vuelve con energías renovadas.

Leo abrió la reja oxidada y entró en el camposanto. A la derecha estaba la pequeña casa del cuidador, una construcción de ladrillo que en su día tuvo un cierto encanto y ahora estaba por completo cubierta de hiedra. A la izquierda todavía se podían reconocer los cimientos de la morgue, por cuyas grietas crecían arbustos de lilas. El viento susurraba entre las últimas hojas de vivos colores otoñales que resistían en las ramas de los espigados árboles. Leo caminaba por el sendero de grava siguiendo el sonido de unas notas musicales que ya había escuchado desde el otro lado del muro del cementerio. Era una melodía sencilla tocada con un violín.

Oh, querido Augustin... esto es el fin...

La música provenía de la parte trasera del cementerio, donde casi todo era maleza. Sobre el sendero colgaban ramas bajas que formaban un pórtico sombrío, y entre la hierba descuidada asomaban lápidas inclinadas como barcos yéndose a pique. Las cruces metálicas estaban oxidadas y la mayoría de las viejas inscripciones eran prácticamente ilegibles. Por las fechas de nacimiento y defunción, Leo pudo deducir que muchas de las tumbas tenían más de cien años.

Augustin Rothmayer estaba de pie, de espaldas a Leo, delante de una pequeña y austera cruz sepulcral cerca del muro contiguo. El sepulturero tocaba la sencilla pieza con el mismo entusiasmo con el que interpretaba a Mozart o Beethoven. De vez en cuando cambiaba las notas y el ritmo, improvisaba para que la canción fluyera como las aguas del Danubio. Era un sonido triste y feliz al mismo tiempo.

Augustin, Augustin, reposa en tu tumba... esto es el fin...

Leo esperó hasta que la última nota dejó de sonar y aplaudió. El sepulturero se volteó de repente y el inspector se asustó al ver los ojos húmedos y enrojecidos en el rostro de Rothmayer, que probablemente había estado llorando.

—Perdone —se disculpó Leo—, no quería molestarlo...

—Pues lo ha hecho. —El sepulturero se secó las mejillas con el dorso de la mano, se sorbió la nariz y miró desafiante al recién llegado—. Dichosos los ojos, inspector. Pensaba que no volvería a verlo hasta el día de su entierro.

Leo sonrió; el hielo entre ellos se había roto.

—Yo también lo pensaba. Por cierto, hablando de mi funeral... —Señaló las lápidas cubiertas de musgo que había alrededor—. ¿Por casualidad no habrá algún rinconcito disponible por esta zona?

—Lo siento mucho, pero el cementerio de San Marcos lleva casi veinte años cerrado, tanto para los muertos como para los vivos. Ni usted ni yo deberíamos estar aquí. —Rothmayer inclinó la cabeza y preguntó—: ¿Cómo me ha encontrado, inspector?

—Fui a buscarlo al Cementerio Central, pero no lo encontré por ninguna parte, ni en su cabaña ni en el invernadero, así que pregunté a sus colegas Lang y Stockinger. —Leo se encogió de hombros—. Me dijeron que cada cuatro de noviembre usted iba al cementerio de San Marcos, pero no quisieron explicarme el porqué.

—¿Sabe algo sobre la historia de los cementerios vieneses? —preguntó Rothmayer ignorando el comentario de Leo.

—Mentiría si dijera que es una de mis especialidades. Ilumíneme, se lo ruego.

Con sumo cuidado, como si fuera tan frágil como el cristal, Augustin Rothmayer depositó el violín sobre una de las lápidas. Después señaló una hilera de tumbas inclinadas que se perdían entre arbustos, helechos y árboles. Por un momento, Leo creyó ver una sombra fugaz, probablemente un cervatillo o una liebre.

—Antes, Viena estaba plagada de cementerios como este —empezó a explicar Rothmayer—, pero la gente tenía miedo de las epidemias, la peste, quizá también hasta de los muertos que nos recuerdan nuestra propia fugacidad. Por ello, hace más de un siglo decidieron desterrar los camposantos a las afueras de la ciudad. Los arrabales acogieron los nuevos cementerios, y el de San Marcos fue uno de ellos. Mi familia, que se dedicaba al oficio de sepulturero desde los tiempos de la guerra de los Treinta Años, se vino a vivir aquí. Pero la ciudad creció y este cementerio también quedó demasiado cerca de la gente, así que lo cerraron y ahora los familiares van a enterrar a sus muertos al Cementerio Central, la Siberia de Viena. —Dio un resoplido quejumbroso—. Quién sabe si dentro de otros cien años la gente tendrá que ir hasta el Principado de Valaquia, o si en algún momento incluso desaparecerán los cementerios. Entonces incineraremos a nuestros muertos con electricidad, prensaremos las cenizas en pequeños cubos que arrojaremos al mar, fuera de nuestra vista, fuera de nuestra mente.

—Suena un poco, digamos... pesimista, ¿no cree?

Augustin Rothmayer se encogió de hombros.

—Los sepultureros no somos precisamente conocidos por nuestro optimismo. Si quiere celebrar la vida, vaya a una partera. —Se sorbió sonoramente la nariz y preguntó—: ¿Por qué ha venido, inspector? ¿Quiere saber más cosas sobre muertos vivientes y vampiros? ¿Sobre empalamientos? ¿Sobre cómo los cadáveres mastican y mascullan en sus tumbas?

—¡Oh, por Dios, no! —Leo rio—. Me basta con lo poco que sé. Solo quería... darle las gracias.

—¿Darme las gracias?

—Sí. Creo que en las últimas dos semanas no siempre lo he tratado con el respeto que se merece, he sido brusco

515

y arrogante. En realidad, usted ha contribuido mucho en la resolución de este extraño caso. Incluso me atrevería a decir que sin su ayuda nunca se habría resuelto...

—No siga si no quiere que ponga el abrigo perdido de lagrimones —dijo Rothmayer esbozando una sonrisa—. ¿Sabe una cosa? Le diré que hasta me lo pasé bien. Con lo que no contaba fue con que la policía me destrozara a tiros el invernadero. Pero el inspector Lein... como se llame... me dijo que vendrían de la Jefatura para arreglarlo. De todos modos, las ventanas ya estaban muy rayadas.

—¿Y qué va a hacer con la niña? —preguntó Leo.

—¿Qué niña?

—Bueno, Anna. No tiene padres, y cuando las autoridades se enteren, es probable que se la lleven a un orfanato.

—¡Cuidado con decir algo a las autoridades! —le espetó enfurecido Rothmayer—. Además, ahora mismo la necesito. El Día de Todos los Santos la gente estuvo pisoteando las tumbas y lo dejaron todo hecho una pocilga. Tardaré semanas en volver a poner un poco de orden. Y en invierno, cuando oscurece tan pronto, tampoco es divertido excavar. ¿Quién vendrá a sostenerme la linterna? ¿Usted?

—Ya veo —asintió Leo con expresión seria—. Bueno, por lo que sé, los orfanatos de Viena están hasta los topes y podrían pasar meses hasta que se le adjudicara una plaza. Y luego está todo el papeleo...

—A eso me refiero —refunfuñó Rothmayer—. Hasta después del invierno no se va a poder hacer nada. Mis compañeros Lang y Stockinger seguramente lo entenderán, y también el administrador del cementerio.

—Ya hablaré yo con él —dijo Leo—. Vuelvo a ser agente de policía, y seguro que al administrador no le gustará que se filtren demasiados detalles sobre el desafortunado tiroteo del Día de Todos los Santos. Los periódicos pueden hacer que un hombre en su situación se vuelva completamente loco.

—¿Haría eso por mí? ¿De verdad? —Rothmayer parecía conmovido. Se sonó la nariz con un pañuelo del tamaño de una almohada y, de repente, le vino algo a la memoria—: Por cierto, mi *Almanaque para sepultureros* está casi terminado, solo le falta algún que otro retoque. El profesor Hofmann tendrá la amabilidad de corregir el manuscrito y también tratará de encontrar un editor. —Sonrió—. Cuando se publique, ¿podré enviarle un ejemplar firmado a la Jefatura de Policía?

—¡Será un enorme placer para mí, señor Rothmayer! Su almanaque ocupará un lugar de honor en mi biblioteca, junto con el *Manual del juez*. Dos hitos de la nueva criminología, a mi entender.

—¿De verdad lo cree? Mmm... —Rothmayer se quedó pensativo—. Nunca había visto mi libro bajo ese lente, pero quizá tenga razón. —Echó mano del violín, que seguía tendido sobre la lápida—. Ahora, si me disculpa, debo volver al Cementerio Central. Hay otra fosa común que cavar y la tierra está ahora templada y blanda. Puede ser el último día cálido del año y hay que aprovecharlo.

Se despidió levantando el sombrero de ala ancha y enfiló bajo los árboles el estrecho sendero que conducía de vuelta a la entrada principal. Fue entonces cuando Leo pudo fijarse en la pequeña y austera cruz sepulcral que Augustin había estado tapando todo el rato. La inscripción se había descolorido un poco, pero aún era legible.

ANNA ROTHMAYER,
NACIDA EL 8 DE AGOSTO DE 1863,
FALLECIDA EL 4 DE NOVIEMBRE DE 1875.
DESCANSA ETERNAMENTE
EN NUESTROS CORAZONES...

—Cuatro de noviembre —murmuró Leo—. Hoy. Tenía doce años.

Al volver la vista de nuevo, pudo distinguir a Augustin Rothmayer entre las lápidas cubiertas de musgo al final del sendero. A su lado llevaba de la mano a la pequeña Anna, que chapoteaba en el agua de los charcos y tarareaba una cancioncita:

—*Oh, querido Augustin... esto es el fin...*

Leo esperó un rato más. Después paseó por el cementerio entre ángeles sonrientes y estatuas de la Virgen María, cruces oxidadas caídas y arbustos de lilas ya mustias. Cuando llegó a la reja chirriante, la abrió de un empujón y volvió al reino de los vivos.

NOTA DEL AUTOR Y AGRADECIMIENTOS

Los cementerios son lugares mágicos, patria de los muertos hacia la que los vivos siempre nos sentimos atraídos. No es casualidad que el sustantivo que los designa en lengua germana, *Friedhof*, contenga la palabra del alto alemán medio *vride*, de la que no solo deriva la moderna *Frieden* («paz»), sino que sobre todo significa «lugar cerrado y protegido». Entrar en un cementerio es entrar en otro mundo.

Los cementerios siempre me han fascinado. Cuando era un niño daba paseos entre lápidas cubiertas de musgo, leía en ellas nombres antiguos y fechas de nacimiento y defunción, y me imaginaba cómo vivieron esas personas en su época, cómo vestían, qué destinos sufrieron... No fue un mal entrenamiento para un futuro escritor de novelas históricas. Sin embargo, creo que hay otra razón por la que me encantaba ir a los cementerios, costumbre que todavía practico.

Me enfrentan con la muerte.

Nuestra sociedad moderna margina la muerte. Morir no encaja en esta era glamurosa y perfeccionista de sonrisas fingidas y gimnasia por YouTube, en esta época donde cualquier debilidad o dolencia se interpreta como un fracaso. Nos creemos inmortales y exhibimos nuestros cuerpos magníficos y nuestras vidas supuestamente perfectas en Facebook e Instagram, donde la muerte y el morir son igual de vergonzosos que un viejo que babea y habla a solas en una celebración familiar.

Antes, la muerte siempre nos acompañaba, moríamos en casa. Hoy acabamos nuestras vidas en un hospital o una residencia geriátrica. ¿Quién de entre la generación más joven ha acompañado a su abuela o abuelo en su último suspiro, los ha velado y ha aprendido a aceptar la muerte como la última etapa de la vida? Públicamente, la muerte solo se muestra en series policíacas de televisión, tanto más cuanto más sangrientas, o en espeluznantes películas de carnicerías. Y también en novelas criminales como la de este libro. Hemos externalizado la muerte y la hemos desterrado al terreno de la ficción. Solo en raras ocasiones la vemos asomarse a la vuelta de la esquina, como cuando los camiones militares cargados de ataúdes hacían fila frente a los hospitales durante la pandemia de coronavirus. Entonces volvemos a acordarnos de que no somos inmortales.

La represión de la muerte tampoco es un fenómeno moderno y tiene causas perfectamente comprensibles. Para limitar el peligro de las epidemias, a finales del siglo XVIII los cementerios municipales fueron trasladados paulatinamente a las afueras de las ciudades. En Viena, este proceso tuvo lugar en dos fases. Con las reformas josefinas desaparecieron en primer lugar todos los camposantos situados intramuros, es decir, en la parte interior del actual cinturón urbano, el Gürtel. Los funerales se seguían celebrando en las iglesias, pero el entierro en sí era un acto mayormente solitario. La triste historia que se cuenta sobre la inhumación de Wolfgang Amadeus Mozart, según la cual murió solo y abandonado por sus amigos y familiares y enterrado en una fosa para indigentes en el cementerio de San Marcos, tendría algo de verdad. En aquella época, era bastante común que los entierros tuvieran lugar en círculos muy reducidos y fuera de la ciudad.

El sepulturero de la tumba de Mozart fue un tal Joseph Rothmayer. La canción del «querido Augustin», a su vez, se inspira en la figura de Marx Augustin, un juglar que durante la gran peste de Viena de 1679, hallado borracho como nunca y dado por muerto, fue arrojado a una fosa común para apestados, donde al día siguiente despertó vociferando y rodeado de cadáveres. Estos dos personajes han dado origen a mi sepulturero Augustin Rothmayer, y hasta donde yo sé, no existe ninguna estirpe de enterradores que lleve ese apellido. Esto es una novela, no un libro de historia. Lo mismo debo decir de mi *Almanaque para sepultureros*, fruto enteramente de mi imaginación e inspirado en algunos libros de viejo, entre ellos el *Handbuch der Medicinischen Policei* («Manual de medicina policial»), publicado en 1848, cuyos macabros detalles sí son reales.

Y ya que hablamos de ficción y realidad: tanto el comisario de policía Moritz Stukart como el jefe superior de policía Albert Stehling dirigieron realmente la Oficina de Seguridad de Viena (Wiener Sicherheitsbüro) en aquella época, pero, por supuesto, Stehling nunca participó en ninguna reunión de pedófilos y se jubiló de forma voluntaria en 1893. Johann Strauss (padre) tuvo varios hijos ilegítimos fruto de su relación con la modista de sombreros Emelie Trampusch, pero Bernhard es invención mía. También me he tomado otras licencias, como con las descrip-

521

ciones del Palacio del Archiduque o determinados detalles del Cementerio Central.

En 1863, el ayuntamiento de Viena decidió desmantelar también los cementerios situados más allá del Gürtel. El Central de Viena, el único municipal a la sazón, fue terminado en 1874. Era un enorme descampado alejado de las puertas de la ciudad y, en su momento, el camposanto más grande de Europa. El Cementerio Central no fue bien recibido inicialmente por los vieneses: el trayecto para desplazarse hasta él era demasiado largo y en los primeros años ni siquiera llegaba el tranvía de caballos. De hecho, en aquella época se proyectó construir un tubo neumático para ataúdes, pero por su elevado coste nunca se hizo realidad. ¿Qué mejor símbolo de la represión de la muerte que deshacerse de los familiares fallecidos mediante un conducto subterráneo de aire comprimido?

Este libro es una novela sobre el Cementerio Central de Viena, sobre presuntos muertos vivientes y vampiros, pero sobre todo es una novela policíaca ambientada en una época que supuso el inicio de muchas cosas que hoy todavía determinan nuestras vidas, sobre todo en el ámbito tecnológico: el teléfono, la electricidad, el automóvil, la fotografía, el cine... Y todas ellas surgieron a un ritmo vertiginoso al que no todo el mundo supo adaptarse.

Por ello, el paso del siglo XIX al XX recuerda bastante a nuestro presente, donde mucha gente también siente que los avances son muy rápidos y generan demasiada confusión. ¿Cómo debieron de experimentarse entonces aquellos cambios? En pocos años, se pasó de desplazarse por las ciudades en coches de caballos y cruzar los campos con locomotoras de vapor, a ir al cine en ruidosos automóviles por calles iluminadas con luces eléctricas, con el metálico sonido de fondo de gramófonos y timbres de teléfonos, una sinfonía de luces parpadeantes, tubos, bocinazos, repiqueteos, tintineos... Alguien como yo, que tiene que pedir a su esposa que le configure el ordenador nuevo o a los hijos que le programen los canales de televisión (tenemos tres controles, ¿por qué será?), seguramente se habría visto desbordado en aquella época. En apenas unos años, terminó una era y empezó otra muy distinta.

Lo mismo sucedió en la lucha contra el crimen. Fue precisamente en esa época cuando surgieron los nuevos métodos de investigación que iban a cambiar para siempre el mundo de los detectives y los comisarios, los ladrones y los asesinos. En 1879, el antiguo oficinista Alphonse Bertillon desarrolló su famoso sistema de archivo para identificar a delincuentes, y, simultáneamente, el naturalista inglés Francis Galton tuvo la idea de tomar huellas dactilares a posibles sospechosos. Venenos desconocidos dejaron de entrañar secretos, minúsculos trozos de hueso proporcionaron de repente pistas sobre víctimas en estado de descomposición... A la perspicacia y el proverbial olfato detectivesco para llevar a los culpables ante la justicia se sumaron la física, la psicología y la química.

La cuna de esta nueva ciencia llamada criminología no fue París, Londres o Nueva York, sino la pequeña y apacible ciudad de Graz, en la austríaca Estiria. El fiscal y juez de instrucción graciense Hans Gross está considerado uno de los creadores de esta especialidad. Recopiló una colección de material didáctico con *corpora delicti* y escribió un libro que marcó un hito en la historia criminal (y al que he querido erigir un monumento con mi novela): el *Handbuch für Untersuchungsrichter*, que se editó también en español bajo el título *Manual del juez para uso de los jueces de instrucción y municipales, gobernadores de provincia, alcaldes, escribanos, oficiales y subalternos de la Guardia Civil, agentes de policía, etc., etc.* (traducción del alemán, prólogo y notas por Máximo de Arredondo, La España Moderna, Madrid, *c.* 1893).

La obra no solo incluye un glosario de las expresiones más importantes del *Rotwelsch*, la jerga secreta que utilizaban los malhechores, sino que también habla de perros policía y tipologías de delincuentes. Otra novedad que aporta es el llamado *Tatortkoffer*, o maletín de instrumental para escenarios del crimen, que debería estar provisto de lupa, pinzas, podómetro, brújula y caramelos para facilitar la colaboración de niños espantados. Aunque el libro peca en ocasiones de una sorprendente falta de cientificidad y está salpicado de prejuicios (hacia las mujeres y los gitanos, por ejemplo), en él se abordan por primera vez de forma sistemática cuestiones como el aseguramiento de pruebas, la elaboración de perfiles, la medicina forense y la balística (que entonces no se llamaban así). Por todo ello, el manual que Hans Gross escribió en 1893 nunca ha perdido actualidad, e incluso el FBI sigue haciendo referencia con regularidad a esta obra legendaria. En el terreno de la ficción, desde Sherlock Holmes y Poirot hasta la serie estadounidense *CSI* o la alemana *Tatort* son herederos de los métodos de Hans Gross.

Como también lo es esta novela policíaca.

Al final de mis libros suelo incluir una guía de viaje personal con la que el lector puede recorrer los escenarios descritos en la trama, pero en esta ocasión no ha sido necesario, porque esa guía ya la ha escrito otra persona. La pequeña obra se titula *Ganz Wien in 7 Tagen – ein Zeitreiseführer in die k.u.k. Monarchie* («Viena al completo en siete días. Una guía de viaje en el tiempo por la monarquía imperial y real») y la ha escrito Anton Holzer para la editorial Primus. Me ha sido de gran ayuda en el proceso de documentación. Incluye útiles mapas y fotografías en blanco y negro del cambio de siglo que permiten revivir la Viena que habrían conocido también mis protagonistas, Leo, Julia y el sepulturero Augustin. No he tenido la posibilidad de hablar con el autor, pero aprovecho estas páginas para expresarle mi profundo agradecimiento. Su guía me ha servido de punto de partida para mis investigaciones y, además, ha sido un verdadero placer leerla.

También quiero dar las gracias a Werner Sabitzer, que me contó todo sobre la administración policial de la época y fue una fuente inagotable de documentación; a Harald Seyrl, del Museo de Criminología de Viena, y a Helga Bock, del Museo Funerario de Viena, que me transmitió todo lo que hay que saber sobre el Cementerio Central. Recomiendo desde aquí al operador turístico vienés Gabi-Tours (www.gabitours.at), con el que hice una espeluznante y macabra visita al camposanto.

Christian Bachhiesl, de Graz, tuvo el detalle de explicarme, a pesar de su resfriado, todo sobre Hans Gross; Georg Friedler ha sido mi experto en Leopoldstadt y el judaísmo vienés, y Jochen Müller, en Ottakring/Neulerchenfeld. En ambos distritos (como en muchos otros de Viena) hay pequeños y excelentes museos cuya visita recomiendo desde aquí.

Doy las gracias a Helga Rauscher por la visita guiada al Palacio de Neugebäude, y también a Jan Beenken, que me introdujo en la fotografía de la época, me enseñó su colección de cámaras antiguas y tuvo la amabilidad de prestarme un libro de anticuario. ¡Disculpe mi retraso en la devolución! (Tampoco le ocultaré que estuve a punto de derramar un café sobre él...)

El libro de no ficción *Geköpft und gepfählt* («Decapitados y empalados»), escrito por Angelika Franz y Daniel Nösler, y publicado por la editorial Theiss, ha sido de gran ayuda en mis investigaciones. Recomiendo igualmente el clásico *Das Jahrhundert der Detektive*, de Jürgen Thorwald (hay trad. cast.: *El siglo de la investigación criminal*, traducción de Feliu Formosa, Editorial Labor, Barcelona, 1966), que, por lo que sé, solo se encuentra en las librerías de viejo, así como la reedición del *Traktat von dem Kauen und Schmatzen der Toten in Gräbern* («Tratado sobre el masticar y mascullar de los muertos en sus tumbas»). Sí, ese libro existe y fue escrito por Michael Ranft en 1734. ¡La Historia siempre escribe las mejores historias!

Como siempre, quiero dar las gracias a mi incansable editora, Uta Rupprecht, así como a Gerd, Martina y Sophia, de la agencia Gerd F. Rumler, y a la editorial Ullstein, cuyos numerosos y comprometidos colaboradores y colaboradoras se volcaron desde el primer momento en este proyecto. Y, por supuesto, a mi esposa Katrin, por sus correcciones, críticas y elogios. ¡Eres la mejor!